Zwanenzang

Karin Fossum bij Boekerij:

De verduistering
Zwanenzang

boekerij.nl

KARIN FOSSUM

ZWANENZANG

Een zestienjarig meisje wordt dood gevonden. Commissaris Konrad Sejer gaat op onderzoek uit.

BOEKERIJ

NORLA
NORWEGIAN LITERATURE ABROAD

Voor deze uitgave ontving de uitgeverij subsidie van Norla.

LITERATUUR VLAANDEREN

De vertalers ontvingen voor deze vertaling een projectbeurs van Literatuur Vlaanderen.

ISBN 978-90-225-8812-3
ISBN 978-94-023-1626-1 (e-book)
ISBN 978-90-528-6367-2 (audio)
NUR 332

Oorspronkelijke titel: *Bakom synger døden*
Vertaling: Michiel Vanhee en Sofie Maertens
Omslagontwerp: © Bürosüd
Omslagbeeld: © Trevillion Images
Zetwerk: Mat-Zet bv, Huizen

‘Men wil bemind worden, bij gebrek daaraan bewonderd, bij gebrek daaraan gevreesd, bij gebrek daaraan verafschuwd en veracht. Men wil bij andere mensen een gevoel oproepen. De ziel huivert voor de leegte en wil tot iedere prijs contact.’*

Hjalmar Söderberg, 1905
Pål Grøndahl, 2019

* Uit het Zweeds vertaald door Bertie van der Meij

En wanneer een van jullie valt,
valt hij voor hen die achter hem komen,
een waarschuwing tegen het struikelblok.
Ja, en hij valt ook voor wie voor hem gaan,
die hoewel sneller en zekerder van voet,
toch het struikelblok niet opzijschoven.

Kahlil Gibran, 1923

De lucht was zwoel en kondigde gedonder aan, had een heel eigen geur die sommige gevoelige zielen, zoals hij er zelf een was, herkenden.

Hij zette de laatste stappen, speurde de stenige baai af, geen levende ziel te bekennen, alleen gladde rotsen en een bord op een paal.

'GEVAARLIJKE DIEPTE!'

Het water was het eerste water, en hij was de eerste mens. De eerste die het wonder der natuur zag. Hij was de ontdekker, eenzaam onder de hemel. Anderen zouden na hem komen en van hem leren, en hij zou zijn hand uitstrekken en het hun laten zien, hun vertellen over de schepping en de eeuwigheid en het lange stuk daartussen dat men het leven noemde. Dat dacht hij terwijl hij over de stenen naar het water liep, met zijn rug naar alles wat de mens had geschapen, naar het oude bord en de huizen verder weg. Vóór hem was water, boven hem de hemel, en hij zag dat het goed was.

Maar hij was helemaal niet de eerste. Hij was de laatste, degene die nooit werd gekozen, die nooit werd gezien, met wie nooit rekening werd gehouden. We verwachten niets van die kerel, noch intellectueel, noch op vlak van fysieke prestaties, we kunnen hem maar beter met rust laten, dat is toch wat hij wil.

Hij was lang, zwaar en had x-benen. Hij was een gigantisch waggelend wezen op brede, naar buiten staande voeten. Hoewel er geen toeschouwers waren, rechtte hij zijn rug en duwde zijn borst vooruit, in de ijdele hoop om een atletische indruk te maken. Hij draaide zijn rug naar het water toe en liep naar de gladde rots waar hij wel vaker zat. Hij liep met langzame stappen, doelgericht en zelfgenoegzaam, alsof hij iets voorstelde. Alsof hij zich niets aantrok van de mening van anderen over wie hij was en hoe hij eruitzag. En al wist hij dat hij niets voorstelde, toch vond hij het fijn om te doen alsof. Hij vond het fijn om met zijn fantasie beelden te creëren die heel even zijn eenzaamheid verzachtten. Hij had het warm en zweette, droeg een zwemshort onder zijn kleren, was hierheen gekomen voor een snelle duik in het water. Op zonnige dagen kwam hij hier nooit, want dan wemelde het van de joelende jongeren op het strand.

Hij zat op de rots naar het water te staren, beeldde zich in dat het de oceaan was in plaats van een meer met troebel, zoet water. In Amerika, bedacht hij hunkerend, is iedereen stevig gebouwd, jongens en meisjes, vrouwen en mannen, daar heeft iedereen overgewicht. Maar trekken ze zich daar iets van aan? Nee, helemaal niet, ze noemen zichzelf niet dik. De meisjes zeiden: '*I'm a curvy girl*,' en de jongens zeiden: '*I'm a big guy*.' Als iets heel vanzelfsprekends, net zoals iemand zegt: 'Ik ben één meter negentig lang, en daar ben ik verdomme trots op.' *Curvy and big.* Daarom had hij online een T-shirt gekocht, maat XXL, met een zelfgekozen tekst:

'*I'M A BIG GUY. SO WHAT?*'

Binnenkort was het midden juli, het water was wellicht zo'n twintig graden, dacht hij, maar achttien zou al volstaan. In het water woog hij niets, hij was een goede zwemmer. Het was maar een paar stappen ondiep, daarna liep je over een rand en was je in het diepe. Zo kwam hij snel onder water en hoefde hij zich niet langer bloot te geven dan nodig was. Natuurlijk was hij bleek, hij kleedde zich nooit uit. Niet één bot was zichtbaar onder zijn huid, hij leek wel een zitzak. Is er eigenlijk íéts mooi aan mij, vroeg hij zich mismoedig af, terwijl hij eenzaam op de gladde rots troonde. Zijn haar misschien, dat was dik, donker en meegaand. Met één enkele handbeweging kon hij het goed leggen. Die beweging was goed ingestudeerd, hij had erop geoefend. Zijn ogen waren groot en grijs met lange wimpers en donkere wenkbrauwen in fijne bogen, maar zijn wangen waren bol, zoals bij een hamster die nootjes heeft verzameld. Als kind werd hij soms 'hamsterwang' genoemd. Hij had zich een stoere pilotenbril aangeschaft in de hoop dat die de aandacht zou afleiden van zijn onderkin, en dat zijn ogen achter die rookkleurige glazen wat dieper zouden lijken. Ogen die iets wisten, die iets hadden meegemaakt. Hij was voortdurend op zijn hoede, door schade en schande wijs geworden. Zijn hart maakte ineens een sprongetje. Er kwam een gedaante uit het bos aanlopen. In een oogwenk was hij in staat van paraatheid, hij pakte zijn telefoon uit het borstzakje van zijn overhemd en begon te scrollen, zijn dikke vinger bewoog over het scherm. De vreemde gedaante zette koers naar de rots, verminderde vaart en zond hem een alerte blik, alsof hij dacht: nu heb ik iets gevonden, misschien is het iets waard. Zijn ogen, groot en blauw, openden zich zoals ogen doen als ze iets moois zien.

'Hoi! Ga je zwemmen?'

De stem was vriendelijk en zacht, zonder bijbedoelingen.

Hij was niet van plan geweest om te antwoorden, zijn mond was droog van de adrenaline. Maar de stem klonk zo uitnodigend dat hij toch opkeek, verrast omdat hij werd aangesproken, terwijl zijn gedachten door zijn hoofd raasden op zoek naar een gevatte repliek.

Hij kreeg niet die onverschillige blik of die opgeheven wenkbrauwen die hij gewend was te zien. De vreemde jongen, een tiener, droeg een korte broek met meerdere zakken en een fel turquoise T-shirt. Hij kwam naast hem zitten op de rots, heel vanzelfsprekend en zonder aarzelen. Hij was een jaar of zestien en zo slank dat zijn kuitbeen en knieschijf zichtbaar waren onder zijn huid. Zijn kaakbeen maakte een mooie boog en hij had lang, donker krulhaar. De jongen had iets, iets ongewoons, iets warms en fascinerends, en hij voelde zich net zo bedwelmd en zalig als wanneer hij iets zoets had gegeten.

'Coole bril,' zei de jongen terwijl hij hem aankeek. 'Ziet er duur uit.'

'*You bet*,' antwoordde hij stoer.

Het werd stil, maar het was geen pijnlijke stilte. De jongen vulde de stilte op met zijn aanwezigheid, alsof hij voor alles openstond. Hij was als een kind, nog onbezoedeld door de vooroordelen van de volwassenen.

'Kun je goed zwemmen?' vroeg de jongen.

Hun ogen ontmoetten elkaar. De pupillen werden bij allebei groter toen ze elkaar binnenlieten.

En dat kon hij ook, dus zei hij: 'Ja, ik ben een goeie zwemmer.'

Hij zei het met een zekere ernst, als iets wat hij heel zeker wist.

De jongen liet zijn hoofd zakken.

'Sommigen hebben inderdaad dat talent,' kreeg hij als antwoord.

'Wat bedoel je?'

'Ik kan niet zwemmen,' zei de jongen.

Op hetzelfde moment sloeg hij zijn oogleden met lange wimpers verlegen neer.

'Helemaal niet?' flapte hij eruit.

'Helemaal niet,' antwoordde de jongen, waarna hij zijn hoofd achterover liet vallen en lachte. Ze zaten op de rots te lachen, twee jonge mannen aan hetzelfde strand. Misschien was dit de dag waarop hij eindelijk een barrière zou doorbreken. Zoals zich uitkleden. Zoals gaan zwemmen met een toeschouwer erbij, slenteren naar het water met zijn rug naar de vreemde toe, gezien worden door een ander, zonder zelf te zien.

'Heeft niemand het je dan ooit geleerd?' vroeg hij.

De jongen rukte een paar stevige grashalmen uit die in de kieren tussen de rotsen groeiden.

'Het is erger dan dat.'

Hij tekende met een vinger onzichtbare cirkels op de steen.

'Mijn zus is verdronken toen ze tien was,' legde hij uit. 'Ik was pas zes. Daarna durfde ik nooit meer het water in. Niet op het strand en niet in het zwembad. Ik dacht dat ik er nooit levend weer uit zou komen.'

'Wow,' antwoordde hij. 'Dat is best heftig.'

Hij vermande zich en wilde iets bemoedigends zeggen. Want het was nu of nooit, dit moment moest hij met beide handen grijpen, stevig vasthouden en meenemen naar huis, want ze gingen nu al, na zo'n korte tijd, vertrouwelijk met elkaar om.

'Dan ga ik nu even zwemmen,' zei hij, 'en na vijf minuten kom ik levend terug. Ben je misschien daarom hiernaartoe gekomen, om mensen levend uit het water te zien komen?'

Opnieuw moesten ze lachen. De vreemde had een kirrende lach zonder onderliggende valsheid. Er was een glinstering in zijn ogen, zoiets had hij nog nooit gezien, dus stond hij op en trok zijn cargoshort en zijn dunne overhemd uit.

'Cool T-shirt,' zei de vreemde. 'Coole tekst.'

Het werd hem bijna te veel. Hij trok ook zijn T-shirt uit, probeerde dat zo vanzelfsprekend mogelijk te doen, in één vlotte beweging, zoals mannen doen die zorgeloos door het leven gaan. Hij dwong zich door al dat nieuwe, keerde de jongen de rug toe en begon zo beheerst mogelijk naar het water te lopen. Het witte vet golfde bij elke stap op en neer.

Hij liep een paar meter het water in en nam een duik.

Wat een opluchting om onder water te zijn! IJskoud op de huid. Hij zwom als een atleet, met lange, vloeiende bewegingen, had nog nooit zo krachtig en vlot gezwommen. Hij stak zijn hoofd onder water, strekte armen en benen, schoot door het water als een vette vis. Zijn hart klopte en hij haalde diep adem, zo diep als hij kon. Hij zwom verder weg dan hij gewend was, en ook sneller, om duidelijk te laten zien hoe goed hij was, hoe veilig hij zich in dit element voelde, als een pinguïn, lachwekkend op het land, maar een speer in het water.

Hij ziet me, zong het in zijn binnenste, hij ziet me duidelijk.

Hij zwom nog verder weg, was sterk en onoverwinnelijk. Toen hij eindelijk stopte en achteromkeek, was hij verbaasd hoe ver hij van het strand was. Maar de vreemde zat nog steeds op de rots, met zijn handen op zijn knieën en zijn hoofd een beetje schuin, hij was geïnteresseerd en onder de indruk, dacht hij, kinderlijk enthousiast over dit talent dat hij zelf niet had.

Hij zwom met grote halen terug, duwde met zijn grote handen het water opzij. Wat een vreugde was het, wat een vaart! Hij kon wel doorgaan met zwemmen tot het nacht werd, want nu voelde hij alle reserves die in zijn lichaam en ziel lagen opgeslagen, al het ongebruikte in hem waar niemand ooit naar had gevraagd, maar wat wel waardevol was. Hij kwam weer in het ondiepe en zette zijn voeten op de bodem. Stond op uit het water en werd weer zwaar, traag en kletsnat, maar toch rechtte hij zijn rug terwijl hij terugliep naar de rots.

De magie was niet verdwenen. De jongen keek hem vol bewondering aan, het licht in zijn blauwe ogen was er nog steeds.

'Wat kan een sukkel als ik daarop zeggen?' zei hij terwijl hij zijn handen opensloeg. 'Het ziet er zo simpel uit!'

Zijn handen waren smal, met lange vingers. Een gouden ring aan zijn linkerhand trok zijn aandacht, er zat een plaatje op met rood en groen email, en op het plaatje stond een gouden teken, misschien een symbool dat hij bij de een of andere groep hoorde? Hij kon het niet goed zien. Maar de ring blonk mooi in het licht als hij zijn hand bewoog.

Hij trok zijn T-shirt over zijn hoofd en ging weer op de rots zitten, zijn zwemshort kleefde aan zijn bleke dijen. Er waren slechts een paar centimeter tussen hen in, en de nabijheid van de ander voelde als de straling van een oven, hij voelde het in zijn hoofd en in zijn lichaam, voelde het kloppen tussen zijn dijen, er kwam iets tot leven. Het overviel hem. Zoiets had hij al die jaren tegengehouden, onderdrukt, hij had de andere kant op gekeken. Nu liet hij alles de vrije loop, zoals wanneer iemand een pleister van een wond rukt en het warme bloed lekker stroomt. Hij kreeg het benauwd. Kon het wederzijds zijn? Kon het, dat deze krullenbol iets voelde voor het grote, witte en zachte?

Rustig maar, zei hij streng tegen zichzelf, zoiets komt alleen in boeken voor, dat de lelijke aan het eind bemind wordt om zijn edele ziel. Ik ben niet iemand die wonderen beleeft.

Eigenlijk beleef ik nooit iets, en als ik toch iets krijg, krijg ik het in elk geval niet gratis. Wat er nu gebeurt, die vreemde jongen naast me, daar zal ik vast voor moeten betalen. Maar een andere stem in hem fluisterde zacht dat het eindelijk zijn beurt was, waarom zou het niet zijn beurt zijn? De jongen kijkt naar me, en ik voel het als een zachte streling, overal, over mijn wang en mijn lippen, vooral over mijn lippen.

I'm a big guy, dacht hij. En wie groot is, is ook sterk, misschien heeft hij iemand nodig die sterk is, iemand die hem kan optillen en hem kan dragen en beschermen. Hij deed een poging met een vriendelijke glimlach, waarop de blauwe ogen hem met grote pupillen aankeken.

'Kom je hier vaak?' vroeg de jongen.

'Ja hoor, maar niet op mooie dagen, want als hier kinderen zijn, rennen ze meteen terug naar hun moeder.'

Opnieuw gelach, hartelijk, kirrend gelach. Ze begrepen elkaar, zaten op dezelfde golflengte, ze bewogen tegelijk heen en weer, hij voelde het in zijn hele lichaam. Hij strekte zijn arm uit naar het water. Hij was immers de eerste mens en moest de ander iets leren. Zijn leerling zat naast hem te luisteren.

'Zie je dat kleurverschil? Eerst is er een smalle lichtere strook, en een paar meter verder wordt het al zwart.'

'Inderdaad,' antwoordde de jongen. 'Inktzwart.'

'Daar is het ineens veel dieper,' legde hij uit. 'Al na een paar stappen loop je recht in een ravijn.'

'Een ravijn?'

Ze lachten opnieuw.

'Ja,' antwoordde hij, 'opeens komt er een steile afgrond. Er zijn al mensen door verdronken. Heb je dat bord daar gezien?'

De vreemde knikte, nog steeds met zijn blauwe ogen op hem gericht, lange, zoekende blikken.

Houdt hij me voor de gek? Wat wil hij van me? Hoe heeft hij me hier eigenlijk gevonden? Hij kwam weer tot zichzelf en moest wat speeksel doorslikken.

'Soms komen hier mensen die niet kunnen zwemmen,' zei hij. 'Ze waden voorzichtig door het water, denken dat het wel nog een eind ondiep is, maar glijden dan opeens uit over de rand van het ravijn, en voor ze het weten zijn ze in het diepe. Ze gaan kopje-onder en slikken een heleboel water in, en ineens zijn ze zodanig in paniek dat ze hun oriëntatie kwijtraken en vergeten dat het ondiepe maar een stap van hen verwijderd is, en dan beginnen ze te spartelen en te schreeuwen, gaan opnieuw kopje-onder en slikken nog meer water in, en dan is het voorbij.'

'O shit,' zei de vreemde jongen, met opengesperde ogen. Misschien dacht hij opnieuw aan zijn zus die was verdronken.

Hij besloot te proberen wat indruk te maken, nu hij eindelijk een luisteraar had.

'Daar is een uitdrukking voor,' zei hij, 'in het Frans. Als iemand in paniek de eerste keer inademt. Dat heet "*respiration de surprise*".'

'Wow, echt klote,' antwoordde de jongen.

'Ja, hè!'

Ze staarden naar het zwarte diepe en haalden tegelijk adem. Want zo was het toch? Ze ademden als één groot organisme. Hij had nog nooit zoiets gevoeld, nog nooit gedurfd om het zo tot zich te laten doordringen, de nabijheid van een vreemde, dat warme en zoete.

Ga niet weg, schreeuwde het in zijn binnenste. Ga niet weg!

Zijn penis in zijn zwemshort liep vol. Was er een volgende stap? En hoe kwam hij daar? Hoe direct mocht hij zijn, zonder dat de jongen het verbijsterd op een lopen zette? Zijn hand op zijn dij leggen, zijn slanke, bruine dij, deden de mensen dat? Natuurlijk deden ze dat. Ze profiteerden van het leven. Niemand kon gedachten lezen, dus moest hij het vertellen, en hoewel zijn penis kloppend hard was, kon je het niet zien.

Hij hoorde zacht gedonder. Diep vanbinnen hoorde hij een stroom van stemmen die door elkaar riepen. Ze zeiden nee, nee, niet doen, en ze zeiden jawel, jawel, je moet. Net toen hij zijn bevende hand wilde optillen en die teder en behoedzaam tussen zijn knie en zijn lies wilde leggen, om hem daar vervolgens gewoon te laten liggen terwijl hij in zijn ogen naar toestemming en bevestiging zocht, werd hij opgeschrikt uit de betovering. De jongen sloeg op zijn knieën, gleed van de rots en stond rechtop, goudbruin en rank, donker en krullend. Hij was een ander geworden.

'Gelukkig ben jij niet zo'n vrolijke dikzak,' zei hij. 'Want die kan ik niet uitstaan. Je hebt ze vast zelf ook wel eens gezien. Ze praten honderduit en lachen om elke scheet, omdat ze denken dat we al die kilo's dan niet zien. Echt walgelijk.'

Zei de vreemde jongen.

Hij was verlamd van top tot teen, verschrompelde tot niets. Zijn penis verloor al zijn kracht, hij zou niet eens meer een chocozoen kunnen penetreren. Bovendien had hij het al een hele tijd niet meer gezien, het onthullende orgaan was niet zichtbaar voor hem, noch wanneer hij rechtop stond, noch wanneer hij neerlag, maar het leefde zijn eigen verraderlijke leven. Nu had het behoefte aan zorg en aandacht, maar de blik van de vreemde was veranderd, was slechts iets vluchtigs op weg naar ergens anders. Een deur knalde dicht. De dingen veranderden, het licht en de lucht, het gedonder naderde, kwam aanrollen van over zee. Nee, hij was geen vrolijke dikzak. Hij had geen reden om vrolijk te zijn.

'Hoe laat is het?' vroeg de jongen snel.

Ontsteld kwam hij weer tot zichzelf. Hij droeg zijn waterdichte horloge om zijn pols.

'Kwart over zes.'

'Dan moet ik maar weer eens gaan,' zei hij. 'Heb nog iets te doen.'

Ga je al? raasde het door zijn hoofd. Laat je me alleen? Waarom sprak je me eigenlijk aan? Deed je maar alsof, zoals meisjes doen? Veelbelovende blikken in het rond strooien, interessant doen, maar als puntje bij paaltje komt, je belofte niet nakomen. Hij wilde luid zijn pijn uitschreeuwen en klampte zich in paniek vast aan een grashalm, of om het even wat om erachter te komen wie die jongen was en wat hij van plan was.

'Woon je hier in de stad?' flapte hij eruit.

'Nee,' antwoordde de vreemde. 'Ik ben iemand die drijft.'

'Drijft?'

'Ik ben een vrije ziel,' zei de jongen.

De glinstering in zijn ogen was verdwenen.

'Water heeft iets bijzonders,' ging hij verder. 'Het trekt je naar zich toe.'

Hij had moeite om de situatie te begrijpen. Begaf zich op glad ijs, kreeg een heleboel tegenstrijdige signalen. De jongen was als een openbaring aan hem verschenen, was de sleutel tot iets geheims en moois. En nu wilde hij ineens weer weggaan.

'Ben gewoon op doorreis,' voegde de jongen er nog aan toe. 'Morgen reis ik verder.'

'Misschien zien we elkaar een volgende keer aan een ander meer.'

Meer wist hij niet te zeggen. Hij bleef zitten gapen als een dwaas, perste er een moedige glimlach uit, knikte en hief zijn hand als afscheid, een zware, dikke hand ter grootte van een tros bananen. De jongen keerde hem de rug toe en ging ervandoor. Het tengere lichaam met zijn elegante ritme brandde zich op zijn netvlies, een melodie in viervierdemaat die hij altijd meteen zou herkennen, waar ook ter wereld. Zo soepel en zacht kon je je bewegen als je slank, jong en knap was, en als je over de hele linie gelukkig was. Een minuut later was hij verdwenen tussen de bomen.

Hij probeerde tot rust te komen. Wilde zijn gevoelens weer onder controle krijgen. Hij had het allemaal weggegeven, aan een vreemde, het kostbaarste geschenk van allemaal, maar de vreemde had het als een waardeloos prul weggegooid. Nu vond hij zichzelf niet meer terug. Als zijn hart rood en nat tussen de stenen had liggen kloppen, zou hij zijn opgestaan en had hij het in zee getrapt.

'Een volgende keer aan een ander meer.'

Zijn hoofd zakte op zijn borst, maar werd tegengehouden door zijn onderkin. Alles was één kolkende massa. Hij had zich opengesteld voor een sfeer van vertrouwen, terwijl hij anders nooit een levende ziel in vertrouwen nam, nog nooit ook maar iets over zijn verlangens had uitgesproken. Hoe kon hij zich zo laten meeslepen? Angstig keek hij uit over het meer. De wolken pakten samen, de lucht was bewegingloos en drukkend. Hij herkende de geur die donder en bliksem aankondigde. Binnenkort zou de hel boven hem losbarsten. Toen hij eindelijk zijn cargoshort pakte en hem moeizaam aantrok, was hij weer zwaar, veel zwaarder dan daarvoor. Zonder bewonderende toeschouwer had het geen zin meer om zijn lichaam uit te strekken of zijn borstkas vooruit te duwen. Een bewonderaar? Dat was uiteraard te mooi om waar te zijn. Die blauwe blik onder zijn lange wimpers, die mengeling van schroom en verlangen, en nu en dan die ondeugende glinstering, had hij dat zo verkeerd gezien? Ik hoop dat je door de bliksem wordt geraakt, dacht hij, dat je schedel barst en dat je giftige hersencellen als pap naar buiten stromen. Hij trok de rest van zijn kleren aan en liep in de richting van het bos. Anders dan de vreemde had hij geen ritme, hij walste uit de maat vooruit, zette koers in de richting van het pad waar de jongen tussen de sparrenstammen was verdwenen. Hij keek nog een laatste keer achterom, naar het water en de open baai met stenen en grof zand, en naar het bord met de waarschuwing erop.

Hij was in het diepe geweest. Zonder nadenken was hij de afgrond in gegleden. Hij sloeg uit gewoonte op zijn kontzak om te zien of hij alles bij zich had, en verschrikt herhaalde hij de beweging. Zijn portemonnee was weg. Secondelang bleef hij verstijfd in een idiote houding staan, nerveus naar het bos starend op zoek naar de jongen. Daarna draaide hij zich abrupt om en liep terug naar de rots. In zijn portemonnee zat alles: veertienhonderdzeventig kronen, de sleutel van zijn kamer, zijn Visa- en Mastercard, en nog een paar waardevolle dingen. Hij sloeg opnieuw op zijn kontzak en legde zijn hand meerdere keren in zijn hals, stak zijn handen in zijn voorste zakken. Ze waren leeg.

Rustig, zei hij tegen zichzelf, je denkt niet helder.

Natuurlijk kon hij zijn portemonnee ook ergens op het pad hebben verloren, zonder het te merken, toen hij van thuis vertrok, misschien lag hij daar ergens tussen het heidekruid. Maar hij meende zich te herinneren dat zijn cargoshort zwaar was toen hij hem uittrok om te zwemmen. Terwijl hij met zware passen terugliep naar de rots, had hij het gevoel dat hij werd bekeken en uitgelachen, alsof iemand achter een sparrenstam in het bosje hem stond te observeren.

Ineens werd alles hem duidelijk. Het geflirt, de lange blikken die hem buitenspel hadden gezet, het ontroerende verhaal over zijn dode zus. Terwijl hij naar het diepe was gezwommen, had de jongen zijn broekzakken geplunderd, en dan had hij zelfs nog het lef gehad om te blijven zitten, want zo zou hij zich kunnen verdedigen als ze elkaar nog eens terugzagen. Aan een ander meer.

Hij bleef plotseling staan. Voelde een enorme druk, zijn longen openden zich maar moeizaam, zijn darmen zaten vastgeklemd.

De eerste mens. Een speer in het water!

Wat voor zielige beelden had hij zich in het hoofd gehaald. Áls iemand hem al zag, áls iemand zich al tot hem richtte, dan was dat om hem helemaal uit te knijpen. Om hem zand in de ogen te strooien en hem zwak te maken, al zijn bezittingen van hem te stelen zodra hij zich omdraaide, om te profiteren van zijn hongerige ziel, zijn smeekbede om liefde en aanraking. Hoe kon zijn eigen dikke lichaam, met zijn vage contouren, enige vorm van begeerte opwekken bij een knappe jongen? Lust en verlangen opwekken? Hoe diep kon je zinken?

De jongen was ineens opgestaan. Dat kon betekenen dat hij ergens een afspraak had, misschien met een andere jongen of erger nog, met een meisje. Hij had nu ook geld, veertienhonderdzeventig kronen, ze stond hem vast op te wachten terwijl ze ongeduldig op de klok keek.

Hij zat aan de grond. Dit was de definitieve val. Hij liep zo snel als hij kon, stampte over het pad, alles wat kon kruipen en lopen zou de trilling voelen en wegschieten. Zelfs mijn tenen zijn vet, bedacht hij, ze lagen als witte, volgevreten larven in zijn bruine sandalen. In de verte hoorde hij opnieuw het gebulder van de naderende donder. *Bring it on!* dacht hij, passender kon niet. Uit zijn mond kwam een droog, kuchend gesnik. Hij had geflirt met een knappe jongen. Had zijn gezicht, zijn waardigheid en zijn eer verloren, had zijn diepste gevoelens blootgelegd, zijn domheid en zijn zwak voor vleierij. Had alles verloren, voor een paar veelbelovende blikken van een wildvreemde. Het bos smoesde en roddelde over zijn zieligheid. Zijn hart was uit zijn lijf gerukt. Hij stelde zich voor dat het achter hem op het pad lag te kloppen. Hij liep verder door het bos, harteloos.

De bodem onder zijn voeten wiegde op en neer, alsof het pad van rubber was, en alsof de bomen van rubber waren, ze bewogen zo vreemd heen en weer voor zijn ogen, en alle stenen langs het pad leken gummetjes, zelf was hij ook zacht en geleiachtig. Zijn knieën, die eeuwig pijnlijke gewrichten, veerden en trilden. Zo wiegelde hij het pad over, alsof hij in slow motion over een trampoline liep. Achter zich hoorde hij de donder dreunen, als een grommende waarschuwing: zo fout kan het gaan als je je eindelijk uit je schulp waagt. Kon hij alles maar uitwissen! Elke blik, elke beweging, elke ademhaling tussen hen, elke hartslag, als een zacht geklop in zijn oren dat de vreemde was opgevallen. En hij zou smalend hebben gelachen over wat er was gebeurd, zoals alleen een duivel dat kan.

'Het was een eitje om zijn portemonnee te stelen,' zou hij

zeggen. 'Ik keek hem in de ogen en hij at uit mijn hand als een straathond.'

Nooit meer naar het strand! Nooit meer een vreemde aankijken, nooit meer wegzinken in andermans blik, nooit meer zijn stem laten zakken en week en vertrouwelijk worden, nooit meer zichzelf belazeren door te denken dat hij iets waard was. Hij besefte dat hij geen geld had voor de bus en dus het hele eind naar huis moest lopen. Eerst de rechtervoet naar voren, dan de linker, zijn zware lichaam ging op en neer op de verende ondergrond, hij wankelde. Liep door een tunnel van zwarte sparren. Straks, als hij eruit kwam, zou hij iets anders zijn.

Er gebeurde iets met de tijd, een soort verschuiving. Hij keek meermaals achterom en had het gevoel dat hij al verscheidene keren hetzelfde stuk had afgelegd. Hij bleef lopen, was het noorden kwijt, had het gevoel dat hij geen stap verder kwam, maar plotseling stond hij voor het huis waar hij woonde.

Zijn hand beefde toen hij aanbelde.

Hij hoorde gedreun in het huis. Terwijl hij wachtte, keerde hij zijn rug naar de deur en vestigde zijn blik op een paar berken aan de rand van het perceel. Edith was zevenentachtig en had tijd nodig. Moest opstaan uit een gemakkelijke stoel, door het huis naar het keukenraam strompelen en vervolgens de persoon inschatten die zijn komst had gemeld, of die al dan niet een gevaar of andere narigheid representeerde.

Daar verscheen haar gezicht achter het raam. Ze friemelde even aan het haakje en deed het raam open.

'Wat nu weer?' riep ze met hoge stem.

Hij kon haar nauwelijks in de ogen kijken, wilde haar niet om hulp vragen, maar het moest wel.

'Ben mijn sleutel kwijt,' bekende hij, terwijl hij naar zijn voeten staarde in zijn bruine sandalen, waar de dikke larven naast elkaar op een rijtje lagen.

'Wat zeg je?'

'Ben mijn sleutel kwijt,' herhaalde hij, maar nu harder. 'Mijn portemonnee is gestolen!'

Even was ze stil, maar toen had ze een nieuw antwoord klaar.

'Maar waarom dan?'

'Ik ben gaan zwemmen.'

Hij besloot de situatie te vereenvoudigen, zodat ze hem kon volgen.

'Ze hebben hem gestolen terwijl ik in het water was, alles is weg, mijn sleutel, alles. Kan mijn kamer niet in.'

Hij knikte naar de achterkant van het huis, waar de ingang was.

Ze keek hem aan met half dichtgeknepen, bleke ogen. Schoof een bloempot opzij en stak haar hoofd verder naar buiten. Misschien was ze zijn vraag alweer vergeten.

'Heb je een reservesleutel?' riep hij.

Ze keek hem twijfelend aan. 'Wat wil je daarmee?'

Hij zuchtte moedeloos. Het was zo vermoeiend om te praten, iets uit te leggen, te doen alsof, rustig te blijven.

'Mijn kamer binnengaan, natuurlijk. Wat anders?'

Hij knikte opnieuw naar de ingang van zijn kamer.

'Maar je geeft hem niet aan een of ander meisje,' blafte ze. 'Ik wil niet dat hier 's nachts af en aan wordt gevlogen.'

'Hier zullen 's nachts geen meisjes binnenvliegen,' mompelde hij.

'Wat zeg je?'

'Ik zei dat hier geen meisjes komen!'

Hij legde zijn hand weer in zijn hals, liet zijn vingers over de naakte huid glijden.

Edith dacht lang en diep na. Het was belangrijk om de dingen in perspectief te plaatsen, na te denken over de gevolgen en waartoe het kon leiden als ze hem gaf waar hij om vroeg.

'Die sleutel, die is dus verloren?' vroeg ze. 'Dan kan om het even wie hier binnenkomen. Dat bevalt me maar niks.'

'Ze komen jouw huis niet in! Alleen mijn eigen kamer,' zei hij moedeloos. 'Heb je een reservesleutel, Edith? Alsjeblieft!'

Hij voelde zich duizelig. Alsof zijn bloeddruk, die meestal hoog was, plotseling daalde. Hij stapte in haar bloembed, leunde tegen de gevel en keek smekend naar haar op.

'Ik moet naar binnen!' zei hij. 'Ik moet even gaan liggen, voel me niet lekker.'

Eindelijk zwichtte ze. Haar bleke, waterige ogen keken hem nog een laatste keer onderzoekend aan, daarna draaide ze zich om en verdween. Hij stapte weer uit het bloembed en liep naar het trapje om bij de deur te wachten. Nu moest ze de sleutel eerst nog zoeken, daar zou ze vast nog een tijdje mee zoet zijn, maar hij had geen tijd, hij moest gaan liggen. Moest alles op een rijtje zetten. Hij voelde zich als een verdwaalde walvis die was aangespoeld, hij was uit zijn natuurlijke element en zou nooit meer de weg terugvinden. Telkens weer klopte hij op al zijn broekzakken, de vier vooraan op zijn short en de twee achteraan, kon niet geloven wat er was gebeurd. Was het echt gebeurd? Hadden zijn hersenen hem voor de gek gehouden? Kon hij die sleutel nu maar krijgen, kon hij maar naar zijn kamer, waar niemand hem kon zien, waar hij diep in en uit kon ademen, tot zijn hoofd doorgelucht was.

Eindelijk was ze daar. De deur ging open en hij zag een paar plukken haar door de smalle kier. Ze kwam naar buiten op het trapje, klein en krom en grijs. De sleutel blonk in haar hand. Hij griste hem naar zich toe en klemde hem stevig vast, bedankte haar verschillende keren en liep naar achteren. De sleutel was een goedkope kopie, en hij stond eerst een hele poos te klungelen voor het slot openging. Hij sleepte zich naar boven langs de steile trap en ging zijn kamer in, de loft die de zijne was, met een schuin dak en oud leliebehang.

Ellendige rotkinderen, dacht hij. Ze doen en zeggen wat ze maar willen. Ze kunnen allemaal de pot op! Hij bleef even staan nadenken over hoe hij zich voelde. Veertienhonderdzeventig kronen waren weg. Maar er was hem ook nog iets anders en nog veel ergers ontnomen, zijn identiteit was gestolen. Degene die hij ooit was geweest was op weg door het bos verdwenen. Hij moest een andere rol gaan spelen, een nieuw script instuderen. Was het mijn hoofd dat dacht, was het mijn mond die sprak?

Hij trok zijn kleren uit. Eerst zijn overhemd, daarna zijn cargoshort en groene T-shirt. Hij stond voor de alkoof, opgelucht dat hij in veiligheid was. Voor de alkoof hing een gordijn in dieprood fluweel, met ringen vastgemaakt aan een koperen staaf. Voor hij kon gaan liggen, moest hij het gordijn opzijtrekken, en dan rinkelde het koper zo mooi als de ringen over de staaf gleden. Als hij goed in zijn vel zat en lekker moe was, trok hij het fluweel voorzichtig opzij, zoals bij de onthulling van een relikwie. Was hij niet in vorm, zoals nu, trillend van schaamte en angst, dan trok hij het gordijn dramatisch opzij, en klonk het zoals wanneer je een zwaard uit een schede trekt. Voor hem was de alkoof als een crypte, een plek waar hij stilte en rust vond, en waar hij, als hij zich echt miserabel voelde, deed alsof hij nooit meer hoefde op te staan, dat hij eens en voor altijd achter het bloedrode gordijn mocht blijven liggen. Op de muur naast het gordijn had hij een papiertje opgehangen met een paar woorden die hij op internet had gevonden toen hij over de catacomben in Parijs had zitten lezen.

'*ARRÊTE! C'EST ICI L'EMPIRE DE LA MORT.*'

Hij ging op het bed zitten. Hees zijn grote voeten erop, trok het fluwelen gordijn dicht en ging liggen. Nu stelde hij zich voor dat dit zijn laatste dag was geweest en dat de laatste nacht voor hem lag, de laatste, eeuwige nacht. Ineens bedacht hij dat hij zijn creditcards moest laten blokkeren. Niet dat hij veel bezat, maar hij moest ze laten blokkeren. Hij moest ook om een voorschot op zijn loon vragen, hij moest nog zo veel regelen. Buiten hield het gebulder aan. Wanneer zou het nu eindelijk gaan regenen? Dat bericht had hij toch uit de hemel gekregen toen hij van het strand naar huis liep. Keer op keer liep hij van het strand naar huis. Maar de wolken hielden voet bij stuk, wilden eerst zwaarder en dichter worden voor ze hun rotzooi over de mensen lieten neerkomen. Dat lag hij in alle eenzaamheid te denken. Soms huilde hij, omdat hij bedrogen was en omdat er nergens troost te vinden was. Hij was altijd blijven hopen, met een kinderlijk verlangen, dat er ergens iemand voor hem was, dat vroeg of laat een knappe jongen toenadering tot hem zou zoeken, maar dat het moment gewoon nog niet gekomen was. Nu wist hij dat het nooit zou gebeuren. Wat een inzicht had hij gekregen, wat een tegenslag! Alle broze constructies waarmee hij de voorbije jaren had gespeeld, lagen in puin. Hij nam alles nog eens door, stap voor stap, gedachte voor gedachte. Probeerde de angst te onderdrukken.

Maar die ogen! Die grote, blauwe ogen, met die kinderlijke verbazing, ze hadden hem helemaal ingepakt! Hij was erin weggezonken als een willoos kind en was de steile afgrond in getuimeld. Zijn hand, de tros bananen, gleed naar zijn kruis, zocht tussen zijn dikke dijen naar troost.

Het voelde goed om dood in de crypte te liggen. Hij had geen enkele behoefte om weer wakker te worden. Het kleine kamertje achter het gordijn werd zo warm als een bakoven. Ineens hoorde hij geruis in de verte. Na een poosje ging het in geraas over, en daarna deed het denken aan het geluid van een krachtige motor. De regen hamerde op het dak van het oude huis, spoelde over hem heen en door hem heen, gaf hem een voldaan gevoel. Zijn bede was verhoord. Spoel alles wat er is gebeurd maar weg. Ze kunnen de pot op! Toen stopte het net zo abrupt met regenen als het was begonnen, en doken nieuwe gedachten en beelden in hem op, ook al wist hij dat het slechts fantasie was. Hij slaapt nu. Nu slaapt hij, met slanke, goudgele dijen onder witte lakens, en een vochtige, donkere krul op zijn voorhoofd. Ben ik daar ergens in zijn gedachten, een glimp van mij, misschien? Natuurlijk niet, verdomme. Vergeet het, dacht hij, vergeet het gewoon! En toen, eindelijk, na een eeuwigheid, gleden zijn ogen dicht. Nu heerste er een andere stilte. Een andere duisternis.

'En, iets gevonden?'

Haar woorden kwamen vederlicht neer, waren zo licht als sneeuwvlokken.

Hij gaf geen antwoord. Schreed met grote passen over de vloer naar zijn kamer, zijn rode haar stond recht omhoog. Onder zijn arm droeg hij zijn tekenmap en op zijn rug zo'n groene linnen rugzak die je kunt omvormen tot een stoel. In de tas zaten zijn tekenspullen, pennen, potloden en fixeermiddel, een drinkbus en andere handige spulletjes. Ondanks zijn jonge leeftijd was hij een goed tekenaar. Maar hij had een moeilijk karakter. Zijn humeur was ieder uur weer anders, wat voor beiden erg uitputtend was. Maar ze hoopte dat juist de kunst zijn redding zou worden. In alle andere dingen was hij slecht. Wist zichzelf geen houding te geven in het gezelschap van anderen en had nooit de kunst geleerd om over koetjes en kalfjes te praten. Zijn gedachten dwaalden snel af, alleen als hij tekende was hij geconcentreerd, als hij het motief had gekozen en het hem vasthield, en als zijn nerveuze lichaam uiteindelijk tot rust kwam.

Ze was eraan gewend geraakt om op kousenvoeten rond te sluipen. Was voorzichtig met kritiek, confrontaties en lawaai, zoals een dichtslaande deur of schoenen met hoge hakken op het parket. En als ze toch eens klaagde, uit wanhoop of frustratie, werd hij stil en bokkig en zei dagenlang geen woord tegen haar. Een grote prater was hij sowieso al niet. Misschien zat zijn hoofd zo barstensvol innerlijke dialogen dat hij heel triviale dingen niet aankon, of misschien vond hij het allemaal zo nutteloos dat hij er gewoon geen zin in had. Wat het nou eigenlijk was? Ze wist het niet.

Zestien jaar. Stil en nors, af en toe onbeschoft, en zo agressief dat ze soms bang werd, want de waarnemingen die hij deed konden evengoed uit de mond van een cynische volwassene komen die het leven moe was.

Maar hij had ook goede dagen, als hij zijn tekenmap opendeed en haar liet zien wat hij die dag had gemaakt. Dan namen ze samen zijn schetsen door en was hij een poeslief kind, en ze gaf hem complimenten, maar nooit te veel. Soms vroeg ze zich af of hij wel zelfinzicht had. Of hij wel inzag dat bijna niemand zo goed kon tekenen als hij. Misschien dacht hij dat wel af en toe, maar vergat hij het dan weer, verscheurd als hij was tussen twijfel en geloof. Lof is goed, maar waardeloos als die van je moeder komt.

Zijn artistieke talenten had hij van zijn vader, die fotograaf was. Dagelijks hadden ze discussies over het gedrag van hun zoon, en daar hadden ze alle drie onder te lijden.

'Straks is hij volwassen, en zo moet je hem ook behandelen,' zei Carl. 'Hij heeft weerstand en correctie nodig, en van jou krijgt hij niets van dat alles. Waarvoor ben je bang, Dagny? Voor zijn woedeaanvallen?'

'Ik ben het meest bang voor zijn pijn,' zei ze. 'Ik kan het niet aanzien, dus zorg ik ervoor dat hij zich elk uur van de dag goed voelt. Hoe hij zich 's nachts voelt, weet ik niet, maar zelf kan ik niet goed slapen, omdat ik me voorstel dat hij wakker ligt en bang is, en ik kan hem niet meer tegen me aan drukken en hem ronddragen. Ik ben een toeschouwer van zijn leven geworden, het is ondraaglijk.'

'Je kunt toch niet van een zestienjarige verwachten dat hij zijn mama alles vertelt,' antwoordde hij. 'Zijn talent is heel bijzonder, en dat maakt hem anders. De meeste jongens zijn bezig met meisjes, uitgaan en drinken, en misschien af en toe een joint. Ellemann is bezig met licht en schaduw en perspectief. Daarover kan hij niet praten met zijn klasgenoten, maar de dag dat hij met andere kunstenaars begint om te gaan, zal dat veranderen. Dan kan hij zijn eigen taal spreken, dan wordt hij een volwassen en verstandige versie van zichzelf. Wacht maar af!'

Zei Carl. Zelfverzekerd als altijd.

Natuurlijk had hij gelijk. Hij was een heel ander soort opvoeder, sterk, duidelijk en onbevreesd, maar ten slotte werden de discussies zo vermoeiend dat hij hen verliet. Zelf werkte ze thuis. Ze had een opleiding textiel en mode gevolgd en had een eigen naaikamertje waar ze naaiwerk deed voor anderen. Carl betekende voor haar niet meer wat hij vroeger voor haar had betekend, ze was niet meer verliefd op hem en voelde zich niet meer tot hem aangetrokken, maar ze had wel nood aan de kracht en rust die zijn stoere gedaante uitstraalde. Ze huilde vaak. Omdat ze wist dat ze iets fout deed, omdat ze geen hulp kreeg, omdat haar zoon nooit een diagnose had gekregen, ook al was ze ervan overtuigd dat er iets mis was met hem. Er was iets met zijn karakter, dat hadden ze al gezien toen hij nog een baby was. Hij huilde nauwelijks, hoorden baby's niet te huilen? Soms zette ze hem in een wipstoel en gaf ze hem een opgekruld boterhampapiertje, en met dat knerpende papierballetje kon hij zich dan een hele tijd in stilte bezighouden. Echt goede vrienden had hij nooit gehad, en ook geen vriendinnetje, was hij eigenlijk wel geïnteresseerd in meisjes? Hoorden kunstenaars niet gepassioneerd te zijn en altijd op zoek naar schoonheid? Zij moest het doen met 'een moeilijke jongen'. Mager, dwars en ondankbaar, met een erg grillig humeur. Wispelturig, scherp en veeleisend en nauwelijks geïnteresseerd in anderen, tenzij ze een potentieel motief waren. Dan ontleedde hij hen en legde hen met vlijmscherpe precisie vast op het Windsor-papier, dan domineerde hij hen en hield hen vast. Maar zodra ze begonnen te praten, hun mening zeiden of iets van hem verlangden, trok hij zich terug. Toch ging hij vaak uit, meestal naar de Kaisa Bar, die eigenlijk de Kebnekaise Bar heette en werd gerund door een Zweed.

Elke dag en nacht hoopte ze dat haar zoon een sterke volwassene zou worden met veel verantwoordelijkheidsgevoel, een jongeman met een scherpe blik, iemand die achter de façades keek, zoals Picasso. Ze moest geduld hebben. Zolang ze onopvallend door het huis sloop, haar woorden op een goudschaaltje woog, met zachte stem sprak en tegen hem aanschurkte als een aanhalige kat, zou ze vroeg of laat worden beloond. Dan zou ze de moeder van de kunstenaar worden, geportretteerd worden, zittend op een rieten stoel en gekleed in een mooie jurk, met warmte en wijsheid in haar blik. En op een mooie dag, als hij groot en beroemd was, en zijn schilderijen voor miljoenen werden verkocht, zou hij toegeven dat niemand minder dan zij, zijn lieve moeder die zo veel voor hem had gedaan, altijd de drijvende kracht was geweest in zijn artistieke leven.

Hij liep naar zijn kamer en gooide de deur met een smak dicht. Ze hoorde gestommel, hoorde hem lades en deuren opentrekken en dingen verschuiven. Toen werd het stil. Misschien zat hij op de rand van zijn bed de schetsen te bestuderen die hij die dag had gemaakt, als hij tenminste iets had gemaakt. Misschien zat hij met zijn headset naar muziek te luisteren, naar Cave of Cobain, of zat hij te gamen. Ze maakte wat eten voor hem. Dekte de tafel, riep hem, met haar zachte, altijd defensieve stem, dat hij mocht komen als hij honger had. Ze wist dat hij zou komen, eten wilde hij altijd, of hij nu slechtgehumeurd was of niet.

Waarom hij zo mager was, begreep ze niet, maar misschien was het het leven zelf dat in hem brandde, een vuur dat dag en nacht smeulde, waardoor niets aan zijn ribben bleef plakken. Hij meed haar blik toen hij aan tafel ging zitten. Schepte een royale portie op, maakte veel lawaai met zijn bestek, het staal sloeg hard op het porselein.

Als Carl hier nu was geweest had hij zijn zoon een blik toegeworpen en het volgende gezegd: 'Scheelt er iets, Ellemann? Je ziet er nogal nors uit.'

En hun zoon zou antwoorden: 'Nee, er is niets.'

Daarop zou zijn vader zeggen: 'Dus je bent nors zonder reden?'

Waarop hun zoon zou antwoorden – althans dat dacht ze: 'Is er dan iets om blij om te zijn?' Dan zou zijn vader antwoorden, nog steeds met een milde glimlach om zijn mond, verstandig, warm en gevat als altijd: 'Waarom niet blij zijn met het eten dat je moeder zo liefdevol heeft klaargemaakt?'

En hun zoon zou zijn schouders hebben opgetrokken en hebben geantwoord: 'Ach man, eten moeten we hoe dan ook.'

'Dus je vindt het allemaal maar vanzelfsprekend, dat het eten op tafel staat?'

Op dat punt in het gesprek zou Ellemann ontzettend geïrriteerd raken, hij zou zijn vork op zijn bord laten knallen, het eten naar binnen schrokken, opstaan en weglopen.

En zijn vader zou hem naroepen: 'Opruimen, Ellemann! Je zet je bord weg en bedankt je moeder voor het eten.' Hun zoon zou zich vernederd voelen, zijn bord en bestek van tafel rukken, een duistere blik op zijn vader werpen en zeggen: 'Jullie bedanken mij toch ook nooit. Vinden jullie mij dan zo vanzelfsprekend?' En zijn vader zou afsluiten, nog steeds met dat wijze geduld en die warme stem: 'De dag dat jij het eten maakt, Ellemann, zullen we je heel dankbaar zijn.'

Ze wist dat iets van dit gesprek tot hem doordrong, omdat

zijn vader hem nooit belachelijk had gemaakt of hem voor de gek had gehouden, en omdat hij nooit neerbuigend of gemeen tegen hem was geweest. Althans niet voor zover zij wist.

Maar Carl had hen verlaten. Carl had grootse plannen in de oude villa die hij voor een prikje huurde.

Haar zoon schepte nog meer eten op zijn bord, probeerde de dingen die hij niet lekker vond, zoals cherrytomaatjes en aubergine, eruit te vissen. Zijn telefoon lag naast zijn bord, hij staarde de hele tijd naar het display, keurde haar geen woord, geen blik waardig. Ze fluisterde hem radeloos en angstig toe: 'Ga je uit vanavond?'

'Weet ik niet,' antwoordde hij bars, met zijn blik op zijn telefoon.

Toen vroeg ze niets meer. Maar er moest iets zijn gebeurd terwijl hij weg was. Hij was rond zes uur thuis vertrokken en was twee uur weggebleven. Als hij geen motief had gevonden, dan misschien iets anders, iets wat hem kwaad had gemaakt. Een simpele blik of een kritische opmerking van iemand volstond soms al om hem te doen instorten. Hij at zijn bord leeg, liep zonder een woord te zeggen naar zijn kamer, terwijl ze zelf aan tafel bleef zitten met haar hoofd in haar handen. Om haar zoon en het eten te verteren. Zolang ze hem genoeg liefde schonk, zou hij het wel redden, had ze gedacht. Dat zei iedereen toch, dat liefde het belangrijkste was in het leven? Zolang ze onvoorwaardelijk van hem hield, zou haar zoon harmonieus, genereus en vol zelfvertrouwen in het leven staan. Maar dat was niet zo. Ze ruimde de tafel af en zette alles in de afwasmachine. Ze liep naar de hal, bekeek zichzelf er met een kritische blik in de spiegel, dat lange bruine haar dat boven op haar hoofd was opgerold en dat soms, tegen het einde van de dag, deed denken aan een koeienvlaai. Ze herinnerde zich die ene keer dat ze haar haar op diezelfde manier had opgestoken en ze Carl had gevraagd wat hij van haar kapsel vond, waarop hij had gezegd: 'Dat is geen kapsel, maar een vogelnest.' Ze was meteen naar de slaapkamer gelopen, was op een stoel geklommen en had een doos met kerstversiering uit de kast gehaald. Had twee goudvinken met rode borst uit de doos gehaald en die boven op haar hoofd vastgemaakt, en als ze liep, wipten ze op en neer en zagen ze er net echt uit. Carl had een foto van haar gemaakt met de vogeltjes in haar haar en ze hadden gelachen als twee kwajongens.

Ze liep naar de bank en kroop in een hoekje. Als Ellemann een handicap had, iets wat zichtbaar was voor iedereen, zou alles veel eenvoudiger zijn. Dan zou ze hem bij alles moeten helpen, hem moeten duwen in een rolstoel, zijn eten voor hem snijden, zijn schoenveters knopen. En anderen zouden bemoedigend naar haar glimlachen, omdat ze zo veel moeite voor hem deed, zo veel voor hem opofferde, en tegelijk zouden ze het vanzelfsprekend vinden, zij die kinderen hadden zonder problemen.

Ze had alle mogelijke vragen beantwoord, bij de huisarts en de psycholoog op school, had allerlei hokjes op verschillende formulieren afgevinkt, maar de vele vinkjes vormden geen patroon waaruit een diagnose kon worden afgeleid. Hij wees haar af omdat hij zich niet kon beheersen, omdat hij haar niet zag, omdat haar vertwijfeling hem koud liet. Ze kreeg zin om zelf ook met de deuren te slaan en op tafel te kloppen, haar stem te verheffen en om aandacht te schreeuwen.

'Zie je mij, Ellemann? Weet je wel hoe het met míj gaat?'

Het was negen uur 's avonds toen hij zijn kamer uit kwam lopen, bleek onder het rode haar, met zijn lippen stevig op elkaar gedrukt en een duistere blik. Hij leek haast te hebben. Hij liep de woonkamer door zonder haar een blik waardig te keuren en pakte zijn sneakers in de gang.

'Ga je naar de bar?'

'Wat denk je?' blafte hij terug.

De buitendeur knalde dicht. Ze liep naar het raam en volgde hem met haar ogen toen hij door de poort verdween. Snel en doelbewust liep hij de straat op, in iets te grote kleren, een bleke spijkerbroek en een zwarte trui. Het is vast gewoon weer iets kleins wat hem kwaad gemaakt heeft, dacht ze, een sarcastische opmerking of een minachtende blik. Dat hij toch naar de bar wilde, was een goed teken. Ineens kwam een afschuwelijke gedachte bij haar op. Misschien was haar zoon zo iemand die het in zijn hoofd kon halen om zijn hele klas neer te schieten, als hij iets had gehad om mee te schieten. Ze kreeg zin om iets onfatsoenlijks te doen. Tegen een van haar eigen principes in te gaan, namelijk dat ze nooit in de spullen van haar zoon zou snuffelen. Maar misschien kon iets in zijn kamer zijn oorlogszuchtige humeur verklaren. Dus liep ze de woonkamer door naar zijn deur. Ze deed hem voorzichtig open en keek naar binnen, zag het onopgemaakte bed en de gebruikelijke rommel, kleren op de grond, papieren en boeken, vuile was in een mand, figuurtjes in de boekenrekken, krijgers en ridders. En een kunstboek dat hij van zijn vader had gekregen, met foto's van de klassieken. Het was warm en bedompt in de kamer, ze opende het raam. Ze zocht naar zijn tekenmap, die meestal boven op de commode lag, een bruine leren map die je kon sluiten met touwtjes. Ze doorzocht de boekenrekken en de lades. Hij zou hem nooit ergens leggen waar de schetsen konden kreuken, kapotgaan of vochtig konden worden. Hij tekende op duur papier dat hij van zijn vader had gekregen. De map had zij hem gegeven voor zijn veertiende verjaardag, hij was van hertenleer en had een fortuin gekost. Hij had hem onder zijn arm gedragen toen hij thuiskwam, maar niet toen hij weer wegging.

Ze moest en zou hem vinden, want ze had het gevoel dat de map iets verborg, een verklaring voor zijn zwarte humor, een mislukte tekening misschien. Iedere kunstenaar heeft wel eens een slechte dag. Ze begon te zoeken, warm van de ijver en nieuwsgierigheid. Voor zijn bed lag een dikke mat, ze tilde die op en keek eronder. Ze trok zijn dekbed weg, maar daar lag ook niets. Ze zocht in zijn kast, keek onder zijn broeken en truien, liep terug naar zijn bed en nam zijn hoofdkussen weg, tastte met haar hand over het laken naar oneffenheden. Tilde het zware matras op om eronder te kijken. En daar, op de houten lattenbodem, lag de tekenmap. Bruin en exclusief, met de leren touwtjes netjes dichtgeknoopt.

Ze trok hem tevoorschijn, keek angstig door het openstaande raam. Maakte de knoop los, opende de map en verwijderde het zijdeachtige beschermingspapier dat erbovenop lag. Ze keek recht op een tekening.

Die was gemaakt met een zacht potlood. Het motief had een geelachtige gloed, het fixeermiddel deed de tekening er oud uitzien. Maar godallemachtig, dacht ze, had hij een vriendinnetje? Haar ogen zochten naar een betekenis in de lijnen, terwijl haar hersenen op hoge toeren draaiden.

Ze was nog maar een tiener, zomers gekleed. Ze lag in het gras tussen heidestruikjes en lange grashalmen, als een lappenpop die iemand daar had gegooid. Droeg een topje en een geruit rokje. Haar slipje was naar beneden getrokken, tot op haar enkels, haar ene schoen was af gevallen. Op de achtergrond zag ze bomen en een paar lage struiken. Ze staarde met grote ogen naar de tekening. Als ze niet beter had geweten, had ze gedacht dat het meisje dood was. Niemand ligt zo, met starende ogen en de mond wijd open, en met haar slipje op haar enkels. In paniek klapte ze de map dicht, knoopte de touwtjes vast en liet zich op zijn bed vallen. Ze voelde een droogte in haar mond, wat moest ze hiervan denken, wat moest ze geloven? Was hier enige verklaring voor? Ze stond op, tilde het matras weer op en legde de map terug op zijn plaats. Liep zijn kamer uit, sloot de deur, ging op de bank zitten, greep naar een kussen en hield het als een schild voor zich. Geen schoolschutter, nee, maar iets anders, iets afschuwelijks. Ze zocht naar een verklaring. Een verklaring die haar niet bang maakte, maar waar ze straks om zou kunnen lachen. Ze had niet goed naar de tekening gekeken, natuurlijk, daarom had ze het verkeerd gezien. Ze had maar een paar seconden lang gekeken, en wat ze had gezien, had ze verkeerd geïnterpreteerd. Net als getuigen, dacht ze. Wat de mensen beweren met hun eigen ogen te hebben gezien, hebben ze niet echt gezien, want de hersenen interpreteren de signalen van de oogzenuw, en de hersenen duwen de gedachte óf in de richting die voordelig of zinvol is, óf in de richting die gekleurd is door angst. Ze had iets aan de tekening toegevoegd wat er niet was, omdat ze moe was en terneergeslagen, omdat ze hem niet begreep en niet wist wat er van hem moest worden, of hij enige toekomst had, of wat voor toekomst hij had. Ze had de klassieke fout gemaakt om overhaaste conclusies te trekken. Door de paniek kon ze niet meer helder en rationeel denken. Dus moest ze er nog eens naar kijken, maar dan beter. Opnieuw wierp ze een snelle blik door het raam voordat ze voor de tweede keer naar zijn kamer ging. Ze tilde het matras op, trok de map eruit en haalde de tekening tevoorschijn. Ging op zijn bed zitten en keek lang naar de tekening. Sloot haar ogen en deed ze weer open, keek er nog een keer naar, liet haar blik alle lijnen volgen. Je kon dit maar op één manier bekijken. Ellef had een dood meisje getekend. Met een verstarde, starende blik en haar slipje op haar enkels. Haar mond was open, haar haar in de war. Met haar rechterhand had ze een pluk gras uitgetrokken, haar ene voet was verdraaid en stond in een vreemde houding.

Wat een tekening! Zo angstaanjagend, zo droevig, zo grenzeloos onthullend. Een kapot lichaam dat iemand in een greppel had gegooid. Haar zoon had een eigen opvatting van het motief, een talent om iets over te brengen en weer te geven; het motief stond in direct verband met zijn ogen, zijn ogen met zijn hersenen, zijn hersenen met zijn hand die het potlood vasthield, en zo ging het naar het papier. Maar zijn hersenen, bedacht ze, zijn moeilijke, verraderlijke hersenen, maakten altijd een selectie. Ze voegden iets toe, namen iets weg, verzonnen er nog iets bij, tot het meisje zijn eigen meisje werd, zijn revelatie, zijn motief. En wat een knap meisje! Een hoog voorhoofd en ronde wangen, een lange hals en rechte schouders. Maar ze was jong, nog maar vijftien of zestien jaar, net als Ellemann zelf.

Wat moet ik nu doen? vroeg ze zich af. Wat heeft hij met dat meisje gedaan? Heeft hij iets gedaan? Is ze zijn vriendinnetje, zijn allereerste vriendinnetje, hebben ze ruziegemaakt, is hij woedend geworden, en is het dan zo afgelopen? Is mijn zoon een moordenaar? Is dit wat ik al die tijd heb gevreesd, dat hij uitschot is?

Ze had zin om luid en uitzinnig te lachen. Het was gewoon idioot en onwaarschijnlijk! Mijn zoon Ellef, die een meisje vermoordt? Tenger en gevoelig als hij is, is hij zelf bijna een meisje. De gedachte was zo grotesk, zo vreemd in haar moederlijke universum, dat ze er bijna hysterisch van werd. Je denkt niet helder, Dagny, beheers je. Hij tekent zomaar wat. Hij tekent dingen die niet bestaan, dingen die hij voor zijn innerlijke oog ziet, zijn fantasie is grenzeloos. Die tekening is niet gesigneerd of gedateerd, en dat doet hij anders altijd, zijn naam, de maand en het jaar stonden meestal in de rechterbenedenhoek. Ze legde de tekening terug in de map. Bedekte haar met het vloeipapier, knoopte de touwtjes dicht, schoof de map voor de tweede keer onder het matras. Legde het dekbed netjes en liep terug naar de woonkamer. En toen, op hetzelfde moment, hoorde ze geluiden in de hal.

'Was er iemand?'

Hij negeerde haar. Had hij haar aangekeken, dan had hij gezien dat ze vuurrood was in het gezicht, en schuldbewust en nerveus was. Hij beende naar zijn kamer, mompelde over zijn schouder: 'Niemand.'

De deur sloeg dicht en ze ademde uit. Tien seconden later deed hij de deur weer open en riep: 'Je bent in mijn kamer geweest!'

De blos op haar wangen verdween, en ze werd lijkbleek.

'Echt? Dat kan ik me niet herinneren.'

'Het raam staat open! Zulke dingen doe ik zelf wel.'

Buiten was zacht gedonder te horen. Het onweer raasde over de daken, af en toe lichtte de hemel wit op. Ze liep de keuken in, pakte een glas koud water en dronk het met grote slokken leeg. Ze kon er niet omheen, Ellef had een dood meisje getekend. Al haar zorgen, al haar vreselijke fantasieën over haar zoon waren werkelijkheid geworden.

Het huis uitgaan, bedacht ze, op jacht naar iets moois, iets om door te geven, iets wat hij kon laten zien als hij thuiskwam. En dan een lijk vinden. Er met geen woord over reppen, wegkijken, de deur dichtslaan. Ze zag zichzelf de kamer door razen, zijn deur openrukken en zijn kamer in stampen terwijl ze hem met bliksemende ogen aankeek en schreeuwde als een bezetene: 'WAAR BEN JE IN HEMELSNAAM MEE BEZIG?'

Maar in plaats daarvan liet ze zich tegen het aanrecht vallen, klampte zich vast en beet op haar lip. Zowel buiten als binnen in haar hersenen waren lichtflitsen, een dood meisje. Dat hij had gevonden. En getekend. Of een meisje dat hij had vermoord. En getekend. Ze liep de woonkamer weer in en ging op de bank zitten, kauwde op iets wat niet in haar mond zat.

Plotseling hoorde ze een geluid, Ellemann kwam weer zijn kamer uit. Hij schoot haar voorbij en liep de keuken in, de ijskast ging open en weer dicht.

'Dus je hebt niemand gezien die je kende?' riep ze.

Hij kwam de woonkamer weer in met een Pepsi.

'Dat heb ik al gezegd.'

Toen liep hij weer zijn kamer in en ze hoorde dat hij een oorlog begon. Het geluid van knetterende machinegeweren en commando's van een computergame, en af en toe pijnlijke kreten van gevallen soldaten, kwamen haar richting uit. Later die avond hoorde ze het geluid van staal tegen staal, van krijgers die met zwaarden vochten. En nog later speelde hij *Murder Ballads*. Ik moet iemand bellen, dacht ze, ik moet Carl bellen. 'Ellemann heeft een dood meisje gevonden in het bos. Maar hij heeft me niets verteld en hij heeft ook de politie niet gebeld. In plaats daarvan is hij erbij gaan zitten en heeft hij haar getekend. Kun je dat geloven?'

'Ach, Dagny, dat kan toch niet,' zou Carl antwoorden, met een hartelijke lach.

Ze zocht overal naar oplossingen. Misschien kwam het dode meisje uit zijn fantasie. Misschien bestond ze niet eens en had hij gewoon de dood willen tekenen. Of misschien was ze een meisje dat hij kende en wilde hij dat ze dood was. Ja, zo was het natuurlijk. Misschien was hij dodelijk verliefd op haar, nee, niet dodelijk, gebruik dat woord niet, Dagny, hij was smoorverliefd op haar. Of misschien had hij wat onbeholpen avances gemaakt en had zij die met een koude blik afgewezen en vervolgens een andere jongen bij de arm genomen, een al wat oudere jongen, die zelfverzekerd en gespierd was, niet zo'n jongen met van die dunne armpjes en rood, warrig haar. Gedreven door zijn gevoelige en dramatische gemoed, en geneigd als hij was om te flirten met dood en verderf, had hij haar dood getekend, in een soort wraakzuchtige razernij. Had hij getekend wat hij met haar had wíllen doen, als hij het in zich zou hebben gehad om iemand te vermoorden. Maar dat had hij natuurlijk niet, kom nou, Dagny. Maar als tiener besefte hij maar al te goed wat de dood inhield, wist ze, en de angst die dat besef met zich meebracht, mondde uit in allerlei vormen van doodsverachting, zoals zo vaak het geval is bij jonge kerels. Ellemann tekende dood en verderf, zo was het natuurlijk, ongelukkige liefde is niet om te lachen, sommigen gaan er zelfs van dood. Nee, gebruik toch niet de hele tijd dat woord, zoek een ander woord! Voorlopig paaide ze zichzelf met die uitleg. Er was geen dood meisje. Maar die uitleg was slechts een broze constructie, ze durfde haast niet te ademen. Ik moet iemand bellen. Maar wat moet ik zeggen, wat zullen de mensen denken?

Blaffende honden bijten niet, maar je kunt maar beter uit de buurt blijven.

Ze bleef zitten in de hoek van de bank. Met opgetrokken knieën en ingepakt in een gebreid vest. Zo had ze vaak gezeten als kind, als iemand haar de stuipen op het lijf had gejaagd. Dan was de bank een onbewoond eiland, aan alle kanten omgeven door de zee, en in de diepte zwommen hele scholen giftige vissen. Voortdurend hoorde ze het gebulder van de hemel, niet dichterbij, maar ook niet verder weg. Ze sloot haar ogen en zocht diep vanbinnen naar een andere stem.

Kom me niet vertellen dat mijn zoon een moordenaar is. Er zijn grenzen. En wel hier. En het negatieve beeld dat zich in mijn hoofd heeft genesteld, kan ik gemakkelijk ontkrachten door het hem zelf te vragen.

Heb je vandaag iemand vermoord op je wandeling door het bos?

Nee, dacht ik al.

Maar nu ter zake. Je bent over een lijk gestruikeld.

Waarom heb je me niets gezegd?

Sejer leunde over de rand van zijn bed en keek neer op zijn hond.

'Hé, Frank, opstaan!'

Hij liet zijn stem optimistisch klinken, in een poging om wat leven te brengen in de gele sharpei, die tien jaar oud was en niet meer goed ter been. Zijn beste vriend, misschien wel zijn enige vriend, als hij heel eerlijk was, en daar was de hoofdinspecteur oud genoeg voor. Hij raapte een roze rubberen varkentje op waar de hond graag mee speelde, en duwde erop. Het knorde als een echt varken, maar bracht niets teweeg. Anders volgde Frank hem altijd naar de keuken en stond hij te kwijlen terwijl hij het eten in zijn etensbak goot, en te luisteren naar het rinkelende geluid van de hondenbrokken tegen het porselein. Maar ook dat gebeurde niet. De hond bleef liggen.

Af en toe achteromkijkend liep Sejer naar de keuken. Vulde schoon water in de ene bak en hondenbrokken in de andere. Liep naar de badkamer om zich aan te kleden. Liep terug naar de keuken, smeerde een knäckebröd, at terwijl hij tegen het aanrecht leunde.

'Frank! Ontbijt!'

Er kwam geen hond de slaapkamer uit sloffen. Hij liep weer terug, hurkte neer en tilde de kop van de hond op.

'Gaat het niet goed, dikkie?'

Hij rook de adem van de hond, die deed denken aan ziekte, een ontsteking.

De hond zuchtte. Zijn ogen waren nat en droevig. Sejer haalde het eten en het water, zette de kommen op de mat naast zijn bed, waarna de hond een halfslachtige poging deed om op te staan. Hij krabbelde moeizaam overeind, liet zijn eten staan, maar begon van het koude water te drinken, hij dronk gulzig en kon niet meer ophouden. Dat was toch al iets, dacht de inspecteur. Dat je eens een maaltijd overslaat, is geen catastrofe, er mogen wel een paar kilootjes af.

Hij keek naar de hond terwijl die dronk. Er kwamen geluiden uit zijn keel, een geforceerd gerochel. Hij wilde aan de snuit voelen, maar de hond bleef maar drinken, hij kreeg er niet genoeg van. Ten slotte ging hij weer op de mat liggen, zijn snuit was gloeiend heet.

'We moeten even een wandelingetje maken, Frank. Met al dat water en zo, anders pis je nog op de mat.'

De hond bleef liggen.

'Frank Robert! Sta op!'

De hond kromp ineen van de schrik en ging moeizaam op zijn vier poten staan. Hij volgde hem naar het halletje en verder de gang in naar de lift, twaalf verdiepingen naar beneden, door de hoofdingang naar het gras. Daar tilde hij zijn poot op, en toen hij klaar was, draaide hij zich om en wilde meteen weer naar binnen gaan. Zodra ze weer boven in de flat waren, liep hij terug naar de slaapkamer, waar hij op de mat ging liggen. Sejer legde zijn hand op de kop van de hond. Uit zijn keel kwamen voortdurend rochelende geluiden. Een verkoudheid, dacht hij. Keelontsteking.

'Vandaag kun je niet mee naar het werk,' zei hij. 'Je kunt beter thuisblijven en het wat rustig aan doen.'

Hij maakte zich klaar om te vertrekken. Zoals wel vaker verstopte hij de reservesleutel onder zijn deurmat en legde een schriftelijk verzoek op de mat bij Helena, die tegenover hem woonde. Of ze zo lief wilde zijn om in de loop van de dag even naar de hond te gaan kijken.

Voor de goede orde schreef hij er nog bij: *'Geen haast, hij heeft al om 6.45 uur gepist.'*

De dienstdoende agent, die Kreutzer heette, gaf een uiteenzetting van de gebeurtenissen van de voorbije nacht.

Nachtelijk lawaai in Landfall.

Botsing met drie voertuigen in Solberg.

Inbraak in de Kiwi-supermarkt in Frydenlund.

Brand in een afvalcontainer in Koppervik.

De politieagenten hadden plaatsgenomen rond de tafel. Kreutzer en Riis, Larson en Skarre, Hannisdahl en Falck, en de hoofdinspecteur zelf, die de oudste was. Hij kon zich niet concentreren, was er niet helemaal bij met zijn gedachten, maar bepaalde geluiden ving hij wel op. Geritsel van papier, stoelpoten die over de vloer schraapten, het geluid van het koffiezetapparaat bij het aanrecht dat hem aan zijn hond deed denken, het was hetzelfde gerochel.

'En dan een zorgwekkende melding,' zei Kreutzer. 'Een meisje uit Svartland wordt vermist. Haar vader belde vlak voor middernacht. Ze had aan haar ouders verteld dat ze samen met een vriendinnetje naar een berghut zou gaan, en dat ze gistermiddag of -avond weer thuis zou zijn. Maar blijkbaar is er nooit sprake geweest van een overnachting in een berghut en is ze ergens anders heen gegaan, en niemand weet waarheen. Ze neemt haar telefoon niet op.'

'Om wie gaat het?' vroeg Sejer.

'Gritt Zeeland, zestien jaar,' antwoordde Kreutzer. 'Waarschijnlijk van huis weggelopen.'

'Weggelopen, inderdaad,' zei Sejer. 'Wellicht als protest tegen haar ouders, uit minachting voor de generatie van haar ouders en de gevestigde orde.'

'Inderdaad, zou kunnen,' zei Kreutzer.

'Ze was kwaad en zit nu ergens veilig en wel te genieten van elke seconde,' voegde Sejer eraan toe.

'Dat is in elk geval de meest aannemelijke verklaring,' zei Skarre.

'Ze is dus al drie nachten vermist,' zei Sejer. 'Maar rekening houdend met wat ze thuis heeft verteld, gaat het strikt genomen maar om één nacht. Hoe kwam de vader op je over?'

'Voorlopig geen alarmerend teken van paniek,' zei Kreutzer. 'Maar het zijn dan ook kunstenaars.'

'En wat betekent dat?'

Kreutzer trok zijn schouders op.

'Kunstenaars zijn ruimdenkende mensen.'

'Ruimdenkend?'

Sejer glimlachte.

'O ja, natuurlijk', zei hij, 'ik begrijp al wat je bedoelt. Vrije opvoeding en veel speelruimte. *All you need is love.*'

De anderen konden onmogelijk vaststellen of hij sarcastisch was of niet.

'Haar vader is een Nederlander,' zei Kreutzer. 'Hij komt uit een land waar zowat alles mag.'

Nu glimlachte hij zelf ook.

'Ik rij wel naar Svartland,' zei Sejer. 'Als jij tenminste klaar bent met je verslag.'

Kreutzer knikte, waarop Sejer met grote stappen naar de deur schreed. Want zelf had hij ook een dochter, en die was ook ooit zestien geweest, en mooi en wild, en hij kende de angst die je ineens voelde als je kind niet op het afgesproken tijdstip thuiskwam, als het eerste kwartier voorbij was, en het eerste uur, en de hele lange nacht, de onpasselijkheid die opkwam en de adrenaline die door je lijf gierde, terwijl de angst je hoofd en je lichaam door elkaar schudde, zo hevig dat het leek alsof je aan een stroomdraad hing. En hoe je in gedachten naar vreselijke plekken ging, naar greppels, rioolbuizen en waterputten, en alle beelden die je voor je zag, van wat mooie meisjes allemaal kon overkomen.

Er kon hun van alles overkomen.

De rit naar Svartland duurde dertig minuten. Onderweg dacht hij aan Frank. Tien hondenjaren stemden overeen met zeventig mensenjaren. Was het al voorbij? Rustig maar, zei hij tegen zichzelf, vandaag ben ik niet degene die medelijden verdient. Frank is verkouden en moet uitrusten. Hij heeft wat overgewicht, dat valt niet te ontkennen. En artrose in zijn korte poten, slechte ogen en een verminderd gehoor.

Is het al voorbij?

Toen gingen zijn gedachten terug naar Gritt. Hij hoopte dat ze zou komen binnenwaaien terwijl hij met haar ouders aan het praten was en dat alles zou eindigen in tranen en woede, boos geroep en gelukkig gelach. Een vreemde, ongecontroleerde mengeling van gevoelens op het hysterische af.

Het huis groeide recht omhoog uit de berg.

Het was van steen en had dezelfde kleur als de rotsen, leigrijs met hier en daar wat bruin en roze. Het dak was een ronde koepel met rondom smalle ramen, en aan elke kant liep het gebouw schuin af naar de rots. Bij nevel en grijs weer zag je misschien niet eens dat het een gebouw was, wanneer de contouren waren uitgewist en je de ronde vormen alleen maar kon vermoeden. Of 's nachts in het donker, als het licht door de ramen scheen, dacht je misschien dat de rots zelf bewoond was, of dat er een gigantische ufo was geland. Maar nu, na het onweer van de voorbije nacht, baadde het landschap in het zonlicht. De constructie van het huis was duidelijk zichtbaar, en absoluut speciaal voor dit stuk grond getekend. Een bastion, een onneembare vesting, of een mooi voorbeeld van hoe de architectuur harmonieert met de natuur, het was maar hoe je het bekeek.

Hij parkeerde de auto en wilde uitstappen, maar toen hij het portier had geopend en een voet op de grond had gezet, hoorde hij iemand roepen. Een krachtige vrouwenstem. Is ze al thuis? vroeg hij zich af. Daarna was een diepere stem te horen, van een man. De stem kwam uit de openstaande ramen van het huis. Hij bleef zitten luisteren, voorovergebogen en met zijn handen op het stuur. Daar was de vrouw weer, die riep en tierde, en toen nam de man het weer over met zijn diepe gebulder. Een tijdlang schreeuwden ze door elkaar, daarna werd het een paar seconden stil, maar toen begonnen ze opnieuw met hernieuwde kracht.

Met zulke razende ouders zou ik zelf ook gaan lopen, dacht Sejer.

Maar ineens begreep hij dat ze helemaal niet kwaad waren, maar bang.

Hij stapte uit de auto. Sloeg het portier hard dicht, om zo

zijn komst te melden. Naast de bel stond de naam Zeeland in een stuk drijfhout gebrand.

Een man van rond de veertig, lang en slungelig, met veel haar en een baard, opende de deur. Een rood-groen geruit overhemd en een verwassen spijkerbroek, klompen aan zijn voeten.

'Politie?' vroeg hij hoopvol.

Jan Zeeland liet Sejer binnen in een hal met dikke vloerkleden. Vandaar gingen ze de trap op naar de eerste verdieping, waar de keuken en de woonkamer waren.

De moeder, Marion, kwam hem begroeten. Ze was kortademig van nervositeit. Zoals ze daar naast haar man stond, leken het wel vader en dochter, want Marion was jonger en korter, en haar stem klonk kinderlijk en zacht.

'We zijn niet hysterisch, hoor,' verzekerde ze, 'maar we weten gewoon niet wat we hiervan moeten denken. Je hebt vast veel vragen, maar aangezien ze dus niet naar de berghut is geweest met Charlotte, zoals ze had gezegd, weten we zelf ook helemaal niets. Wat moeten we daarvan denken?'

Sejer dacht na over wat hij kon zeggen, en hoe. Voorlopig bleef hij positief, wilde hij hun helpen om de angst in bedwang te houden, die bij hen allebei diep in hun binnenste kookte.

'Wanneer had ze thuis moeten zijn? Wat was er afgesproken?'

'Gisteren in de loop van de middag of in de vroege avond, zo lang zijn we al aan het wachten.'

'Wanneer heb je haar vriendin gebeld?'

'Om acht uur gisteravond. Ik belde om te zeggen dat ik hen wel wilde ophalen, want de moeder van Charlotte had hen erheen gebracht. Of nee, ze heeft hen dus niet gebracht, maar dat dachten we gisteren nog wel.'

'Dus jullie hebben haar al drie dagen niet meer gezien?'

'Nee.'

'Wat zei Charlotte toen je haar belde?'

'Ha! Dat had je moeten horen. Ik had meteen door dat er iets niet klopte, want toen ik haar vroeg of ik Gritt even mocht spreken, aangezien ze haar telefoon niet opnam, duurde het een eeuwigheid, Charlotte bleef maar aarzelen, tot ze ten slotte toegaf dat dat uitstapje naar de berghut een leugen was. Ze had gewoon de rol van alibi op zich genomen zonder te weten waar Gritt uithangt.'

'Dus ze heeft Gritt een alibi verschaft zonder dat ze haar geheim kende?'

'Dat beweert ze in elk geval. Ik maak me grote zorgen, wat is hier in hemelsnaam aan de hand?'

'Hoe heb je gereageerd?'

'Ik heb haar uitgescholden. Waar zijn ze in godsnaam mee bezig, dat is toch geen manier van doen!'

'Is Gritt te voet van huis weggegaan?'

Marion knikte.

'Het is maar een paar minuten lopen naar Charlottes huis.'

'Wat zei ze nog toen ze vertrok, behalve dat ze naar de berghut ging?'

'Dat we haar niet moesten bellen om te zeuren. Maar het

kwam niet eens bij me op om haar niet te geloven, ze is zo vaak samen met Charlotte, we kennen haar familie, dat zijn fatsoenlijke mensen.'

'Gedroeg Gritt zich normaal?'

'Ze zat op hete kolen,' antwoordde Jan Zeeland. 'Was nerveus.'

'Heeft ze een vriendje?'

Ze keken elkaar snel aan.

'Niet dat wij weten.'

'Of een ex-vriendje, dat misschien weer welkom is?'

'Henrik,' zei Zeeland, 'maar die is in België gaan studeren.'

'Maar het is zomer,' zei Sejer. 'Misschien is hij in Noorwegen op vakantie?'

'Zou kunnen. Daar weten we niets over.'

'Accepteerden jullie Henrik als haar vriendje?'

'Absoluut.'

'Wat heeft ze meegenomen toen ze vertrok?'

'Een donkerblauwe tas,' zei Marion. 'Van Puma. Niet al te groot.'

'En hoe was ze gekleed?'

'Ze had een topje aan en een geruit rokje. En witte schoenen van DNA. Ze is klein,' voegde ze eraan toe. 'Eén meter tweeënvijftig. Ze is hoogblond. Ik zal je straks een foto laten zien.'

'Vertel me over haar,' zei Sejer. 'Om het even wat.'

'Tja, wat kan ik zeggen?' zei Marion nerveus. 'Heb je zelf geen kinderen? Ze is zestien jaar en lief en slim en fantastisch, wat dacht u dan? Ze is mijn dochter! En ze is bijzonder knap.'

'En dat weet ze zelf maar ál te goed,' merkte de vader op.

Marion sperde haar ogen open.

'Waarom zeg je dat?' vroeg ze ontdaan.

'Waarom ik dat zeg? Omdat het waar is.'

'Dat weet ik ook wel, maar dat heeft toch niets met de zaak te maken?'

'Dat weten we niet,' antwoordde hij. 'Hij vraagt ons iets over Gritt te vertellen, en ik vertel iets over hoe ze is.'

'Maar dat klinkt alsof...'

'Alsof wat?'

'Alsof ze geen fatsoenlijk meisje is.'

'Ze is wel een fatsoenlijk meisje,' zei Zeeland, 'maar ze is ook een bloedmooie tiener. En dat doet iets met je karakter, als je van alle kanten wordt bewonderd.'

'En wat doet dat volgens jou met haar karakter?' vroeg Marion scherp.

'Ze is erg zelfbewust, of niet soms?'

'Maar dat heeft helemaal niets met de zaak te maken!'

'Jawel,' antwoordde hij. 'Dat heeft er wel iets mee te maken. Ik vertel gewoon iets aan de politie waarvan ik vind dat ze het moeten weten. Gritt is niet verlegen of terughoudend, en op geen enkele manier bang, ze is zelfbewust en behoorlijk pretentieus, en ze weet maar ál te goed hoeveel ze waard is, dat wil ik gewoon zeggen.'

Marion zat te beven op haar stoel, legde haar hand op haar ogen.

'U moet met Charlotte praten,' zei ze en ze keek naar Sejer. 'Ze zegt dat ze niets weet, maar dat geloof ik niet. Die twee nemen elkaar in bescherming, Charlotte weet heel precies wat er aan de hand is.'

'Jullie hebben dus geen weet van een nieuw vriendje,' herhaalde Sejer. 'Wat denken jullie nu dan?'

'Ben jij hier niet degene die moet denken?' zei Marion terwijl ze hem uitdagend aankeek.

Zeeland schudde het hoofd. Legde zijn handen op tafel, grote, sterke handen met vlekken rode verf.

'Ik ben ervan overtuigd dat ze wel een vriendje heeft,' zei hij, 'iemand die ze niet aan ons wil laten zien. Ze is nu ergens bij hem, misschien in een hut, maar dan niet de hut van Charlotte. Meer mysterie is er niet aan.'

'Hadden jullie een conflict in de periode voor ze verdween?'

'Niet echt,' antwoordde Marion.

'Maar het gebeurt wel eens?'

'Dat kunnen we niet ontkennen,' merkte de vader op.

'Kom nou, zeg!' riep de moeder. 'Waarom zeg je dat allemaal? Je plaatst haar in een kwaad daglicht. "Dat kunnen we niet ontkennen." Wat is dit? Hou toch eens op!'

Sejer keek beide ouders aan met een milde blik.

'Waarover hadden jullie het voor ik aanbelde? De ramen staan namelijk open.'

De moeder werd rood, de vader zuchtte diep.

'Ach, ze is weg, weet je,' zei Zeeland. 'Ze neemt haar telefoon niet op als we bellen. We kunnen niet meer helder denken.'

'En de ouders van Charlotte, hebben jullie al met hen gepraat?'

'Ik heb met haar moeder gepraat,' zei Jan Zeeland. 'Volgens haar zou Charlotte nooit liegen in een dergelijke situatie. Maar dat is zo verdomd naïef, natuurlijk liegt ze. Je mag tieners gewoon niet vertrouwen, ze zijn met zo veel dingen tegelijk bezig.'

'Ha, en jij weet ineens zo veel van tieners af,' zei Marion.

'Ik weet veel van tieners af omdat ik er zelf een heb,' beet hij van zich af. 'Ze hebben talloze redenen om te liegen.'

'Zulke dingen zeg je toch niet!'

'Ze moet zich losrukken,' zei hij hulpeloos. 'Van ons. Ze wil ons niet kwaad of bang maken, en daarom verzint ze onschuldige smoesjes over waar ze naartoe gaat. Zoals die berghut. Ze wil dat we ons geen zorgen maken en bedoelt het alleen maar goed. Ze houdt ons erbuiten, het is haar manier om ons te beschermen.'

Hij legde zijn hand op Marions arm.

'Jij staat te dicht bij haar, Marion,' zei hij. 'Ik sta er verder vandaan en daarom zie ik de dingen duidelijker. Straks is ze weer thuis. Maar probeer kalm te blijven als ze terugkomt.'

'Kalm? Als ze ons dit allemaal aandoet?'

'We weten toch niet zeker of ze dit met opzet doet,' zei Zeeland.

Toen drong de betekenis van zijn woorden tot hem door en werd het doodstil.

'Ik weet niet wat ik ga doen als ze thuiskomt,' zei Marion vermoeid. 'Haar tegen me aan trekken, de deur op slot doen en haar vastbinden aan haar bed.'

'Is ze wel eens eerder niet thuisgekomen?' vroeg Sejer.

'Misschien wel eens een nachtje,' zei ze, 'daar kunnen we nog mee leven. Maar nu heeft ze gelogen, en de twee nachten zijn er ondertussen drie geworden, en we krijgen haar niet te pakken. Geen antwoord, geen berichtje, niets. Dat betekent dat er iets gebeurd is. Dat kun je niet ontkennen, ook al heb je vast al van alles meegemaakt, maar ik wil niet weten wat je allemaal hebt meegemaakt!'

Sejer liet zijn blik over de wanden van de grote keuken glijden. Er hingen veel foto's van Gritt. Sommige waren genomen toen ze een baby was, een paar toen ze een jaar of drie was, met kort haar, precies een jongetje, mollig en onweerstaanbaar schattig, in een blauwe tuinbroek.

'Schilderen jullie allebei?'

'Ja,' zei Zeeland. 'Olie en acryl.'

'Mag ik eens zien?'

'Zeker, als je dat wilt. Ben je in kunst geïnteresseerd?'

Zeeland liep als eerste de trap op, een lange, steile trap met een stevige leuning. Sejer en Marion volgden hem. Ze kwamen in de ruimte onder de koepel, waar de julizon door het zeshoekige dakraam in het atelier naar binnen scheen. Bovendien had de koepel rondom hoge, smalle ramen, wat een wonderlijk licht opleverde en Sejer deed denken aan een kerk die hij ooit had bezocht op een reis naar Helsinki. Overal zag hij schilderijen van het echtpaar, sommige stonden op schildersezels, maar de meeste stonden tegen de muren gestapeld, op spieramen. Het rook er lekker naar terpentijn. Een grijze, lange jas met verfvlekken hing over een stoel. Op een houten bank stonden lange rijen potten en penselen. Een schommelstoel met een schapenvacht op de zitting en vloerkleedjes op de vloer. Een vlekkerige oorfauteuil.

De schilderijen van de Nederlander leken wel watervallen van rood. Het stroomde, knetterde en brandde, rozerood, paars en oranjerood, roestrood, signaalrood en bloedrood.

'Je denkt misschien dat ik maar één kleur gebruik,' zei hij, 'maar schijn bedriegt. Er zijn talloze soorten rood, en alleen een getraind oog ziet de nuances.'

Sejer liet zijn ogen ronddwalen in al het rood, terwijl diep in hem een enthousiasme ontsproot, een gloeiende energie en een onweerstaanbare drang om een van de schilderijen mee te grissen, het onder de arm te nemen en ermee vandoor te gaan.

De schilderijen van Marion deden dan weer denken aan kindertekeningen. Ze waren ook kleurrijk, maar eenvoudig, duidelijk. Veel rood, maar ook blauw, geel en groen. Pure, ongemengde kleuren, zoals een kind ze zou kiezen.

'Werken jullie hier samen?'

'Ja,' antwoordde ze.

'Praten jullie met elkaar?'

'We zetten muziek op.'

'Wat voor muziek?'

'Mozart.'

'Waarom Mozart?'

Ze lachte verlegen.

'Omdat hij speels en slim is en vol zelfvertrouwen. Hij verheft ons. Ken je Mozart?'

Sejer ontweek de vraag. Hij was nu achter in het atelier

gekomen en bleef staan voor een groot doek, waar ontelbare rode puntjes hem in de ogen sprongen, als een vonkenregen. In het midden van het schilderij zag hij een paar oranje tongen, waarin hij dan weer iets blauws ontwaarde, wat volgens hem de koude ruimte in een vlam moest voorstellen. Het doek was aan flarden gescheurd, van boven tot onderen, waarschijnlijk met een mes.

'En hier verloor de kunstenaar zijn zelfbeheersing?'

'Niet de kunstenaar, nee,' antwoordde Zeeland snel. 'Al verliezen we natuurlijk ook wel eens ons geduld.'

'Kun je dit nog op de een of andere manier weer goed krijgen?'

Hij aarzelde.

'Ik kan er aan de achterkant reparatietape op plakken, er lijm op smeren en het dan overschilderen.'

'Ben je van plan dat te doen?'

'Misschien als Gritt terugkomt.'

Ze bleven alle drie een poos stil. Het kapotte schilderij had hen in de war gebracht. Maar het vurige temperament was niet zichtbaar bij de bedachtzame Nederlander. Hij was een bebaarde, langharige bohemien, rustig, verstandig en analytisch, iemand die zich niet snel liet opjutten.

'Waar is Gritts kamer?'

Zeeland verwijderde zich van de schilderijen en liep naar een deur die Sejer nog niet had opgemerkt.

'Dus haar kamer grenst aan het atelier?'

'Klopt.'

Zeeland deed de deur open, waarop Sejer naar binnen ging.

'Zijn jullie hier al binnen geweest om te zien of je iets kon vinden?

'We zijn hier natuurlijk al gaan kijken, maar er is niets te zien.'

De kamer leek op andere meisjeskamers die de inspecteur al had gezien, chaotisch en erg vrouwelijk, met veel knuffeldieren in het bed en een paar foto's aan de muur, van zichzelf en haar ouders en wellicht ook van vriendinnen.

'Dit is Charlotte,' zei Marion terwijl ze naar een van de foto's wees. 'Charlotte Malling. Deze foto is vorige lente gemaakt. Ze wonen in de Garborgs vei, in de flats daar.'

'Ik ga bij haar langs,' beloofde Sejer. 'Maar voorlopig laten we het daarbij, we wachten af. Oké, Marion?'

Ze gaf hem het precieze adres, het nummer en de verdieping.

'Als de politie komt, zal ze niet anders durven dan de waarheid te vertellen,' zei ze vastberaden.

'Als ze de waarheid kent, tenminste,' zei Zeeland.

'Wees maar streng tegen haar!' zei Marion, 'dan begrijpt ze dat het menens is.'

Sejer liep de steile trap weer af, met een stevige greep om de leuning, en liep verder naar beneden tot hij in de hal was. Liep over de dikke vloerkleden naar de deur.

De ouders liepen achter hem aan.

'Bel me zodra ze thuiskomt,' zei hij.

'Zullen we zeker doen!' zei Marion.

'En zeg haar dat de politie hier is geweest, dan zal ze de ernst van de situatie wel inzien,' voegde hij eraan toe.

‘Reken maar!’ zei Marion. ‘Reken maar dat ze de ernst van de situatie zal inzien.’

Het werd even stil in de donkere hal. De donkere stenen wanden en de zachte vloerkleden gaven hem het gevoel in een geheime ruimte te zijn.

‘Hebben jullie nog meer kinderen?’ vroeg hij vriendelijk.

‘Nee,’ antwoordde Jan Zeeland, ‘we hebben alleen Gritt.’

Hebben jullie nog meer kinderen?

Wat is dat nu voor een vraag? Dat heeft er toch helemaal niets mee te maken. Hun kind is vermist. Of er nog andere kinderen zijn, in een andere kamer of in een ander huis, uit een andere relatie, dat speelt geen rol. Gritt is niet op het afgesproken tijdstip thuisgekomen, het gaat nu om haar, ze zijn bang dat ze haar misschien kwijt zijn. Haar lach, die niet langer te horen is in het stenen huis. Het lege bed. Waarom heb ik dat toch in hemelsnaam gezegd, wat wilde ik ermee bereiken? Nu heb ik op een mogelijk scenario gewezen, ik heb een reusachtig stenen huis geschetst, zonder kinderen.

Nee, dat klopt niet, dacht hij enigszins geïrriteerd. De angst is er al. De afgrond gaapt, ze staan aan de rand naar beneden te kijken, sinds gisteren al. Ik stel vragen en toon interesse. Of misschien wilde ik gewoon mezelf troosten, hoe kun je precies weten wat je dacht en wat je bedoelde? Misschien hoopte ik dat ze nog een dochter of een zoon hadden, een mens mag toch hopen?

Dacht Sejer bij zichzelf. En de schilderijen die hij had gezien, dat vurige rood. Waar hield Zeeland al die passie verborgen? Ergens diep vanbinnen, waarschijnlijk, en de kunst is het kanaal naar buiten. De werken waren zo vlammend rood dat je waarschijnlijk stroom kon besparen door ze aan de muur te hangen. Op de schilderijen van Marion daarentegen was alles eenvoudig en duidelijk. Ze wilde het motief niet verstoren of verdraaien met nuances, er was geen ruimte voor interpretatie, of 'wat de kunstenaar eigenlijk bedoelt'.

Dit is vreugde. Dit is angst. Dit is verdriet.

Kleine figuurtjes met hun armen in de lucht en een glimlach op de lippen, of met hangende armen en blauwe tranen die als een fontein uit de ogen spatten. Grote zwarte ogen, bloed druppend uit een open wond op de borst. Dat spreekt me aan, dacht hij. We kijken graag naar de wereld door de ogen van een kind. De vereenvoudiging, het oorspronkelijke, zoals grotschilderingen.

Koppoters. Lucifermannetjes. Stralende zonnen.

Het kind herinnert ons aan wat belangrijk is.

Hij vond de flats in de Garborgs vei, parkeerde en stak het zebrapad over. Vond het nummer, ging het trappenhuis in, zocht naar de naam Malling, belde aan en wachtte. De moeder verscheen in de deuropening, streng, stuurs en stevig gebouwd, met indrukwekkende bovenarmen en brede schouders.

Haar dochter Charlotte zat op de bank een donkere vlecht tussen haar vingers te draaien, met haar voeten op het tafeltje. Haar moeder zond haar een waarschuwende blik, waarna ze met een demonstratieve traagheid haar voeten terugtrok. De subtiliteit van een tiener.

Jij bepaalt niet wat ik doe.

'Weet je waarom ik kom, Charlotte?'

Ze trok haar schouders op.

'We zijn op zoek naar Gritt. Weet jij waar ze is?'

Ze schudde met haar hoofd.

De familie Malling woonde niet in een kunstenaarswoning. Aan de muren hingen ingelijste posters. Het bankstel was van leer, drie plus twee plus één. Het vloerkleed had geometrische figuren. Grote planten bij het raam, nep. Een blauw-gele papegaai aan een touwtje, ook nep. Hij draaide langzaam in de tocht van het raam en leek zodanig echt dat hij bijna de typische papegaaistem in zijn hoofd hoorde, *hallo, hallo*, of *scheer je weg*, en van die dingen die de mensen hun graag leerden.

Hij ging op de tweezitsbank zitten.

'Zo, vertel eens hoe het is gegaan,' vroeg hij. 'Vertel me alles maar wat je weet over wat hier gaande is.'

'Ik weet niet wat er gaande is,' zei Charlotte.

'Weet je dan helemaal niets?'

Ze hield de lippen stevig op elkaar.

'Ze vroeg niet eens of ik het goedvond. Ze had aan Jan en Marion verteld dat we gingen overnachten in de berghut en dat we er twee dagen zouden blijven, en dat mama ons erheen zou brengen. Ze was ervan overtuigd dat haar ouders niet naar haar zouden vragen, waarschijnlijk had ze hun gevraagd om haar met rust te laten. Maar natuurlijk belde Marion wel, ik bedoel, dat had ze toch kunnen weten. Marion geloofde me ook niet toen ik haar zei dat ik niets wist. Maar ik heb echt geen idee waar ze is. En ik begrijp ook al die heisa niet, gewoon omdat ze eventjes alleen op stap is.'

Alleen op stap, dacht Sejer. Ja, natuurlijk.

Net als haar moeder was Charlotte forsgebouwd en breedgeschouderd, en langer dan gemiddeld voor een meisje. Haar bleke spijkerbroek met borduursels zat vol scheuren, haar knieën waren zichtbaar in de gaten. Donker haar, ringen en veren in de oren, barbieroze lippenstift en gelakte nagels, kleurrijke bandjes om haar polsen, wellicht een poging om er vrouwelijk uit te zien, wat ze eigenlijk niet was. Ze was bovenal lang en gespierd.

'We maken geen heisa,' zei Sejer. 'En ik geloof je op je woord.'

Ze legde haar voeten weer op het tafeltje. Hij zag dat ze groot en breed waren, misschien wel schoenmaat veertig. Ook haar teennagels waren roze gelakt.

Ze was niet op haar gemak en kon dat moeilijk verbergen. Maar hij zag niet wat hij meestal zag in dergelijke situaties, angst en bezorgdheid omdat iemand vermist was.

'Maar jullie zijn toch goede vriendinnen,' zei Sejer. 'Marion en Jan vertelden me over lange telefoongesprekken 's avonds en 's nachts. Gritt neemt je toch meestal wel in vertrouwen. Wat betekent het dan volgens jou, Charlotte, dat ze dit niet aan jou heeft willen vertellen?'

'Weet ik veel,' zei ze kort.

'Maar wat dacht je toen ze je zei dat ze jou als alibi had

gebruikt? Was ze serieus of deed ze geheimzinnig, leek ze gelukkig?'

Het meisje verdwaalde in het geometrische vloerkleed.

'Een beetje van alles, denk ik.'

'Charlotte, nu vertel je alles wat je te vertellen hebt!' onderbrak haar moeder. 'Dit is geen spelletje!'

'Doe gewoon even rustig. Ik weet echt niks!'

'Denk je dat het een jongen kan zijn, Charlotte?' vroeg Sejer.

'Wat kan het anders zijn?'

'Een man, misschien?'

Ze keek hem lang aan.

'Een man?'

'Ze wil hem niet laten zien,' zei Sejer. 'Ze denkt dat haar ouders hem niet zouden aanvaarden. En jij misschien ook niet. Dus houdt ze hem geheim. Misschien is hij wel een misdadiger, of is hij aan de drugs. Of komt hij uit een andere cultuur. Misschien is hij al getrouwd en heeft hij kinderen van Gritts leeftijd, misschien is hij al boven de vijftig.'

'Vijftig?' Haar mond viel open van ontzetting.

'Of alles tegelijk,' zei Sejer, om de sfeer wat losser te maken en haar wat op te vrolijken.

'Een vijftigjarige moslim, getrouwd en een criminele drugsverslaafde met meerdere kinderen van Gritts leeftijd.'

Charlotte kon zich niet meer inhouden, legde haar hoofd tegen de leuning van de bank en proestte het uit, wellicht omdat er grappige beelden in haar hoofd opdoken. Haar moeder daarentegen zag er verward uit.

'En andere vriendjes of verliefdheden, heeft ze je daarin ingewijd?'

'O ja,' antwoordde ze snel. 'We vertellen elkaar bijna alles.'

'Heeft ze de laatste tijd iets verteld wat je vreemd vond? Gedroeg ze zich anders? Kleedde ze zich anders? Praatte ze anders?'

Charlotte pulkte aan haar donkere vlecht.

'Ze heeft een tijdlang nogal geheimzinnig gedaan.'

'Had je de indruk dat dat geheim iets goeds was? Of was het iets slechts, iets wat haar misschien dwarszat?'

'Ze werd ineens zo belangrijk, als je begrijpt wat ik bedoel. Ik was gewoon iemand die niet wist hoe het leven in elkaar zat.'

'En weet je hoe het leven in elkaar zit, Charlotte?'

'Ik dacht het wel, ja,' zei ze weerspannig.

'Dus je begrijpt de ernst van de zaak als een mooi meisje vermist is?'

'Ik weet dat ze mooi is,' zei ze snel.

'Begrijp je dat als Gritt niet gevonden wordt, we genoodzaakt zullen zijn om je opnieuw te komen ondervragen?'

Ze knikte.

'En dat als je iets meer weet dan wat je me nu vertelt, ik nooit zal opgeven?'

Ze knikte voor de tweede keer.

'Zijn er nog anderen met wie ik volgens jou eens moet praten?'

'Niet dat ik weet.'

'Waar hangen jullie meestal uit?'

'Uithangen?'

Ze keek hem vragend aan.

'Is er een bepaalde plek waar jullie afspreken, jij en Gritt en nog anderen, als jullie vrij hebben?'

'We gaan vaak naar de Kaisa Bar.'

'Kaisa?'

'De Kebnekaise Bar, bij het station. Eigenlijk is het een snackbar. Maar ik ga niet altijd mee,' voegde ze eraan toe.

'Waarom niet?'

Ze rolde met haar ogen.

'Gritt zuigt alle aandacht naar zich toe.'

Ze keek hem recht in de ogen terwijl ze dat zei, en er was ook een glimlach bij, van het bittere soort.

'Net als een zinkgat,' voegde ze eraan toe. 'Iedereen kukelt erin.'

Op datzelfde moment werd Sejer een beweging in zijn ooghoek gewaar. Het was de papegaai bij het raam die begon te bewegen, alsof hij een gemene repliek klaar had. Maar blijkbaar was hij van gedachte veranderd, want hij stopte en draaide terug.

'Charlotte!' riep haar moeder uit. 'Zulke dingen moet je niet zeggen!'

Ze keek haar moeder weerbarstig aan.

'Ik begrijp wat je bedoelt,' zei Sejer. 'Charlotte, bel ons als er iets gebeurt. Als je iets van Gritt hoort of als er iets bij je opkomt, of als je me niet alles verteld hebt en je geweten begint te knagen, dan bel je meteen. Ik geef je mijn nummer. We willen haar gewoon vinden.'

Hij zette zijn lange benen naast elkaar op de grond, stond op van de tweezitsbank en zocht naar zijn kaartje in zijn binnenzak.

'Want je vindt haar toch vast wel aardig?' vroeg hij naïef.

Ze kwam niet met een enthousiast 'ja', maar aarzelde en zei toen: 'Ja, hoor, we waren geen vijanden of zo.'

Er verschenen rode vlekken in haar hals, die zich verder over haar wangen verspreidden, maar hij wist niet of dat aan de stress te wijten was, of aan een slecht geweten. Hij gaf haar zijn kaartje, maar ze gooide het op tafel. Haar beste vriendin was dan misschien wel iets ergs overkomen, maar daar zat ze duidelijk niet over in. Misschien was ze opgelucht dat ze zich eindelijk uit de relatie kon bevrijden, want een vriendschap verbreken is niet gemakkelijk.

Hij nam met een beleefd knikje afscheid en liep terug naar zijn auto, terwijl hij aan de twee meisjes dacht. Gritt was klein, blond en spichtig, Charlotte was groot, gespierd en donker. Een heel gewone constellatie, waarbij de bedeesde trots was op de vriendschap met de knappe, en de knappe genoot van haar positie als de aanbedene. Een soort symbiose, die misschien na een tijdje kon uitgroeien tot iets anders. Terwijl hij in de woonkamer naar haar stem had zitten luisteren, die verrassend diep en hees was, en al die weerbarstigheid had geobserveerd, had hij gedacht dat ze misschien zelf ook overwoog om ertussenuit te knijpen, om wat furore te maken. Om de machinerie op gang te brengen en te horen te krijgen dat ze waardevol was. Want Gritt zoog alle aandacht naar zich toe, ook als ze er niet was.

We blijven twee dagen weg. Dat had Gritt aan haar ouders verteld. Dus had ze een plan gehad, een afspraak op een concreet tijdstip, en van een bepaalde duur. Een afspraak waar ze naar uit had gekeken, maar die misschien niet was geworden wat ze ervan had verwacht. Hoelang was ze eigenlijk al vermist? De eerste twee dagen golden als geldige afwezigheid, want daarover had ze bericht. Maar als die eerste twee iets anders waren, dan was het toch geen geldige afwezigheid. Dan was Gritt al drie volle dagen vermist, en dat was lang. Hij liep verschillende mogelijkheden langs voor een verklaring, alles behalve de allerergste.

'Ik was de tijd vergeten, het was zo leuk!'

'Ik was zo kwaad op jullie, ik wilde gewoon nog een dagje extra.'

Of ze was aangereden en lag gewond onder aan een helling waar niemand haar zag liggen. Alle ziekenhuizen waren gebeld, ze was nergens binnengebracht.

Of ze had zichzelf van het leven beroofd. Een plotselinge, onbegrijpelijke zelfmoord, als een donderslag bij heldere hemel, zoals er zo veel waren.

Of ze bevond zich op een plek met veel drugs en was vertrokken voor een lange trip waarbij ze elk besef van tijd was verloren. Alles behalve dat wat haar ouders vreesden. Over een paar uur stond Marion misschien al aan de telefoon te praten met vrienden en familie, en was die vreemde mengeling van gevoelens veranderd in een toestand van opluchting.

'Ja, hoor, ze is weer thuis, wilde je gewoon even laten weten dat alles in orde is.'

'Wat Gritt betreft word ik al snel hysterisch, je kent dat wel.'

Hij stapte in de auto, startte de motor en gleed langzaam uit de parkeerplaats.

Ik hoop dat de kleine Gritt nu ergens bij iemand op schoot zit en het goed maakt, dacht hij. Met haar wang tegen iemands borst en gesloten ogen, in volle toewijding.

'We waren geen vijanden of zo.' Waren.

Dream on, Konrad, dacht hij. *Dream on.*

De volgende dag, op 14 juli, werd ze gevonden, in een bosrijk gebied in Svartland, een paar meter bij een vaak gebruikt pad vandaan, in een natuurlijke verzakking in het terrein. In een kleine kuil, net groot genoeg voor een lichaam, omringd door vossenbessenstruikjes en struikgewas. Op geen enkele manier verstopt of bedekt met vegetatie of iets anders, en slechts vijftien minuten lopen van haar eigen stenen huis.

Dagny Hamza schrok zich wezenloos toen ze voor de televisie zat. Ze lieten een foto van haar zien, een heel recente foto, dacht ze, het kon inderdaad dat meisje zijn van Ellemanns tekening.

Natuurlijk was het dat meisje.

Ze zat op de bank, in een houding waaruit ze zich onmogelijk kon losrukken. Ze zag alleen de nieuwslezer die aan één stuk door over het dode meisje praatte, alsof hij aan het einde van een tunnel zat. Voorlopig wist nog niemand waar ze de laatste dagen had doorgebracht of hoelang ze in het

Svartlandbos had gelegen voor ze werd gevonden. Een grijzende inspecteur wilde geen commentaar geven, in het belang van het onderzoek.

Een confrontatie was onvermijdelijk. Ze moest het Ellemann op de man af vragen, ze moest hem uitvragen over dat meisje op de tekening. Vastberaden op zijn deur kloppen, zich vermannen, zijn kamer in gaan en hem het vuur aan de schenen leggen. Nu had ze een opening, ergens waar ze kon beginnen. Dus oefende ze, maar alleen in gedachten, want in gedachten vond ze altijd de juiste woorden en was ze zelfverzekerd.

'Heb je het gehoord van dat meisje in het Svartlandbos? Ze hebben haar gevonden, ze is dood.'

Haar zoon zou zich omdraaien en haar aankijken, en zijn blik, die groene ogen die hij van zijn vader had, zouden verraden hoe de dingen in elkaar zaten, want ze kende hem, ze kon elke nuance in zijn gesloten gezicht lezen. Eerst moest ze haar hart kalmeren en de juiste stem vinden. Waar lag ze, die stem die ze zo hard nodig had, haar autoritaire, zelfverzekerde stem? Ze dacht dat die lager lag dan haar andere, verdedigende stem, die ze altijd koos.

Ze stond op en liep de paar stappen door de woonkamer. Maar er dook een andere stem op in haar hoofd, die verleidelijk fluisterde: 'Doe alsof er niets aan de hand is. Ga weer zitten.'

Dus bleef ze staan. Hoorde geluiden van zijn computer, het was oorlog daarbinnen, zoals gewoonlijk, schallende en schreeuwende stemmen, automatische wapens die schoten, hartverscheurende kreten en agressieve commando's.

Waar ben je toch mee bezig, dacht ze opgewonden. Oorlogje spelen? Ga dan toch vechten in die verdomde oorlog, reis naar Syrië of Jemen, dan zullen we zien hoe dapper je bent. Ben je wel sterk genoeg om een machinegeweer op te tillen? Jij die nooit iets zwaarders vasthoudt dan een potlood! Ze begon hevig te trillen, hield haar handen op haar hoofd. Verman je, dacht ze, ga naar binnen en vraag het hem. Doe het, nu!

Toch draaide ze zich om. Haar lichaam wilde iets anders, haar benen leidden haar terug naar de bank, waar ze neerplofte, haar telefoon greep en het nummer van Carl intoetste. Hij nam niet op. Toen stond ze weer op en liep voor de tweede keer naar de jongenskamer.

Streng en zelfverzekerd, of rustig en vriendelijk? dacht ze. Waarmee bereik ik het meest? In het geval van Ellemann bereik ik wellicht helemaal niets. Ze stond voor de deur en klopte aan, snel, tussen twee geweerschoten in. Ze deed de deur open en ging naar binnen, zag hem voor het scherm zitten. Zag zijn warrige rode haarbos en zijn dunne hals.

'Ellef!'

Hij draaide zich met een ruk om.

'Ik moet je iets vragen.'

Geen antwoord.

'Kijk naar me als ik tegen je praat!'

Toen keek hij haar toch aan, met tegenzin.

'Ze hebben een meisje gevonden in Svartland, een dood meisje. Ze zeggen dat ze werd vermoord. Ze heet Gritt Zeeland. Weet jij daar iets over, Ellef?'

Hij draaide zich weer om naar het scherm, trok zijn schouders op en schudde zijn hoofd. Zijn vingers snelden over de toetsen.

'Kende je haar?' drong ze aan.

Geen antwoord.

'Ellef! Ik vraag het je omdat je meer weet, begrijp je wat ik zeg?'

Ze was niet voorbereid op zijn reactie. Hij draaide zich abrupt om, met een heftigheid die ze nog nooit had gezien, zijn ogen werden duister en zijn gezicht was wit.

'Wat sta je daar te zeuren? Kun je niet gewoon je kop houden? Hou toch je kop, mens!'

Hij draaide zich terug naar het scherm, negeerde haar, zoals altijd. Zijn vingers hakten koortsachtig heen en weer over het toetsenbord.

Toen liep ze naar zijn schrijftafel en ging er met gekruiste armen naast staan.

'Jij bent daar geweest,' zei ze. 'Ik weet dat je daar bent geweest.'

Een nieuwe reeks geweerschoten weerklonk door de luidsprekers. Toen ze geen contact kreeg, was de maat vol voor haar, ze draaide zich resoluut om naar het bed, rukte het dekbed opzij en tilde het matras op. De tekenmap was weg. Verward keek ze de kamer rond, ze liep naar de boekenrekken, keek overal tussen en onder. Opende de klerenkast, trok er al zijn kleren uit en gooide ze op de grond.

'Ben je helemáál?' vroeg hij scherp.

'Je tekenmap! Heb je die verstopt?'

‘Natuurlijk heb ik die niet verstopt!’

Hij stond op, liep naar zijn nachtkastje, trok de la open en haalde de map eruit. Gaf hem aan haar met een strenge blik.

Ze gooide het vloeipapier op de grond, dat elegant door de lucht zweefde en geruisloos op de vloer landde. Ze bekeek de tekeningen een voor een, bladerde koortsachtig verder. Een smeedijzeren poort. Een omgevallen fiets. Een gammel tuinhek.

‘Waar heb je die tekening gelegd?’ schreeuwde ze.

‘Je bent niet goed snik,’ riep hij terug.

Hij stond zo dicht bij haar dat ze de speekseldruppels uit zijn mond op haar gezicht voelde.

‘Stop met zeuren en bemoei je met je eigen zaken!’

De stem, de lage, autoritaire stem die ze zo hard nodig had, was nergens te vinden, alleen dat gewone dunne, bange stemmetje was beschikbaar. Maar toch stond ze daar.

‘Je hoeft me niet alles te vertellen,’ zei ze, ‘maar hiervoor wil ik een verklaring, Ellef.’

‘Dat is iets tussen papa en mij,’ zei hij bars.

Haar mond viel open van verbazing.

‘Wat is dat nu voor een antwoord? Tussen papa en jou?’

Hij zei niets meer. Ze begreep niet wat hij bedoelde, wat dat korte zinnetje betekende, maar ze werd nog banger dan ervoor.

‘Waar heb je die tekening neergelegd?’ schreeuwde ze.

‘Welke tekening?’

‘Die tekening die ik in je map vond terwijl je weg was. Je hebt dat meisje van het Svartlandbos getekend, je hebt haar lijk getekend. Waren jullie een stel?’

'Ben je compleet gestoord?' vroeg hij kwaad.

'Kende je haar?' herhaalde ze. 'Kende je Gritt Zeeland?'

'Nee,' was zijn antwoord.

'Weet je wie ze is?'

'Ze zit in mijn jaar. En ze ging vaak naar de Kaisa.'

Eindelijk kreeg ze een bekentenis.

'Ze hebben haar in het bos gevonden, niet ver van haar huis, en ze is dood. Kan het je dan helemaal niets schelen?'

'Ken haar niet,' herhaalde hij. 'En wat kan het mij trouwens schelen? Er gaan aan de lopende band mensen dood, ik kan toch niet om iedereen gaan treuren?'

Koppig en met gekruiste armen stond ze voor haar zoon. Ze wachtte op iets, maar wist niet op wat, een nieuwe uitval, of een bekentenis? Ze kreeg echter geen van beide.

'Je liegt,' zei ze, 'en je liegt niet eens goed. Denk je nu echt dat je er bij de politie zo makkelijk mee wegkomt als bij mij?'

'Martelpraktijken zijn verboden tijdens een verhoor,' zei hij bokkig, 'in elk geval hier in Noorwegen.'

Ze was helemaal uit het lood geslagen. Ze liep terug naar de deur, draaide zich om en keek hem aan.

'Ik weet niet wat je mankeert, Ellemann, maar er mankeert je iets, en je komt er te makkelijk mee weg, omdat ik weet dat je iets mankeert. Maar nu kan ik je niet meer beschermen. Je kunt niet ontkennen dat je die tekening hebt gemaakt, ik heb haar in mijn handen gehouden. Of verwacht je van mij dat ik ook ga liegen? Begrijp je dat ik de politie moet bellen en hun over die tekening moet vertellen?'

'Welke tekening?' zei hij bars.

Ze viel achteruit tegen de deurpost. Bijna viel ze flauw, maar ze herpakte zich en begon weer te praten, ze zei dingen die ze nog nooit had gezegd, dingen die ze voor zichzelf had gehouden om hem te sparen.

'Je bent een verstandige jongen,' zei ze zacht. 'En je zult wel gauw begrijpen dat je in de nesten zit. Straks bellen ze hier aan, hoor je wat ik zeg? Ze bellen hier aan en komen je halen.'

'Nee,' antwoordde hij met zijn rug naar haar toe, 'ik begrijp er geen biet van.'

'Ik bel papa,' zei ze.

Hij gaf geen antwoord en concentreerde zich weer op de oorlog. Dus liet ze hem alleen en liep terug naar de woonkamer, waar ze Carls nummer intoetste, maar ook deze keer nam hij niet op. Ze dacht aan allerlei dingen, aan Carls genen, dat blonde, lange en creatieve, aan zijn rust en bedachtzaamheid, waar ze zo van had gehouden. En ze dacht aan haar eigen erfenis, dat zachte, voorzichtige en defensieve, wat samen een ander kind had moeten opleveren, een blond, lief kind.

Maar in plaats daarvan hadden ze een roodharige trol gekregen.

Het leven dat ze zo vaak had vervloekt wilde ze nu terug. Het leven als alleenstaande moeder met een lastige zoon. Ondanks alles had ze met hem leren leven, net als met haar naaiwerk. Een fatsoenlijk leven zonder inmenging van anderen, de kinderbescherming of de politie. Ineens besefte ze dat hij geen oorlog meer voerde in zijn kamer, het was muisstil. Nu wist ze niet wat hij aan het doen was, nu miste ze de geweerschoten en de commando's, want als ze die hoorde, dan was hij ergens waar ze hem kon volgen, de stilte was gevaarlijk. Ze bedacht dat ze nog eens terug moest gaan en op zijn deur moest kloppen, met ijskoude, bevochten rust. Dus stond ze op. Keek door het raam naar de zwoele julidag. Ellemann is weliswaar vijandig en afwijzend, bedacht ze, maar soms is hij ook rustig en tevreden. Hij is warm en zijn hart slaat. Ik mag hem geen knuffel geven, want dan wendt hij zich misnoegd van me af, maar ik heb tenminste een levend kind, en dat kunnen de ouders van Gritt Zeeland niet zeggen. Die gedachten gaven haar nieuwe moed en ze liep terug naar zijn kamer, deed de deur open en keek naar binnen. Hij lag op zijn bed met zijn handen als een schaal onder zijn hoofd. Het dekbed had een bloemig overtrek met margrieten en grasklokjes, er ontbrak alleen nog een grashalm tussen zijn tanden.

'Ik weet niet wat er aan de hand is,' zei ze zacht. 'Maar ik wil je eraan herinneren dat je vrij bent om bij papa in te trekken, als je je meer thuis voelt bij hem. Ik zal niet gekwetst of kwaad of jaloers zijn als je verhuist.'

'O, dat hoopvolle in je stem!' zei hij. 'Wat zou je graag van me af zijn, niet? Bij papa is er naar mijn smaak wat te veel verkeer.'

'Verkeer?' Ze fronste haar wenkbrauwen.

'Verkeer,' herhaalde hij duidelijk. 'Mensen die komen en gaan.'

'Wat voor mensen?'

Hij rolde met zijn ogen.

'Heb je echt geen hersens in je kop? Het soort mensen dat hij modellen noemt.'

'We zullen een paar dingen aanpassen,' zei ze, met een brok in de keel. 'Je bent niet meerderjarig en het gebeurt zoals wij het zeggen.'

Hij trok een grimas alsof hij iets in zijn mond had wat te groot was om door te slikken. Je kon hem onmogelijk aardig vinden als hij zo deed met zijn mond. Hij is niet langer mijn zoon de kunstenaar, dacht ze, maar mijn zoon de moordenaar.

Over een paar dagen zouden ze hem al komen halen en wegbrengen. Journalisten en reporters zouden hun huis bestormen, microfoons onder hun neus duwen en allerlei vragen op hen afvuren.

'Was hij als kind ook al gewelddadig? Heeft hij je ook geslagen? Heb je hulp gezocht, kreeg hij extra ondersteuning op school? Waarom wil je niet met ons praten, wil je je zoon niet verdedigen?'

En die blikken, die beschuldigende blikken, want het was allemaal de schuld van de moeder. Misschien was ze kil en afwijzend geweest, dachten ze, of dronken, of psychisch ziek. Wanneer was de vader vertrokken, en waarom? Misschien was het helemaal niet verwonderlijk dat de man zijn vrouw en kind had achtergelaten.

Ze rukte zich los van het hersenspinsel en ging weer naar buiten, gooide met de deur. Dat was een subtiel signaal, want ze maakte anders nooit lawaai. Opnieuw belde ze Carl, maar ook dit keer zonder succes. Waar is mijn man? dacht ze, hij neemt anders altijd op. Wat betekent het dat hij niet opneemt, waar is hij als ik hem het hardst nodig heb?

Ik ben vast hysterisch, dacht ze. Ellemann heeft een heel levendige fantasie en veel gevoel voor dood en drama. We hebben het hier over een kunstenaar, die nog moet groeien en op een dag groot en wereldberoemd gaat worden. Meer is het niet.

Het was nog altijd stil in zijn kamer, merkte ze, zo stil als het graf. Nee, niet het graf, gebruik niet zulke woorden! Een gedachte kwam bij haar op en bezorgde haar koude rillingen. Misschien had hij zich opgehangen. Misschien had hij zijn overhemd verscheurd en het gebruikt als een touw, misschien hing hij daarbinnen met zijn tong uit zijn mond. Ook daarvan zou ze de schuld krijgen. Of hij nu iemand vermoordt of zich ophangt, ik zal altijd de schuld krijgen. Het ligt vast aan de moeder, daar begint het altijd.

Voor de derde keer stormde ze de woonkamer door. Het moment van de waarheid, dacht ze, het mes op de keel. Nu of nooit. Ze was tegelijk bang en agressief toen ze de deur opendeed. Maar de kamer was leeg, alleen de gordijnen wapperden zachtjes in het openstaande raam.

Ze had vast nooit gedacht dat de mensen haar zo zouden zien. Dat mannen haar zo zouden zien, vier stuks, en een vrouw, een zwijgzaam groepje mensen voor de stalen tafel, dat ze haar van boven tot onderen zouden zien, alles wat er te zien was, haar smalle schouders, haar kleine borstjes en verder naar onderen toe haar geslacht, met blonde beharing. Naakt en toevertrouwd aan vreemde handen, terwijl elk van die vreemden vervuld was van tegenstrijdige gevoelens, ontzetting en fascinatie tegelijkertijd. En belicht door zulke krachtige lampen dat elk adertje, tot aan de haarvaatjes toe, zichtbaar was. De bloedingen in haar ogen, kleine rode puntjes. Haar lippen droog en blauw. Haar haar lag in klitten op haar hoofd, haar mond was halfopen, haar voortanden waren zo groot als suikerklontjes. Ze was nog maar een kind.

'Wurging met de handen,' stelde Snorrason vast. 'Wurging met grote kracht, uitgevoerd door een persoon met fysieke overmacht, langer en sterker dan zijzelf. Kaakbeen en tongbeen zijn verbrijzeld, aanzienlijke beschadiging van de zachte weefsels. De nagelindrukken lopen tot achter in de nek. Vermoedelijk heeft hij wat moeten zoeken voor hij de beste greep vond. We mogen ervan uitgaan dat ze geprobeerd heeft zich te verdedigen, er zit best veel pit in tienermeisjes. De dader kan uiteraard ook gewond zijn, aan zijn armen, in zijn hals en gezicht, maar dat is helemaal niet zeker. Er werden monsters genomen, maar de nagels zijn helemaal afgebeten. Dus dat leverde weinig op. Hebben jullie ook die regen gehoord vannacht? Het was een ware wolkbreuk. Die verdomde regen ook.'

De al wat ouder wordende forensisch patholoog beëindigde zijn monoloog. Hij droogde zijn voorhoofd af met een gehandschoende hand, in zijn gerimpelde gezicht stond van alles te lezen: zijn leeftijd en ervaring, zijn passie voor het vak, verbazing en verdriet.

'Het post mortem interval, de tijd tussen het overlijden en het moment waarop ze werd gevonden, is vermoedelijk hoogstens twintig uur, wellicht iets minder,' zei hij. 'Maar ons vriendinnetje klapt uit de dood!'

Zijn blauwe ogen lichtten triomferend op. Hij wees naar een zilveren armbandje om haar rechterpols dat hij niet had afgedaan.

'In drie schakeltjes hebben we vezels van blauw textiel gevonden. Misschien is een schakeltje blijven haken aan de kleren van de dader, in het heetst van de strijd, want heet was het zeker. Dus ga op zoek naar iets blauws!'

'Maar iets blauws kunnen we toch ook in haar eigen klerenkast vinden,' zei Annebeth Larson.

'Klopt,' zei Snorrason. 'Onderzoek dus zeker ook haar garderobe.'

Hij boog zich over de dode.

'Haar slipje was naar beneden getrokken, tot op haar enkels, waardoor je zou denken dat de aanval seksueel gemotiveerd was, maar er is geen enkel spoor van verkrachting te vinden, van welke aard ook. Ze lag met haar benen tegen elkaar, haar rokje lag netjes op zijn plaats en behalve haar slipje was alles perfect in orde.'

Hij zweeg en keek naar de stille toehoorders.

'Perfect in orde, wat zeg ik nu! Niet netjes van me, ik leer het nooit,' zei hij moedeloos, en hij trok aan zijn rossige baard.

'Goed, ze is dus overvallen en gewurgd, en voor zover ik kan zien is ze op geen enkele andere manier aangeraakt. Het is dus best mogelijk dat ze het ene moment nog gezellig zaten te kletsen en dat ze de volgende seconde werd aangevallen.'

'Alsof het gepland was?' vroeg Sejer.

'Zou kunnen.'

'Als een terechtstelling?' vroeg Kreutzer.

'Zou kunnen,' herhaalde Snorrason.

'Dus wat hebben we dan?' vroeg Skarre.

De IJslander haalde zijn docerende stem tevoorschijn.

'Het kan iemand zijn die haar heeft willen gebruiken, maar plotseling de moed verloor. Of hij was begonnen, maar werd onderbroken. De paden in het Svartlandbos zijn naar verluidt erg populair, vooral op mooie dagen.'

'Hij wil het echte motief verhullen,' zei Sejer.

Snorrason snoof honend.

'Dat zou inderdaad best kunnen. Maar dan gaat het meestal om taferelen vol verachting, voor de vrouw en haar seksualiteit, haar onderdanigheid en haar smeekbedes om te worden gespaard. Terwijl dit hier' – hij haalde diep adem – 'een belachelijke poging is om ons te misleiden. Zeer amateuristisch. Ik heb nog maar zelden zoiets zieligs gezien.'

Hij liet zijn woorden bezinken.

'Ze heeft niet veel gegeten tijdens de laatste uren voor haar dood. Alleen wat chocolade.'

Iedereen werd stil toen het woord 'chocolade' viel. Chocolade paste niet bij dit koude, blauwwitte lijk, het was een herinnering aan de brutaliteit van het misdrijf en aan alles wat haar was ontnomen. Dat ze kort daarvoor nog had genoten van een stukje chocolade, betekende dat ze onvoorbereid was.

Snorrason maakte geluidjes terwijl hij zijn handschoenen uittrok. Hij duwde zijn rosse haar onder zijn capuchon.

'Ik hou jullie op de hoogte als ik de resultaten van de monsters heb. Die verdomde regen,' herhaalde hij.

Ze schuifelden met z'n allen de sectiekamer uit. Kreutzer en Skarre, Sejer en Larson. Met de scherpe medeklinkers van de IJslander nog in hun oren.

Daarna bleef Sejer nog een poos op zijn kantoor zitten tobben. Sommige woorden zweefden nog door zijn hoofd.

Er zit veel pit in tienermeisjes. Alleen wat chocolade. Vezels van blauw textiel.

Hij noteerde het volgende in zijn aantekenboekje:

Waar was je drie dagen lang?

Bij wie was je?

Ontstond er een conflict?

Heb je iemand bedreigd?

Gaat het hier om een man die veel te verliezen heeft, aanzien, positie?

Heeft hij je op weg naar huis achtervolgd, of liepen jullie samen?

Ben je toevallig iemand tegen het lijf gelopen op het pad?

Heb je misschien twee vriendjes die elkaars rivaal zijn geworden?

Heb je iets ontdekt wat je eigenlijk niet had mogen zien?

Waar is je Puma-tas? Waar is je telefoon? Bevatte die onthullende informatie?

Heb je hem op zijn handen of in zijn gezicht kunnen krabben?

De foto's van de plaats delict lagen voor hem op tafel. Hij zette zijn bril op en knipte de bureaulamp aan. Hij was zelf ter plaatse toen de foto's werden gemaakt. De omgeving, als overzicht en in detail, zoals hij had gevraagd. De foto's waren in groot formaat, sommige details waren uitvergroot. De hand die wat gras had uitgetrokken, de zilveren armband, het lichtblauwe slipje om haar enkels, met een borduursel op de voorkant. '*Monday*'. Close-ups van het hoofd en het gezicht, de hals met duidelijk zichtbare vlekken en smalle, halvemaanvormige indrukken van nagels. De technische rechercheurs hadden ook foto's gemaakt van de omgeving, het pad en de rest van het terrein, de kleine kuil waar het lijk lag, een boomstronk, vossenbessenstruikjes, takjes en struikgewas en een paar rotsen wat verderop. Hij bekeek elke foto aandachtig. Belde Jacob Skarre en vroeg of hij kon komen.

'Klopt het dat een groepje kinderen haar heeft gevonden?'

'Dat klopt, ja,' antwoordde Skarre.

'Ik wil met hen praten.'

'Annebeth Larson is al bij hen geweest, maar de kinderen hadden haar niets te vertellen, ze hadden niets gehoord of gezien.'

'Zoals de drie aapjes,' mompelde Sejer.

Hij bleef zitten met een speciale foto in zijn hand. Hield hem een poosje onder de bureaulamp. Stond op en liep naar het raam, bekeek de foto aan alle kanten, hield hem voor zijn ogen. Liep terug en schudde zijn hoofd. Legde hem terug onder de lamp.

'Wat is dit?'

Hij wees naar iets op de foto. Een eindje van de dode vandaan, helemaal vooraan en nauwelijks zichtbaar, zag hij een licht schijnsel, van iets glanzends, dacht hij.

Skarre boog zich naar voren.

'Een stukje van de bodem van het bos, niet?'

'Dat denk ik niet,' zei Sejer, 'het blinkt. Daar ligt iets wat het licht reflecteert. Iets van metaal.'

'Volgens mij is het toch de ondergrond,' zei Skarre. 'Een vochtig blad, bijvoorbeeld. Die verdomde regen, weet je wel.'

'Wil jij even in de bewaarruimte gaan kijken of je iets vindt?' vroeg Sejer. 'Of we iets hebben meegenomen van plastic of metaal, iets heel kleins. Haar telefoon?'

'Geeft geen teken van leven, net zomin als Gritt. Geen signaal.'

'Maar je ziet toch zelf ook dat het blinkt.'

Hij wees opnieuw naar de foto.

'Het blinkt niet, dat is het licht, het is nat.'

'Ach, maak dat je wegkomt, jij.'

Terwijl Skarre ging zoeken in de bewaarruimte, waar alles wat op de plaats delict was gevonden in nauwkeurig gemerkte zakjes zat, ging Sejer verder met het bestuderen van de foto's. Zou iets in dit hele verhaal een opluchting kunnen zijn voor Jan en Marion Zeeland? vroeg hij zich af. En zou ik hen er in dat geval op kunnen wijzen? Dat ze dus niet was verkracht. Niet was geslagen of gestoken met een mes, niet was toegetakeld of op de een of andere manier verminkt, niet was gepijnigd of gekweld? Ze is nog gaaf, en als ze gewassen is zullen ze haar mogen zien, en met die allerlaatste indruk zullen ze kunnen leven. Sommigen krijgen niet eens een lichaam om in de aarde te leggen, terwijl Gritt wel een graf zou krijgen, niet ver van haar thuis. Haar gladde witte beenderen met smalle polsen en fijne sleutelbeenderen, in alle eeuwigheid. Ja, daar kan ik iets over zeggen, dacht hij, maar nu nog niet.

Skarre kwam terug, met lege handen.

'Dan ligt het daar nog,' zei Sejer.

Hij pakte opnieuw de foto.

'Bruine kleur,' zei hij, 'of bruingroen. Dezelfde kleur als van de bosbodem.'

'Omdat het een stokje is of zo,' zei Skarre, 'dat uit de heidestruikjes steekt. Ongeveer zo dik als een pink. Het blinkt door de vochtigheid. Al kan ik me natuurlijk ook vergissen.'

Sejer stopte de foto terug in de enveloppe. Gaf twee korte mededelingen door aan de meldkamer en nam de lift naar beneden naar de ondergrondse parkeergarage. In zijn zak zaten latexhandschoenen en plastic zakjes, de enveloppe lag op de stoel naast hem terwijl hij in westelijke richting naar Svartland reed. Hij had de technische rechercheurs nalatigheid kunnen verwijten, omdat ze het reflecterende dingetje niet hadden zien liggen tussen de heidestruikjes, en het niet in een zakje hadden gestopt. Maar hij had het zelf ook niet gezien toen hij de plaats delict had bezocht.

Het bordje was gemaakt van droog hout en bestond uit een paal met meerdere pijlen die de afstand aangaven: '*Svartland 2,5 km. Mørk 1,5 km. Småtten Kleuterschool 2 km. Kapel 4 km. Zwemstrand 3,5 km. Voetbalveld 1 km.*'

Hij liep verder met de enveloppe in zijn hand. Stelde zich open voor de stilte in het zachte, donkere bos, waar ruimte was voor gedachten en emoties van allerlei aard. Hij stelde zich voor dat de kleine Gritt naast hem liep te praten, met een zachte, kinderlijke stem, want wie wordt vermoord, wordt heel klein, bijna weer als een kind, dat je zou willen optillen en dragen.

En daar was ze plotseling, als een schijnsel in de uithoek van zijn gezichtsveld. Een droombeeld dat hem met snelle pasjes probeerde bij te benen, zorgeloos door het bos, straks weer thuis bij mama en papa, tegen wie ze had gelogen.

Het rook er heerlijk naar bos, naar iets weldadigs en puurs, zoals heide en dennennaalden. Af en toe kraakte een droog takje onder zijn schoenen. Overal zag hij groen mos, zacht en nat als fluweel, grijsbruine sparrenbomen met droge naalden, en grillige schors die deed denken aan krokodillenleer. Hij gebruikte zijn ogen zoals Gritt vermoedelijk haar ogen had gebruikt, en zoals ook de dader zijn ogen had gebruikt onderweg naar het misdrijf. Hij kwam niemand tegen. Hoorde alleen het suizen van het bos, zoemende insecten en een milde bries die de bladeren liet ritselen.

Hoe dieper hij in het bos kwam, hoe donkerder het werd, en hoe stiller en dichter het bos werd. Het had iets vertrouwds en griezeligs tegelijk. Maar wie had zich hier verder nog opgehouden, behalve vogeltjes en eekhoorns, en die ene die Gritt van het leven had beroofd? Er waren geen getuigen, niemand die met de auto was voorbijgereden of uit een raam had gekeken. Al hadden meerdere mensen gezegd dat deze paden druk bewandeld werden.

Hij kwam bij de kuil. Die lag een zevental stappen van het pad. Zoals hij al had gedacht, waren er al mensen geweest, met bloemen en kaarsen op batterijen. En hoewel de plaats delict vrijgegeven was, ergerde het hem mateloos, al dat getrappel waar hij geen controle over had. Hij zocht snel in zijn binnenzak naar zijn handschoenen. Haalde de foto uit de enveloppe, ging op precies dezelfde plek staan als waar de fotograaf had gestaan, een paar meter van de dode vandaan, met zijn rug naar het pad. Hij hurkte neer en begon te zoeken, duwde voorzichtig het gras en het heidekruid opzij, tastte met zijn vingers, zocht naar iets wat niet bij de natuur hoorde, tot zijn ogen droog werden en zeer begonnen te doen. Bestudeerde de foto nog een keer, kon niet geloven dat hij zich vergiste. Beetje bij beetje breidde hij zijn actieradius uit, hij opende en sloot zijn ogen. En toen, eindelijk. Iets hards en glads tussen zijn vingers. Hij raapte het voorzichtig op en bekeek het goed. Een klein kokertje van een zestal centimeter lang, zo dik als een vinger, zoals Skarre had gezegd. Het was van plastic. Bruin en met een kleine ring in het midden. Hij draaide het kokertje open en hield het onder zijn neus. Het rook zoet, naar kokos en vanille. Door te draaien aan een wieltje onder aan het kokertje kwam een kleine stift tevoorschijn, en in piepkleine lettertjes stond te lezen: '*Lip moisturizer*'.

Spannender dan dit was het dus niet. Enigszins teleurgesteld was hij wel, Gritt moest het hebben verloren tijdens de vechtpartij met de moordenaar. De kans dat het iets betekende, was klein, maar hij had in elk geval zijn gelijk gehaald ten opzichte van Skarre, en hij kreeg graag gelijk. Hij stopte de lippenbalsem in een gripzakje, dat hij in zijn binnenzak opborg. Hij trok zijn handschoenen uit, liep terug naar het pad, bleef staan luisteren. Keek achterom naar de bloemen en de kaarsen. Als het straks donker werd, zou het hier mooi zijn, en hij stelde zich voor dat Gritt het kon zien. Hij moest het verleden van het heden afgrenzen, maar wist dat dat onmogelijk was. Hij sjokte nog een poosje speurend door het heidekruid, maar vond niets meer wat hij nog in beslag kon nemen. Alle meisjes gebruiken lippenbalsem, dacht hij. Gritt, bijvoorbeeld. En Charlotte Malling.

Hij liep terug naar de parkeerplaats. Inspecteerde ook die omgeving, ook al was dat al gebeurd. Het plein was bedekt met grind, er konden zo'n twintig auto's staan. Hij liep langzaam rondjes op zoek naar sporen, iets wat opviel, maar hij vond alleen een stokje van een ijslolly. Er waren geen andere auto's bij gekomen, zijn BMW stond er nog. Waar is je telefoon? dacht hij. Waar is je Puma-tas? Staat hij nog bij degene die je hebt verlaten? Of heeft die hem meegenomen na het misdrijf? En waarom dan? De inspecteur was nu helemaal alleen, op het grindplein in het bos, niet meer als deel van een team. Hij hoorde beter, zag beter en kon beter nadenken als hij alleen was. De zijtakken van zijn fantasie werden langer, strekten zich uit tot het onwaarschijnlijke, tot mogelijkheden waarvoor binnen een onderzoek geen ruimte was, maar die toch ideeën of eventuele verklaringen konden opleveren.

Hij kon Gritt nog net zien in de uithoek van zijn gezichtsveld.

'Blijf bij me,' fluisterde hij. 'Alles is dan veel duidelijker.'

'Ja,' zei ze. 'Ik zal altijd bij je blijven.'

Hij gaf het kokertje af in het laboratorium en vroeg hun het te onderzoeken op vingerafdrukken.

Drie dagen na de vondst van het lijk, vermoedelijk vier dagen na de moord, bracht Sejer een bezoekje aan de kinderen uit Svartland die onderweg door het bos het dode meisje hadden gevonden. Volgens Annebeth Larson hadden ze niets te vertellen gehad. Ze hadden niets gezien of gehoord wat met het meisje verband hield, en ze leken werkelijk op kleine aapjes, kwiek en met uitstaande oren. Maar hoe zat het met de dag of de dagen ervoor? Hadden ze misschien iets van activiteit opgemerkt dat van betekenis kon zijn? Wat voor soort mensen maakte gebruik van de paden, en kwamen sommige mensen er regelmatig? De kinderen waren zo'n zes jaar oud, weldoorvoed, zoals de meeste Noorse kinderen, en vol kinderlijke nieuwsgierigheid naar de man van de politie. Nora, Kevin en Kristian waren op een schommelbank gaan zitten, hun korte beentjes kwamen net niet aan de grond. Hun ouders hielden zich op de achtergrond.

'Mag het wat hoger?' vroeg Sejer.

'Ja!' riepen ze in koor. 'Veel hoger!'

Hij duwde voorzichtig tegen de schommelbank, waardoor die begon te schommelen. De ouders keken nauwlettend toe en glimlachten voorzichtig toen ze zagen dat er ook ruimte was voor plezier. Toen de kinderen naar hartenlust hadden geschommeld, remde hij de schommelbank af en bekeek hen met het enthousiasme van een ouder wordende man.

'We spelen bij de kleuterschool als die gesloten is,' legde Kristian uit. 'En we lopen vaak over dat pad, maar niet tot bij het water, want dat mag niet. Daar zijn al veel mensen verdronken.'

'Een zwemstrand?'

'Dakota Beach,' zei Kristian.

'Pardon?'

Sejer keek naar de volwassenen, maar die trokken hun schouders op en wisten zelf ook niet waarom het strand zo'n exotische naam had.

'Wie van jullie heeft dat dode meisje ontdekt?'

Kevin stak zijn hand op.

'We wisten eerst niet dat ze dood was. We bleven een hele poos staan kijken. Ik praatte zo hard als ik kon om te zien of ze wakker zou worden. Ik klapte ook in mijn handen, maar ze schrok nog altijd niet, en haar onderbroek was bijna af gevallen.'

'Kenden jullie dat meisje?'

'Nee, we kennen haar niet.'

'Zijn jullie dichterbij gaan kijken?'

'Een beetje. Maar er zaten rare dingen in haar ogen. Daarna zijn we naar huis gerend om te vertellen dat ze niet bewoog.'

'Aan wie hebben jullie dat verteld?'

'Aan de papa van Nora. Want hij was bij de kleuterschool.'

'Ze was morsdood!' riep Nora.

Een van de vaders op de achtergrond stak zijn hand op.

'Ik heb jullie gebeld,' zei hij.

Sejer keek hen aan en dacht na.

'Laten we eens teruggaan naar de dag ervoor. Waren jullie toen ook in het bos?'

Ze knikten.

'Hebben jullie toen iemand gezien?'

'Er lopen altijd mensen op de paden,' zei Kevin. 'We zagen mensen met een kindje op de rug. Die waren waarschijnlijk aan het wandelen.'

'En dan was er nog die mevrouw met de poedel,' zei Nora, 'die komt daar elke dag.'

'En er was ook nog iemand die rende,' herinnerde Kristian zich ineens.

'Iemand die aan het hardlopen was?'

'Hij was niet aan het hardlopen, want hij had niet van die kleren aan. Hij droeg een korte broek en een T-shirt. Hij kwam in volle vaart aanrennen en liep langs ons heen. Het leek wel of de politie achter hem aan zat. En nu is de politie hier om naar hem te vragen, dus nu rent hij vast nog harder! Haha!'

Hij sloeg vrolijk op zijn knieën, tot zijn stem stokte en hij het schaamrood op de wangen kreeg omdat hij dacht dat hij misschien iets verkeerds had gezegd.

'Nee, zo snel was het niet,' zei Nora. 'Hij was aan het joggen.'

'Heeft hij jullie gezien?'

'Ja, hij heeft ons gezien.'

'Glimlachte en zwaaide hij toen hij voorbijliep?'

'O nee, hij lachte niet, hoor,' zei Kristian.

'Waar kwam hij vandaan?'

Ze trokken hun schouders op.

'Gewoon, uit het bos.'

'En vertel eens hoe hij eruitzag,' zei Sejer.

'Mager,' zei Nora. 'Donker haar met krullen.'

'Hoe oud was hij ongeveer, denken jullie?'

De kinderen keken elkaar aan.

'Niet zo oud als jij in elk geval.'

'Nee, dat zou wat moois wezen,' zei Sejer en hij glimlachte.

'Hij leek een beetje op die hockeyspeler,' zei Nora. 'Zucca Morello.'

'Ja, hij leek heel erg op Morello,' bevestigde Kristian.

'Juist,' zei Sejer.

'En hij was ook niet zo oud als mijn vader,' zei Kevin.

'Nog jong, dus.'

'Ja, nog jong.'

'Hadden jullie hem al eens gezien?'

'Nee, we hadden hem nog nooit gezien.'

Er ontstond een ogenblik stilte, de wiegende schommelbank hing nu bijna helemaal stil. De enthousiaste kinderen waren vervuld van de ernst van het moment, en terwijl Sejer elk kind afzonderlijk gadesloeg, hun sproetjes, hun lachkuiltjes en hun ronde knietjes, maakte de tijd als het ware een sprong in zijn hoofd, waardoor de gladde gezichtjes voor zijn ogen oud werden, ze werden mager en ingevallen en grauw, en met hese stem vertelden ze een paar andere kleine kinderen over wat ze vroeger, lang geleden, hadden beleefd, in het Svartlandbos.

'Toen ik klein was, vonden we op een dag een dood meisje in het bos.'

De inspecteur kwam weer tot zichzelf.

'Als jullie die jongen met zijn krullen, die op Zucca Morello lijkt, nog eens zien, willen jullie dat dan alsjeblieft aan jullie ouders vertellen?'

De kinderen knikten.

'We zullen het meteen vertellen!'

'Hebben jullie verder nog iemand hier in de buurt gezien die snel door het bos is gerend? Of die zich vreemd heeft gedragen?'

Opnieuw keken de kinderen elkaar aan. Daarna wierpen ze een snelle blik naar hun ouders.

'Er staat altijd een man te kijken naar de kinderen in de kleuterschool,' zei Kevin. 'Hij hangt dan over het hek, en soms trekt hij grimassen.'

'O ja?' zei Sejer geïnteresseerd.

'En als de juffen zeggen dat hij weg moet gaan, lacht hij gewoon.'

'Nee toch!'

'Maar het is toch niet verboden om naar iemand te kijken,' zei Nora.

'Weten jullie hoe hij heet?'

Een van de moeders stak haar hand op.

'David of zo,' zei ze.

'En wanneer zagen jullie David of zo voor het laatst?'

'Weet ik niet meer.'

'Denken jullie verder nog aan iemand?'

'Soms gaat de hele kleuterklas op stap met gele hesjes,' zei Nora. 'En dan sluipen we naar de speelplaats terwijl ze weg zijn en klimmen we op de toestellen. En soms komen er dan mensen die gaan wandelen met hun hond, maar zonder riem, en dan gaan we meteen terug. Honden zonder riem zijn verboden.'

Nora had nog iets op het hart.

'Wij mogen niet naar de kleuterschool omdat onze mama's thuis zijn.'

'Juist, zo werkt dat hier in Noorwegen. Wat leuk voor jullie,' zei Sejer.

'Nee, dat is niet leuk,' zei Nora. 'Wij mogen daar alleen spelen als het gesloten is.'

Hij sjokte naar de ouders en stelde hun nog een paar vragen over David.

'Hij is niet van hier,' antwoordden ze.

'Maar hoe weten jullie dan hoe hij heet?'

'De voorzitter van de eigenaarsvereniging weet wie hij is. Hij kende zijn vader of zo.'

Hij bedankte hen en vatte de terugweg aan. Hij moest verbanden vinden. In zijn aantekenboekje had hij het volgende geschreven: 'Vreemde David en Zucca Morello.'

En het zwemstrand, Dakota Beach, dat was een gekke naam. Misschien een grap van lang geleden die de mensen was bijgebleven zonder dat ze nog de oorsprong kenden van die exotische naam. Zijn gedachten dwaalden af, hij moest ineens aan Frank denken, en een paar minuten lang was Gritt uit zijn gedachten.

Hij had in zijn leven al talloze keren gedroomd over wat hij kon worden of wat hij aan geluk of positie kon bereiken, maar meestal was het veel te hoog gegrepen. Een jongen die zegt, ik wil een ster. Hij wist dat je een ster kon kopen. Dat je naam dan op een astronomische kaart kwam te staan, met de exacte positie van de ster in verhouding tot andere hemellichamen. Dat kostte vijftigduizend kronen, en hij had geen vijftigduizend kronen. Maar een ster! Die schitterde en pulseerde aan de nachtelijke hemel, die zijn naam droeg en hem zou overleven. Maar de dromen moesten eerder worden beschouwd als een flirt, waarbij hij zichzelf probeerde te doen geloven dat hij verborgen talenten had. Met de ontdekking van die talenten, wat die ook mocht inhouden, zou hij niet alleen in de schijnwerpers komen te staan, zijn nieuwe leven zou bovendien zijn hele uiterlijk veranderen. De kilo's zouden eraf vliegen, waardoor een breed, geprononceerd kaakbeen en een uitstekende kin tevoorschijn zouden komen, en waardoor de slanke, sterke man die in hem woonde, zichtbaar zou worden. Die edele, verstandige en verdraagzame, maar toch zo bescheiden man. Een paar keer al had hij bijna een idee verwezenlijkt, zoals zich inschrijven voor een opleiding of een cursus.

Doventolk worden. Stil en breedgeschouderd voor een grote verzameling mensen staan, hun de wereld laten zien door een andere taal, alle spieren in het gezicht gebruiken, bruggen bouwen tussen de horenden en de doven.

Werken als coach. Omdat hij verstandig en belezen was, omdat hij iets afwist van het leven en de verborgen krachten die in alle mensen aanwezig waren, ze zichtbaar maken en ze vol overtuiging aan hen presenteren.

Werken bij sos Kerk.

'Vertel eens, hoe zie je de dag van morgen? Denk niet aan de toekomst, die is veel te groot en onoverkomelijk. Vannacht ga je slapen, morgen ga je leven. Bel me terug als er iets is, ik kijk ernaar uit iets van je te horen.'

Zijn stem gebruiken, waarvan hij wist dat die warm en aangenaam was. Hij kon hem laten zakken, zijn tijd nemen, doen alsof om de tegenpartij mee te krijgen. Met headset en microfoon, met collega's aan beide kanten, die zich allemaal bewust waren van de pijn van de mens. Hij kon ook achter een balie zitten, in een of ander groot bedrijf, een mooie balie, een gebogen constructie in beukenhout of palissanderhout, waarbij alleen zijn hoofd en schouders boven de rand uitstaken. Ze waren breed, zijn schouders, wat in zijn voordeel uitviel. En er kwamen voortdurend mensen om met die of die te praten.

'Heb je een afspraak?' zou hij dan vragen, terwijl hij hen opnam met autoritaire ogen achter getinte brillenglazen. 'Wat was de naam ook alweer? Even kijken of hij vrij is. Ga ondertussen maar even zitten.'

The Gate Keeper. Het gezicht van het bedrijf. Wat hield hem in vredesnaam tegen? Een muur. De muur was een spiegel. Hij keek met ontzetting naar zichzelf, en daarna keek hij weg. Ging terug naar zijn vertrouwde baan, waar de meeste onaangename momenten al achter de rug waren, zoals vervelende vragen en starende blikken. Hij was best flexibel, had er geen probleem mee om 's morgens op te staan, te vertrekken en op tijd te komen. Hij sloeg nooit een dag over en was nooit ziek. Hij was misschien niet de geliefdste collega, maar hij kwam zijn verplichtingen nauwgezet na en antwoordde beleefd de zeldzame keren dat ze hem een vraag stelden.

Maar wat nu? Voor hem lag een onbekend landschap, hij moest zich heroriënteren. Hoe moest het nu verder met die kerel die gewoon op doorreis was, de jongen met de donkere krullen, kon die zich werkelijk gewoon vrij bewegen en mensen bestelen zonder dat dat consequenties had? Kon hij dat? De oplichter, de dief, de verleider. Gewoon op doorreis. Wat een aanstellerij, verdomme. Hij was hooguit vijftien, zestien jaar, en zijn tekst was voorbereid, hij had hem met een fonkeling in zijn ogen opgezegd, alsof hij wilde benadrukken dat het om iets anders ging. Maar om wat dan?

Want alleen wie van hier was kende de weg naar Dakota Beach. Alleen wie uit de stad of de regio kwam, kende de paden die naar het stenige strand leidden. Het strand was een geheim, en werd maar door enkelen bezocht. Ze kwamen er ook niet om te zwemmen, ze kwamen om te drinken en te roken, en het water gaf hun een gevoel van verbondenheid met de natuur en de eeuwigheid.

Ik ben niet slecht, dacht hij, terwijl hij zich door de straten sleepte, maar ook niet echt goed. Ik ben overgelaten aan de situatie en het moment, alsof ik geen eigen wil heb, vanbinnen geen kern heb, alsof ik zweef. Als een gigantisch opblaasdier. Als iemand naar me kijkt, om het even of zijn blik verleidelijk of minachtend is, drijf ik af naar het volgende ogenblik. Blaas op me en ik verander van richting. Beschamend, bovendien.

Dacht hij bedrukt, terwijl hij door de straten liep. Wat zou er gebeuren als hij plotseling die vreemde jongen zag staan? Als die vlak voor zijn ogen de straat overstak, met een snelle blik in zijn richting, wat zou er dan gebeuren? Zou hij in een oogwenk het kookpunt bereiken, snoeihard uithalen met zijn vuist en dat mooie gezichtje met één enkele vuistslag vernielen? Of zou zijn hart week worden zodra ze oogcontact hadden? Zouden de hormoonfonteinen in hem spuiten en stromen, zou die enorme biochemische fabriek die zijn lichaam was, onthullen wat zich diep in hem afspeelde? Hij wist het niet, hij liep gewoon verder. Niemand die hij op zijn levenspad was tegengekomen, had ooit die snaar bij hem aangeroerd. Niemand had hem zo week gemaakt, zo gedwee en gloeiend heet, als smeltwax.

Hij had een voorschot genomen op zijn loon, niet veel, maar genoeg om te eten, en zijn creditcards waren geblokkeerd. Met het voorschot zou hij niet ver meer komen, hij strompelde willoos de afgrond tegemoet. In principe kon het hem allemaal niets schelen, hij bezat hoe dan ook geen rooie duit en had niets meer te verliezen, kon alleen nog gezichtsverlies lijden. Of nee, ook dat had hij al verloren, bedacht hij.

Dan kon hij het evengoed tot het uiterste drijven. Met zijn hele wezen uit de duisternis treden, zijn naam op aller lippen leggen, hem door hun strot duwen en hen dwingen om te slikken. Inwendig was hij een drijvende, gloeiende massa, zoals een reusachtige magmakamer die elk ogenblik kon uitbarsten. Hij was de krijger. Dat had zijn moeder hem verteld toen hij klein was, voor ze zo ver in het noorden van het land ging wonen dat ze elkaar nooit meer zagen.

Ze gebruikte altijd de afstand als excuus.

Hij was alleen achtergebleven met zijn anders-zijn. Eenzaam op zijn kamertje, waar hij zo goed en zo kwaad als het ging voor zijn ach, zo maagdelijke geslacht zorgde.

Zodra hij zich onder de mensen begaf, werd zijn ongeluk bevestigd. Hij zag de contouren van zichzelf in de winkeletalages. Niet één menselijk oog zond hem ooit iets moois terug.

Tot die vreemde jongen op het strand.

Met zijn grote glinsterende ogen had hij de perfecte storm in hem teweeggebracht en alles doen bruisen.

De jeugdclubs waren gesloten, dacht hij, en in cafés of bars mocht hij niet binnen. Maar ik weet waar tieners zich ophouden. Ze hangen gewoon rond op straat of staan wat te lummelen op een straathoek, en daar zal ik hem vinden. Zodra ik die spichtige gedaante zie, zal ik hem herkennen. Hoe hij zijn hoofd houdt, zijn lichte, nonchalante manier van lopen, die eenvoudige melodie in vierkwartsmaat, ik zal elk hoekje uitpluizen. Desnoods nog de hele herfst en winter lang. Elk vrij uur zal ik dromen over het moment waarop we elkaar ontdekken. Zodat ik kan zien hoe hij terugdeinst als onze blikken elkaar kruisen, zodat ik zijn angst kan zien, en zijn schaamte, als hij die tenminste heeft.

Hij liep langs het station en verder de brug over, stak het marktplein over met alle stalletjes, kamde elke straat uit. Overal zag hij gehaaste mensen. Velen liepen te scrollen op hun telefoon en hadden belangrijke plannen, met vrienden of een hartstochtelijke geliefde. Hij liep sneller dan gewoonlijk, er zat een nieuwe drive in hem, een veer die was opgespannen tot het uiterste. Hij raakte buiten adem en was nat van het zweet, zijn hoofd ging zoekend heen en weer en zijn blik speurde alle portieken en zijstraten af. Alle winkels, waarvan de deuren openstonden in de juliwarmte, en alle koffiebars. Een zestienjarige gaat naar school, realiseerde hij zich ineens, naar Melby of Koppervik. Als de vakantie voorbij was, kon hij aan de rand van het schoolplein gaan staan en zou hij hem daar gemakkelijk vinden. Maar voorlopig zou hij blijven zoeken in de straten. Zou hij alle neerbuigende blikken, alle opgetrokken wenkbrauwen met zijn boze oog aankijken, tot ze het niet meer uithielden en wegkeken. Stel je voor dat je zo'n kracht had! Misschien was zijn anders-zijn wel een kwaliteit op zich? Een eigen perspectief, en dus belangrijk? School daar geen vrijheid in, in het zich niet kunnen identificeren met anderen, niet te hoeven voldoen aan verwachtingen van anderen in dezelfde groep, niet de wetten te hoeven volgen die anderen volgen? Het kon een toegangskaartje zijn, een vrijkaart om te doen wat hij wilde.

Zijn ogen inspecteerden alle gezichten, terwijl hij bleef zoeken naar dat ene gezicht. Zijn toekomstige project kreeg vorm. De dramatische beelden die voor zijn innerlijke oog knipperden en hem troost en richting gaven, groeiden gaandeweg uit tot een compleet scenario van langere duur, als een korte film. Het gezicht van de jongen en zijn eigen woede verenigden zich en vormden samen een reeks handelingen, een verleidelijke mogelijkheid, een definitieve oplossing. En als die oplossing zich eenmaal in zijn hoofd had vastgezet, kon hij haar niet meer negeren, haar niet meer loslaten of ervan wegkijken. Elk uur van de dag en ook in zijn nachtelijke dromen, was ze in zijn gedachten, hij koesterde haar en bleef erin hangen, ze gaf hem nieuwe energie en hij begreep dat dit een lotsbestemming was die hij niet kon en niet wilde veranderen.

Hij herinnerde zich een vrouw van de schoolbegeleidingsdienst op de basisschool, haar handen die hem vasthielden, haar ogen die zich in de zijne boorden, vol begrip en vermaning.

'We weten dat je veel te verduren hebt. Er zijn veel dingen in het leven waar we niets aan kunnen veranderen, want het leven gaat zoals het gaat, zonder dat we het kunnen tegenhouden, en er zijn stoute mensen in de wereld, en soms ook stoute kinderen. Maar toch kunnen we iets doen, iets kleins wat tot grote veranderingen kan leiden. Nietwaar?' En dan haar blik, die over zijn enorme lichaam gleed, die zware last, die uiteraard zijn eigen fout was, en waarvan ze werkelijk geloofde dat hij er iets aan kon veranderen.

Stelletje idioten! dacht hij, terwijl hij iedereen aankeek die op straat langs hem heen liep.

Denken jullie echt dat ik hier wilde belanden, dat ik hiervan droomde?

Toen Carl in de deuropening stond, met zijn cameratas over zijn schouder, barstte ze in huilen uit. Carl wilde de zaak onderzoeken, de leiding overnemen en bepalen wat er moest gebeuren. Hij wilde haar handen in de zijne nemen, haar in de ogen kijken en zeggen, wees niet bang, Dagny. Dit is wat we gaan doen.

In de hal zette hij voorzichtig zijn tas neer, die fotoapparatuur ter waarde van meerdere honderdduizenden kronen bevatte. Hij zette een paar lange passen in haar richting en gaf haar een warme omhelzing.

'Wat is er aan de hand?'

'Ik weet het niet, maar ik ben bang dat het niet goed is!'

'Waar is Ellemann?'

'Weg. Waarom heb je me niet teruggebeld? Je belt toch altijd terug!'

Opnieuw huilde ze. Ze zag dat hij de rust uitstraalde die ze altijd aan hem had bewonderd. Wat er ook gebeurde, hij gaf altijd de indruk dat er een oplossing was.

'Als ik aan het werk ben, zet ik mijn telefoon altijd uit,' zei hij. 'Dat weet je toch.'

Ze gingen zitten aan de eettafel. Hij pakte haar hand.

'Is hij weer lastig?'

'Het is veel erger dan lastig, het is een grote catastrofe.'

'Dat klinkt ernstig. Vertel!'

'Ik weet niet wat ik ervan moet denken. Ik weet niet wat ik moet doen en ik kan er met niemand over praten, en ik word moedeloos als je niet terugbelt, Carl, we hebben een zoon samen!'

'Maar nu ben ik hier,' zei hij rustig.

'Je hebt vast wel gehoord over dat dode meisje?' zei ze. 'Dat ze hebben gevonden in het Svartlandbos?'

Hij knikte ernstig, en zijn grote hand omklemde de hare.

'De dag voor ze werd gevonden ging Ellemann 's middags naar buiten om te tekenen. Toen hij weer thuiskwam, was hij erg nerveus. Hij wilde me ook niet laten zien wat hij had getekend, terwijl hij dat anders wel vaak doet, dat weet je, hij hengelt immers altijd naar complimentjes. Maar hij verdween dus gewoon in zijn kamer en sloeg de deur dicht. Toen hij weer naar buiten kwam en naar de bar vertrok, ging ik zijn kamer binnen om zijn tekenmap te zoeken. Misschien zou ik iets vinden wat zijn gedrag verklaarde. Maar hij had hem voor me verstopt.'

'Oké,' zei Carl geconcentreerd, met half dichtgeknepen ogen.

'Nadat ik een poos had gezocht, vond ik eindelijk de map. Hij lag op de lattenbodem onder het matras. Kun je dat geloven? Onder het matras!'

'Oké,' zei Carl Hamza voor de tweede keer.

'En toen vond ik de tekening.'

Ze keek hem over de tafel aan.

'Hij had een dood meisje getekend.'

'Een dood meisje? Hoe dan?'

'Hoe dan?' riep ze. 'Vraag je nu "Hoe dan?" Je kunt maar op één manier dood zijn, Carl, het was het meisje dat ze gisteren hebben gevonden! Ze heet Zeeland.'

Carl was niet vaak uit het lood geslagen, maar nu werd hij bleek. Ze meende een barst in zijn zelfvertrouwen te ontwaren, een beginnende onrust.

'Heb je met hem gepraat?'

Ze knikte.

'Ik heb de map terug onder het matras gelegd en gewacht tot hij thuiskwam van de bar, en toen ben ik zijn kamer binnengegaan. Maar ik was bang, en ik wist niet goed wat ik moest zeggen. Ik heb het matras opgetild om hem te laten zien dat ik de tekening had gevonden, maar die lag er niet meer. Hij had de map in zijn nachtkastje gestopt, en hij gaf hem zonder aarzelen aan mij, met zo'n uitdagende blik van: "Wat is verdomme het probleem?", en toen ik door de map bladerde, was de tekening weg. De volgende dag zag ik op het journaal dat ze het lijk van een meisje hadden gevonden. En toen ze een foto lieten zien, zag ik meteen dat zij het was, hoor je wat ik zeg? Ellef is gaan wandelen in het bos en heeft een lijk gevonden! En in plaats van de politie te bellen, is hij erbij gaan zitten en heeft hij haar getekend. Die jongen spoort niet!'

Carl Hamza zag er plotseling een stuk ouder uit, was vaalbleek en vermoeid in zijn gezicht, met ingevallen wangen en rimpels om zijn mond die ze nog nooit eerder had opgemerkt.

‘Misschien heb je het verkeerd verstaan?’

‘Verkeerd verstaan? Ik heb toch ogen in mijn kop!’

‘En in plaats van hem onder druk te zetten ben je gaan huilen?’

‘Ja,’ bekende ze.

‘Waar ben je in vredesnaam bang voor?’ vroeg hij. ‘Ellef is toch maar een schriel ventje.’

‘Dat zul jij nooit begrijpen, want jij bent een man,’ zei ze. ‘Jij bent twee meter lang en hebt een zware stem, maar je hoeft je mond niet eens open te doen, je hebt hoe dan ook gezag.’

Hij glimlachte minzaam.

‘Er zijn toch wel vrouwen die kleiner zijn dan jij en wel gezag hebben?’

Wat moet ik daarop zeggen? dacht ze. Moet ik zeggen dat ik vroeger thuis door mijn ouders altijd met twijfel werd bejegend? Wat bedoel je?’ zeiden ze. ‘Hoe kon je, wat haal je je in je hoofd, denk je dat nu echt? Waar denk je dat dit zal eindigen, Dagny, wat voor gevolgen zal dit hebben, heb je daar goed over nagedacht, heb je een langetermijnplan, waar wil je naartoe? Als foetus zat ik in de buik van mijn moeder, nu zit zij in mij, ze zit daar te gisten. Ze twijfelt aan alles wat ik doe. Ze vergiftigt mijn hele systeem, ze sijpelt uit mijn ogen, ik proef haar in mijn mond, ik ruik haar in mijn neus, en telkens als het stil is in huis, schalt haar stem in mijn oren. Nu begrijp ik waar ze al die jaren mee bezig was, wat haar project was. Ze heeft zichzelf in mij geplant om samen met mij verder te kunnen leven. En die keer, Carl, lang geleden, toen ik die overdosis nam en in een coma raakte, was dat geen zelfmoordpoging. Ik wilde háár vermoorden. Daarom ben ik elke seconde van Ellemanns leven, elke dag en elke nacht en elk uur voorzichtig en defensief geweest. Ik ben naar hem toe geslopen en heb met gedempte stem gesproken, omdat ik niet hetzelfde misdrijf wilde plegen als zij, omdat ik mezelf niet in hem wilde planten, hem niet wilde dwingen me de rest van zijn leven met zich mee te dragen.

Daarom, Carl, daarom!

Hardop zei ze: 'Waarom verander je van onderwerp? Waarom begin je ineens over mij? De politie vraagt om tips. En die tekening is een tip.'

'Maar die is weg,' zei hij. 'We kunnen hun niets meer laten zien.'

'Ze moet ergens liggen, hij heeft haar gewoon verstopt voor ons.'

'Ellemann is geen moordenaar,' zei Carl. 'Moeten we de politie hiernaartoe halen en het hem én ons lastig maken?'

'Maar moeten we dan doen alsof onze neus bloedt?'

'Ze zullen hem ondervragen, Dagny, misschien wel dagenlang.'

Carl antwoordde ontwijkend, dat was ze niet van hem gewend. Maar zelf had ze ook geen zin om de deur open te doen voor de politie en hun de weg naar Ellemanns kamer te wijzen.

Hij zit daarbinnen.

'Het is gewoon een feit, Carl,' zei ze. 'De tekening werd gemaakt de dag voor ze werd gevonden. Dus heeft ze daar die nacht gelegen. Dat zegt iets over het tijdstip van de moord. Ik ben met andere woorden in het bezit van belangrijke informatie over een ernstig misdrijf.'

'Onzin!' riep hij uit. 'Jij weet geen bal over dit misdrijf!'

Ze schrok van die onverwachte uitval.

'Het enige wat je hebt gezien is een schets,' zei hij ten slotte. 'Een doodgewone schets, hij maakt voortdurend schetsen.'

Het was oorverdovend stil in de woonkamer. Ze staarde naar het tafelblad, Carl staarde door het raam.

'Ik zal met hem praten,' zei hij uiteindelijk. 'Ik zal doen wat jij niet durft, ik zal hem het vuur na aan de schenen leggen.'

Hij stond op en liep naar de hal, zij liep hem achterna.

'Waar ga je naartoe?' vroeg ze toen hij zijn cameratas optilde en over zijn schouder hing.

'Er komt een galeriehouder uit Londen naar mijn foto's kijken, misschien wordt het wat. Londen is gigantisch. Ik ben tenslotte nog altijd degene die hier de lening afbetaalt,' voegde hij eraan toe, 'die voor brood op de plank zorgt.'

Ze was in de war.

'Maar kun je niet nog even wachten? Ellemann komt zó thuis. Dan kun je meteen met hem praten.'

Toen stapte hij toch weer naar haar toe en legde zijn grote handen op haar schouders. Ze voelde hun gewicht, en de warmte, alsof hij haar daarbeneden wilde houden, op haar vertrouwde plekje, en ze liet zich omlaag drukken, voelde dat ze weer klein werd, een meisje maar, ontdaan van alle kracht.

Daarna ging hij ervandoor, ze hoorde de deur dichtslaan en de auto starten. Ze voelde nog het gewicht van zijn handen, en het gewicht van haar moeder ergens in haar buik, en ineens zag ze het heel duidelijk, alles wat haar vervulde en omlaagtrok: binnen in haar groeide een blauwwit, gerimpeld foetuslijk als een kwaadaardig gezwel. Het zoog alle kracht uit haar en voedde zich met haar, het zaaide zich uit naar haar hart en haar hersenen, het leefde zo lang als ze zelf leefde.

Wat was er zopas gebeurd? Waar was de man die ze meende te kennen, de rechtschapen en daadkrachtige Carl Hamza? Een knappe man in een hemelsblauwe trui, een trui die ze ooit uit liefde voor hem had gebreid?

Carl was niet de man met wie ze dacht getrouwd te zijn, Ellef was niet de zoon die ze dacht te hebben gekregen. Zelf was ze niets. Ze was een stilzwijgende fee, die fluisterend rondsloop en iedereen stroop om de mond smeerde.

Ze schrok toen de voordeur weer openging en Ellemann binnenkwam. Ze vond haar vriendelijke gezicht niet, ook dat was verdwenen, net als haar zachte stem.

Daar komt de jongeman die venijnige replieken in het rond strooit, dacht ze, die insinueert dat ik niet goed wijs ben, die alle zuurstof in de kamer opzuigt, terwijl ik zelf naar adem hap.

'Kijk wie we daar hebben!'

Haar zoon bleef onthutst staan op het glanzende eiken parket, een gekwetst kind dat voor het eerst een standje kreeg. Voor één keer stond hij met zijn mond vol tanden. Die stem, waar de minachting van afdroop, die kille, arrogante beschuldiging, waar had ze die gevonden? Was die er altijd geweest, ergens diep vanbinnen, had ze haar opgespaard voor het juiste moment, elk woord gewikt en gewogen om ze hem vervolgens, na vele jaren, in het gezicht te spuwen, op een moment dat zijn verdediging was uitgeschakeld?

Maar één seconde later kwam hij weer tot zichzelf en trok zijn eigen wapens.

'Ik woon hier. Irritant, hè?'

Even later belde Carl. Zijn stem klonk autoritair en zelfverzekerd.

'Heb je met hem gepraat?' vroeg ze.

'Ja, hoor. En Dagny, laat dit duidelijk zijn, Ellemann heeft dat meisje niet vermoord, ik hoop dat je dat begrijpt. Waarom zouden we dan het risico lopen dat hij van die lange verhoren moet ondergaan?'

'Hoe weet je zo zeker dat hij het niet was?'

'Ach, hou toch op, Dagny, ben je helemaal bedonderd? Ik weet het omdat ik hem ken. Iets anders denken zou verraad betekenen aan mijn eigen zoon.'

'Nee!' schreeuwde ze. 'Het zou alleen betekenen dat jij meer weet.'

Ze stond op en begon rond te lopen met haar telefoon tegen haar oor, trok er zich niets van aan dat haar hakken op het parket klakten, dat elke stap een afdruk naliet in de gevoelige hersenen van haar zoon, als scherpe schoten.

‘Ellemann zei dat die zaak met dat dode meisje iets was tussen hem en jou. Wat bedoelde hij daarmee, Carl?’

‘Geen idee. Het klinkt in elk geval echt raar, maar hij zegt zo veel rare dingen.’

Ze zocht haar toevlucht in de naaikamer, hield haar telefoon krampachtig vast. Keek om zich heen naar de stofjes en klosjes, naaldenkussens en scherpe scharen. Zelfs de hoofdeloze paspop had iets beschuldigends. Ze had de indruk dat die dichterbij kwam, zich aan haar opdrong en actie eiste.

‘Het was geen schets, Carl, het was een heel gedetailleerde tekening.’

‘Goed, dan noemen we het zo. Maar dat hij de politie niet belde, betekent gewoon dat hij heel geconcentreerd was. Hij mag niet te veel nadenken als hij moet tekenen, want dan verliest hij de intuïtieve toenadering tot het motief. Zo gaat dat met ons kunstenaars. Ontspan je, Dagny. Het komt allemaal goed.’

Ons kunstenaars. Dat exclusieve groepje mensen. Zelf was ze maar een simpele naaister. Ze trok een kopspeld uit het naaldenkussen, hield hem tussen haar vingers en duwde hem met grote kracht terug in het kussen. Keek weer op naar de hoofdeloze paspop.

‘Wat sta je daar te gapen?’ snauwde ze. ‘Maak dat je wegkomt!’

Gritt was altijd bij hem. Op kantoor, in de auto, op de trappen naar de twaalfde verdieping. Zelfs toen hij lang, mager en grijs, met een boodschappentas van Kiwi bungelend aan zijn hand en een smeulende bezorgdheid in zijn maag voor Helena's deur stond te wachten, dacht hij aan haar.

'Hoe is het gegaan?'

Helena glimlachte zo mooi naar hem terwijl ze in de deuropening stond. Ze was nog maar ergens begin twintig, dacht hij, klein en blond, met een pony en een sterke bril. Arbeidsongeschikt na een motorongeluk en blij met de opdracht die ze had gekregen om voor zijn hond te zorgen.

Hij wist niet welke verwondingen ze bij het ongeluk had opgelopen. Hij wist evenmin of ze zelf aan het stuur had gezeten, dan wel of ze achterop had gezeten, en hoe het in dat geval met de ander gesteld was. Maar hij had de indruk dat er iets met haar ogen was, want als ze naar hem keek kneep ze haar ogen tot heel smalle spleetjes, en ze knipperde ook opvallend vaak met haar ogen, terwijl ze voortdurend haar tranen afveegde, alsof het licht te fel was.

'Hij is erg lusteloos,' zei ze. 'Misschien heeft hij koorts. Heb je de dierenarts gevraagd of honden koorts kunnen krijgen? Hij is buiten gaan plassen, maar wilde meteen terug naar binnen.'

Haar ogen glansden achter haar bril.

'En toen ik even later ging kijken, had hij een ongelukje gehad. Onder je schrijftafel.'

'O hemel,' riep Sejer uit.

'Hij heeft diarree, en dat kan er ook mee te maken hebben, als het een virus is. Een virus kruipt overal,' zei ze, 'in het hoofd en in de buik, en in de armen en de benen.'

'Klopt,' zei Sejer beschaamd.

'En om de een of andere reden heeft hij zich er nog eens in gerold ook,' zei ze, terwijl ze met haar ogen knipperde.

'Erin gerold? In het ongelukje?'

'Ja,' zei ze, met een grote glimlach.

Ze nam haar bril van haar neus en droogde haar ogen met haar hand.

'Hij heeft er zich eerst lekker in gerold en is daarna je hele flat rondgegaan, van de ene kamer naar de andere, waardoor er overal bruine pootafdrukken waren.'

'Nee maar, Helena!' riep Sejer bedrukt uit.

'Eerst is hij je keuken in gelopen,' legde ze uit, 'en daarna is hij teruggelopen naar de woonkamer, vanwaar hij vervolgens naar de badkamer is gelopen, om ten slotte te eindigen in je slaapkamer, op de mat naast je bed.'

'Dus hij is overal geweest?'

'Ja,' zei ze met een glimlach, 'hij is overal geweest!'

Ze knipperde opnieuw, twee keer.

'Maar ik heb alles schoongemaakt en opgeruimd, dus je hoeft je er niets meer van aan te trekken. Ik heb bleekwater gebruikt om de geur ook weg te krijgen. Maar die mat naast je bed, die heb ik in een plastic zak gestopt en naar beneden gebracht naar het vuilnishok, want die kun je niet wassen in de wasmachine, je zult een nieuwe moeten kopen. En je vloerkleden heb ik geschrobd, dus die donkere vlekken zijn gewoon vocht.'

'Dat jij al die moeite hebt gedaan!' zei hij.

'Ach, we hadden het best fijn met ons tweetjes,' haastte ze zich te zeggen. 'Ik heb mijn regenjas en huishoudhandschoenen aangetrokken en hem naar hier gedragen om hem in mijn bad te zetten, want jij hebt geen bad. En ik heb hem een flinke schrobbeurt gegeven. Ik heb geen hondenshampoo, maar ik heb zelf een erg gevoelige huid, dus heb ik Natusan voor baby's gebruikt, dat zal hij wel verdragen. Nu is hij vers gewassen en ruikt hij heerlijk. Ik heb hem gedroogd met de föhn, want met al die rimpels en plooien vond ik het belangrijk om overal bij te komen, anders kan hij eczeem krijgen, en daar weet ik alles van.'

Ze sloeg haar ogen ten hemel.

'En alle ramen van je flat staan open, dus ondertussen zal de stank al weg zijn.'

Ze sloot af met een tevreden glimlach. Duwde tegen haar bril en keek hem met half dichtgeknepen ogen aan.

De inspecteur stond daar met zijn Kiwi-tas in zijn hand en verbleekte helemaal naast deze daadkrachtige mens die zijn hele flat had schoongemaakt en alle sporen had verwijderd. Ze stond in de openstaande deur, in een gescheurde spijkerbroek en een veel te kort truitje. Ze sprak met een vrolijke stem, alsof de gebeurtenissen van de dag een welkome afwisseling waren in haar werklozenbestaan. O, mooie Helena, dacht hij, maar hij zei het niet hardop. Hij zocht koortsachtig naar iets wat hij haar kon teruggeven, maar vond niets.

'Ik heb verder toch niets te doen,' zei ze, alsof ze zijn gedachten kon lezen. 'Dit was best een drukke dag, maar dan gaat de tijd tenminste snel, en het is zo fijn als de tijd snel gaat. Hij vindt het erg leuk om gewassen te worden,' voegde ze eraan toe. 'Hij zat met zijn ogen dicht in het bad en bleef de hele tijd muisstil terwijl ik hem waste. Ik heb een grote spons gebruikt. Hij vond het heerlijk om te worden geschrobd, en hij vond de haardroger ook prettig. Die heb ik op de laagste stand gezet,' zei ze nog, 'voor alle zekerheid.'

Sejer stond nog steeds paf. Toen hij niet reageerde, kwam ze nog met goede raad.

'Je kunt een paar oude kranten onder je schrijftafel leggen. Want ze zoeken altijd weer hetzelfde plekje op.'

'Dat weet ik,' zei hij.

Ze keken elkaar aan door de openstaande deur.

'Zolang hij ziek is, kan hij niet met je meegaan naar het werk,' zei ze resoluut. 'Ik hou de sleutel nog bij me zolang het nodig is, dan kan ik af en toe eens gaan kijken. Maar hij mag natuurlijk ook bij mij komen, als je daar niets op tegen hebt. Dan bel ik je als er iets is.'

Hij bedankte haar met een diepe buiging.

'Goed, ik ga zo meteen een hondenmand kopen,' zei hij kordaat.

'Doe dat,' zei ze enthousiast, 'en koop er nog een dekentje bij, om erin te leggen. Als hij dan nog iets achterlaat, gooi je gewoon het dekentje in de wasmachine.'

Hij zocht nerveus naar zijn sleutel. Was ontroerd door al die zorg, onder de indruk van haar besluitvaardigheid en vreugde om hem te kunnen helpen. Hij bukte nog een keer. Deed de deur van zijn flat open, bleef staan in het halletje en snoof de lucht op. Het enige wat hij rook was een subtiele geur van bleekwater.

'Frank?'

Hij liep verder de woonkamer in. Keek onder zijn schrijftafel, liep naar de keuken. Van de keuken verder naar zijn slaapkamer, waar hij de hond op de grond zag liggen.

'Lieve help, Frank. Wat bezielt je?'

De hond blafte kort. Hij rook zo heerlijk en onweerstaanbaar dat hij hem meteen wilde optillen en vlak bij zijn gezicht houden.

'Ik heb braadworst gekocht. Kom mee naar de keuken.'

Hij maakte zijn boodschappentas leeg. Sneed het eten in kleine stukjes en legde alles op een schoteltje. Frank woelde in het eten met zijn snuit. Hij leek wel trek te hebben, maar het bleef bij gesnuffel.

'Ik laat het staan,' zei Sejer. 'Eet het op wanneer het je uitkomt.'

Hij goot vers water in de drinkbak en zette die ernaast. Nadat hij een haastige blik op de klok had geworpen, toetste hij het nummer van de dierenkliniek in.

'Een maagontsteking komt vaak voor bij honden,' zei de dierenarts. 'Ze krijgen tal van bacteriën binnen als ze buiten zijn. Je mag medicatie komen halen tegen diarree, we zijn open tot acht uur.'

'Maar hij krijgt niets binnen,' zei hij bezorgd. 'Behalve water.'

'Het is een pasta,' antwoordde ze. 'Met een lekker smaakje, en het zit in een spuit, je hoeft 'm alleen maar in te duwen, ik weet zeker dat hij het zal slikken.'

Ze klonk erg overtuigd. Ze had hem gerustgesteld. Hij deed alle ramen dicht die de mooie Helena had opengezet en liep terug naar de keuken. Een stukje worst was naast het schoteltje beland, er was op gekauwd.

'Waarom kijk je zo droevig?' mompelde hij. 'Dit is niet het einde van de wereld, hoor.'

Bij het horen van de troostende stem, legde de hond zijn kop op zijn poten en sloot zijn ogen.

'We zijn al oud, Frank,' mompelde Sejer, 'en dan horen kwaaltjes erbij.'

Hij reed naar de Anicura Dierenkliniek om de medicatie te halen. Ondertussen kocht hij ook een hondenmand voor zeshonderdvijftig kronen en een lichtblauw flanellen dekentje om erin te leggen. Even later stond hij onder de tl-lampen bij het aanrecht te knoeien met plastic en geperforeerde lijnen, waarna hij neerknielde naast de hond en de spuit in zijn mond stopte. Frank smakte verbaasd en slikte.

'Geen poep meer in huis, Frank, wees lief voor Helena.'

Toen haalde hij de hondenmand om hem aan Frank te laten zien, een reusachtig vilten ding met lage randen. Hij spreidde de lichtblauwe deken uit op de bodem en zette de mand op de grond naast zijn leunstoel.

'Je hebt je mat verknoeid, dus heb ik een mand voor je gekocht,' zei hij.

Frank keek verbaasd naar zijn nieuwe bed. Daarna keek hij op naar zijn baasje. Hij zette één poot erin en daarna de andere. Snuffelde een beetje, hees er zijn achterpoten in en deed een paar rondjes. Harkte het lichtblauwe dekentje op een hoopje en plofte neer, met de grootste vanzelfsprekendheid, alsof hij daar altijd al had gelegen.

Niet veel later begon hij te snurken.

'Het genoegen is geheel aan mijn kant,' mompelde Sejer.

Die nacht zat hij in zijn stoel bij het raam te luisteren naar de stilte. Frank lag nog steeds te soezen in zijn nieuwe mand. Er was geen enkel geluid te horen van de andere bewoners in de flat, en hij dacht aan Helena, die waarschijnlijk lag te slapen, alleen in een groot bed. Misschien droomde ze van een andere tijd, toen ze nog vlug en lenig was als een marter, en misschien had haar vriendje aan het stuur van de motorfiets gezeten, misschien was hij dood, of lag hij in een ziekenhuis, of in een andere instelling. Misschien had hij zijn verstand verloren en kende hij haar niet meer. Misschien gleed haar hand over het laken, op zoek naar de andere helft van het bed, naar iets wat er niet meer was, zoals hij zelf deed op eenzame momenten. In zijn glas zat een kliekje whisky, in zijn hand hield hij de dictafoon vast. Het zwarte doosje bevatte alle details over de vondst van het lijk, details die de ouders van Gritt nooit te horen zouden krijgen. Hij warmde de whisky op in zijn mond, luisterde naar zijn eigen stem, de droge toon die hij altijd had gebruikt bij mondelinge notities. Soms, als hij zo naar zichzelf zat te luisteren, vond hij dat zijn stem vreemd klonk, alsof hij iemand anders was als hij op een plaats delict was. Alsof hij iets uit zichzelf naar boven haalde wat er anders niet was, een afstand, iets heel formeels, terwijl al het andere, het verdriet en de ontzetting, uitgeschakeld was, alsof hij gewoon een tekst voorlas die iemand anders had geschreven. Wat zegt dat over mij, dat ik met één vingerknip kan veranderen? dacht hij. Alsof ik erbuiten sta. Sta ik erbuiten? Is dat een talent, is het gewoon professioneel, of is er meer aan de hand?

'Jong tienermeisje. Schouderlang, sluik haar. Hoogblond, maar iets donkerder bij de scheiding. Ligt op haar rug met haar gezicht opzij. Haar mond staat open. Haar benen liggen naast elkaar, haar armen een beetje verwijderd van het lichaam. In haar rechterhand houdt ze wat gras vast, waarschijnlijk door een kadaverspasme. Om haar pols draagt ze een zilveren armband, aan sommige schakeltjes hangen kleine figuurtjes, een hartje, een ster en een kat. Haar hals vertoont duidelijke sporen van wurging, haar huid is erg verkleurd met meerdere halvemaanvormige nagelindrukken. Verder geen zichtbare trauma's op het lichaam, geen bloedingen, snijwonden of kneuzingen. Afgebeten nagels zonder lak. Gekleed in een wit topje en een geruit rokje. Het rokje zit netjes op zijn plaats. Haar slipje is naar beneden getrokken, tot op haar enkels. Er staat iets op geborduurd: 'Monday'. Witte sneakers met hoge schacht. Opvallend: één schoen is uit. Haar ogen zijn open, bedekt met een aanzienlijke hoeveelheid eitjes die bijna uitkomen. Hetzelfde op de mond en de neus.'

Hij nam aandachtig de hele opname door. Ten slotte hoorde hij zijn laatste opmerking, een beetje afwezig, alsof hij heel even vergat waar hij was en de zwerm aanwezige technische rechercheurs negeerde.

'Haar ogen zijn zwart van de uitgelopen make-up. Ze ziet er verbaasd uit. De forensisch patholoog is onderweg.'

Kreutzer en Riis waren bij de Zeelands langsgegaan met het nieuws over de dood van hun dochter. Ze legden voorzichtig uit dat Gritt met geweld om het leven was gebracht en dat ze op slechts een paar minuten van hun huis was gevonden. Marion was neergeploft op een stoel en was het hele gesprek lang blijven zitten. Er kwam geen woord uit haar mond, geen schreeuw, geen traan. Ze had met waakzame ogen gestaard naar de persoon die aan het woord was, naar Kreutzer als hij iets zei, naar Riis als die zijn mond opendeed, en naar haar man Jan als hij een wanhopige vraag stelde. Roerloos en met haar handen in haar schoot had ze als een bang kind zitten luisteren. Kreutzer had achteraf gezegd dat hij haar bijna had willen slaan om haar wakker te maken.

Toen Sejer de oprit op draaide voor de kunstenaarswoning was dat niet op een warme zomerdag zoals de vorige keer, maar op een zwaarbewolkte, regenachtige dag. Geen plensbui, geen korte bui, geen stille, zachte regen, maar een plensbui die vast nog een poos boven het huis zou blijven hangen. De wind blies de druppels met krachtige stoten tegen de voorruit, en de iglo maakte een koude, onneembare indruk. De meeste ramen waren donker. Binnen was de dood neergestreken, en die was niet meteen van plan weer te vertrekken. Voor eeuwig en altijd zou hij door het huis sluipen. En als Marion of Jan zich, nadat er al wat tijd verstreken was, in een moment van vergetelheid naar buiten waagde met een lichtzinnige lach, zou hij er onmiddellijk weer staan.

Hoe durf je! Wat als ze je hoort!

Zeeland zei niets toen hij opendeed. Er schuilde een traagheid in zijn bewegingen, een weerstand in alles, in het opsteken van een hand of het verplaatsen van een voet. Niets ging vanzelf, zijn lichaam moest duidelijke orders krijgen, strengere orders dan ervoor.

'Onze vrees werd bewaarheid,' zei Sejer.

'Het schijnt, ja,' zei Zeeland. 'Althans, dat werd me verteld, door twee agenten in uniform die hier kwamen aanbellen. Los daarvan weet ik niet helemaal zeker of het wel echt is gebeurd.'

'Het ís gebeurd,' zei Sejer.

De mannen keken elkaar een tijdlang aan. Zeelands blik was veeleisend en vermanend.

'U moet dit onderzoeken,' zei hij.

'We zullen ons uiterste best doen om dit te onderzoeken,' zei Sejer. 'Hoe gaat het met Marion?'

'Ze is bij haar zus. Dit is geen huis meer, maar een slagveld.'

Ze gingen naar boven en namen plaats aan de keukentafel, zoals de vorige keer. Het voelde anders nu, om naar alle foto's te kijken. Glimlachende Gritt, nukkige Gritt, Gritt op papa's arm. Hij zag de evolutie, van het lieve, haast jongensachtige meisje, tot de mooie, zelfbewuste tiener.

'Ik moet je een paar vervelende vragen stellen,' zei Sejer. 'Maar dat zul je vast wel begrijpen.'

Zeeland knikte.

'We hebben allemaal hetzelfde doel: hem vinden, hem met de feiten confronteren en hem straffen, duidelijkheid krijgen over wat er is gebeurd en waarom hij voor deze oplossing heeft gekozen.'

'Oplossing? Noem je dit een oplossing?'

'Excuses,' zei Sejer snel. 'Politietaal.'

'Nou, doe dan maar iets aan die taal!'

Zeeland zat te prutsen met twee peper-en-zoutvaatjes van porselein, tikte ze tegen elkaar.

'Wat was het eerste wat in je opkwam toen je hoorde dat Gritt dood was?'

'Iets met seks,' antwoordde Zeeland. 'Iemand die heeft genomen wat hij wilde, iemand die het niet op een andere manier zou hebben gekregen, zoiets.'

'Want van een vriendje heb je geen weet?'

'Nee, dat klopt. Maar ze was wel met de jongens bezig.'

Hij bleef de porseleinen vaatjes tegen elkaar tikken.

'Ze wilde gezien worden, begrijpt u? Ze trok de jongens aan, maar stootte hen tegelijkertijd ook af. Dit hoort Marion niet graag, maar aangezien ze hier nu niet is, zeg ik het toch. Soms hoorde ik haar 's avonds telefoneren. Haar kamer is naast het atelier, en je hoort echt alles daarboven. Ze spint als een kat. Ik heb haar 's avonds het huis uit zien gaan, hoe ze zich gedraagt, alsof voortdurend alle schijnwerpers op haar gericht zijn. Ik heb haar op het strand in bikini zien lopen. Ze spiegelt zich in de blikken van anderen, kan geen genoeg krijgen van zichzelf. Zulke signalen worden verkeerd begrepen. Maar daarover kan ik niet praten met Marion.'

'Met mij wel dan?'

Zeeland glimlachte bedroefd.

'Ik heb niets meer te verliezen. Dan kan ik evengoed eerlijk zijn. Je bent vast nog van plan om met Marion te praten, en zij zal je andere dingen vertellen, die ook belangrijk zijn.'

De pijn was zichtbaar in zijn ogen en bij zijn mond.

'We hadden veel strenger moeten zijn.'

'Mooie meisjes trekken vrijpostig de wereld in en leveren zich over aan anderen,' zei Sejer. 'Lelijke meisjes blijven thuis en zijn alleen aan zichzelf overgeleverd. Sommige mensen gaan daar ook aan dood.'

Zeeland knikte.

'Ik heb de indruk dat je nog steeds helder kunt denken als het over Gritt gaat, ondanks alles wat er is gebeurd.'

'Klopt,' antwoordde hij met een scheve glimlach. 'Dat komt omdat ik haar vader niet ben.'

Sejer wachtte op een nadere verklaring.

'Niet biologisch, bedoel ik,' voegde hij eraan toe. 'Ik heb haar geadopteerd toen ze twee was.'

'En de biologische vader?'

'Die is uit beeld verdwenen.'

'Hoe bedoelt u?'

'Hij is drie jaar geleden overleden.'

'Wie heeft jullie over zijn dood geïnformeerd?'

'Een van zijn zusters, ze woont in Göteborg.'

'En jullie hebben Gritt daarover ingelicht?'

Hij staarde naar de tafel, naar het ruwe hout.

'Nee.'

'Dus Gritt wist van niets?'

Op dat moment gebeurde er iets met Zeeland. Hij wond

zich op en verhief zijn stem, en ineens werd al het rood in hem zichtbaar, de wanhoop, de razernij en zijn hele temperament. Hij zwaaide met zijn hand en spuwde de woorden uit.

'Ík ben Gritts vader. Want voor haar biologische vader was ze niet meer dan een vergissing. Maar wat een prachtige vergissing. Ik werd verliefd op een vrouw en kreeg er een klein meisje gratis bovenop, en ik was de gelukkigste man ter wereld.'

'Waaraan is de vader gestorven?'

'Leverfalen.'

Beelden van een destructieve levensstijl en andere ellende doken in Sejers hoofd op.

'Maar wist Gritt dat ze geadopteerd was?'

'Ja, dat wist ze. We hebben het haar verteld toen ze naar school ging.'

'Gritt had een vriendje dat naar het buitenland is vertrokken,' zei Sejer. 'Denk je dat ze seks hadden toen ze samen waren?'

'Zeker weten,' antwoordde Zeeland.

'Is hij al op de hoogte gebracht van haar overlijden?'

'Marion heeft hem een mail gestuurd.'

'En, wat was zijn reactie?'

'We hebben geen reactie gekregen.'

'Geen medeleven?'

'Hoegenaamd niets. Ze was toch zeker niet zwanger?' vroeg hij abrupt.

'Daarover heb ik geen melding gekregen,' zei Sejer. 'Maar wat je ook over het overlijden denkt, er zijn geen sporen van verkrachting gevonden. Volgens ons gaat het hier om iets anders.'

'Om wat dan?'

'Dat weten we niet.'

Zeeland zag er verward uit. Zijn stem werd intenser, terwijl hij zocht naar een logische verklaring.

'Hij moet onderbroken geweest zijn, of de moed hebben verloren. Hij was toch bezig, dat kan toch niet anders, hij was bezig! Haar slipje en zo...'

'Wie heeft je over haar slipje verteld?'

'Die twee die hier waren. Ik heb hen onder druk gezet.'

'Juist ja,' zei Sejer.

'Hebben jullie nog meer ontdekkingen gedaan waarover jullie ons niets vertellen?'

'Niet echt,' antwoordde Sejer.

En daarna, in een poging om hem af te leiden: 'Ben je overdag in je atelier?'

Zeeland liet de twee porseleinen vaatjes los en leunde met zijn hele bovenlichaam over de tafel.

'Niet om te schilderen, nee. Maar ik zit daar wel, omdat onze beste fauteuil in die kamer staat en de muziekinstallatie ook. En omdat haar kamer daar is, dan ben ik heel dicht bij haar. Ik zit daar te staren naar mijn schilderijen, die in wezen allemaal slecht zijn.'

'Verdriet is een gulzig dier,' zei Sejer. 'Het verslindt alles wat iets voor ons betekent. Komt er een andere kleur wanneer je opnieuw zult beginnen te schilderen? Iets anders dan rood?'

'Je bedoelt omdat Gritt dood is? Misschien wordt alles dan zwart.'

'Dat zou begrijpelijk zijn,' zei Sejer voorzichtig.

Zeeland bedacht dat hij iets wilde uitleggen, omdat de kunst hem eindelijk aan iets anders deed denken.

'Je denkt misschien dat rood rood is en geel geel, maar dat is niet zo. Elke kleur heeft zijn specifieke eigenschappen en gedraagt zich op zijn eigen manier. Je kunt bijvoorbeeld niet hetzelfde doen met geel als met blauw. Elke kleur heeft zijn karakter en eigenschappen. Dat merk je zodra je begint te verdunnen of te mengen, en je voelt het ook als je met je penseel over het canvas strijkt.'

'Wat is er dan zo bijzonder aan rood?' vroeg Sejer.

'Rood is een rijke kleur,' zei hij. 'Genereus, zelfstandig en ondeugend, flexibel en coöperatief. Rood gaat met bijna alles akkoord.'

Hij zuchtte van zelfironie.

'Rood is mijn beste vriend.'

'Je bent kunstenaar, dus je denkt in beelden,' zei Sejer. 'Nu je weet wat er met Gritt is gebeurd, welke beelden zie je dan voor je van de gebeurtenis zelf?'

'Allerlei beelden. Alle varianten van geweld, alle soorten gewelddaden, alle denkbare handelingen en situaties, alle vormen van kwelling en brutaliteit, alle mogelijke soorten daders, zowel jonge als volwassen mannen, of zelfs meerdere mannen.'

'Wat zie je níét?'

'Dat ze werd vermoord door een meisje.'

Hij keek naar de inspecteur.

'En wat zie jíj?'

'Ongeveer hetzelfde als jij.'

Hij gaf hem alle informatie die hij kon geven over het onderzoek en kreeg in ruil daarvoor informatie over Gritts leven en over de personen uit haar familie- en vriendenkring met wie hij wilde praten. Of er misschien ergens een verongelijkte ziel was die ze in de kou had laten staan, of ze met iemand in conflict was gekomen, en hoe ze in dat geval conflicten aanpakte, of ze zich terugtrok of zich afreageerde. Of ze de gewoonte had om haar hart bij hen te luchten, dan wel of ze veel geheimen had gehad. Op dat laatste antwoordde Zeeland bevestigend. Daarna liepen de mannen de trap weer af naar de voordeur, waar ze tot slot nog een paar woorden wisselden.

'Wil je weten wat ik van plan ben met hem te doen als jullie hem oppakken?' vroeg Zeeland plotseling.

'Eigenlijk niet, nee,' zei Sejer.

'Want zelf doen jullie geen bal, behalve vriendelijk op hem inpraten en al zijn rechten opdreunen.'

'Dat noemen we tactiek.'

'Dat dacht ik al, ja,' zei Zeeland.

Sejer keek de bedroefde man mild aan.

'Als hij geen respect krijgt, zal hij nooit bekennen. Je kunt van mening zijn dat hij geen vriendelijkheid of respect verdient, maar zonder die dingen krijgen we nooit een verklaring voor wat er met Gritt is gebeurd. Jij zelf ook niet.'

'Ik weet wat er is gebeurd,' zei Zeeland verbitterd.

'Maar wil je dan niet weten waarom?'

‘Ach, hou toch op met dat ellendige gepsychologiseer, dat hij een moeilijke kindertijd had of wat voor lulkoek nog meer. Vergeet het! Hij had gewoon zin in haar, en zij zei nee, moeilijker dan dat is het niet!’

Sejer wilde Zeeland zeggen dat er waarschijnlijk evenveel motieven voor moord waren als er moordenaars waren, maar hij zei het niet hardop.

‘Doe Marion de groeten van me.’

Zeeland knikte.

‘Er is nog één ding dat je moet weten, Jan. Gritt is altijd en overal bij me. Hierbinnen.’

Hij tikte tegen zijn slaap.

Daarna nam hij afscheid, liep terug naar de auto en reed langzaam achteruit de weg op. Hij stopte voor de eerste bocht en keek achterom naar het halfduistere huis. Dacht aan het beroep dat hij had gekozen, aan de rol die hij moest vervullen. Rouwend ten aanzien van de ouders en het verlies dat ze hadden geleden, een verrader als hij de schuldige probeerde te begrijpen. En alles daartussenin, voortdurend heen en weer geslingerd worden tussen de uitersten van de mens, van pijn naar fascinatie en terug naar pijn. Een paar minuten later zag hij licht branden in de kamer onder de koepel.

De dag verliep zonder opmerkelijke gebeurtenissen en de uren waren gevuld met routinewerk, zoals naar Bjerkelunden, de middelbare school, rijden om er met alle klasgenoten van Gritt te praten, en met haar leraren en de rector, maar ook met andere naasten van de familie Zeeland, zoals de buren en familieleden. Kreutzer reed naar de Småtten Kleuterschool om er met de begeleiders te praten die uitzicht hadden over het pad naast het hek. Skarre praatte met Gritts huisarts, die geen weet had van een of ander geheim, maar anticonceptie had hij haar wel voorgeschreven, uiteraard, dat zou er nog aan ontbreken.

Alle in beslag genomen voorwerpen uit haar kamer werden nauwkeurig onderzocht. De spullen zaten in dozen en zakken, alle brieven waren gelezen, er was geen dagboek gevonden.

De kleine Gritt werd binnengevallen en overhoopgehaald, zoals wanneer je het mooie, groen glimmende schild van een mestkever haalde om bij het zachte lijfje eronder te komen. Dacht Konrad Sejer.

Patholoog Snorrason zat in het laboratorium geconcentreerd over de gevonden voorwerpen gebogen. Sommige spullen waren weggestuurd voor verder onderzoek, en dat zou enige tijd duren. Maar de manier waarop Gritt Zeeland haar korte leven had geleefd, kon worden samengevat zoals op zijn rapport uit de lagere school in Reykjavik onder 'orde en netheid' te lezen stond: *'Niets op aan te merken.'*

Want op Gritt viel werkelijk niets aan te merken. Het enige wat haar van de anderen onderscheidde, was haar onweerstaanbare schoonheid. Haar hele uiterlijk had iets bijzonders, zeiden de mensen, haar huid en haar haar, haar rode mond, en haar smalle handen die tekeningen maakten in de lucht en haar woorden kracht bijzetten als ze praatte, dat hadden haar vrienden verteld. En hoewel Sejer alle jongeren mooi vond, begreep hij dat Gritt net iets meer had gehad. Een stralend licht dat van binnenuit kwam, dat iedereen die haar in de ogen keek het gevoel gaf door iets heel bijzonders te zijn geraakt.

De werkdag zat er weer op. Hij had zijn bureau opgeruimd en alles op zijn plaats gelegd, een paar aantekeningen gemaakt over het werk van de dag. Maar nadat hij al haar spullen had doorgenomen, had hij niet veel meer te zeggen dan diezelfde vijf woorden: *'Niets op aan te merken.'*

Toen kwam Annebeth Larson zijn kantoor binnen. Ze stond voor hem, groot en sterk en breed, zoals Charlotte Malling.

'IT heeft foto's gevonden,' zei ze. 'Kom eens kijken.'

Ze bloosde van enthousiasme terwijl ze voor zijn bureau stond. Haar intensiteit schudde hem wakker.

'Foto's?'

'Op de computer van Gritt. Iemand heeft foto's van haar genomen en ze daarna vanaf een internetcafé in Oslo naar haar computer gestuurd.'

'Compromitterende foto's?'

'Eigenlijk niet. Maar je moet ze bekijken en zeggen wat je ervan denkt. Er was in elk geval iets gaande, denk ik, en voor de duidelijkheid: een tiener maakt niet zulke foto's. Een tiener heeft ook niet die expertise of dat materiaal, ze is in de volwassen wereld terechtgekomen.'

Hij volgde haar door de gangen naar de IT-afdeling. Toen ze allebei voor het scherm zaten, liet ze hem zes portretten van Gritt Zeeland zien, allemaal in zwart-wit, en ongetwijfeld gemaakt door een bekwaam fotograaf. Ze klikte de ene foto na de andere open en liet ze telkens een poosje staan om hem tijd te geven. Gritt poseerde met naakte schouders en haar haar opgestoken op haar hoofd, een paar losse haarlokken op haar voorhoofd en haar wangen. Haar mond was halfopen en twee grote voortanden waren zichtbaar. Haar blik drukte een mengeling van geflirt en verlegenheid uit, en getuigde ervan dat de persoon achter de camera een autoriteit was, iemand die haar elke houding kon laten aannemen die hij wenste. Er was niets smakeloos aan de foto's, geen enkel teken van lust of ontluikende seksualiteit, het was allemaal van een pure schoonheid. Fotokunst en sprankelende techniek. Sejer merkte het zachte licht op en de vage schaduwen, de matte huid, het glanzende haar en haar vochtige ogen.

'Ik moet die fotograaf te pakken krijgen en een afspraak maken,' zei Annebeth. 'Ik wil er ook zo uitzien.'

Sejer wierp haar een blik toe.

'Jij ziet er prima uit.'

Ze grimaste.

'Maar wie heeft die foto's gestuurd?' vroeg hij.

'Dat is nu net het interessante. Het café heet Arctic Internetcafé, en de afzender noemt zichzelf nevertell.'

'Nevertell? Wanneer werden ze verstuurd? Hoe oud was ze toen de foto's werden genomen?'

'De foto's werden vier maanden geleden naar haar computer gestuurd. Dus ze was minderjarig. Zal ik contact met hen opnemen?'

Hij knikte.

'Stuur het gesprek maar in die richting, misschien is hun iets opgevallen.'

Hij bekeek de foto's opnieuw.

'Ze is verliefd,' stelde hij vast.

'Net als de fotograaf,' zei Annebeth.

'Ik zie hier een relatie,' zei Sejer.

'Die misschien verkeerd is afgelopen,' zei Annebeth.

Ze keken elkaar aan.

'Verder nog iets interessants op haar computer?'

'Niets ongewoons. Wat gechat met vrienden. Er wordt met geen woord over nevertell gerept, ze heeft hem geheimgehouden.'

'Gelukkig voor hem,' zei Sejer. 'Althans voorlopig. Misschien wilde zij wel met hun verliefdheid naar buiten komen, maar hij niet. Dan hebben we te maken met een man die veel te verliezen heeft.'

Hij greep naar zijn binnenzak en maakte een haastige aantekening.

'Bezorg me een overzicht van alle fotografen in de stad. Met een beetje geluk vinden we de moordenaar gewoon in de telefoongids.'

Diezelfde nacht had de inspecteur een droom.

Hij was een steile trap aan het beklimmen in een donker huis met stenen wanden. De trap was lang en lastig, met hoge treden, en de donkere wanden straalden een rauwe kilte uit. Telkens als hij licht ontwaarde boven aan de trap, kreeg de trap er meer en steilere treden bij. Boven was gedempte muziek te horen. Hij hield zich vast aan de leuning en trok zich langzaam naar boven, want hij wist dat hij helemaal naar boven moest omdat daar iets was, iets belangrijks wat hij moest zien. Toen hij eindelijk boven kwam, in het atelier van Jan en Marion, zag hij het bovenaardse licht dat door het dakraam naar binnen sijpelde. De schilder stond met zijn rug naar hem toe en droeg een gevlekte lange jas. '*Klak-klak*,' zeiden zijn houten klompen telkens als hij zich verplaatste. Een klein meisje kwam uit de kamer ernaast, en hij herkende de kleine Gritt, maar ze was klein, misschien een jaar of zes, en ze droeg een geel jurkje. Ze ging achter de rug van haar vader staan, keurig rechtop, met haar handen naast zich, het kleine lichaam was een en al weerbarstigheid.

'Zie je mij?' riep ze.

Haar vader antwoordde zonder zich om te draaien.

'Ja, ik zie je.'

'Je ziet mij niet,' riep ze kwaad, 'want je hebt geen ogen op je rug!'

'Ik zie je,' antwoordde hij voor de tweede keer. 'Papa's zien alles. Maar je mag me niet storen als ik aan het werk ben, Gritt, het licht zit perfect. Over een uurtje zijn de laatste stralen alweer weg. Ga maar buiten spelen.'

Toen stampte ze kwaad op de vloer, en hij zag dat ze een mes in haar hand hield, met een lang, smal lemmet. Ze pakte een krukje, trok het over de vloer achter zich aan tot bij haar vaders schildersezel en klom erop. Plotseling stak ze het mes in het doek en sneed het schilderij van boven tot onderen in tweeën. Het lemmet werd rood van de verf, die over haar hand liep en op haar gele jurk drupte.

'Zie je mij, papa?' riep ze.

'Je stoort me,' antwoordde de vader, 'nu ben ik er helemaal uit.'

Toen klom ze weer van het krukje en pakte een van de tubes verf. Ze duwde de rode verf uit op haar hand en wreef die op haar wangen, tot alleen nog haar tanden wit glansden.

'Ik bloed, papa,' riep ze. 'Zie je mij nu?'

'Blijf van mijn verf af, die is duur!'

Toen verdween ze in haar kamer en bleef een paar seconden weg, tot ze weer naar buiten kwam met een blauwe tas over haar schouder.

'Ik ga ervandoor, papa, ik ga mijn eigen weg. Zie je mij nu?'

'Ja,' antwoordde Zeeland, 'nu zie ik je, Gritt. Nu zie ik je heel duidelijk.'

De zon viel schuin naar binnen door het raam en verspreidde een goudgele gloed in het kantoor. Zijn haar, dat kort en grijs was, glansde als geborsteld staal. Het licht vond ook zijn weg naar alle landen van de wereld op zijn bureauonderlegger, zelfs zijn groene archiefkast had een warme gloed. Hij hoorde snel gezoef van auto's beneden op straat en stemmen op de gang. Skarre kwam snel verslag uitbrengen. Ze hadden negentien fotografen gevonden in de stad en het district, vier van hen waren vrouwen.

'Zullen we de vrouwen alvast laten vallen?'

'Waarom zouden we dat doen? Gebruik je fantasie, man.'

Toen dook er iets anders op, iets heel merkwaardigs. Hannisdahl van de receptie beneden had een belangrijke ontdekking gedaan. Het was alsof het brandde onder zijn voeten en de warmte door zijn lichaam naar zijn wangen steeg. Hij viel anders nooit op, hij was een stille harde werker, kon je zeggen, forsgebouwd, met dik donker haar en ronde wangen. In zijn hand hield hij een grote enveloppe. In zijn ogen scheen een triomferend licht.

'Dit moet je gewoon zien!'

'O ja?'

'Dit zul je niet geloven.'

'O nee?'

Sejer duwde zichzelf een meter achteruit, zijn stoel rolde zachtjes over de vloer. Hij bestudeerde de enveloppe. Die was geel en iets groter dan A4-formaat, geadresseerd aan de politie van het zuidelijke district, geschreven met blauwe pen in een mooi handschrift. Hij was al open, er zat een blad papier in. Hij trok het er voorzichtig uit en hield het voor zich.

Het was een tekening, gemaakt met potlood. Pas na een paar seconden drong een duizelingwekkend besef tot hem door. Hij zag een dood meisje. Met een geruit rokje aan. En haar slipje op haar enkels.

De inspecteur zei geen woord. En toen, na een eeuwigdurende stilte, kwam de uitroep: 'Hoe is dit mogelijk?'

'Tja,' antwoordde de agent, met glinsterende ogen.

Sejer draaide de enveloppe om en zocht naar een afzender.

‘Waar komt die vandaan?’

‘Weet ik niet.’

‘Maar dit is Gritt!’ riep Sejer uit.

‘Klopt,’ zei de agent en hij knikte, met almaar roder wordende wangen en almaar glanzender ogen. ‘Daar zijn we het over eens.’

‘Zijn de enveloppe en de tekening al op vingerafdrukken onderzocht?’

‘Geen vingerafdrukken gevonden.’

‘Kwam dit vandaag per post?’

‘Vanmorgen, ja. Hier in de stad op de bus gedaan.’

Sejer wees naar de tekening. Het blad beefde in zijn hand.

‘Zie jij wat ik zie?’

‘Waarschijnlijk wel,’ zei Hannisdahl.

‘De tekenaar heeft op precies dezelfde plaats gestaan als onze fotograaf. Als ik me niet vergis ligt er een foto van de plaats delict in onze bewaarruimte die er precies zo uitziet.’

‘Helemaal juist,’ zei de ander en hij knikte.

‘Je zou zelfs denken dat hij die foto heeft nagetekend.’

‘Dat zou je inderdaad haast denken, ja,’ zei Hannisdahl.

Sejer draaide het blad om.

‘Hoe is dit mogelijk?’ vroeg hij voor de tweede keer.

Hannisdahl antwoordde met een vraag.

‘Zijn de tekenaar en de moordenaar een en dezelfde persoon?’

Ze keken elkaar aan.

‘De foto’s van de plaats delict,’ zei Sejer, ‘wie heeft daar toegang toe? Het is toch zeker niemand van ons? Kan iemand uit ons team zo goed tekenen? Nee toch!'

Hannisdahl schudde zijn hoofd.

'Dat denk ik niet, nee.'

Sejer liep met de tekening tot bij het raam, waar het licht naar binnen stroomde. Strikt genomen was dat niet nodig, want er was meer dan genoeg licht in het kantoor om de vele details te zien, maar het was alsof hij zijn ogen nog steeds niet kon geloven. Hij liep terug, knipte de lamp aan, boog zich opnieuw over de tekening. Hij constateerde dat Gritt met een zachte hand was getekend. Ze groeide langzaam uit het papier, ondanks het feit dat ze was vermoord en op de grond was gegooid. En toch bood ze geen lelijke aanblik, niet zoals andere doden die hij al had gezien. Alsof de kunstenaar ontroerd was door de aanblik op zich, of een band met haar had en het niet over zijn hart verkreeg om dat jonge lichaam als een vernield voorwerp weer te geven. Hij herhaalde het voor zichzelf: 'BAND.'

En richtte zijn blik op Hannisdahl.

'Geen vliegeneitjes. Geen bloeduitstortingen. Óf hij heeft haar mooier willen maken, óf hij heeft haar vlak na haar dood getekend. Geen woord hierover tegen de pers, of tegen iemand van hierbuiten. Ook niet tegen je vrouw.'

'Heb geen vrouw,' zei de agent.

'Hoeveel personen hebben deze tekening al gezien?'

'Jij en ik.'

'Perfect. Luister goed, Hannisdahl. Beschouw deze tekening niet als een mededeling van de moordenaar. Zulke dingen gebeuren niet in onze werkelijkheid, dat we zulke groeten toegestuurd krijgen. Laat dit duidelijk zijn. Kan iemand van ons politiebureau goed tekenen?'

Hannisdahl kende niemand op het bureau met een of ander artistiek talent, behalve Riis, die één keer per week ging linedancen.

'Kennen we dan iemand van buiten ons bureau die kan tekenen? Iemand uit Gritts omgeving? Haar ouders zijn kunstenaars. Ze werken weliswaar met een andere vorm van expressie, maar ze hebben allebei een kunstopleiding gevolgd en leren tekenen. Misschien komen daar geregeld andere kunstenaars over de vloer?'

Hannisdahl knikte.

'Zou het kunnen dat de moordenaar zijn slachtoffer heeft getekend? Maar waarom zou hij zoiets doen? En waarom zou hij ons dan de tekening toesturen? Nee, dat kan hij niet gedaan hebben.'

'Er duikt net een vreselijk beangstigende gedachte op in mijn hoofd,' zei agent Hannisdahl, die stond te schuifelen met zijn voeten.

'Straks vermoordt hij nog een meisje. En dan komt er een nieuwe tekening en hebben we hier binnenkort een heuse galerie.'

'Een seriemoordenaar?'

Sejer knipperde met zijn ogen.

'Iemand die puur uit lust moordt? Omdat zijn vader afwezig was en zijn moeder een slecht mens was? Dat geloof ik niet, nee.'

'Of misschien zijn ze met z'n tweeën,' zei Hannisdahl. 'De

ene heeft haar vermoord en de andere heeft haar getekend. Twee jonge mannen die allebei afgewezen werden en onder één hoedje spelen. Er hebben vast veel mannen geprobeerd Gritt Zeeland te versieren.'

'Maar hij wil iets van ons,' merkte Sejer op. 'Hij heeft ons die tekening gestuurd om ons iets te vertellen. Of misschien om op te scheppen.'

'Misschien wil hij ons gewoon kwellen,' zei Hannisdahl.

'Of,' zei Sejer, 'de tekenaar is heel toevallig op het lijk gestuit en zag er meteen een heel bijzonder motief in, maar wil er niets mee te maken hebben of wil zich niet laten verhoren, dus stuurt hij de tekening anoniem.'

'Goed, wat doen we?' vroeg Hannisdahl.

'Dit blijft tussen ons,' zei Sejer. 'Maar één ding staat vast: er zijn maar weinig mensen die zo goed kunnen tekenen. De persoon in kwestie is een talent. Dan moeten we hem toch kunnen vinden?'

'Hij hoeft niet noodzakelijk uit ons district te komen,' zei Hannisdahl.

'Nee, dat klopt. Het kan ook iemand zijn die op doorreis is, of op vakantie, het is zomer. De vraag is of een deskundige ons iets kan vertellen over de tekenaar. Schriftexperts kunnen allerlei zaken afleiden uit een simpele handtekening, beweren zelfs dat je iemands karakter kunt aflezen uit strepen en lussen. Dan moet er ook iets af te lezen vallen uit de tekening. Een kunstexpert, of een ervaren kunstenaar, die precies die lijnvoering kan bestuderen en er conclusies uit kan trekken, of misschien zelfs de stijl herkent. Alle kunstenaars hebben hun eigen stijl.'

'Hoe zit het met het papier?' vroeg Hannisdahl. 'Dat ziet er mooi uit.'

Sejer hield het blad tegen de lamp.

'Watermerk,' zei hij. 'Windsor. Is er iemand in de stad die kunstmateriaal verkoopt?'

'In de voetgangerszone achter de bioscoop,' zei de agent.

Hij haalde zijn telefoon uit zijn zak tevoorschijn en googelde de winkel.

'Krane Kunst. Sluit om vier uur. Ik kan er eens langsgaan.'

Sejer zat nog steeds met de tekening in zijn handen.

'Heb je dit hier gezien, Hannisdahl? Heb je goed gekeken? Je ziet zelfs hoe de spiervezels in haar hand zich in een spasme hebben samengetrokken toen ze een pluk gras uittrok.'

'Heb ik gezien, ja. Dan moet het een volwassene zijn, want het duurt wel even voor je zo goed bent.'

'Niet noodzakelijk,' zei Sejer. 'De grootste kunstenaars uit de geschiedenis waren al goed toen ze voor het eerst een potlood in de hand gedrukt kregen.'

Hij liep door de straten van Oslo met de tekening in zijn hand. Langs de Munkedamsveien en de Stortingsgata, naar rechts bij het restaurant Mahayana en rechtdoor tot aan Blomqvists Kunsthandel in de Tordenskiold gate 5.

Hij keek even door het raam. Toen hij naar binnen ging, klonk een vrolijk belletje, waarna een deftig geklede man aan kwam lopen.

'Goedendag. Waarmee kan ik je van dienst zijn?'

Hij gluurde naar de gele enveloppe.

'Ik heb hier een tekening,' zei Sejer. 'In potlood.'

'Die ik moet taxeren?'

'Nee, niet bepaald.'

'Maar je wilt de tekening wel verkopen?'

'In geen geval. Ik wil alleen dat je er eens naar kijkt en zegt wat je ervan vindt. Dat je hardop denkt. Niet over het motief, maar over de lijnvoering. Ik ben van de politie,' voegde hij eraan toe. 'Konrad Sejer. Het betreft een strafzaak.'

'Fors,' zei de kunsthandelaar en hij gaf hem de hand. 'Gestolen waar?'

'Nee.'

Zijn hart bonsde toen hij de enveloppe opendeed. Fors trok witte handschoenen aan en haalde een schildersezel, waarna Sejer de tekening erop zette.

Fors verstomde, zijn wenkbrauwen schoten de hoogte in.

'Snijdt ze je de adem af?' vroeg Sejer.

'Wel heb je ooit,' zei Fors. 'Zoiets had ik niet verwacht. Dat moet ik werkelijk zeggen. Die kan tekenen, ja.'

'Je mag hier met niemand over praten,' zei Sejer. 'Met niemand hier bij Blomqvist en met niemand uit je privéleven. Dit moet je voor jezelf houden.'

'Is dat een bevel?'

'Ja, dat is een bevel.'

Sejer keek naar Fors terwijl die naar de tekening keek. Zijn ogen volgden elke streek en elke lijn. Hij kwam dichterbij en ging dan weer twee stappen achteruit, knikte en bewoog zijn lippen, alsof hij notities nam voor zichzelf.

‘Wel heb je ooit,’ zei hij opnieuw. ‘Wat wil je dan van me?’

‘Dat je hardop nadenkt,’ zei Sejer. ‘Over de eigenschappen van de tekening. En wat die eigenschappen vertellen over de kunstenaar. Wat kun je zeggen over de techniek en deze vorm van expressie? Gaat het hier om een goede amateur of om een professional? Misschien herken je de lijnvoering? Je hoeft je geen zorgen te maken om de gevolgen, maar wij kunnen als politie alleen maar constateren dat de tekenaar goed is. En dat dit meisje tien dagen geleden dood werd aangetroffen in het Svartlandbos. De tekening lag vanmorgen bij ons in de bus, anoniem.’

Fors had een ernstige blik op zijn gezicht gekregen.

‘O ja, dat is ze. Inderdaad.’

Opnieuw ging hij dichterbij en weer verder van de schildersezel af staan. Af en toe tilde hij zijn hand op en maakte een paar bewegingen in de lucht, alsof hij de lijnvoering volgde, of de tekening wilde inlijsten.

‘Ik kan me vergissen,’ zei hij.

‘Alles wat je zegt is hoe dan ook interessant,’ zei Sejer. ‘En je zult niet worden geciteerd.’

‘Nou, goed dan. Allereerst: hoewel de tekening uitsluitend met potlood is gemaakt, zie ik onmiddellijk dat het topje zacht is en de rok van een grovere stof is. Ik zie dat de schoenen van leer zijn, hier zie je een subtiele glans. Ik zie de kracht in haar hand die gras heeft uitgerukt, waarschijnlijk in een soort van spasme. En ze is natuurlijk jong, bijna nog een kind.’

‘Zestien,’ vulde Sejer aan.

‘Zestien jaar, arm kind. Zo jong nog.’

Hij dacht even na.

‘Hij heeft haar in één beweging getekend. Niets duidt op aarzeling, hij is zelfverzekerd en heeft veel ervaring. Het hoge tempo heeft leven gegeven aan de tekening, ook al is ze dus dood. Het lijkt alsof hij haar iets van haar schoonheid heeft willen teruggeven, want er is wat vocht te zien op haar lippen en haar ogen.’

Hij wierp de inspecteur een korte blik toe.

‘Ik zeg het niet graag, maar het is een onweerstaanbaar motief. Een buitengewoon stilleven. Nou ja, zonder “leven”, natuurlijk. Gewoonlijk moeten kunstenaars genoegen nemen met wat fruit in een schaal.’

‘Inderdaad,’ zei Sejer.

Fors stelde een logische vraag.

‘Dus de moordenaar heeft haar getekend?’

‘Dat weten we niet.’

‘Nee, precies. Ik word wat nieuwsgierig. Maar dat meisje… Ze doet me denken aan de meisjes van Ingres. Ronde wangen, zijdeachtig haar, zie je, het stroomt als water.’

‘Ingres? Die ken ik niet,’ zei Sejer.

‘Nee, precies,’ zei Fors, ‘maar die kerel hier in elk geval wel. Hij kent zijn klassieken.’

‘Of die vrouw?’

‘Inderdaad,’ zei Fors, ‘maar ik dacht meteen aan een man. Ze kijkt naar iets buiten beeld, nietwaar? Laten we er voor de aardigheid even van uitgaan dat de moordenaar ook de tekenaar is, als je mij toestaat even te fantaseren.’

'Moet kunnen,' mompelde Sejer.

'Pas door haar te tekenen begrijpt hij wat hij heeft gedaan. Dus wil hij de dode mooier maken door haar iets terug te geven.'

'En als hij haar toevallig zag liggen tijdens een wandeling in het bos?' zei Sejer.

'Hoe dan ook lijkt er een band tussen hem en het slachtoffer te zijn,' zei Fors.

'Gaat het om een volwassen, gevestigd kunstenaar?'

'Niet noodzakelijk.'

Fors stond met zijn hand tegen zijn kin, knipperde een paar keer met zijn ogen en ging toen verder.

'Het valt wel op dat er een soort eigenheid ontbreekt. Het duurt lang voordat je een eigenheid ontwikkelt,' zei hij, 'en het vereist zelfvertrouwen. Je ziet duidelijk dat hij elk detail heeft weergegeven. De kleine plastic puntjes aan het uiteinde van haar schoenveters, de armband met de figuurtjes, stuk voor stuk precies getekend. En een kleine bies boven aan haar slipje, kan dat kloppen?'

Sejer zei niets over het woord 'Monday', dat onleesbaar was in de plooien.

'Weet je, naarmate kunstenaars zich ontwikkelen, gaan ze dingen weglaten,' zei Fors, 'om zich op die manier te kunnen concentreren op wat ze belangrijk vinden. De essentie, zeg maar. Maar hier lijkt het alsof hij iets heeft willen vastleggen. Zoals de foto's die de politie neemt op de plaats delict.'

'Klopt,' zei Sejer.

'Jammer dat hij de tekening niet gesigneerd heeft,' zei

Fors. 'Dat doen de meeste kunstenaars op dit niveau.'

'Hoeveel tijd heeft hij hiervoor nodig gehad?'

'Niet veel. Hij werkt intuïtief. Het motief gaat van de ogen rechtstreeks naar het papier, dat veronderstelt een soort van communicatie tussen het motief en de kunstenaar.'

'Communicatie?'

'Ja, dat het motief met hem praat. En dat hij luistert.'

'Het motief is dood,' zei Sejer en hij hield zich dom, waardoor Fors moest glimlachen.

'En toch zit hier veel informatie in,' zei hij. 'De tekenaar is op de een of andere manier bekend, misschien niet onder galeriehouders, maar wel bij de gewone mensen. Binnen zijn eigen milieu dus.'

Sejer keek naar de schildersezel, nam het blad weg en schoof het voorzichtig terug in de enveloppe.

'Geen woord hierover, tegen niemand,' zei hij.

'Haar zal ik nooit vergeten,' zei Fors.

Hij toetste het nummer van Marion Zeeland in.

'Hoi Marion,' zei hij.

'Hoi,' antwoordde ze.

Haar stem was nauwelijks hoorbaar.

'Ben je weer thuis?'

'Ja.'

'Ik wil je iets vragen, zal het lukken?'

'Ik zal het proberen,' fluisterde ze.

'Kennen jij en Jan nog andere kunstenaars?'

'Niet zo veel. Maar wel een paar. Oude bekenden van de

hogeschool. Jans beste vriend is architect, hij heeft ons huis getekend. En een van mijn vriendinnen maakt wandtapijten.'

'Is er iemand van hen die goed kan tekenen?'

'Iedereen kan een beetje tekenen, maar ik zou nu niemand in het bijzonder kunnen noemen, denk ik.'

'Zijn ze wel eens bij jullie thuis geweest? Kenden ze Gritt?'

Hij merkte dat ze in de war raakte.

'Bij ons thuis? Waarom vraag je dat? Zoeken jullie in onze kennissenkring?'

Hij week uit en haalde een trailer in.

'We zoeken overal,' antwoordde hij. 'Op haar school, in het strafregister, we praten met iedereen die haar heeft gekend. Dat vergt tijd, dus het gaat niet snel, maar je moet geduld hebben, Marion.'

'Dat heb ik niet,' gaf ze toe.

Toen herpakte ze de moed, met een andere stem, een stem waar zo veel woede in school dat ze moeite had om hem in bedwang te houden.

'Ik zal je vertellen wat ik wil. Het is heel eenvoudig. Ik wil dat je hem vandaag nog vindt, het liefst voor zonsondergang. En dan sleep je hem tot hier en zal ik hem een veeg uit de pan geven. Ik zal hem aankijken met een moordende blik, zo vol van haat dat hij meteen omvalt en nooit, nooit meer opstaat!'

Ze had snel gepraat en hapte naar adem.

'Zou het kunnen dat Gritt mensen kende uit een kunstenaarsmilieu die jullie nooit hebben ontmoet?' vroeg hij. 'Op die leeftijd is het normaal dat ze geheimen hebben.'

'Ik had haar beter in de gaten moeten houden!' riep ze uit.

'Marion,' zei hij. 'Gritt wilde vrijheid, en die hebben jullie haar gegeven. Vroeg of laat moeten we allemaal de wijde wereld in, en dan worden we aan allerlei dingen blootgesteld.'

'Maar ik kan het niet verdragen dat hij vrij rondloopt,' zei ze. 'Dat hij eet en slaapt.'

'Ik betwijfel of hij slaapt,' zei Sejer. 'En of hij veel binnenkrijgt. Is er een fotograaf in jullie kennissenkring, Marion?'

'Een fotograaf? Nee. Er zijn een paar foto's genomen van Gritt toen ze klein was, maar dat is al vele jaren geleden. Vraag het nog eens aan Jan.'

Hij zweeg over de zes portretten op Gritts computer. En over de tekening. Hij voegde alles toe aan de lijst met kleine en grote vondsten. Het was alsof alles bij elkaar hoorde, ook al zag hij geen verband. En toch kon de schuldige zich op tal van manieren verraden, door simpele en schijnbaar onbeduidende signalen. Een uitspraak waarover anderen zich verbazen, iets in de kantlijn. Of een persoon die op een belangrijk moment werd gezien en daarna nooit meer, omdat hij ondergedoken is. Een persoon die zich anders dan anders gedraagt en in een nerveuze manie of uit ongewoon grote belangstelling voor de zaak bij de politie op schoot kruipt of zich meldt als getuige, om zo de verdenking van zich af te schuiven. Het konden allemaal aanwijzingen zijn van schuld. Maar een tekening sturen. Wat was dat voor iets? Zie eens wat ik kan?

Hij legde zijn hand op de enveloppe die op de bijrijdersstoel lag. Het was iets heel bijzonders en zou beslist nog een rol spelen, maar hij wist niet op welke manier.

'Waarom hebben jullie hem niet gepakt?' vroeg Marion huilend. 'Nu heeft hij zich vast in een of andere kelder verstopt. Ik heb horen vertellen over de achtenveertig uur, die zijn allang voorbij!'

'Ik weet alles over de eerste uren,' zei hij. 'De achtenveertig uur waren al verstreken toen Jan ons belde. Maar er beweegt wat, Marion, iets anders moet je niet geloven.'

'Hoezo, er beweegt wat?'

'Er komt schot in de zaak,' legde hij uit. 'Het tegenovergestelde van stilstand. We hebben bepaalde zaken gevonden.'

'DNA, bedoelt u?' vroeg ze hoopvol.

'Nou...' Hij aarzelde. 'De stalen van Gritt werden als een spoedzaak in het laboratorium behandeld. En we hebben wel DNA gevonden, maar niet genoeg voor een volwaardig profiel. Niets wat we als bezwarend bewijs kunnen gebruiken.'

'Maar DNA is toch DNA?'

'Zo eenvoudig is het helaas niet. We hebben een bepaald aantal genetische markers nodig, en die hebben we niet gevonden.'

'Maar hoeveel moeten jullie er dan hebben?'

'Veertien of vijftien. Ongeveer.'

'Maar jullie bewaren toch wat jullie hebben gevonden? Om het te kunnen vergelijken met gevonden voorwerpen van andere zaken, of niet soms? Jullie hebben toch een register? Kunnen jullie hem daar dan niet in vinden?'

'Helaas, Marion, dat kunnen we niet.'

'Maar dan maakt het ook helemaal niet uit of jullie DNA vinden!'

'Toch wel, want zo kunnen we mensen uitsluiten. Maak je geen zorgen om het onderzoek, Marion. Gritt is onze hoogste prioriteit. Er zit veertig man op de zaak, die alles grondig onderzoeken.'

Ze probeerde zich te vermannen, maar dat lukte nu even niet meer.

'Dit wordt niet zo'n zaak die jullie nooit oplossen,' zei ze beslist. 'Jullie móéten hem vinden! Als jullie hem niet vinden, leg ik me neer en ga ik dood, hoor je wat ik zeg!'

'Ik hoor wat je zegt, Marion.'

'Nou, zoek hem dan! Beloof me dat je hem vindt. Ik zal hier blijven wachten.'

'We doen alles wat we kunnen.'

'Beloof het me!' herhaalde ze.

'We doen alles wat we kunnen,' herhaalde hij.

Toen zei ze een tijdlang niets meer, tot ze ten slotte toch nog een paar woorden mompelde: 'DNA vinden jullie vast onder de nagels, niet? Ze beet altijd op haar nagels. Ze was zo nerveus, dat arme kind, waarom heb ik dat niet gezien?'

Zijn lichaam voelde anders aan.

Niet dat hij zwaarder was geworden, het leek of hij geen lichaam meer had met armen en benen dat om een hart gesloten was. Hij was losgescheurd. Alleen de gedachte hield zijn lichaam bij elkaar, alleen de gedachte stuwde hem vooruit door de straten. Zijn grote hoofd neigde naar links, zijn armen zwaaiden hevig heen en weer, en zijn voeten stonden naar buiten, hij kon niet eleganter lopen. Hij keek naar de anderen op straat en vroeg zich af hoeveel je over iemand kon zeggen door zijn manier van lopen te observeren. Je kon er in ieder geval íéts uit afleiden. Of de persoon in kwestie haast had en naar een belangrijke vergadering op weg was, bijvoorbeeld. Of hij op de vlucht was, aangezien hij voortdurend over zijn schouder keek. Of hij nonchalant door de straten slenterde omdat hij alles onder controle had. Zelf deed hij geen enkele poging meer om zich te verstoppen. De mensen moesten maar denken wat ze wilden over zijn uiterlijk.

Misschien vergis ik me, dacht hij elke dag als hij na het werk door de straten sjokte, in ganzenpas en met zwaaiende armen, misschien vergis ik me! Misschien is die jongen wel verliefd op me en loopt hij me te zoeken, net zoals ik hem zoek. Ik was immers niet helemaal mezelf, God mag weten wie ik was, en misschien was er echt een vonk tussen ons, een ogenblik van wederzijds verlangen. Misschien denkt hij evenveel aan mij als ik aan hem denk. Misschien is hij net zo overweldigd, net zo bang, zou dat kunnen? Stond hij daarom plotseling op en liep hij weg? Omdat hij bang was voor die intense, geladen sfeer die hem overviel?

Nee, dat kan niet! Word wakker, man!

Hij schudde moedeloos het hoofd om zijn eigen beschouwingen, want de werkelijkheid liet niets aan de verbeelding over: hij was vadsig en vet, een verloren, vereenzaamde vent, verward en vertwijfeld, zonder verankering, niet bepaald verleidelijk.

Maar wonderen bestaan, toch? Kan iemand zo goed doen alsof? Misschien was hij echt op doorreis, misschien vrat hij zich nu op van spijt omdat hij mijn nummer niet had gevraagd. Misschien ligt hij net als ik wakker, met één hand tussen zijn benen, die smalle, meisjesachtige hand. Misschien loopt hij me op straat te zoeken. En staan we op een dag naar elkaar te kijken in een vonkenregen van vreugde en verlangen. Nee, verdomme, wat ben je een zielig hoopje mens, schold hij op zichzelf, hou toch op met luchtkastelen bouwen! Hou toch op met liefdesverhalen verzinnen! Dit is de realiteit, dit is geen romantisch verhaal, hij was niet meer dan een doodgewone dief.

Toch droomde hij over hun nakende ontmoeting. Zijn eigen blik zou vastberaden zijn, de blik van een volwassen man, en de jongen zou wellicht wegkijken, of misschien blij zijn? Ach, hou toch op, hij zal niet blij zijn. Een jongen met zo'n bevallig gezicht had het maar voor het uitkiezen, en zou nooit een zitzak met een pilotenbril kiezen.

Hij schreed met lange passen langs de rivierpromenade. Hij keek naar iedereen die hem tegemoetkwam op het pad en stelde zich voor dat ze hem nu op een andere manier zagen, dat ze zijn genegenheid zagen. Die had hij een paar korte minuten vrijgelaten en kreeg hij niet meer terug op haar plaats in zijn binnenste. Hij was bij Restaurant Kuben aangekomen en wierp een snelle blik door de ramen op de paar gasten. Maar op zo'n plek zou hij de jongen nooit vinden, hij leek hem eerder iemand die naar Snappys of Burger King ging.

Hij stak het plein over. Kwam in de Nedre Torggate, kwam

langs de bioscoop, glipte de garderobe binnen om te zien of de vreemde zich daar misschien in het donker ophield. Liep terug naar buiten en verder de straat door, passeerde een tweedehandszaak en een Koreaans restaurant, kwam uit op Gamle Kirkeplass. Hield stil, keek op zijn horloge. Draaide zich om en liep terug, deze keer door de Øvre Torggate. Hij liep snel en hapte naar adem. Hierdoor verbeter ik mijn conditie, besefte hij ineens, misschien zorgt al mijn ongeluk er nog voor dat ik eindelijk gewicht verlies. Misschien verbranden de razernij en de wanhoop calorieën, dat zou pas gaaf zijn. Dat het kwade tot het goede leidt is immers algemeen bekend. Want hij wist maar al te goed wat hem aan ongeluk, diabetes, kapotte knieën en hartfalen te wachten stond. Straks zouden zijn longen zich met water vullen en dan zou het steil bergafwaarts gaan. Om van de rest nog maar te zwijgen! De mensen moesten eens weten wat voor iemand hij was!

Hij stak de rivier over naar de zuidelijke oever. Hij bekeek iedereen die hij tegenkwam aandachtig, maar de vreemde was nergens te zien. Het beeld van de jongen, zijn grote ogen en zijn donkere krullen, stond hem nog glashelder voor de geest, evenals het onbeschrijfelijke, aanlokkelijke gevoel dat hem bonzend warm maakte van verlangen. Van nu af aan zal ik leven voor die ene seconde waarop onze blikken elkaar kruisen, dacht hij, en daarna kan ik zeggen dat ik de liefde heb bedreven, toch? Mijn lichaam vertelt me dat ik de liefde heb bedreven. Ik heb de opwelling en de hitte gevoeld, en daar wil ik meer van. Verstandige mensen, de echt intelligente mensen, dacht hij, zijn degenen die nooit bij de gebeurtenissen uit het verleden blijven stilstaan, die niet toelaten dat die hun toekomst of nieuwe ervaringen kleuren. Als we elkaar weer ontmoeten, zal dat voor de eerste keer zijn. Óf hij knijpt er beschaamd tussenuit, óf er springt een vonk over. Ik laat het gewoon gebeuren, dacht hij, als het nodig is weet ik welke krachten er in mij schuilen. De sterkste is altijd degene die zich niet laat tegenhouden door de vooroordelen van anderen, meningen over wat je wel en niet kunt. Ik weet wat ik kan. Ongebreidelde wanhoop. Zo vecht je in een veldslag, zo win je een oorlog.

Hij passeerde Automobilia, Opel en Tesla. De Keukenbouwer, Power, Electro Shop, KID Interieur en Maxi Center, lange, lage gebouwen, onvoorstelbaar lelijk, als bunkers. In deze straat was nergens schoonheid te vinden. Alleen op Dakota Beach had hij schoonheid gevonden.

De herinnering deed zijn hoofd gonzen. Hun blikken die elkaar kruisten en de wereld die verdween. Het gevoel van duistere mystiek, zoals wanneer je een luidruchtige straat verlaat en een donkere kathedraal binnengaat. Hij bekeek het verkeer in de drukke straat. De mensen liepen langs elkaar heen op het trottoir, zo vreselijk dicht bij elkaar, haast schouder aan schouder, het waren duizend kleine botsingen, of bijna-botsingen, en duizend steelse blikken, geladen met allerlei gevoelens, van argwaan, beschuldigingen, angst, genadeloze minachting of onverschilligheid, lichamen die zich aanpasten aan andere lichamen, in een fractie van een seconde zette men een stap naar rechts en dan weer naar links, of men remde subtiel af, allemaal om te vermijden dat men te dichtbij kwam. De mensen maakten zich smal, navigeerden met haarfijne berekening, een harmonisch samenspel van blikken en bewegingen. En de gestage stroom auto's, telkens met gepaste afstand tot de auto voor hen, knipperende lichten, remmen of gas geven. Wat vreemd toch dat het niet allemaal in het honderd liep. Dat de auto's niet met een enorme kracht op elkaar inreden, dat de mensen niet met gebalde vuisten op elkaar begonnen te slaan, die zeven miljard mensen die hun plek opeisten.

Ze willen gewoon rust, dacht hij.

Een heerlijke geur waaide hem tegemoet vanaf zijn linkerkant en rukte hem uit zijn gedachten. Hij wist dat die van de Franse bakkerij kwam, die helemaal niet Frans was, maar werd gerund door een Noorse bakker die een paar jaar in Parijs had geleefd. Hij gaf toe aan de enorme aantrekkingskracht. Stak schuin de straat over, gedreven door een onbedwingbare drang. Hij kocht twee achten met amandelvulling, betaalde en liep weer naar buiten de straat op om ze te verteren. De zoete smaak was onbeschrijfelijk, amandel en poedersuiker, suiker en boter, hij hoefde haast niet te kauwen, het smolt allemaal in zijn gulzige mond. Daarna gooide hij het zakje op het trottoir en veegde de kruimels van zijn mond. Hij hoorde stappen, er liep een man achter hem, dus aarzelde hij met opzet om hem voorbij te laten, en toen hij langsliep stond hij versteld van diens lichaam en bewegingspatroon, de elegante stijl die er heel toevallig uitzag, maar helemaal niet toevallig was. Zijn haar, geschoren aan zijn slapen en lang bovenop. Een T-shirt met een foto van Freddie Mercury, en de woorden '*I Am The Champion*'. Dure sneakers van het soort dat niet kon kantelen, die als je ze van een toren naar beneden gooide, toch nog met de zool op de grond belandden, daar moest je natuurlijk extra voor betalen, dus die kerel zat er warmpjes bij. Een tattoo in zijn nek had hij ook, iets wat kronkelde, een slang misschien.

Hij vertraagde. Had ruimte nodig. Hoe is het om zo iemand te zijn naar wie iedereen zich omdraait, iemand die met de grootste vanzelfsprekendheid door de stad loopt, zonder zich te bekommeren om hoe hij overkomt, omdat hij weet dat hij goed overkomt, met die lange, wiegende passen en soepele heupen. Iemand te zijn die alles verslindt wat op zijn pad komt, die alle lekkernijen naar binnen werkt omdat ze beschikbaar zijn, omdat iedereen zijn waren naar buiten draagt als hij komt aanlopen, hoe is het om zo iemand te zijn? Hoe is het om zo iemand kapot te maken, datgene te zijn wat hij niet verwacht? Beter dan Franse gebakjes, ook zoet, maar op een andere manier.

Hij sloeg rechts af bij het Koerdische restaurant en kwam in een rustig achterafstraatje waar hij nog nooit had gelopen. De vreemde jongen zou hier wellicht niet te vinden zijn, maar hij liep er toch door.

Het was nieuw en anders om overal te komen.

Hij was de veroveraar. Hij onderwierp de stad.

Ze praatte tegen zijn dunne nek en smalle schouders terwijl hij voor zijn computer zat.

'Ik weet dat ik zwak ben,' zei ze. 'En laf en conflictvermijdend.'

Hij gaf geen antwoord en draaide zich ook niet om, dus ging ze verder.

'Al zestien jaar lang run ik dit pension, en de enige gast die overblijft, is over de hele linie ontevreden. De eigenaar zelf is ervandoor gegaan om zijn artistieke talenten te ontplooien en niet te worden gestoord door een zeurende zoon en een gillende vrouw. Maar nu moet me iets van het hart, Ellef, en je mag ervan denken wat je wilt, maar dom ben ik niet. Ik wil weten wat je met die tekening hebt gedaan. Als je het niet vertelt, verlies je mijn bescherming, die je altijd als vanzelfsprekend hebt beschouwd. Ik heb die tekening in mijn handen gehouden. Ik heb gezien dat het dat Zeeland-meisje was, en ik ben niet van plan om aan je zij te staan als je problemen krijgt. Als je geen uitleg geeft, ben je helemaal overgelaten aan jezelf. Begrijp je wat ik zeg?'

Ellef was roerloos blijven zitten tijdens de tirade, maar nu zag ze een kleine beweging, zijn hoofd draaide zich naar haar om.

'Die tekening is waar ze thuishoort,' zei hij.

Zijn stem had een andere klank dan ze gewend was.

'En dat is?'

'Bij de politie,' antwoordde haar zoon.

Ze was zo opgelucht dat haar knieën begonnen te trillen.

'Wat zeiden ze? Wat hebben ze gevraagd?'

'Niets,' antwoordde hij, met zijn rug naar haar toe gekeerd. 'Ik heb de tekening gewoon per post verstuurd. Anoniem.'

Nu werd de opluchting nog groter, want haar zoon had gedaan wat hij moest doen en de familie was behoed voor toekomstige narigheid. Maar de opluchting maakte algauw plaats voor een nieuwe bezorgdheid.

'En als ze je toch vinden? Als ze je vinden en het tegen je gebruiken dat je die tekening anoniem hebt gestuurd? Dan zullen ze je verdenken, heb je daaraan gedacht?'

'Ik denk meer na dan je beseft,' beet hij van zich af. 'Hoe zouden ze me dan kunnen vinden?'

'De politie spit alles tot op de bodem uit,' zei ze. 'Ik vind dat je moet overwegen om hen te bellen en alles duidelijk uit te leggen. Dan ben je hun voor.'

'Ik denk er niet aan,' antwoordde hij.

'Neem je iemand in bescherming?'

'Nu ben je weer hysterisch,' zei hij bars. 'En als ik jou was, zou ik me koest houden.'

'Ik heb me altijd koest gehouden,' zei ze. 'En wat bedoel je met "als ik jou was"? Hoe moet ik dat interpreteren?'

'Doe wat je wilt. Je bent toch zo conflictvermijdend, zoals je zelf zegt.'

Ze vulde haar longen met lucht en viel opnieuw aan.

'Over twee jaar ben je meerderjarig en kan ik je het huis uit zetten, met de wet aan mijn zijde, en dan moet je jezelf zien te redden. Dan zul je een kamer en een baan moeten zoeken, de rekeningen moeten betalen en koken. En als je geluk hebt, zal er nog een beetje tijd over zijn om te tekenen. Je houdt het nog geen week vol. Dus let maar op je woorden. Mijn geduld is langzamerhand op.'

Toen draaide hij zich met een ruk om, zijn mond vertrokken tot een lelijke grimas.

'Het spijt me dat ik niet de zoon geworden ben die je wilde! Maar ben jij de dochter geworden waar jouw ouders van droomden? Ben je de moeder geworden die je wilde zijn? We zijn allemaal één verdomde teleurstelling. Het enige wat ik kan, is tekenen, de rest van het leven kan me aan m'n reet roesten. Het kan me niet schelen dat ik in een cel beland, zolang ik maar pen en papier heb.'

'In een cel?' Een snik ontsnapte haar. 'Dus je denkt dat je in een cel zult eindigen?'

'Nee,' zei hij. 'Dat was gewoon een beeld.'

'Veel onderwerpen zul je in de gevangenis niet vinden,' mompelde ze, want ze wist niets anders te zeggen.

Toen voer hij weer tegen haar uit.

'Dus die slechte karakters zijn het niet waard om geportretteerd te worden? Om gezien te worden?'

Dat antwoord had ze niet verwacht. Nu zit hij hier te bekennen, dacht ze, hij vertelt me dat hij een slecht karakter is.

'Was je verliefd op haar?' vroeg ze hulpeloos.

'Iedereen was verliefd op Gritt.'

'Iedereen?'

'Bijna iedereen.'

'Heb je haar daarom getekend?'

Hij draaide zich voor de tweede keer om.

'Ik was gewoon wat aan het wandelen, op zoek naar een

onderwerp, en daar lag ze opeens. Dus heb ik haar getekend, en daarna ben ik weer naar huis gereden.'

'Heb je daar iemand gezien? Heb je gezien wie…'

'Ik heb geen levende ziel gezien.'

'Want als je iemand gezien hebt, moet je dat melden bij de politie.'

'Ik heb niemand gezien!' herhaalde hij. 'Luister dan als ik iets zeg.'

'Heb je haar aangeraakt? Heb je sporen achtergelaten?'

'Ben je doof? Ik kan niet meer helder denken!'

Ze liep stilletjes naar buiten en sloot de deur. De tekening was bij de politie, en dat voelde goed, maar de opluchting was van korte duur. De tekening kon nergens voor dienen, aangezien die anoniem was verstuurd. Die zou alleen vragen oproepen. En dat Ellef goed kon tekenen, wisten wel meer mensen.

Op weg naar de Kebnekaise Bar moest Sejer terugdenken aan een man die hij ooit had ontmoet die had gediend in de provincie Helmand en later een posttraumatisch stresssyndroom had ontwikkeld. De man was zodanig getraumatiseerd door de operaties waaraan hij had deelgenomen dat hij nog nauwelijks buiten durfde te komen. De zeldzame keren dat hij dat toch deed, lette hij altijd goed op waar hij zijn voeten zette. Bepaalde delen van de stad meed hij. Toen Sejer vroeg wat zoal een trigger kon zijn voor angstaanvallen, was zijn antwoord duidelijk: 'Burger King. McDonald's. Of Snappys.'

'Dat begrijp ik niet,' had Sejer geantwoord.

'De geur van gegrild vlees,' legde hij uit. 'Die doet mij niet aan eten denken, maar aan iets anders.'

Daaraan dacht hij terwijl hij over straat liep, dat de geur van gegrilde kip de één deed watertanden terwijl de ander door de knieën zakte en begon te janken als een doodsbang kind.

De inspecteur wierp een schaduw op een witte muur. Een lage, slungelige figuur die verdween wanneer hij aan het einde van het gebouw kwam en de straat overstak, en vervolgens bij het volgende huis weer opdook. Het bord met het woord 'Kebnekaise' knipperde blauw boven de deur, en in het lege lokaal stond een man met een schort voorgebonden. Een forse vijftiger met een beginnend buikje. Hij was de restjes vlees van een grote bakplaat aan het schrapen. Het scherpe geluid van staal tegen staal sneed door de achtergrondmuziek, vast iets van ABBA. Toen hij de bel boven de deur hoorde rinkelen, draaide hij zich om.

'Wat mag het zijn?' klonk het in het Zweeds.

Sejer hield zijn ID-kaart omhoog, en de Zweed veegde zijn tandpastaglimlach af. Een paar jaar en een paar kilo's geleden had hij wellicht succes bij de vrouwen, toen hij nog meer van dat donkere haar had en zijn kaken nog smaller waren. Hij had een gezonde kleur in zijn gezicht en een kuiltje in zijn kin. Sterke, behaarde onderarmen en een krachtige stem.

'Karlson,' zei hij en hij stak zijn hand uit. 'Krister Karlson. De beste van de wereld,' voegde hij eraan toe.

Sejer nam de uitgestoken hand aan en keek de Zweed aan

met die ondoorgrondelijke blik die iedereen die hij tegenkwam op scherp deed staan.

'Bij mij is alles in orde,' zei de Zweed snel. 'Iedereen heeft een contract en onderdak. Ik heb trouwens slechts één buitenlander op dit moment, maar vroeger had ik er meer.'

Hij wees naar de deur achter de bar.

'De papieren liggen daar, maar ik ben al gecontroleerd. Alles is in orde bij mij!'

Hij glimlachte voortdurend terwijl hij praatte. Waarschijnlijk zette hij zijn glimlach 's morgens op en bleef die daar de hele dag staan.

'Het betreft een strafzaak,' zei Sejer. 'Gritt Zeeland.'

Er ging een lichtje op bij de Zweed. Hij knikte om te laten zien dat hij wist waarover het ging.

'Daar heb ik natuurlijk over gehoord,' zei hij, 'maar eerst had ik niet door dat zij het was, ik bedoel, het meisje dat hier zo vaak komt, want ik ken geen namen. Een van mijn medewerkers vertelde me dat het die kleine blonde was. Ja, nu begrijp ik waarom je hier bent, zij was een van onze stamgasten. Ze kocht meestal een Pepsi Max, die ze met een rietje opdronk, maar ze at nooit iets. Ze moeten op hun gewicht letten, die jongedames,' zei hij ten slotte.

Sejer bleef stil en ondoorgrondelijk, dus ging de Zweed verder.

'Ze maakte zich altijd mooi op. Was altijd mooi gekleed en haar haar zat altijd goed, ze straalde gewoon. En altijd omgeven door jongens, natuurlijk, en een paar jaloerse meisjes.

Maar in een mierenhoop is maar plaats voor één koningin, nietwaar?'

De Zweed leunde voorover over de bar en keek het lokaal rond, alsof Gritt daar nog altijd aan een tafeltje zat.

'De andere meisjes verbleekten naast haar, en dat is behoorlijk pijnlijk, dat begrijpt iedereen. Bovendien is het niet gezond om voortdurend in het middelpunt van de belangstelling te staan, dat kan zich volgens mij tegen iemand keren en omslaan in iets anders.'

'In wat dan?' vroeg Sejer.

De Zweed nam een servet en droogde de zweetparels van zijn voorhoofd

'Vroeg of laat krijgen de mensen er genoeg van. Ze zat hier te zonnen in de blikken van alle anderen, het was alsof ze er niet meer uit kon komen. Altijd mooi en opgewekt.'

Je praat veel, dacht Sejer, je bent nerveus, maar je hebt het wel allemaal gezien. Je staat al lang achter deze bar, hebt je gasten geobserveerd en je conclusies getrokken.

'Je krijgt hier vast van alles te zien,' zei hij hardop. 'Hoelang run je deze zaak al?'

'Elf jaar.'

De Zweed plantte zijn grote knuisten op de bar.

'En daarvoor?'

'Daarvoor heb ik acht jaar lang een jeugdclub draaiende gehouden, maar ik moest de deuren sluiten.'

'Waarom moest je sluiten?'

'Ik kreeg geen subsidies meer van de gemeente.'

'Waarom hebben ze je subsidies ingetrokken?'

'Ach, weet je, niemand wil nog investeren in de jeugd.'

Hij glimlachte met lange, scheve tanden.

'Maar eigenlijk run ik nog altijd een jeugdclub,' bekende hij, 'velen van hen komen hier bijna dagelijks. Maar ik heb ook betalende gasten, dus dat compenseert.'

'Hoeveel medewerkers heb je?'

Karlson telde op zijn vingers.

'Markus en Trond, Lena en Farahmand,' zei hij. 'Zelf werk ik ook wat. We zijn open van tien tot tien. Om elf uur begint de herrie in de stad, maar dan ben ik allang thuis, dan doen ze voor mijn part wat ze willen.'

'Ik zou graag de naam en het telefoonnummer van alle vier je medewerkers hebben.'

'Wil je met hen praten?'

'Dat ben ik inderdaad van plan, ja.'

'Ja, natuurlijk,' zei de Zweed en hij verdween in het achterkamertje. Eén minuut later was hij alweer terug.

'Hier heb je ze,' zei hij en hij stak Sejer een papiertje toe.

'Werken ze hier al lang, die vier?'

'Lena niet, zij is nog nieuw. Er is veel verloop in onze branche. Een snackbar is gewoon een tussenstop op weg naar iets beters. Maar het zijn stuk voor stuk goede werkers, je zult mij niet horen klagen. Trond heeft helaas ontslag genomen, dus ik heb een nieuwe kracht nodig.'

'Wanneer kreeg je zijn opzegging?'

'Een week geleden of zo.'

'Dus nadat Gritt dood werd teruggevonden?'

Karlson werd bleek. Wist geen antwoord te formuleren.

‘Waren er de dertiende of de veertiende, of de dagen daarna, afwezigheden? Iemand die zich ziek heeft gemeld?’

De beste Karlson van de wereld dacht lang na.

‘Ik denk het niet, nee. Maar soms wisselen ze hun shift zonder het aan mij te rapporteren.’

Sejer bestudeerde het blaadje met de namen en de nummers en keek weer op. De eigenaar had een driedagenbaard, en het weinige haar dat hij nog had, was tot een nektapijtje uitgegroeid. Zijn grote handen met korte vingernagels rustten op de bar.

‘Is iemand van je mensen komen werken met verwondingen, aan het gezicht of aan de hals?’

De Zweed schrok zo hard van de vraag dat zijn mond openviel.

‘Niet dat ik weet.’

‘Of op de handen?’

‘Ze gebruiken handschoenen,’ legde hij uit. ‘Daar sta ik op.’

‘En de vaste gasten die hier regelmatig komen, heb je hen ooit horen ruziemaken?’

‘O!’ zei hij en hij zwaaide met zijn handen. Dit was zijn terrein, het geheime leven van tieners.

‘Op die leeftijd is er veel drama,’ zei hij, ‘maar het ging er hier meestal jolig toe, heb niets anders opgevangen.’

Hij voegde eraan toe, met de wijsheid van een volwassen man: ‘Jonge mensen zijn een studie waard. Niets klinkt echt geloofwaardig. Iets te luide stemmen, iets te veel lichaamstaal, je weet wat ik bedoel.’

‘Was Gritt ook zo iemand?’

'Gritt?'

'Het Zeeland-meisje. Dat dood is.'

'O nee, dat zou ik niet durven zeggen. Ze was niet zo iemand die luid stond te roepen. Verdraaid nog aan toe, dat een van mijn gasten zoiets ergs is overkomen. Je krijgt op den duur sympathie voor die hopeloze jongeren. Maar zij zijn verdomme wel degenen die deze stad zullen besturen als wij niet meer goed ter been zijn, dus we moeten hen te vriend houden, dat is tenminste hoe ik erover denk.'

'Zijn de anderen blijven komen, na wat er is gebeurd?'

'Ik werk niet elke dag,' zei de Zweed, 'maar ik denk het wel.'

'Heb je hen horen praten over de moord?'

'Nou, ik sta meestal met mijn rug naar hen toe,' zei de Zweed, 'en ik ben ook vaak in het achterkamertje bezig met de boekhouding. Ze zijn een beetje stiller dan gewoonlijk, dat wel. Iets minder lawaai en iets minder gelach.'

'Hadden ze een vaste tafel?'

Karlson wees naar een tafeltje achter in het lokaal, Sejer liep ernaartoe en zocht een plekje uit om te gaan zitten.

'Waar zat Gritt meestal?' riep hij.

De Zweed hing over de bar en wees naar de verste stoel. Toen Sejer op zijn plaats zat en zijn lange benen onder de tafel had geschikt, zat hij met zijn rug naar de muur en had hij uitzicht op de ingang en het raam rechts van hem, waar mensen voorbijliepen op het trottoir.

'Compleet overzicht,' stelde hij vast.

'Inderdaad,' antwoordde de Zweed. 'Compleet overzicht.'

Sejer bleef zitten op Gritts stoel en keek door het raam naar de straat.

'Had je de indruk dat ze hier op iemand zat te wachten?'

'Dat denk ik niet, nee,' antwoordde de Zweed.

Sejer liep terug naar de bar. De Zweed knipte met zijn vingers.

'Maar als haar telefoon overging, sprong ze altijd van haar stoel en rende de straat op om daar te praten. Na een paar minuten kwam ze dan weer binnen. Het was duidelijk dat het gesprek geheim moest blijven, dat de anderen het niet mochten horen, daar heb ik vaak aan gedacht. Er kwamen voortdurend allerlei geluiden uit alle telefoons, maar niemand ging daarvoor bij zijn tafel weg.'

'Maakte ze een blije indruk als ze de straat op liep?'

'Opgewonden, ja, dat zeker. Daarna kwam ze weer binnen en speelde weer prinses. Maar dat nummer vinden jullie vast op haar telefoon?' zei hij enthousiast.

Sejer zei niets over haar telefoon, die ze niet hadden gevonden.

Hij knikte beleefd naar Krister Karlson en liep terug naar de deur.

'Ik zal met je mensen praten,' zei hij. 'Alvast bedankt.'

Toen stond hij weer op het trottoir. Nadat hij een poos had staan nadenken vatte hij de terugweg aan. Keek door het raam van de bar toen hij er langsliep, naar de lege tafels. Hij zag Gritt voor zich daarbinnen, op de stoel die hij zopas had verlaten. Ze had een smekende blik. Drukte haar gezicht tegen het raam, zoals een kind dat ongeduldig wacht tot zijn vader thuiskomt van het werk.

Hij haalde het papiertje uit zijn zak en las de vier namen.

Lena Lothe.

Malik Farahmand.

Trond Balke.

Markus Holden.

En hun telefoonnummers ernaast.

Hij toetste het nummer in van Lena Lothe om te horen of haar iets was opgevallen aan het groepje jongeren. Hij praatte met haar terwijl hij terugliep naar de parkeerplaats en zijn auto. Maar Lena had een zachte stem, en toen een trein denderend het vlakbij gelegen station binnenreed, hoorde hij niets meer.

'Ik bel je terug,' riep hij.

Daar kwam zijn schaduw weer tevoorschijn op de witte muur. Is dit werkelijk mijn schaduw? dacht hij. Ben ik echt zo lang en krom? Met een vreemde knik in het midden, waar de onderkant van de muur overgaat in de houten wandpanelen. Het schepsel deed nog het meest denken aan een oude, kreupele kabouter, een belachelijke versie van zichzelf. De kabouter riep met schelle stem in zijn oor dat zijn inzet in het leven onbeduidend was.

Te laat, te laat! schreeuwde de kabouter.

Ik weet het! schreeuwde het in hem. In een koud ogenblik nam het verdriet de overhand, omdat hij zich iets heel onaangenaams realiseerde, namelijk dat hij zijn medemensen altijd alleen maar slecht nieuws bracht.

We hebben haar gevonden. Ze is dood.

Hij toetste het nummer in van Malik Farahmand en vroeg hem of hij iets wist over het kleine blonde meisje dat dood was gevonden.

'Mooie meisjes die zo veel ruimte innemen, zijn goed zichtbaar in het veld,' zei hij, 'dus als de jager op jacht is, velt hij dat dier. Dat zei mijn vader. Hij komt uit Pakistan.'

De inspecteur peinsde in de duisternis achter zijn oogleden.

Moord met voorbedachten rade? Onmogelijk te zeggen. Statistisch gezien was de moord op het ogenblik zelf ontstaan, zoals de meeste moorden. Als de dader ooit werd aangeklaagd, zou het niet voor moord zijn, maar wel voor doodslag, met een mildere straf. De voorbedachtheid van een moord had hem ook nooit zo geïnteresseerd als het gebrek aan zelfbeheersing op het moment zelf, of hoe sommigen zichzelf niet in bedwang konden houden en achteraf met verbijstering terugkeken op de gevolgen van hun daden en de grens die ze hadden overschreden, terwijl ze verklaarden dat ze niet zelf stap voor stap tot dat punt waren gekomen, maar dat ze erin geluisd waren of ernaartoe gelokt of gedreven waren door het slachtoffer zelf, en daarom hun schuld niet konden erkennen.

Hij toetste het nummer in van Marion en vroeg om een lijst met namen van Gritts beste vrienden.

'Ze had eigenlijk alleen Charlotte,' zei ze. 'Zij was haar enige goede vriendin. Verder waren er nog twee jongens in haar klas die ze wel aardig vond. Stian en Samuel. Ik weet niet wat hun achternaam is, maar Samuel is adventist en Stian is een kei in schaken.'

'Gingen zij soms naar de Kaisa Bar?'

'Nee. Samuel mocht niet, en Stian vond het eten er maar niets, hij was veganist of zo.'

'Dus ze hield wel van de wat specialere types?'

'Dat zou je zo kunnen zeggen, inderdaad.'

Daarna toetste hij het nummer in van Markus Holden. De medewerkers van de bar behoorden tot haar kennissenkring en hadden misschien belangrijke details opgevangen, als ze het soort mensen waren dat luisterde. Maar er werd niet opgenomen, dus belde hij naar Trond Balke, die onmiddellijk opnam.

Balke leek zich opvallend weinig aan te trekken van de gebeurtenissen en reageerde met onbegrip op de vraag van de politie. Er was hem niets opgevallen, dat Zeeland-meisje was gewoon een verwaande tiener met wie hij nooit had gepraat. Met een hoge dunk van zichzelf en ook behoorlijk berekenend, niet bepaald mijn type.

Dat was straf, dacht Sejer. Hij zei het niet hardop, maar herkende het van andere gesprekken die hij met getuigen had gehad. Iemand die zich verdacht voelde of die daadwerkelijk schuldig was, distantieerde zich soms heel erg van het slachtoffer door neerbuigend over haar te praten, of haar te minimaliseren tot iemand die hij nog voor geen geld ter wereld zou willen aanraken.

'Waarom heb je ontslag genomen, Trond?' vroeg hij.

Balke aarzelde.

'God, wat jij niet allemaal weet! Ik heb er gewoon genoeg van, eigenlijk. Van de hele dag in die baklucht te staan. Je huid, je haar en je kleren stinken. Tijd dat ik daar wegging.'

Gewoon een verwaande tiener, niet bepaald mijn type. Tijd dat ik daar wegging.

Hij vond het maar niets dat Balke zo praatte. Want hij had een heel ander beeld van Gritt, een veel positiever beeld.

Alles is verloren, dacht hij mismoedig.

Of, zoals de Amerikanen zeggen, *all is lost*.

Hij had gezichtsverlies geleden, zijn waardigheid en waarde verloren. Maar zijn bewegingsruimte was eindeloos veel groter geworden, en zijn vrijheid grenzeloos, zo onbetamelijk heerlijk. Geen enkele vorm van straf maakte hem bang, hij had niets meer te verliezen. Nu liep hij door de straten als een wraakzuchtige machine die niemand kon tegenhouden, zoals een locomotief die voortdenderde op de rails.

Elk vrij uur liep hij door de straten van de stad. 's Avonds ging hij, als hij er de gelegenheid voor had, naar plaatsen waar jongeren bij elkaar kwamen, naar de bioscoop, de kiosk op het plein, of de wachtruimte van het station.

Op een zondagochtend liep hij de hele rivierpromenade af, hij deed er een uur over. Zijn conditie was ellendig. Na een trapje met drie treden moest hij al stoppen om op adem te komen, met een bloedsmaak in zijn mond. Maar na verloop van tijd, nadat hij dag in dag uit de stad had doorkruist, soms vroeg voor het werk, soms tot laat erna, merkte hij iets vreemds. Zijn ademhaling was verbeterd. Hij kon meer aan, waardoor hij sneller ging lopen en soms, op goede momenten, het gevoel kreeg onoverwinnelijk te zijn.

En wat een blik had hij gekregen! Wat een scherpte had hij verworven op zijn tocht door de stad. Stel je voor, het oog was een spier die je kon trainen, hij zag alle nuances en details, waardoor hij zichzelf en zijn ongeluk heel even vergat. In plaats van weg te kijken, staarde hij iedereen die hij tegenkwam schaamteloos aan, zodat de anderen zijn blik moesten ontwijken, want die was scherp en veeleisend, en niets ontging hem. Hij had de mens altijd als één geheel gezien, de som van velerlei details. Nu was hij analytischer, hij zag de mens in stukjes. Lengte één meter tachtig, donkerblond, warrig haar, mager en lichte o-benen, lange armen en benen. Rechte wenkbrauwen, dicht bij elkaar staande ogen, spijkerbroek en bruine schoenen. Hij voelde de kracht opwellen zodra hij zijn gedrag veranderde. Hij was degene die zag, zijn blik was vurig, zijn rug recht, zijn gang energiek.

Wat woede niet allemaal kon doen met een gegeselde ziel! Daar was het gebulder weer in zijn oor. Het kon natuurlijk het bloed zijn dat dicht tegen zijn trommelvlies stroomde, maar hij stelde zich graag voor dat het het geluid was van een op til zijnde storm.

Hij had de hele stad uitgekamd, de straten en heuvels aan de westkant, en de straten en heuvels aan de oostkant. Hij was in de industriegebieden geweest en de winkelcentra, in de voetgangerszones en de parken, hij had binnengekeken in de winkels, zowel in de dure als in de goedkope, was langsgegaan bij de cafés en restaurants, in de bars en de pubs. Had op alle mogelijke bankjes gezeten, telkens als hij buiten adem was, had binnengekeken in geparkeerde auto's en in alle voertuigen die voorbijraasden. Maar hij was nog niet op de kades gaan zoeken.

Dus ging hij er op een mooie avond heen, leidde zijn voeten weg van het centrum en richtte zijn koers naar het havengebied. Hij moest de stad de rug toekeren, de stad die nooit plaats voor hem had gehad, hij wilde naar de zee. Wilde op de uiterste punt staan en de bries voelen, doen alsof hij de eerste was die zag. Hij liep snel en met lange passen, had zich een paar goede laarzen aangeschaft van de legerdump, die een goede steun boden voor zijn brede voeten en het gewicht dat ze moesten dragen.

De pilotenbril dempte het licht en hulde het landschap in een duistere waas, wat goed bij zijn melancholieke bui paste. Hij passeerde de slagboom die het autoverkeer tegenhield en zette koers naar de kade, waar hij hoopte een bankje te vinden. Toen hij dichterbij kwam, zag hij tot zijn ergernis dat daar al iemand zat. De teleurstelling was ondraaglijk, hij had zich een stil moment in alle eenzaamheid voorgesteld. Hij hoorde hun stemmen, ze waren goed hoorbaar, een jongen en een meisje, dacht hij, nog heel jong. Ze hadden hem niet opgemerkt.

Dan kon hij maar beter teruggaan en ergens op een bankje bij de rivier gaan zitten. Bang om te worden ontdekt, zocht hij zijn toevlucht achter een oude havenschuur. En tuurde weer naar voren. Ze waren nog altijd in gesprek. Telkens als de jongen iets zei, draaide hij zich naar het meisje toe, waardoor zijn profiel duidelijk naar voren trad, scherp en puur. De wind tilde zijn donkere, lange krullen op. Het meisje had zwart, kortgeknipt haar en praatte met een babystemmetje, zoals meisjes meestal doen als ze verliefd zijn. Maar wat was er met die jongen? Zijn T-shirt was felturquoise. Ineens voelde hij iets in zijn lichaam, als eb en vloed van tegenstrijdige gevoelens, hij ging omhoog en omlaag, steeg op naar lust, daalde zwaarmoedig neer. Hij was het, vlak bij de zee, met zijn arm om een meisje.

Wat had je gedacht? zei hij tegen zichzelf. Schuif dat sprankeltje hoop dat dat magische moment op het strand echt iets te betekenen had, maar opzij. Hij bleef zo stil mogelijk achter de schuur staan, drukte zich tegen de houten gevel aan, lette goed op waar hij zijn voeten zette, want er lagen een paar planken, verroeste onderdelen van een oude fiets, lege bierblikjes en ander afval, en als hij zijn laars op de verkeerde plek zette, zou een luid gerinkel de avondlijke stilte doorbreken.

Daar zat hij dus. De verrader, de dief, de bedrieger, slechts een paar meter verderop, met zijn arm om een meisje. Tevreden met het leven en zichzelf en de donkerharige naast hem, die hem opat met haar ogen. Toen strekte hij zijn arm en wees naar de fjord, naar een naderend containerschip, en het meisje kirde van het lachen, hij had vast iets grappigs gezegd.

Hij ging heen en weer daar achter de schuur. Werd vooruitgekatapulteerd naar het ondenkbare en weer teruggetrokken naar het zwarte en droevige. Hij wilde niet langer de ellendeling zijn, hij was nu iets anders, dus dreef hij weer vooruit op de golf, er was een ander soort lust, voelde hij, een verleidelijke lust. Hij tuurde weer naar voren. Het donkerharige meisje schurkte dicht tegen de jongen aan, kon niet dicht genoeg bij hem komen, want hij bezat haar en ze wilde worden bezeten, en ze maakte zich klein, veel kleiner dan ze was, om zijn gevoel van eigenwaarde te vergroten. Want ze wist niet dat haar vriendje een oplichter was, en hij brandde van verlangen om dat rotte karakter van hem bloot te leggen, dat bedrieglijke, valse karakter. Hij wilde haar toeschreeuwen dat ze moest maken dat ze wegkwam nu het nog kon, nu haar waardigheid nog intact was. Want die jongen leefde alleen voor zichzelf en liet een lange rij ongelukkigen achter zich.

Als niemand hem tegenhield.

Toen zag hij dat het meisje was opgestaan. Er werden een paar woorden van afscheid gezegd terwijl ze elkaars handen vasthielden en het moment zo lang mogelijk rekten. Met tegenzin rukte ze zich los, draaide haar rug naar de jongen toe en ging ervandoor, recht naar de schuur waar hij stond te staren. Als ze zich zou omdraaien om te zwaaien, zou ze hem zien staan. Maar ze draaide zich niet om. Ze liep verder naar de slagboom. Toen ze eindelijk buiten zijn gezichtsveld was, keek hij weer voor zich.

Hij keek neer op de hoop afval. Een houten plank was niet meteen 's werelds beste wapen, dacht hij, ook al zit hij vol spijkers. Maar die fiets... Die was uit elkaar gevallen en lag erbij als een stuk roestig schroot, een wiel hier en een wiel daar, het zadel en het frame. En het stuur. Dat kwam meteen los. Hij bleef ermee in zijn hand staan en woog het. Aan beide kanten zaten rubberen handvaten met groeven die ooit rood waren geweest. Ze lagen goed in de hand, hij had een perfecte grip.

Bovendien speelde het verrassingsmoment in zijn voordeel, hij zat op de golf, voelde lust.

Niettemin was de opdracht uitdagend voor een man van zijn gestalte. Hij moest zijn aanzienlijke gewicht over het asfalt zien te verplaatsen, een afstand van zo'n twintig meter, met zijn voeten in dikke leren laarzen, en geruisloos naar de bank toe zien te sluipen. Elk geritsel van zijn kleren zou hoorbaar zijn in de stille avondlucht, en die enorme blaasbalg achter zijn ribben pompte op volle kracht terwijl hij dichterbij sloop. Een geluid deed hem stilstaan. Het kwam uit de telefoon van de jongen, misschien belde het donkerharige meisje hem al, om te zeggen dat ze van hem hield en hem miste en zo, of misschien belde een ander vriendinnetje van hem, want hij had er natuurlijk meer dan één, zo was hij wel. Het gesprek gaf hem overwicht. Nu het slachtoffer aan het telefoneren was, had hij minder aandacht voor zijn omgeving en het gevaar dat hem van achteren besloop, dus hij werd overmoedig en versnelde zijn pas, verslond meter voor meter, sloop dichterbij met het fietsstuur in de aanslag. Hij was er bijna. Was dichtbij genoeg om hier en daar een woord te onderscheiden.

'Ik vertrek nu. Ze sluiten om negen uur.'

Hij prentte zich de woorden in. 'Sluiten om negen uur.'

De aanblik van de donkere krullen deed hem trillen. Hij tilde het fietsstuur hoog boven zijn hoofd, zette zich schrap en sprong de laatste meters naar voren, sloeg zo hard als hij kon, raakte hem op het achterhoofd en maaide hem van de bank. Het volgende ogenblik lag de jongen te spartelen op de grond, terwijl hij zelf snel om de bank heen liep en over hem heen ging staan met het stuur als een knots in zijn hand. Het was haast niet te geloven hoe snel de jongen weer overeind kwam. Toen stonden ze daar naar elkaar te staren, het tengere lijf en het zware lijf. Ineens realiseerde hij zich dat het niet de juiste jongen was. Dit was niet die slappe gedaante die hem had kaalgeplukt op Dakota Beach, maar hij was hoe dan ook razend, razend op alle mensen, op iedereen die het beter had dan hijzelf, en dat was zo goed als iedereen, en was dat verkeerd, dan was dat maar zo, hij zat op een golf. Hij kon nu niet stoppen, kon niet nog een keer gezichtsverlies lijden, hij moest zijn plan uitvoeren.

Dus sloeg hij opnieuw. De jongen smakte voor de tweede keer tegen de grond. Als iemand ligt, mag je niet meer slaan, maar zelf had de jongen zich ook niet aan de regels gehouden, dus hief hij het fietsstuur op en sloeg uit alle macht, trof hem zo hard boven zijn neusrug dat het bloed over zijn gezicht gutste en op zijn turquoise T-shirt drupte. Toen liet hij het fietsstuur los. Het viel met een rinkelend geluid op de grond. Hij pakte de jongen bij de arm en trok hem achter zich aan.

'Voel je de zuigkracht van het water?' schreeuwde hij. 'Voel je dat?'

De zielenpoot was vederlicht, hij sleepte hem vlotjes naar de rand van de kade, maar toen begon hij te spartelen als een kat, en hij vond het prettig dat er een beetje weerstand was, want hij was doortastend en sterk, en het gaf hem zelfvertrouwen. Er werd geen woord gezegd. Er kwam alleen wat ingehouden gekreun over de opeengeklemde lippen van de jongen. Ze waren nu bij de rand van de kade gekomen, en het water daarbeneden was zwart en koud. Ze hadden een paar seconden lang oogcontact, hij zag niets anders dan weerspannigheid.

Het volgende ogenblik fladderde hij over de rand.

'Surprise!' riep hij. 'Respiration de surprise!'

De jongen ging onder, maar kwam weer boven als een kurk. Hij watertrappelde, en leek er verbazingwekkend goed in te zijn.

'Zwem dan toch, verdomme,' brulde hij. 'Zwem!'

En de jongen zwom. Alsof hij nooit iets anders had gedaan. Een zus had hij ook al niet, en als hij die toch had, dan was ze niet verdronken, want niets aan die jongen was echt, en nu zwom hij voor zijn leven, met snelle, haast kinderlijke halen. Hij werd weliswaar gehinderd door zijn kleren en schoenen, en spartelde wild in het rond tot hij een soort ritme vond, maar op zijn gedrevenheid viel niets aan te merken. Het smalle lichaam schoot door het water, terwijl zijn ogen zochten naar een plek waar hij kon uitrusten of aan land kon gaan, maar die was er niet, nergens was er een trapje, steigerpaal of boei te bespeuren.

Zelf stond hij aandachtig toe te kijken vanaf de rand van de kade. De jongen had iets in het vizier gekregen een eind verderop en haastte zich er met krachtige armbewegingen naartoe. Een touw, zo dik als de pols van een volwassen man, was bevestigd aan een ijzeren ring boven op de kade en hing over de rand, het kwam bijna tot aan het water. De jongen rustte even uit om op adem te komen, watertrappelde een poos, en begon toen opnieuw te zwemmen met het dikke touw binnen handbereik.

Hij hield het molenwiekende slachtoffer in de gaten.

'Je komt verdomme niet uit het water! Je komt er verdomme niet uit!'

De jongen was vaalgrijs van de inspanning, zijn kaken waren op elkaar geklemd van koppigheid. Zijn haar was glad en nat en lag in donkere strepen over zijn wang, zijn neus was vervormd door de klappen, als het ware opzij gebogen, en hij zwom opnieuw een paar stuntelige halen, want zijn krachten stroomden uit hem en zijn kleren en zijn schoenen hinderden hem, en zijn gebroken neus deed zeer, maar het bloed werd weggespoeld, want het water sloeg de hele tijd in zijn gezicht.

Eindelijk kwam hij bij het touw. Hij pakte het met beide handen beet en bleef eraan hangen.

Toen liep hij naar de ijzeren ring, ging aan de rand staan en keek op hem neer.

'Ik sta boven!' schreeuwde hij. 'Ik sta boven!'

De jongen meed zijn blik. Zelf bleef hij rustig staan in zijn grote gestikte laarzen. Dit was de enige plek waar hij uit het water kon klimmen, want hij zou het nooit halen tot aan de jachthaven, met zijn kleren en schoenen aan. Nu probeerde de jongen zich onbeholpen op te trekken aan het touw, ook al was wat hem aan land opwachtte al even dodelijk als het water.

En toen kwam de ring tevoorschijn aan de linkerhand van de jongen. De ring met het rood-groene plaatje. Dat rotjoch was al een behoorlijk eind naar boven geklommen en had eindelijk met één hand de ijzeren ring te pakken gekregen. Nu zocht hij koortsachtig naar een houvast voor zijn sportschoenen in de grillige stenen muur, terwijl hij rusteloos in het rond keek, op zoek naar een alternatief, maar dat was er niet, hij moest uit het water, en wel hier. Eindelijk kreeg hij grip op de muur met de punt van zijn sportschoen en hij trok zich met een snelle beweging op, lenig als een aap. Zijn bovenlichaam was al op het droge, maar hij moest even op adem komen. Hij liet één hand los, hield zich nog vast met de andere, en wreef een paar natte haarlokken uit zijn gezicht.

Hij liep naar hem toe en tilde zijn laars op. Voegde een kunstmatige pauze in en stampte toen uit alle macht en met alle haatgevoelens die hij in zich had. Een snik ontsnapte de jongen toen hij zijn hand raakte, zijn smalle, gevoelige hand met alle zenuwen en botten. De jongen liet los en viel terug in het water.

'Surprise!' brulde hij. 'Surprise! Dus er zit toch geluid in je!'

Maar de jongen zei niets. Zijn hand was verbrijzeld en onbruikbaar geworden, maar de adrenaline gierde door zijn lijf en gaf hem nieuwe kracht. Opnieuw greep hij naar het touw, nu met zijn gezonde hand. Zelf draafde hij heen en weer als een getergde leeuw, terwijl hij zich schor brulde.

'Hoe denk je uit het water te komen als ik ook nog je linkerhand verbrijzel?' schreeuwde hij. 'Ga je je optrekken aan je muil? Hè?'

De jongen was bleek als papier, zijn lippen waren blauw. Het bloed liep nog steeds uit zijn neus en wilde voortdurend in zijn mond, hij hoestte en spuwde bloedwater, met iets wat aan doodsverachting deed denken.

Hij begon zich mateloos te ergeren terwijl hij zich aan land stond te vervelen. Die stilte, dat gebrek aan onderdanigheid werkte op zijn zenuwen en bracht hem helemaal uit zijn evenwicht. Dat rotjoch in het water had dan toch de bovenhand, liet niet over zich heen lopen, wilde zijn gezicht niet verliezen en geen zwakte laten zien, zoals hijzelf over zich heen had laten lopen, zoals hijzelf zwakte had laten zien. Nu gebruikte de jongen toch zijn verbrijzelde hand en slaagde er op miraculeuze wijze in om voor de tweede keer over de rand te klauteren, waar hij rillend van de pijn bleef hangen. Hij perste zijn lippen op elkaar en keek de andere kant op, wilde hem niet aankijken, wilde hem dat plezier niet gunnen.

Hij stak zijn hand in de lucht en knipte met zijn vingers, alsof hij een grappige inval kreeg. Hij liep een paar stappen terug naar de bank waar het liefdespaartje innig had zitten zoenen, greep de armleuning vast en trok met hevige rukken de bank achter zich aan. Die was loodzwaar, dus stootte hij met veel vertoon een paar theatrale geluiden uit. Het gietijzeren onderstel schraapte hard over het asfalt terwijl hij de bank tot bij de ijzeren ring zeulde, waar de arme stumper aan een touw, of zeg maar aan een dun draadje, hing. De manoeuvre ging gepaard met overdreven gezucht en gekreun, en de inspanning deed hem blozen en zweten. Eindelijk, na veel moeite, stond de bank helemaal aan de rand van de kade, vlak bij de ring waaraan de jongen zich vasthield.

Hij deed een paar onhandige danspasjes in zijn legerlaarzen, klapte in zijn handen, maakte een pirouette en installeerde zich op de bank, op de eerste rij om het drama in het water te aanschouwen. Zijn armen ostentatief gekruist.

'Het wordt een lange nacht,' brulde hij.

De jongen had iets hards in zijn gezicht, zag hij, iets krachtigs en onwrikbaars, wat erop kon wijzen dat hij al eerder vernederd was geweest en daardoor een manier had gevonden om te vluchten, een dissociatie, een soort geduldige afstand, waarbij niets tot hem doordrong, geen angst en geen pijn. Zijn wangen, koud en blauwwit, waren glad als porselein.

Terwijl hij breeduit op de bank zat te kijken naar de arme stakker in het water en genoot van de aanblik van het vernederde schepsel, geeuwde hij een paar keer demonstratief om uiting te geven aan zijn verveling. Ach, die broekies toch. Die groene, brutale en kinderachtige individuen die niets afwisten van het leven, van pijn of dood, die dachten alles te overleven, o, wat maakten ze hem moe! dacht hij terwijl hij zijn gezicht tot een theatrale grimas vertrok. Af en toe keek hij op zijn horloge, schudde zijn hoofd en glimlachte wrang, voortdurend met zijn blik op de jongen gericht. Die was ondertussen met iets aan het worstelen in het water. Het leek of hij zijn schoenen probeerde uit te trekken, en hij slaagde er nog behoorlijk makkelijk in ook. Daarna beet hij zijn tanden op elkaar, liet het touw los, staarde naar de jachthaven en begon te zwemmen.

Wat een idioot! Wat een zelfdestructief stuk onderkruiper! Wat een zelfoverschatting, en dat allemaal om zichzelf te behoeden voor dit uur van de waarheid! De stumper zwom voor zijn leven, maar raakte door zijn kapotte hand voortdurend uit de koers. Hij bleef rustig op het bankje zitten, was helemaal niet gehaast. Toch stond hij na een poosje op en zette zijn handen voor zijn mond als een megafoon.

'Jammer dat je alweer weg moet!'

Toen draaide hij zich om. Rustig en overdreven langzaam. Raapte het fietsstuur op, hield het vast bij het rubberen handvat en liep terug naar de havenschuur, schijnbaar aarzelend, alsof hij de hele nacht had. Zo liep een man die uitermate tevreden was met zichzelf en de gedane arbeid. Een man die alle tijd van de wereld had, wiens voortreffelijkheid door niets verstoord kon worden, iemand die terugsloeg als het nodig was en gebruikmaakte van de kracht van de golf. En terwijl hij koers zette naar de schuur, wist hij dat de jongen in het water allang achterom had gekeken om te zien wat er gebeurde. Hij was er rotsvast van overtuigd, maar weerstond de verleiding om zich om te draaien. In plaats daarvan liep hij rustig door, tot hij bij de schuur was. Daar drukte hij zich dicht tegen de wand aan, zodat hij niet meer te zien was vanaf de kade.

Hij rustte even uit. De tevredenheid duurde echter niet lang, het voelde alsof hij in een windschering zat, de logge scheepsromp die zijn lichaam was, was onwrikbaar, hij werd radeloos en voelde zich leeg, want per slot van rekening had hij niets gekregen, geen spijt, geen smeekbede om genade.

Mijn hele leven lang heb ik gebrand als een waakvlammetje, dacht hij, maar nu ben ik een oliebrand. Hij keek weer naar voren, met het fietsstuur als een verlengstuk aan zijn arm bungelend. En daar zag hij de jongen uit de zee kruipen, zijn hoofd met de natte krullen kwam tevoorschijn boven de kade. Het was werkelijk niet te geloven! Een reptiel dat onder een steen vandaan kroop, maar de primitieve individuen waren de sterkste. Hij begon weer te lopen, naar de rand van de kade. Er zit wél geluid in die kerel, dacht hij, er móét geluid in hem zitten, ergens diep vanbinnen in dat tengere lichaam schuilen schreeuwen en smeekbedes.

De jongen was drijfnat, uitgeput en gewond, en besefte niet dat hij werd gadegeslagen. Hij had nog niet de kracht gehad om zijn hoofd op te tillen, maar slaagde er uiteindelijk wel in om op zijn knieën te gaan zitten en vervolgens langzaam rechtop te komen. Hij waggelde een beetje en zette een paar stappen opzij. Stond voorovergebogen met zijn handen op zijn dijen terwijl het water van hem droop en hij voorzichtig met zijn gezonde hand aan zijn kapotte neus voelde.

Toen liep hij snel naar hem toe met het fietsstuur in de lucht, stampte en zwaaide dreigend met het wapen, zag nog net de angst in zijn ogen voor hij bij hem was en hem de eerste slag toediende, die hem boven zijn voorhoofd trof. Hij sloeg zo hard als hij kon. Het geluid was dof, zoals wanneer je met een honkbalknuppel op een kussen slaat. Hij zwaaide het fietsstuur snel heen en weer, zoef! zei het telkens als hij het wapen optilde en sloeg, *zoef!* De jongen boog door zijn knieën en bleef voorovergebogen staan terwijl hij zijn gezicht afschermde met zijn kapotte hand, waarvan alle vingers scheef stonden. Er kwam geen woord uit hem, dus sloeg hij opnieuw, zo hard als hij kon, en raakte hem op zijn schouder en boven zijn kin. De jongen tilde zijn armen op om zich te beschermen, maar hij bleef slaan, sneller en harder, zijn spieren waren opgewarmd, en het zei *zoef!* als het wapen door de lucht sneed, en het zei *doefdoef* telkens als hij raak sloeg. Wat heerlijk was het om te slaan, wat een bevrijdend gevoel was het om het bloed in het rond te zien spatten, hij kon erin zwemmen, erin rondglijden, het ruiken, alsof hij eindelijk de respons kreeg waar hij zo lang op had gewacht. De jongen zakte in elkaar op het asfalt, rolde op zijn zij en bleef liggen als een kind met opgetrokken knieën en zijn armen beschermend over zijn hoofd, maar toch ging hij door met slaan, overal waar hij bij kon, tot zijn armen eindelijk weggleden en de jongen zichzelf niet meer kon beschermen, en nu kwamen er toch geluiden uit hem, het was het lichaam zelf dat geluid maakte, een stervend lichaam, dat rochelde en siste, en zijn schedel barstte open terwijl hij een paar tanden uitkotste.

Toch sloeg hij met volle kracht, het zei *zoef!* bij elke slag, meer dan eens werd het strottenhoofd geraakt, de adamsappel was verbrijzeld, en nu ademde hij op een merkwaardige manier, zijn mond ging snel open en dicht, zoals bij vissen wanneer het water door hun kieuwen stroomt. Alsof hij aan het sterven was. En nu was hij vast eindelijk aan het sterven.

Een roze bel kwam tevoorschijn uit zijn mond, maar spatte even snel weer uiteen.

Dus haalde hij opnieuw een paar keer hard uit, er waren doffe geluiden te horen telkens als het fietsstuur raak sloeg. Hij trapte nog een paar keer met zijn harde laars, alsof hij wilde benadrukken dat de opdracht volbracht was, zijn laars ging telkens opnieuw vol in het hoofd en het gezicht van de jongen, tot hij het niet meer uithield.

'Nederigheid, verdomme! Nederigheid!'

Eindelijk liet hij het wapen vallen. Het kletterde op de grond en bleef stil op het asfalt liggen. Er zat geen geluid meer in de jongen, geen ademhaling, geen hartslag. Het was ergerlijk, hij voelde zich bedrogen, hij wilde gejammer, gesmeek en gekrijs horen, maar kreeg niets van dat alles.

'Wat is er mis met je?' schreeuwde hij tegen de dode. 'Moet je echt alles voor jezelf houden?'

Hij moest weer tot zichzelf komen. Hij hijgde zwaar, alsof hij had gerend, had geen idee van de tijd, hoelang had het gevecht geduurd? Tien minuten, een uur? Hij keek naar de slagboom, maar zag niemand. Dus liep hij naar de rand van de kade. Hij hield het bebloede fietsstuur in zijn hand en wilde het in zee gooiden, maar bedacht zich op het laatste moment. Ze zouden ernaar duiken en het meteen vinden. Daarom liep hij verder langs de kade, voortdurend achteromkijkend naar het vernielde lichaam, die natte massa van een mens, liep verder tot helemaal aan het einde van de kade, tilde voor de tweede keer het stuur boven zijn hoofd, maar bedacht zich ook dit keer, want de politie zou op dezelfde manier redeneren als hijzelf, ze zouden helemaal aan het einde van de kade zoeken. Daarom draaide hij zich opnieuw om, liep naar de andere kant van de kade en nog een paar meter verder, was besluiteloos, alles zou worden gevonden. Alles zou aan het licht komen, het fietsstuur en het vernielde lichaam, maar hij kon er wel voor zorgen dat het lang zou duren. Hij zette nog een paar stappen en stopte weer, tilde voor de derde keer het fietsstuur boven zijn hoofd, zette zich af en slingerde het stuur het zwarte water in. Hier was het water troebel, waardoor alle sporen vernietigd zouden worden, dacht hij, water had immers iets vernietigends. De duikers mochten wel even zoeken. Maar toen werd hij weer bang. Natuurlijk zouden ze zoeken tot ze het vonden. Maar wat dan nog, wat als ze het vonden? Zijn daad was een noodzaak geweest, en dat kon hij verantwoorden als het nodig was. Hij liep terug naar de dode. Bukte zich, trok de linkerhand tevoorschijn, vond de ring met het rood-groene plaatje, hij gleed makkelijk van zijn vinger, die glad was van het bloed. Hij wreef hem over zijn broek, probeerde het gouden tekentje te interpreteren. Het was een letter, zag hij, deels op het rood en deels op het groen. Wat gek! Hij stopte de ring in zijn zak. Doorzocht snel de kleren van de dode en vond een bruine portemonnee. Stopte ook die in zijn zak. Zijn eigen kleren zaten onder het bloed, veel meer dan hij had beseft, dus vouwde hij zijn broekspijpen op, tot de vlekken niet meer zichtbaar waren. Daar stond hij dan, in zijn dikke laarzen, met zijn joggingbroek opgevouwen tot aan zijn knieën, als een knickerbocker, terwijl de waardevolle spullen van het slachtoffer uit zijn zak puilden. Als hij gewoon achteloos en onbeschaamd door de stad liep, zou wellicht niemand iets opmerken.

Maar hoe loop je achteloos en onbeschaamd? Je zwaait overdreven met je armen en buigt door je knieën, kin omhoog, blik naar voren, en schudt een paar keer arrogant met je hoofd. Maar hij kwam geen stap vooruit. Hij bleef gewoon staan stampen op het asfalt, starend naar de dode, naar het kapotte, natte wezen, want er was iets wat hij niet had gekregen, en dat smeulde nog steeds in hem.

'Wat scheelt jou!' schreeuwde hij. 'Er zit verdomme meer geluid in een muis.'

Hij porde in hem met zijn laars.

'Fuck. Jij bent gewoon gestoord!'

Toen wist hij niets meer te zeggen. De golf trok hem bruut terug, waarna hij weer in dezelfde diepte zat, in dezelfde duisternis. Er zat niets anders op dan terug naar huis te gaan en de gebeurtenissen van de avond een plek te geven, in de kamer voor verboden daden. Toch draaide hij zich nog een laatste keer om. De jongen lag ineengedoken op de grond, met zijn handen voor zijn borst, alsof hij aan het bidden was, en opgetrokken knieën. Het deed hem niet veel. Het was 20.57 uur, en het containerschip was bijna bij de haven.

Krijsende individuen stroomden samen vanaf de fjord, terwijl het gerucht over de nieuwe voederplaats zich onder alle soortgenoten verspreidde. Iedereen vocht om een plekje op de eerste rij, werd weggejaagd en kwam met hernieuwde ijver terug. Een bewaker zat wakker in zijn wachthuisje bij de ingang van de loskade, maar kon de andere kant, het gedeelte dat toegankelijk was voor het publiek, niet zien. De radio stond het grootste gedeelte van de nacht aan, en de vorige avond was een vrachtschip aangekomen. Hij hoorde de meeuwen niet.

Elke ochtend rond hetzelfde uur, ongeveer om half zeven, kwam havenarbeider Olaf Lien aanlopen in de richting van de kade. Hij ging de hoek van de oude havenschuur om en werd overvallen door een hels kabaal. Zijn hele leven lang had hij meeuwengekrijs in zijn oren gehoord, maar dit was buitengewoon. Toen hij dichterbij kwam, zag hij dat de bank verplaatst was. De bank waar hij elke morgen ging zitten voor zijn shift om zeven uur begon. Dan zat hij daar over de fjord uit te kijken, naar de schepen die langzaam de haven binnengleden, terwijl hij een Rød Mix rookte. Niet alleen de bank was verplaatst, hij zag een eind verderop ook vieze troep liggen op het asfalt, maar als hij dat wilde wegspoelen, moest hij eerst materiaal gaan halen.

De bank stond ook op een merkwaardige plaats, vond hij, op nauwelijks een paar centimeter van de rand. Hij kwam dichterbij. Hield stil en legde zijn hand voor zijn mond. Zijn ogen zochten naar herkenning in de massa bloed en textiel. Want het leek op een mens. Een klein, ineengedoken wezen. In de massa zag hij een tennissok met rode en zwarte strepen, en een paar donkere lokken die wellicht haar voorstelden. Een hand met gespreide vingers. Even verderop lag een telefoon met gebroken glas. Hij kwam dichterbij, aarzelend, hield stil om de aanblik te verteren. In wat ooit een gezicht was geweest, zag hij een oog. De meeuwen schreeuwden hysterisch, fladderden krijsend in het rond, het was een oorverdovend spektakel. Na een tijdje, zoals wanneer je ogen wennen aan het donker, herkende hij steeds meer in de natte massa. Een T-shirt en iets wat op een spijkerbroek leek. Veel van het bloed was al gestold, maar hij herkende de witte glans van een kaakbeen. Het stonk. Naar dood dier, dacht hij, een mengeling van orgaanvlees en visingewanden, een geur die hij kende uit zijn eigen beroepsleven. Hij zette beide voeten stevig op de grond, als een echte zeebonk. De meeuwen hadden niet door dat hij zo dichtbij stond en gingen het kadaver in een hysterische triomf te lijf. Olaf opende zijn mond en brulde zo hard als hij kon, rende eromheen en zwaaide met zijn armen om de meeuwen op een afstand te houden, bleef even staan om weer op adem te komen en schreeuwde nog een keer.

Het arme schepsel was niet heel groot. De persoon in kwestie lag ineengedoken, met de handen voor de borst. De meeuwen vlogen een eindje verder, maar begonnen toen opnieuw met hun eeuwige gekrijs. Niets aanraken, dacht Olaf, niets kapotmaken. Hij tastte in zijn zakken naar zijn telefoon en toetste met trillende vingers de drie cijfers 112 in. Hij stond met zijn rug naar de dode, maar moest vervolgens toch kijken, want ze zouden hem allerlei vragen stellen, en die moest hij goed kunnen beantwoorden. Hoewel het onmogelijk was om precies te zijn, aangezien wat daar lag meer op slachtafval leek. Toen de telefonist opnam, was hij zo zenuwachtig dat hij in de telefoon schreeuwde om de meeuwen en zijn eigen bonkende hart te overstemmen.

'Ik ben op de kade,' riep hij, 'ik heb iets doods gevonden. Ja, het is waarschijnlijk een persoon, een dode persoon. Op de verste kade, voorbij de oude schuur, waar een bankje staat.'

'Wat? Reanimeren? Denk je nu echt dat hier nog iets te reanimeren valt? Er is niets meer van over, alleen een lijk, hoor je dan niet wat ik zeg? Nee, ik ben niet hysterisch, ik ben alleen verdomd gestrest, het lijk is helemaal aangevreten. Mijn naam is Olaf Lien, ik werk hier. Haast jullie, want die meeuwen gaan helemaal uit hun dak, ik kan ze hier niet weghouden, ze hebben al de hele nacht van hem zitten eten. Nee, ik zeg niet dat het een man is, ik zeg gewoon... Oké, goed, ik wacht hier, ik ga nergens naartoe. Mijn naam is Olaf Lien, ik werk hier!'

Hij bleef hijgend staan, zijn knieën beefden en het gonsde in zijn hoofd. Het werd hem een paar keer zwart voor de ogen, maar dan knipperde hij tot hij weer kon zien. Hij hoefde daar helemaal niet te blijven staan staren, bedacht hij, waarop hij de dode de rug toekeerde en terugsjokte naar de havenschuur en de slagboom, waar de auto's zouden aankomen. Hij bleef een paar seconden bij de schuur staan, terwijl hij om zich heen keek en nadacht. Toen draaide hij zich toch weer om en liep terug, want ineens dacht hij aan de dode, dat die arme stakker daar alleen lag, als een prooi voor de meeuwen, die zodra hij zijn rug had omgedraaid, terug naar de voederplaats waren gevlogen. Dus liep hij terug, joelend, schreeuwend, stampend en zwaaiend. Hij had dringend behoefte aan een sigaret. Hij haalde het pakje Rød Mix uit zijn zak, prutste wat met tabak en papier, en bedacht ineens dat hij de plaats delict niet mocht verstoren, dat hoorde je wel eens zeggen. In zijn ooghoek zag hij voortdurend het natte lichaam. Aan de kleren te zien, was het wellicht een jongen. Hier, in zijn eigen paradijs aan de glinsterende fjord, onder de zachte schapenwolkjes, had iemand een tengere jongen doodgeslagen. Een groot, duister verdriet deed zijn keel opzwellen. Kan ik hier in de toekomst nog wel komen? Zal ik hier ooit nog rust vinden? Nee, vast niet. Hij speurde naar de auto's, zijn blik gleed naar de slagboom. Het was niet ver van het politiebureau tot hier, een minuut of tien.

'Is het een meisje?' vroeg de hoofdinspecteur aan de telefoon.

'Valt onmogelijk te zeggen.'

Het antwoord verontrustte hem, want hij wist wat het betekende als er iets was gevonden wat zijn oorspronkelijke vorm niet meer had, zoals bij de ergste auto-ongelukken of ongelukken in de industrie. Een lichaam dat volledig vernield was, in stukken gehakt of platgedrukt, of vermorzeld tot een massa, hij had het al eerder gezien. Toen hij vijftien minuten later over de dode gebogen stond, maakte hij de volgende observaties: Turquoise T-shirt, spijkerbroek en tennissokken. Geen gelakte nagels, geen oorringen, geen ringen. Het haar was lang en donker, de hals smal en wit. Er was iets met het haar, dat in dunne slierten op het hoofd lag, en de kleren, die op een eigenaardige manier gerimpeld waren.

Hij richtte zich tot Skarre.

'Vraag eens na of er in de loop van de nacht een zorgwekkende melding is binnengekomen.'

Hij keek neer op het vernielde gezicht, dat helemaal vervormd was. Eén oog, verbazingwekkend heel en schoon, staarde hem aan. De iris was donkerblauw. Hij zag de havenarbeider een eind verderop staan wachten, en stapte naar hem toe.

'Ik werk in het havenmagazijn,' legde Olaf uit. 'Kom altijd vroeg naar het werk als het mooi weer is. Dan zit ik daar op het bankje een sigaret te roken. Ik heb nooit iets tegen meeuwen gehad,' ging hij verder, 'dat hoort bij een fjord, maar vandaag zijn ze knettergek.'

'Ja,' zei Sejer. 'Meeuwen kunnen nooit genoeg eten.'

'De bank is verplaatst,' zei Olaf en hij wees. 'Normaal staat hij niet zo dicht bij de rand, hij is verplaatst.'

Sejer keek naar de bank en wees naar de oude havenschuur.

'Waarvoor dient die schuur?'

'Nergens voor,' zei Olaf. 'Die is op slot.'

'Heb je de sleutel?'

'Ik kan hem je wel bezorgen.'

Sejer keek weer naar de bank en het glinsterende water.

'Een mooie plek voor romantische zielen,' zei hij en hij keek naar Olaf Lien.

'Ja,' zei hij, 'die komen hierheen als ze alleen willen zijn, en als ze het ervoor overhebben om het hele eind van het centrum naar hier te lopen, want dat is toch wel twintig minuten.'

'Zijn hier camera's?'

'Niet aan deze kant, maar aan de andere kant, waar ze laden en lossen, hangen overal camera's.'

'We hebben je contactgegevens nodig,' zei Sejer. 'Ga even naar Annebeth Larson met je naam en adres. Verder nog iets waar je aan denkt? Mensen die je hebt geobserveerd terwijl je hier 's morgens zit?'

'Er valt me niets in,' zei Olaf. 'Ik ben hier altijd alleen.'

Sejer liep naar de havenschuur. De deur was met een roestig hangslot afgesloten. Hij keek naar binnen door de vuile ramen, zag stapels lege dozen en oude jutezakken. Achter de schuur vond hij een paar planken, lege verfemmers, blikjes bier en een oude fiets. Olaf kwam hem achterna, met zijn handen diep in zijn zakken.

'Dat afval ligt hier al sinds jaar en dag,' zei hij.

'Precies,' zei Sejer.

'We hebben nog nooit de tijd genomen om het op te ruimen. Het ziet er niet bepaald netjes uit.'

'Nee, niet bepaald,' zei Sejer.

'Telkens als ik hier 's morgens langs de schuur loop, zie ik die oude fiets liggen en erger ik me mateloos.'

'Dat begrijp ik,' zei Sejer en hij knikte.

'Het is een oude Crescent. En ik heb die fiets – of wat er nog van overblijft – al honderden keren gezien.'

'Precies ja,' zei Sejer geduldig.

'Het stuur is weg,' zei Olaf en hij keek de inspecteur aan.

'Wat zegt u?'

'Het fietsstuur is weg. Zo'n oud stuur met rode rubberen

handvaten. Gisteren lag het hier nog, dat herinner ik me nog goed.'

Ineens drong de betekenis van de woorden tot Sejer door, en hij keek de havenarbeider peinzend aan.

'Het zat waarschijnlijk helemaal los,' zei Olaf. 'Het perfecte slagwapen.'

'Hou dit voor jezelf,' zei Sejer streng.

'Uiteraard, uiteraard.'

'Hoe diep is het hier voor de kade?'

'Vijfentwintig meter. Troebel water. Slecht zicht.'

Sejer nam de omgeving op, tekende als het ware een kaart in zijn hoofd. Het havenmagazijn, de slagboom, de schuur, de kade en de bank.

'Je kunt gaan,' zei hij tegen Olaf. 'We nemen later nog contact met je op.'

De havenarbeider trok zich terug, boog zijn nek en ging ervandoor, maar toen bleef hij weer staan en stelde zich op aan de rand van het drama. Sejer zag het, maar joeg hem niet weg. Er kwamen verschillende auto's aanrijden door de slagboom. Hij liep terug naar het groepje technici in witte pakken.

'Het moordwapen zou wel eens een fietsstuur kunnen zijn,' zei hij.

'Een fietsstuur?'

Sejer wees naar de schuur.

'Daar ligt een oude fiets zonder stuur.'

'In dat geval heeft hij het in zee gegooid,' zei Annebeth, 'en dan vinden we het. Neem contact op met een duiker.'

Ze raapte de telefoon op en stopte hem in een zakje.

'Van Huawei,' zei ze. 'Gebroken tijdens het gevecht.'

'Voetsporen in het bloed daar,' zei Sejer. 'Een ervan is duidelijk genoeg.'

Skarre trok handschoenen aan en zocht in de zakken van het slachtoffer naar een ID-kaart.

Om te beginnen zocht hij waar hij bij kon zonder het lichaam te verplaatsen. In de spijkerbroek vond hij vier zakken, in zijn T-shirt twee kleine borstzakjes die gesloten waren met een ritsje. Eerst schoof hij zijn vingers in de zakken van de nauwe jeans, maar daar vond hij niets. Hij kreeg groen licht en draaide het lichaam op zijn rug, zodat hij bij het T-shirt kon komen. Het ene borstzakje was leeg, maar in het andere voelde hij iets heel kleins. Toen het tevoorschijn kwam, glansde het metaal in de ochtendzon.

'Een soort merkteken,' zei hij, 'een plaatje. Waarschijnlijk van zilver, een beetje geoxideerd, met getallen en letters.'

Hij hield het voor zijn ogen, probeerde de kleine lettertjes te ontcijferen.

'Een identiteitsplaatje,' zei hij verbaasd. 'Zoals soldaten gebruiken in de oorlog, met hun naam erop en hun bloedgroep en zo. Maar dit is niet echt, natuurlijk, dit is een sieraad. Het lijkt of het slotje stuk is. Waarschijnlijk heeft hij het daarom in zijn zak gestopt.'

'Wat staat er?' vroeg Sejer.

'Bloedgroep A resusnegatief,' zei Skarre. 'En een nummer, wellicht het persoonsnummer. 01040036847. Hij heet Holden. Markus Holden.'

Het groepje aanwezigen zweeg. Het slachtoffer was niet gewoon een gevonden voorwerp, maar een mens met een naam en een nummer. De arme stakker was geboren in 2000 en had de hem toebedeelde tijd geleefd, tot iemand hem had doodgeslagen en hem als meeuwenvoer had achtergelaten.

Sejer greep in zijn binnenzak naar zijn aantekenboekje, nam het haastig door. Hij hoorde stappen en zag dat Olaf Lien weer naar hem toe kwam. Hij ging zonder toestemming te vragen naast de inspecteur staan.

'Ik kom hier al jaren,' zei hij. 'Eerst was ik vele jaren op zee, maar twintig jaar geleden ben ik aan land gegaan. Het wordt nooit meer hetzelfde om hier op het bankje te zitten.'

Hij knikte in de richting van het slachtoffer.

'Zoiets laat sporen na,' zei Sejer.

'O fietsstuur, o liefde,' zei Olaf Lien.

'Wat zegt u?'

'Gewoon, een oud gedicht. De hersenen zijn iets vreemds,' voegde hij eraan toe. 'Maken gekke sprongen.'

'Dit hier lijkt niet echt op liefde,' zei Sejer.'

'O, dat weet ik nog niet zo zeker,' zei Olaf.

Hij trok zich terug, maar draaide zich nog een laatste keer om.

'De jaren dat ik op zee was heb ik het een en ander gezien. De liefde vertoont zich op heel veel verschillende manieren.'

Sejer sloeg de bladzijde van zijn aantekenboekje om en zag een lijst met namen.

Lena Lothe.

Malik Farahmand.

Trond Balke.

Markus Holden.

Hij vroeg, met een blik op Skarre gericht: 'Geen portemonnee? Alleen dit plaatje?'

'Kan in het water liggen. Je zegt dat hij in het water is geweest.'

'Hij werkte in de Kaisa Bar,' zei Sejer. 'Gek, toch?'

'Dan kan er een verband zijn met Gritt?'

Iedereen bleef stilstaan en keek elkaar aan, iedereen dacht er het zijne van. Iedereen was rond de dode komen staan. Hun gedachten schoten alle kanten op. Ze mochten niet zeggen wat ze dachten, geen conclusies trekken of theorieën lanceren over wat er was gebeurd, nog niet. Eerst moesten ze voor de dode zorgen. Hem op sporen onderzoeken en afschermen, hem voorzichtig inpakken en wegvoeren.

De moord op Gritt is nog maar zeven weken geleden, dacht Riis.

Nog één en we hebben een serie, dacht Kreutzer.

Niet dezelfde man, niet dezelfde modus, dacht Hannisdahl.

Totale emotionele kortsluiting, dacht Skarre.

Misschien waren er drugs in het spel? dacht Larson.

Dit kunnen we niet aan de ouders laten zien, dacht Sejer.

Ik ben nooit gelovig geweest, dacht Olaf Lien, maar die technici daar doen me denken aan de grote menigte in witte gewaden uit de openbaring van Johannes.

Sejer liep naar de rand van de kade en ging op het bankje

zitten, Skarre sjokte hem achterna. Beide mannen bleven een hele poos zitten staren naar de binnenvarende schepen en de schepen verder weg.

'Zie jij het verschil tussen een loodsboot en een sleepboot?' vroeg Sejer, die naar iets kleins roods voor een van de schepen wees.

'De loods heeft geen eigen boot,' zei Skarre, 'hij vaart mee met de sleepboot.'

'Precies,' zei Sejer, 'interessant.'

'Ik durf te wedden dat ze hier op deze bank over de fjord zaten uit te kijken, net als wij nu,' zei Skarre. 'Het slachtoffer en de dader. Eerst zaten ze hier te praten, en toen zijn ze ruzie gaan maken en gaan vechten, en de ene was veel sterker dan de andere.'

'Maar de bank is verplaatst,' merkte Sejer op. 'Daar moet een reden voor zijn.' Zijn oog viel op de grote ijzeren ring in het asfalt en het touw dat over de rand hing.

'Precies,' zei hij. 'Hier heeft Markus Holden geprobeerd om uit het water te komen.'

Skarre keek naar de ring.

'Maar waarom wilde hij uit het water als de moordenaar hier op de bank zat te wachten?'

'Misschien was hij moe, of had hij het koud. Of misschien dacht hij dat ze het weer goed konden maken, of dat de moordenaar klaar was met hem. Hij had hem vernederd, gestraft en in zee gegooid. Dus trok hij zich op aan dit touw en kroop hij aan land. Tot de moordenaar terugkwam en hem opnieuw een pak rammel gaf.'

'Dit is geen pak rammel,' zei Skarre en hij knikte naar het dode lichaam. 'Dit is je reinste vernietiging.'

'Klopt,' zei Sejer.

Hij boog voorover en keek naar beneden naar het zwarte water.

Een paar meeuwen probeerden weer naar de voederplaats te vliegen, maar wijzigden hun koers toen ze de massale aanwezigheid van mensen zagen, gekleed in het wit, net als zijzelf.

'Ze hadden hier afgesproken,' zei Sejer. 'Voor een of andere afrekening.'

'Waarschijnlijk,' zei Skarre. 'Maar dit is meer dan een gewone ruzie tussen twee mannen, veel meer dan een gewoon dispuut of een ander misdrijf dat geheim moest blijven. Een vorm van handel, misschien.'

'Heb je die voetafdruk gezien?' zei Sejer. 'Dit is geen klein jochie.'

Ze keken naar elkaar en daarna weer naar de fjord.

'Denk je dat we hier met een seriemoordenaar te maken hebben?' vroeg Skarre voorzichtig.

'Dat denk ik niet, nee.'

'Ik ook niet,' zei Skarre. 'Niet hier bij ons.'

Terwijl ze daar zo zaten, begon Sejers telefoon plotseling zijn vrolijke melodietje te spelen. Op het display zag hij een onbekend nummer. Eerst wilde hij de oproep negeren, maar toen bedacht hij zich en nam toch op, een kort 'ja' en een blik op Skarre naast hem.

'Hallo,' hoorde hij. 'Mijn naam is Markus Holden.'

De inspecteur rechtte zijn rug. Staarde naar het vernielde lichaam een eind verderop. Toen hij nog steeds niets zei, ging de ander verder.

'Je hebt me gebeld?'

'Inderdaad, dat klopt, ik heb je een paar keer gebeld.'

'Gaat het over dat meisje dat ze in het bos hebben gevonden?'

'Zeeland,' zei Sejer. 'Gritt Zeeland.'

'Precies. Mijn collega's hebben me verteld dat je hebt gebeld.'

Sejer draaide zich opnieuw om naar de dode. Hij zag een voet uit de natte massa steken, een behoorlijk kleine voet, met een witte sok.

'Zou je naar het politiebureau kunnen komen?'

'Naar het politiebureau? Moet dat?'

Markus Holden zweeg even, maar ging toen verder: 'Niemand van mijn collega's hoefde naar het politiebureau,' zei hij.

'Je moet niet, maar we zouden het wel op prijs stellen.'

'Goed. Ik ben nu aan het werk, maar ik kom in de loop van de dag. Vraag ik dan naar u?'

'Ja, dat kun je doen,' zei hij. 'Sejer is mijn naam. Vijfde verdieping.'

Skarre keek hem vragend aan.

'Markus Holden,' zei Sejer. 'Komt in de loop van de dag langs op kantoor. Maar wie is dan die arme stakker die daar ligt?'

Jacob Skarre was er met behulp van de IT-afdeling in geslaagd in te breken in de telefoon van het slachtoffer en had de contactenlijst en de opgeslagen foto's bekeken. Hij kwam langs op Sejers kantoor om hem te laten zien wat hij had gevonden.

'Dit moet je zien.'

Hij wees naar een foto van vier jongeren. Je kon duidelijk zien dat ze op een feest waren. Op tafel stonden flessen, glazen en asbakken, en lag het vol sigarettenpakjes, snuifdoosjes en zakjes chips. Aan de rand van de foto was een vijfde persoon te zien, een meisje met lang blond haar, in profiel en niet heel scherp.

'Die lijkt toch op Gritt?'

'Vind je?' zei Sejer.

'Kijk naar dat haar, bijna identiek. En ze is ook even oud.'

'Inderdaad,' moest Sejer toegeven. 'Maar jij denkt in die richting omdat je een verband zoekt.'

'Maar dat doe jij toch ook,' zei Skarre, een tikje teleurgesteld. 'En ze hébben ook iets gemeen, ze zijn allebei dood.'

'Klopt inderdaad,' zei Sejer.

'Dan kan ik me voorstellen dat ze elkaar kenden.'

'Misschien,' zei Sejer.

'We kunnen de foto aan de ouders laten zien,' stelde Skarre voor. 'Als íémand haar herkent, dan zijn zij het.'

Sejer leek niet meteen open te staan voor zijn idee.

'Meisjes van die leeftijd verven hun haar,' zei hij. 'Allemaal. En ze schminken allemaal hun ogen zwart.'

'Aha,' zei Skarre.

'Het enige wat je op deze foto ziet is lang blond haar, een schattig klein neusje en een stukje wang. Als je deze foto aan Marion laat zien, zal ze vast en zeker zeggen dat dit Gritt is. Want zij zoekt haar dochter overal, en telkens als ze een blond meisje ziet, ziet ze haar dochter. Omdat ze dat wil.'

'Maar wat doen we dan?' vroeg Skarre.

'Vraag het aan iemand die niet zo dicht bij haar staat. Vraag het aan Charlotte Malling. Of een leraar of iemand uit haar klas.'

Skarre kreeg de telefoon terug.

'Het zou zeker Gritt kunnen zijn,' zei Sejer. 'Maar in principe kan het om het even wie zijn. Vraag het in elk geval maar eens na, dan nemen we het mee in het verslag.'

Nog nooit was Dagny Hamza zo blij geweest met de dood!

Met het schaamrood op de wangen moest ze bekennen dat de vondst van de doodgeslagen jongen haar met vreugde vervulde. Niet dat ze hardop juichte, of tegen iemand – tegen Carl of iemand anders – zei dat ze opgelucht was, maar diep vanbinnen was ze euforisch. Want het lijk op de kade bleek een tiener te zijn, en op het journaal zeiden ze dat de moord bijzonder wreed was geweest. Het was dus aan de mensen om hun fantasie te gebruiken en te verzinnen wat die arme jongen had doorstaan, en dat deed zij nu ook. Want uiteraard was haar eigen zoon, Ellemann, die broze, kunstzinnige jongen, niet in staat om iemand dood te slaan. Dat betekende ook dat hij niets te maken had met dat Zeeland-meisje, hier waren andere krachten werkzaam. Andere gezinnen waren getroffen, door verdriet of schuld, of door allebei. Waarschijnlijk had het iets met drugs te maken, een vorm van verraad of onbetaalde schulden, of jonge mensen die bepaalde krachten hadden geactiveerd waar ze geen controle over hadden. Ellef activeerde nooit enige krachten, hij tekende gewoon wat hij tegenkwam. Het beetje argwaan dat ze tegenover haar zoon had gehad, omdat hij misschien iets vreselijks had gedaan, verdween als sneeuw voor de zon. Toch liep ze naar zijn kamer en klopte aan.

'Heb je het al gehoord?'

'Wat?'

'Ze hebben nog een lijk gevonden. Op de kade. Een jonge kerel.'

Ellef zat met een paar schetsen op schoot, hield één ervan voor zijn ogen en keek er kritisch naar.

'Iemand die we kennen?'

'Ze hebben niet verteld wie het was.'

Ze stond in de deuropening haar zoon gade te slaan. Zocht naar Carls trekken, maar vond alleen dat warrige haar dat ze met elkaar gemeen hadden. Waar had hij dat karakter vandaan, dat lastige humeur, dat introverte wezen? Ze begreep er niets van. Daar zat de jongen op zijn bed, onneembaar. Geen positieve energie, geen mimiek. Bestond er geen naam voor al dat anders zijn? Had hij zelfinzicht, kon hij zichzelf zien van buitenaf? En was hij in dat geval teleurgesteld door wat hij zag? Keerde hij zich naar binnen om anderen buiten te sluiten, of kon hij gewoon niet met anderen communiceren? Moest ze het hem op de man af vragen? Naar hem toe gaan en haar handen om zijn gezicht leggen, zijn hoofd omhoogtillen, hem in de ogen kijken en vragen: 'Wie ben je?' Ja, dat moest ze doen.

'Ik zal het je komen vertellen als ze zijn naam bekendmaken,' zei ze hardop.

'Oké,' antwoordde hij.

Had hij haar grootste vrees gezien? Begreep hij dat die nu moest wegvallen? Meende ze daarom te zien dat hij tot rust kwam?

Hij legde alle tekeningen op een hoop en stopte ze in zijn tekenmap.

'Misschien is het wel iemand uit je klas,' zei ze. 'Hij is zestien jaar, zeiden ze.'

'Dan kom ik er wel snel achter,' zei hij. 'Ik ga naar de Kaisa. Misschien weten ze daar meer.'

Ze belde Carl om hem over de ontdekking van het lijk te vertellen.

'Twee dode tieners in zo'n korte tijd, dat is toch niet normaal,' zei ze.

'Iemand vermoorden is sowieso al niet normaal,' antwoordde hij.

'Misschien wisten ze iets,' zei ze. 'Iets crimineels, en werden ze daarom vermoord.'

'Dat denk ik niet,' zei hij. 'Ik denk niet dat ze iets bijzonders wisten.'

'En de galeriehouder, is die al langsgekomen? Heb je een

afspraak met hem kunnen maken?'

'De galeriehouder?'

'Ja, je zei toch dat je contact had met een galeriehouder die vanuit Londen zou overkomen.'

'Hij is hier nog niet geweest,' zei Carl snel. 'Ik werk elke dag aan de presentatie, het begint er goed uit te zien.'

'Mag ik eens komen kijken?'

'Natuurlijk.'

Twintig minuten later liep ze het oude huis binnen en riep ze in alle kamers. Ze keek in de keuken, zag wat afwas op het aanrecht staan naast een lange rij lege wijnflessen. Ging de eerste kamer in, de grootste, die hij wit had geschilderd en waar spots op een rail aan het plafond een krachtig licht uitstraalden.

Daar hingen zijn foto's, groot en dramatisch. Telkens als ze die zag, was ze overweldigd door Carls talent. De sfeer, het onuitgesprokene, vaak een tikje gevaarlijk of dreigend, wat je op het eerste gezicht niet zag, of misschien helemaal niet, want terwijl alles op het eerste gezicht mooi en idyllisch leek, kroop er iets anders, een grotere ernst, als koud water je bloed in, en dwong je als toeschouwer in een andere stemming. En als je eenmaal het onbehaaglijke had gezien, zag je de schoonheid niet meer. Maar Dagny had een getraind oog. Ze had achttien jaar lang met Carls foto's geleefd en wist waar hij mee bezig was. Hij sprak vaker met twee tongen, waardoor wie niet aandachtig toekeek, alleen een mooie foto zag, terwijl een scherpziend oog de dubbelzinnigheid ontdekte.

Een meisje trippelde over een bevroren meer. Ze tilde koket haar jurkje op, alsof ze haar kleren wilde redden als ze door het ijs zou zakken. Winter en bittere kou, met ijsnevel en rijp op de bomen, en toch droeg ze een zomerjurkje en liep ze op blote voeten. De foto was in zwart-wit met slechts één kleurelement: het jurkje was rood.

Ze zag Carl de kamer binnenkomen, vanuit het niets.

'Heb je de draaimolen nog altijd niet verkocht?' zei ze. 'Het is je beste foto.'

'Niet veel mensen hebben er plaats voor,' zei hij. 'En bovendien is het een droevige foto.'

'Al je foto's zijn droevig,' merkte ze op.

Hij kwam naar haar toe, legde zijn armen om haar heen en hield haar vast.

'Wie is dit meisje?' vroeg ze.

'Het meisje op het ijs? Iemand van de kleuterschool hiernaast.'

Hij knikte met zijn hoofd naar het raam.

'Maar dat is al een paar jaar geleden. Haar ouders stonden klaar met een warme deken en chocolademelk in een thermoskan,' zei hij. 'Al na zestig seconden had ik de perfecte foto.'

'Maar met blote voeten op het ijs? Hoe krijg je mensen zover dat ze zulke dingen doen?'

'Ik vraag het beleefd.'

Hij lachte opnieuw, om haar en om zichzelf.

'Haar voeten waren ingewreven met een dikke laag vaseline, ze heeft niets gevoeld. Is Ellef niet thuisgekomen met een nieuwe tekening?' vroeg hij schertsend.

‘Een nieuwe tekening?’

‘Van de dode jongen op de kade.’

Ze moest lachen toen ze besefte dat hij een grap maakte. Het luchtte op om te lachen, ze realiseerde zich dat ook hij het ergste had gevreesd. De angst had een barst gevonden, was het allerheiligste binnengedrongen en had hem doen twijfelen aan zijn eigen zoon.

‘Hoe gaat het met je, Dagny?’ vroeg hij, met zijn lippen dicht tegen haar oor. ‘Hoe gaat het écht met je?’

Ze lachten allebei om het welbekende cliché.

En daarna, nadat hij even had nagedacht: ‘Heb je al iets van de politie gehoord?’

‘Nee,’ zei Dagny. ‘Misschien heeft hij gelogen en heeft hij die tekening helemaal niet verstuurd.’

‘Maar als ze die wel hebben gekregen, dan zijn ze nu hun hersens aan het pijnigen,’ zei Carl. ‘“Wat is dit in godsnaam?” zeggen ze. “Wat wil hij hiermee?”’

Ze lachten weer.

‘Maar wat moeten we tegen hen zeggen?’ vroeg ze.

‘De waarheid,’ antwoordde Carl. En daarna, met een gemaakt stemmetje: ‘“Onze zoon is niet zoals alle andere kinderen, maar hij kan tekenen als een duivel.”’

Ze glimlachte bedroefd.

‘Ze hebben de naam van de dode jongen nog niet bekendgemaakt,’ zei ze. ‘Maar stel dat Ellemann hem kent, wat moeten we dan denken? Dat hij misschien de volgende is in de rij? De doden zijn allebei zestien jaar.’

‘Je zoekt overal slecht nieuws,’ zei Carl.

Ze liep naar de foto van de draaimolen en bleef er een poos naar kijken. Hij was vierkant en mat honderdvijftig bij honderdvijftig centimeter. Ze vroeg zich af waar hij zijn inspiratie vandaan haalde, en wat zijn bedoeling was met de foto's. De mensen misleiden? Hen eraan herinneren dat alles mogelijk was, dat niets was zoals het leek?

'Ik bel je als ik iets hoor van de politie,' zei ze hardop.

'Ellemann heeft nog nooit een vlieg kwaad gedaan,' zei Carl. 'Je weet hoe hij is. Hij kijkt de andere kant op.'

Hij legde zijn handen op haar schouders en hield haar vast.

'Ontspan je, Dagny,' zei hij. 'Kom, geef me een kus.'

Ze kreeg niets over haar lippen.

'Krijg ik een kusje?' herhaalde hij, met zijn gezicht dicht tegen het hare.

Toen legde hij zijn hand op haar buik en liet hem naar beneden glijden terwijl hij haar bleef aankijken.

'Na een paar jaar willen jullie niet meer kussen,' zei hij. 'Jullie zijn zoals de hoeren, we mogen alleen nog hierbeneden komen.'

'Laat me met rust!' schreeuwde ze.

Ze rukte zich los en zocht naar iets wat ze kon zeggen, iets wat die vreemde gelaatsuitdrukking van hem kon veranderen, en die hatelijke stem, want het maakte haar bang en het was iets nieuws, een andere kant van hem die ze nog nooit had gezien, net zoals zijn foto's, die niet waren wat ze leken.

'Je bent zelf weggegaan,' zei ze hulpeloos.

Met rode wangen liep ze naar de deur, en zonder zich ook

maar één keer om te draaien, ging ze de deur uit, waarna ze in haar auto stapte en naar huis reed. Geen opluchting meer, maar een nieuwe bezorgdheid. Een glimp van een andere Carl, een duistere kant die ze nog nooit had gezien en waar ze niets van wilde weten.

Annebeth schuifelde aarzelend zijn kantoor binnen. Ze hield een samengevouwen blad papier in haar hand.

'Ze hebben gebeld van forensische pathologie,' zei ze. 'De IJslander, je weet wel, Snorrason. De jongen op de kade heet Hafskiold. Victor Hafskiold. Hij woont in De Schemering, de jeugdinstelling in Koppervik. Maar hij had wel dat identiteitsplaatje op zak. Wat denk jij daarvan?'

'Dat hij het ergens gevonden heeft,' zei Sejer. 'Het slotje was stuk.'

'En de echte Markus Holden dan?'

'Die komt zo meteen hiernaartoe.'

'O,' riep ze uit. Ze rechtte haar rug en vulde het uniformhemd met haar brede schouders.

'Hij stelt zich vrijwillig beschikbaar, zou je kunnen zeggen.'

Ze hield nog steeds het samengevouwen blad in haar handen. Ze had geen fijne meisjeshanden, bedacht Sejer, maar grote handen, net als Charlotte Malling.

'Ben je op stap met je boodschappenlijstje, Annebeth?' vroeg hij vriendelijk en hij knikte naar het papier.

Ze lachte en schoof het blad papier over de tafel naar hem toe, waarna hij de aantekeningen las die ze had gemaakt:

'Victor Hafskiold, geb. 2004. Woonplaats De Schemering, jeugdinstelling in Koppervik. Naaste familie is moeder Nanna Hafskiold, woont in Spanje, en zijn moeders zuster, Nelly Hafskiold, woont in Fjellberg. Ook de Tempelheuvel genoemd.'

Hij las het en knikte.

'Zestien jaar,' zei hij.

'Net als Gritt,' zei ze. 'Wat doen we nu?'

'Strikt genomen is er wel een verband tussen de beide zaken,' zei Sejer. 'Maar de vraag is of het verband iets waard is. Het kan ook stom toeval zijn.'

Hij leunde achterover in zijn stoel met hoge rugleuning.

'Hafskiolds identiteitsplaatje hoort toe aan Markus Holden. Markus Holden werkt in Gritts stamcafé, de slachtoffers zijn even oud en komen uit dezelfde stad.'

'Zo veel tieners worden er bij ons niet vermoord,' bracht Annebeth in. 'Al zeker niet zo kort na elkaar.'

'Klopt. Excuseer me dat ik me zo uitdruk, Annebeth, maar Gritt was nog mooi intact toen ze werd gevonden, Victor was verrot geslagen.'

'Inderdaad,' zei ze opgewonden.

Ze boog zich over de tafel heen en leunde op zijn bureauonderlegger. Haar hand omvatte het hele Amerikaanse continent.

'Gritt werd gewoon uit de weg geruimd,' zei ze. 'Bij Victor was het persoonlijker. Een afrekening.'

'Klopt,' zei Sejer.

Hij keek naar haar jonge ogen en haar ronde, rode wangen.

Heel even moest ze haar blik neerslaan, want de inspecteur had een onderzoekende blik en kon probleemloos door haar verdedigingswerken heen dringen, waarvan ze er heel wat had.

Ze liep terug naar de deur.

'De Schemering is toch een plek voor criminelen onder de achttien,' zei ze. 'Misschien werd hij door een van de zijnen geveld.'

'Inderdaad, misschien werd hij door een van de zijnen geveld,' zei Sejer.

'Volgens mij is zijn moeder in Spanje nog niet op de hoogte, ze is moeilijk te bereiken,' voegde ze er nog aan toe. 'Het is vast een lang verhaal met drugs, dus waarschijnlijk leeft ze nu in gelukkige onwetendheid over wat er is gebeurd.'

'Onwetend, ja, maar misschien niet zo gelukkig,' zei Konrad Sejer.

Hij voelde geen tevredenheid, geen angst of schaamte. Nagenoeg alles was nog hetzelfde, vond hij, de stad en de mensen, de geluiden en de geuren, zijn eigen lichaam, zijn eigen spiegelbeeld, en het stemmetje in zijn binnenste dat zich doorgaans alles aantrok. De signalen die hij kreeg gedurende zijn tocht door de vierentwintig uur van de dag, waren dezelfde als altijd. Zijn collega's liepen niet te fluisteren. Hij zag ze niet onder elkaar mompelen en zich verstoppen zodra hij eraan kwam, iedereen was gewoon bezig met zijn eigen ding.

Niemand had hem gezien op zijn weg naar het onafwendbare, niemand tikte hem op de schouder en vroeg hem hoe het zat, niemand belde hem om te vragen of hij zin had om samen iets te doen, naar de film te gaan of uit eten te gaan. Niemand verried hem, niemand maakte zich zorgen, niemand stak zijn hand op en vroeg: 'Waar ben je in hemelsnaam mee bezig?'

Hoe was het mogelijk dat niemand de verandering in zijn chemie opmerkte? Hoe was dat mogelijk, met die scherpe zintuigen waarover de mens beschikte om veranderingen waar te nemen? Maar later, als hij opgepakt was, en het gerucht rondging over wie hij was, dan hadden ze het allemaal gezien.

'Ik had meteen door dat er iets mis was met hem. Een vreselijk kille kerel.'

Zo van die dingen zouden ze zeggen, overtuigd van hun eigen observatievermogen. Toch slopen een paar gedachten zijn hoofd binnen terwijl hij in zijn crypte lag. Was er camerabewaking op de kades? Waren er duidelijke foto's van hem van toen hij de slagboom passeerde, en van later, toen hij terugkwam na het misdrijf? Er kon bijvoorbeeld een camera op het dak staan van de oude havenschuur, maar hij herinnerde zich niet dat hij er een had gezien. Welke sporen had hij achtergelaten? Vast en zeker DNA. Binnenkort kon je zelfs niet meer ademhalen zonder je persoonlijke code achter te laten, die zat in de lucht die je uitademde, in je zweet en in je tranen.

Hij ging zoals gewoonlijk naar zijn werk en troostte zich met de volgende overtuiging: zonde en schuld vallen niet van je gezicht af te lezen, zelfs niet van je ogen, die als het ware de spiegel van je ziel waren. Zijn bril met de rookkleurige glazen had eindelijk zijn belangrijke functie gekregen. Hij liep rond in een donkere kamer en niemand nam de moeite om het licht aan te doen. Op het journaal hadden ze de naam van de jongen bekendgemaakt, hij was zestien jaar en heette Victor Hafskiold, en hij woonde in een gesloten jeugdinstelling. Op die manier werd ook bevestigd dat die etterbak een rotkarakter had.

Als hij door de straten liep, keek hij iedereen een voor een aan en dacht: jij hebt vast nog nooit iemand vermoord. Maar je hebt er wel al van gedroomd en gefantaseerd over het ergste leed dat je je vijanden zou willen aandoen. Maar wat heeft mij dan over de schreef doen gaan? Is er iets mis met mij, is hier enige verklaring voor? Af en toe hoorde hij een zwak getik in zijn oren. Het was de tijd die aftelde tot het onafwendbare, want de gebeurtenissen waren onafwendbaar en de gevolgen waren onafwendbaar, er bleef niet veel meer over wat hij zelf nog in de hand had. Hij was een podium op geduwd, en hoewel hij groot van stuk was, was zijn rol onbeduidend. Hij bestudeerde de mensen en de omgeving. Misschien waren er politiespionnen in burger bij. Misschien waren ze hem aan het omsingelen en restte hem nog slechts een paar minuten in vrijheid. Al was vrijheid een relatief begrip, hij zat immers gevangen in zichzelf. Hij hield alles voor zichzelf, in een tijd waarin jonge mensen alles vertelden en vleiende foto's van zichzelf op Instagram plaatsten.

Hij had nooit met iemand gepraat, had nooit iemand ontmoet die wilde luisteren. Wat er gebeurd was, hing hem ook niet als een molensteen om zijn nek, daarom zou een bekentenis voor hem geen enkele opluchting betekenen. Dat is gewoon iets wat de mensen zeggen, dacht hij, iets wat de politie gebruikt als argument. En mijn zonden voegen niets toe aan de last die ik al draag. Die vrijheid die ze me straks zullen ontnemen, nadat ze technisch en tactisch onderzoek hebben gedaan, is die dan zo veel waard, als ik me nergens beter voel dan in mijn eigen cel?

Alleen, in het donker, in de crypte?

Toch voelde hij een soort spanning, die sommigen stress zouden noemen, maar zijn hart klopte niet sneller dan anders, nee, echt niet. Hij bespeurde daarentegen wel een grotere waakzaamheid voor bepaalde dingen. De natuur was een levend wezen geworden. De stralen van de zon verwarmden hem, alsof ze hem wilden voorbereiden op de bekentenis. De regen sijpelde zachtjes naar beneden, een zwak, opmonterend suizen, met troost in elke druppel. Zijn hersenen waren niet meer in staat de onbelangrijke zaken te censureren, alles werd doorgelaten, elk verwaarloosbaar detail, en hij liep in de storm van signalen, van de natuur, de mensen en de dieren, terwijl hij alle gezichten aankeek die hem tegemoet kwamen.

Hoe denken ze? Hoe gaan ze te werk? Welke richting gaat het onderzoek van de politie uit?

Als ik word opgepakt, ben ik uiteraard onschuldig. Welk gezicht moet ik dan opzetten als ze met hun argwaan komen aanzetten? Ik ben verrast, natuurlijk, haast vol ongeloof alleen al bij de gedachte aan zoiets vreselijks. Daarom zet ik grote ogen op, meteen gevolgd door een hartelijke, minzame lach.

Ik kan er maar beter wat op oefenen en er voortdurend verrast uitzien, rondlopen met grote ogen en opgetrokken wenkbrauwen, ik ben hun voor. Mijn mond valt open van verbijstering bij de gedachte dat iemand mij, klein en onschuldig als een lam, verdenkt van zo'n wreed vergrijp. Nou ja, klein, ik bedoel gewoon dat mijn betekenis op aarde onbeduidend is. Hoewel, nu is ze groter dan ooit.

Edith riep hem een paar keer toen hij naar de bus liep.

Hij had zich een langzame, onverschillige houding aangemeten en draalde zo lang mogelijk met antwoorden, want hij was zuiver, onschuldig en zelfverzekerd, en lang niet zo angstig als de Rus toen die de bijl op het hoofd van de pandjesweduwe had laten neervallen.

Ze wilde weten wat hij dacht over de gebeurtenissen, of hij misschien geruchten had opgevangen. Of hij weet had van bepaalde bendes in de stad en waar ze mee bezig waren.

'Hier bij ons zijn geen bendes,' antwoordde hij laatdunkend. 'We wonen niet in Amerika, Edith.'

'Dan is het vast zo'n *lone wolf*,' zei ze. 'Iemand die alleen is. Het is niet goed om alleen te zijn. Ik heb gehoord dat ze veranderingen in de hersenen kunnen aantonen bij mensen die eenzaam zijn, die geen impulsen van anderen krijgen.'

'Daar heb ik nog nooit van gehoord,' zei hij bits. 'Maar ze

kunnen wel veranderingen in de hersenen aantonen bij heel oude mensen.'

Het duurde even voor ze reageerde. Ze klemde haar lippen stijf op elkaar en trok het raam met een knal dicht, maar deed het toen weer open. 'En drugs!' riep ze. 'Dat zien ze ook in de hersenen. Ik heb gehoord dat ze van kleur veranderen.'

Hij draaide zich om en liep een paar stappen terug, ging onder haar raam staan. Wilde iets grofs zeggen, maar hield zich op het laatste ogenblik in, want misschien haalde ze het nog in haar hoofd om hem uit zijn kamer te zetten.

'Er staat hier veel onkruid, Edith,' zei hij. 'En met de winter in aantocht komt er vast niet veel meer bij. Zal ik de bloembedden eens voor je omspitten?'

'De bloembedden?' zei ze. 'O ja, dat mag je doen.'

Ze stak haar hoofd helemaal uit het raam en keek naar het bloembed eronder. Naar de rozen die niet gesnoeid waren, vaste planten die hadden moeten bloeien, maar nooit water of mest kregen.

'Er staat een spade achter het huis,' zei ze. 'Een kruiwagen heb ik niet.'

Hij knikte.

'Ik ga morgen al aan de slag.'

Hij stak zijn hand op, draaide zich om en liep weer de weg op. Hij bedacht dat Edith nooit getrouwd was geweest. Dat ze geen broers of zussen had en ook geen kinderen. Dat hij daar nu pas aan dacht. Een langdurige, dagelijkse opoffering, met alle mogelijke vormen van zorg en hulp bij praktische dingen kon er misschien toe leiden dat ze hem aanwees als erfgenaam voor dat gigantische huis. Hij stapte in de bus en nam plaats op een stoel nadat hij eerst een snelle blik op de reizigers had geworpen, met een onschuldige glimlach om zijn mond, omdat hij zo iemand was die zorgeloos door het leven ging. Zouden ze iemand als mij verdenken? Nee, vast niet, dacht hij, ze kijken naar mij en denken: bij die kerel valt niets te halen.

Hij maakte zich zo smal als hij maar kon, maar nam toch twee plaatsen in. Hij wilde dolgraag dat de mensen zijn persoonlijkheid zagen. Dat zijn eigenschappen op de eerste plaats kwamen, zijn blik, zijn intellect, zijn levenservaring. Maar zijn lichaam kwam altijd op de eerste plaats, en zodra ze dat zagen, gingen ze ervan uit dat ze niets interessants meer zouden vinden, behalve gulzigheid. Dat hij belezen was en verstandige dingen kon zeggen over Houellebecq, Mailer en Salinger, kwam niet bij hen op.

Een bitterzoete gedachte dook op in zijn hoofd. Hoe zou de pen van een auteur zijn verhaal schetsen? Het zou mooi en aangrijpend zijn, dacht hij, want in woorden schuilde veel macht. De auteur kon een werkelijkheid creëren en zelfs de meest verachtelijke mens voorstellen als een edelmoedig karakter, op zijn manier. Maar hij kende geen auteurs, en niemand zou ooit zijn droevige verhaal willen neerschrijven, behalve gretige journalisten.

En die waren alleen uit op zonderlingen.

Hij legde zijn wang tegen het raam. Voelde het koele glas en de trilling die zich verspreidde door zijn hoofd en zijn hersenen. Zijn hele lichaam dreunde, zijn kiezen en zijn kaak.

Ik tril, dus ik ben, dacht hij. Hij herinnerde zich iets wat zijn vader hem had gezegd toen hij nog klein was. Dat hij hoopte dat hij een hele grote zou worden, maar niet op die manier, jongeman, zeg nu zelf, kun je je niet beheersen? Toen dacht hij aan wat hij had gedaan. Hij dacht er meerdere keren per dag aan. Er was niets gruwelijks aan de herinneringen op zich, maar het bevestigde natuurlijk wel dat hij niet was zoals alle anderen. De gedachte was aanlokkelijk, dat alles aan het licht zou komen, dat zijn vader, die hem had verlaten toen hij acht was, zijn wandaden voor de kiezen zou krijgen. Maar hoe kon hij volhouden dat zijn gedrag gerechtvaardigd was? Zou de noodzaak van hem afglijden, zou die het laten afweten als hij in de rechtbank stond, en een beschaamde, berouwvolle zondaar achterlaten? Nee, die rol zou hij verdomme niet spelen! Maar, dacht hij toen, eerst moeten ze me nog vinden. Hoe opmonterend, hoe ongelooflijk fantastisch zou het niet zijn als hij vrijuit ging. Roddelen met mensen op het werk over wat er was gebeurd. Luisteren naar al die gekke theorieën, een opmerking maken, iets geloofwaardigs, en horen hoe ze erom lachen, zien hoe ze hun hoofd schudden en nog eens naar hem kijken, met een nieuwe glans.

Toen Markus Holden in de deuropening verscheen, veerde Sejer ogenblikkelijk op en toonde zich welwillend en respectvol omdat de jongen de moeite had genomen om te komen. De blik van de inspecteur was open en positief, zijn handdruk hartelijk.

'Mooi dat je de tijd hebt genomen. Ga zitten.'

Ook Markus Holden was een en al welwillendheid. Hij gedroeg zich als een jongeman die zijn zaakjes op orde had en blij was dat hij zijn steentje aan het onderzoek kon bijdragen.

Niet dat ze uit twee compleet verschillende werelden kwamen, maar de afstand tussen beide mannen was groot. Een hoogopgeleide en ervaren politieman in een leidinggevende functie, en een twintigjarige die voor de kost hamburgers bakte. Sejer kon die afstand als geen ander overbruggen. Hij ging weer zitten en bladerde in stilte door zijn papieren.

Markus Holden wachtte. Hij zat op zijn stoel met zijn handen op de armleuningen, maakte een zelfbewuste indruk en leek best nieuwsgierig naar het verdere verloop van deze situatie, waarin hij hoogstwaarschijnlijk nooit eerder had verkeerd.

'Je werkt in de Kebnekaise Bar?'

'In de Kaisa,' corrigeerde hij, 'we zeggen gewoon Kaisa.'

'Dan weet je dat ik met de anderen heb gepraat? Met je baas en met Farahmand, Balke en Lena Lothe?'

'Heb ik gehoord, ja.'

Hij had een zachte stem met een mooie melodie. Sejer maakte wat aantekeningen in zijn papieren, deed alsof hij afwezig was en alsof Holden hem alleen als onderdeel van een vermoeiende routine interesseerde.

'Gaat het over dat meisje?' vroeg Markus Holden om de stilte te doorbreken. 'Dat ze in het Svartlandbos hebben gevonden?'

Sejer keek op, alsof hij uit zijn gedachten werd gerukt, maar zei nog steeds niets.

'Ik kende haar niet, maar ze kwam wel vaak naar de bar,' ging Holden verder, 'en ze was altijd omringd door een zwerm jongens. Ze deed uren over één Pepsi Max. Aan zo iemand verdien je niet veel.'

Toen Sejer hem vragend aankeek, vertelde hij verder.

'Calorieën,' zei hij, 'ze tellen de calorieën.'

Sejer boog zich opnieuw over zijn papieren en maakte een nieuwe aantekening.

'Iedereen was weg van haar,' zei Holden. 'Ik zie het altijd snel als jongens op een meisje staan te geilen. Net een bende kleine kinderen.'

'Inderdaad,' zei Sejer en hij glimlachte. 'Dat ken ik.'

'Niet dat ik hen urenlang stond te observeren,' zei Holden, 'ik ben daar immers om te werken. Ik bak hamburgers,' voegde hij eraan toe, met een geheimzinnige glimlach, alsof zijn beroepskeuze niet meer dan een dekmantel was voor andere, belangrijker dingen.

'Ze vond hen vast kinderachtig,' zei hij, 'maar toch wilde ze hun aandacht, wellicht haalde ze er energie uit. Voeding. Betekenis.'

Sejer maakte verschillende aantekeningen. Glimlachte een paar keer kort, maar liet nog steeds voorkomen dat hij het druk had, deed alsof hij slechts met één oor luisterde omdat hij die dag nog belangrijker zaken te doen had. Hij keek op de klok, liet zijn blik naar Markus Holden glijden en onderstreepte iets met zijn pen.

'Je hebt hier duidelijk goed over nagedacht.'

'Ik hou ervan om mensen te observeren,' zei Holden vrolijk.

‘Kijk eens aan.’ De inspecteur knikte. ‘Maar ik heb je niet hierheen laten komen om het over Gritt te hebben.’

‘O nee?’ vroeg Holden verward.

Sejer trok de la van zijn bureau open, grabbelde er met zijn hand in en diepte een glanzend voorwerp op dat hij op tafel legde. Het blonk in het licht van de lamp. Holden was zo verrast dat zijn wenkbrauwen omhoogschoten. Hij griste het blinkende plaatje van het bureau en hield het voor zijn ogen.

‘Jeetje!’ flapte hij eruit.

Hij zette grote ogen op.

‘Heb je over de dode jongen op de kade gehoord?’ vroeg Sejer. ‘Die door een havenarbeider werd gevonden? Wat je daar in je hand houdt, werd gevonden in het borstzakje van de overledene. Enig idee waarom Victor Hafskiold dit plaatje op zak had?’

‘Victor Hafskiold?’

Markus Holden was de kluts kwijt. Hij las zijn eigen naam en zijn eigen bloedgroep, A resus-negatief, en zijn volledige persoonsnummer.

‘Jeetje!’ zei hij nog een keer. ‘Hier ben ik al lang naar op zoek!’

‘Hoelang precies?’ vroeg Sejer.

Holden nam het plaatje in zijn hand en liet het glanzen in het licht.

‘Misschien al een jaar. Ik heb het ergens in de stad verloren. Dat komt door het slotje,’ legde hij uit, ‘het is kapot, zoals je zelf kunt zien.’

Sejer reageerde er niet op, maar keek Markus Holden onderzoekend aan, de sfeer sloeg om, de ernst sijpelde het kantoor binnen.

'Waarom heb je zo'n zilveren identiteitsplaatje gekocht? Met bloedgroep en al?'

Holden was eerst in de war en daarna verrast door de vraag, die hij niet had verwacht, en hij lachte zuinig, om zichzelf en de situatie, en om de bekentenis die hij moest doen.

'Sieraden zijn eigenlijk niets voor mannen,' zei hij, 'maar ik vond zo'n plaatje wel iets stoers hebben. Tenminste, dat vond ik een jaar geleden.'

'Maar nu denk je er anders over?'

'Kun je wel zeggen,' zei hij schoorvoetend.

'Heb je je dienstplicht vervuld, Markus?'

'Nee,' antwoordde hij, nog steeds verrast door de vraag. 'Beetje pijnlijk om toe te geven natuurlijk, maar ik werd vrijgesteld. Dit plaatje was wellicht een idiote manier om te verdringen dat ik niet geschikt was voor de militaire dienst. Achteraf bekeken vind ik het echt idioot, ik heb het niet gemist, zeg maar. Maar blijkbaar heeft die stumper het ergens gevonden en het bewaard.'

'Een heel jaar lang?'

Holden boog zich over de tafel heen.

'Misschien had hij het nog maar pas gevonden. Ik hoef het in elk geval niet terug,' zei hij snel.

'Je krijgt het ook niet terug,' zei Sejer. 'Het maakt deel uit van ons bewijsmateriaal.'

Holden knikte begripvol. Leunde voortdurend voorover,

misschien om te laten zien dat hij niet bang was, of dat hij de zaak onder controle had.

'Kende je Victor Hafskiold?'

'Nooit van gehoord.'

Sejer strekte zijn arm uit, pakte het plaatje uit Holdens hand en draaide het rond.

'Weet je wat?' zei hij opeens terwijl hij Holden aankeek. 'Ik vind het vreemd dat je het niet terug wilt.'

'Maar je zei toch net zelf dat ik het niet terugkreeg?'

Zijn ogen waren kogelrond van verbazing.

'Klopt,' zei Sejer. 'Maar nog voor ik dat kon zeggen, gaf je al te kennen dat je het niet terug wilde. Roept het plaatje misschien een onaangenaam gevoel bij je op?'

'Een onaangenaam gevoel? Dat heb ik toch net uitgelegd. Je zegt dat jullie het in het borstzakje van een dode jongen gevonden hebben. Ik voel er weinig voor om het weer om mijn hals te hangen, misschien heeft er wel bloed aan gezeten en zo.'

'Bloed?'

Holden begon zich stilaan te ergeren.

'Hij werd vermoord, daar kwam wellicht bloed aan te pas?'

Sejer deed alsof hij nadacht. Kin in de hand, smalle ogen, als was hij een trage man met heel trage gedachten.

'Ze zeiden er iets over in het nieuws,' schoot het Holden te binnen. 'Dat de moord bijzonder wreed was.'

'Dus je luistert naar het nieuws?'

'Ik lees het op mijn telefoon,' legde hij uit.

'Hij kan toch ook verdronken zijn?'

'Verdronken?' vroeg Holden uit het lood geslagen. 'Is hij in zee gevonden?'

Sejer gaf geen antwoord, hij was opeens elders, maar aangezien Holden niet begreep waar wachtte hij tot het gesprek met een nieuwe vraag werd voortgezet.

'Mooi dat je meewerkt, Markus. Er zijn weer een paar nieuwe stukjes aan de puzzel toegevoegd, om zo te zeggen. We moesten even klaarheid scheppen in het hele verhaal van het identiteitsplaatje. Schiet jou anders nog iets te binnen? Iets wat je in de bar hebt gezien? Is Hafskiold daar ooit geweest, kun je je dat herinneren? Heb je Hafskiold en Gritt ooit samen gezien?'

'Ik denk het niet, nee. Het zijn altijd dezelfde gezichten die komen en gaan, ik ken ze bijna allemaal.'

'Kun je ze eens voor mij beschrijven?'

'De vaste klanten? Jazeker, geen probleem. Even kijken,' zei hij en hij pijnigde zijn hersenen, met een elleboog op tafel en een elegante vinger onder zijn kin.

'Ten eerste heb je de twee Somaliërs, heel jong nog, hooguit vijftien. Dan is er een kerel met getatoeëerde armen, die ze Wiggen noemen. Een beetje ouder dan de rest. Dan heb je vaak twee Koerden, of Turken, dat weet ik niet zeker. Dan natuurlijk het meisje over wie we het hadden, en soms ook een ander meisje, groot en donker. En dan uiteraard nog Hamza die komt tekenen.'

De woordenstroom viel stil. Holden glimlachte, na zijn korte en vlotte uiteenzetting. Sejers gedachten schoten alle kanten op, hij moest zijn pokergezicht opzetten, subtiel te werk gaan, doen alsof zijn neus bloedde. Dus toverde hij zijn correcte glimlach tevoorschijn, alsof zijn antwoord niet meer dan een onbeduidende kanttekening was.

'Komt hij daar tekenen?'

'Yep.'

'Is hij er goed in?'

'Verdomd goed. Hij heeft altijd zo'n bruine leren map met tekenpapier bij zich, het ziet er erg professioneel uit.'

'Wat tekent hij zoal?'

'De mensen die rond de tafel zitten. Portretten. Maar Gritt heeft hij nooit mogen tekenen. Ze dreigde er altijd mee de bar te verlaten als hij zijn potlood tevoorschijn haalde.'

'Hm,' deed Sejer, alsof hij diep nadacht. 'Vreemd dat ze niet wilde dat iemand haar tekende. Was ze dan niet gevleid?'

Holden trok zijn schouders op.

'Ze kreeg graag aandacht en liep voortdurend te pronken, maar ze wilde niets prijsgeven.'

'Hoe heette hij ook alweer?'

'Hamza. Erg jonge kerel. Stil, en zeer geheimzinnig. Ze noemen hem trouwens Ellemann, nu schiet het me te binnen. Ellemann Hamza.'

'Hamza?'

'Hamza met een z.'

Sejer hield zijn opwinding zorgvuldig verborgen.

'Kun je hem beschrijven?'

'Klein mager ventje,' antwoordde Holden. 'Ongekamd rossig haar.'

'Heeft hij jou ooit getekend?'

'Mij?'

Holden schrok zichtbaar bij de gedachte, die duidelijk nog nooit bij hem opgekomen was.

'Hou je me voor de gek?'

'Tekende hij Trond, Lena of Farahmand wel eens?'

'Niet dat ik weet.'

'Geweldig,' zei Sejer, die weer een en al vriendelijkheid was. 'Mijn nederige dank voor alle informatie.'

Holden liet zijn oog even op het identiteitsplaatje vallen, maar keek toen snel de andere kant op.

'Graag gedaan,' antwoordde hij. 'Dan zijn we klaar, vermoed ik?'

'Je bent hier geheel vrijwillig,' gaf Sejer aan. 'Je mag gaan wanneer je wilt.'

Holden leek van zijn à propos gebracht door de opmerking. Hij schoof zijn stoel naar achteren en stond op, wilde het gesprek op een beleefde manier afronden.

'Bel gerust als je me nog nodig hebt.'

'O,' zei Sejer, 'ik zal je zeker nog nodig hebben. Dit is nog maar het begin.'

Holden raakte nu nog meer van zijn stuk. Hij liep naar de deur, deed die open en verdween in de gang.

Was het puur toeval, en dus waardeloos voor deze zaak en de recente gebeurtenissen? Er waren vreemdere toevalligheden denkbaar dan wat hij net ontdekt had, een gepersonaliseerd sieraad van de een in de zak van de ander. Toch moest hij het onderzoeken. Hij zocht het nummer op van drie juweliers in het centrum en begon bovenaan bij Bjørklund. Of ze van die zilveren identiteitsplaatjes verkochten? Met naam en nummer erop?

De eigenaar antwoordde 'nee, die hebben we nooit verkocht. Ze waren lang geleden in de mode, ergens in de jaren tachtig of zo.'

'Maar jullie graveren wel?'

'Dat klopt. Maar dat doen we niet hier bij ons in de winkel, we sturen ze door. Meestal zijn het verlovingsringen, natuurlijk, maar soms ook doopgeschenken of trofeeën.'

Sejer bedankte de eigenaar en toetste het nummer van Thune in.

'Vooral jonge kerels vinden die plaatjes cool,' zei de verkoper, 'maar het komt in elk geval niet van bij ons.'

'Dat weet je helemaal zeker?'

'Absoluut. We maken niet zulke plaatjes.'

Daarna belde de inspecteur naar Gullfunn, de grootste juwelierswinkel van de stad, waar hij de eigenares zelf aan de lijn kreeg. Sejer beschreef het sieraad in detail zonder Holdens naam te noemen.

'Hij heeft het vast online gekocht,' zei ze. 'Met gepersonaliseerde gravering en al.'

Natuurlijk!

'Ik shop nooit online,' zei hij verontschuldigend. 'Daarom heb ik daar niet aan gedacht.'

'Zoek op "graveren",' stelde ze voor. 'Dan krijg je een hele lijst.'

Sejer bedankte haar en hing op. Haalde zijn aantekenboekje uit zijn binnenzak, krabbelde haastig een paar woorden neer.

'Hamza. Kan verdomd goed tekenen.'

Elke dag maakte Jan Zeeland dezelfde wandeling, vaak vóór zeven uur 's morgens, donker of licht, weer of geen weer. Hij was goed bekend in het gebied dat Svartlandbos werd genoemd, en hij startte bij het paadje naast de kleuterschool. Daar stopte hij altijd eventjes om over het hek te kijken en die kleine wereld van kinderlijke onschuld te bewonderen. Het voelde niet meer helemaal echt aan, de wip, het klimrek en de zandbak, het lage gele huisje met hartjes en sterretjes op de ramen, het zag er allemaal uit als een decorstuk, uitgesneden uit fineerhout en in bonte kleuren geschilderd. Ach, dacht hij bij zichzelf, laat ze zolang maar in de waan leven dat alles buiten het hek even goed is als erbinnen. Hij betrad het pad en liep met rustige tred, met gebogen hoofd en zijn armen naast zijn lichaam. Het bos was wél echt, het rook naar dennennaalden en heidestruiken. Na vijftien minuten had hij de plaats delict bereikt. Hij bleef staan, keek naar de kuil en liep de paar passen door de heidestruiken. Hoewel hij een overtuigd realist was, zei er toch een stemmetje diep vanbinnen dat hij alles ongedaan kon maken, zowel de gebeurtenissen als het lot van zijn dochter. Toen hij precies op de plek stond waar het was gebeurd, sloot hij zijn ogen, en voor zijn geestesoog verscheen zijn dochter zoals hij wilde dat ze er had uitgezien toen ze haar vonden. Mooi, onaangeroerd. Ze lag gewoon in de heidestruiken te slapen, zoals

Doornroosje. En om haar heen klonk het getjilp van vogels en het geritsel van insecten in het bos, en zachte zonnestralen vonden hun weg naar beneden en deden haar wangen gloeien. Hij klampte zich vast aan dat beeld, concentreerde zich en hoopte dat het voorgoed op zijn netvlies gebrand zou zijn. Nadat hij een paar minuten met dat troostende beeld in zijn hoofd was blijven staan, draaide hij zich om en liep verder naar de parkeerplaats, waar zijn dochter en de moordenaar misschien ook waren geweest. Als ze met de auto waren gekomen. Hij ging midden op de parkeerplaats staan en liet zijn blik glijden over het bos en de wandelpaden, de paal met houten pijlen die de richting en de afstand aangaven. Hij sjokte wat in het rond en trapte hard op het grind, als een koppig kind, terwijl zijn ogen elke meter, elke bult en elke put in het terrein afzochten, want misschien hadden ze iets achtergelaten, iets wat de moordenaar uit zijn zak had laten vallen, iets wat de politie niet had gezien, dat rechtstreeks naar de schuldige leidde, een detail waarmee de zaak in een oogwenk zou zijn opgelost. Maar het enige wat hij vond, waren chocoladewikkels en afval. Vol afgrijzen bedacht hij dat over een paar maanden de sneeuw uit de lucht zou vallen en dat die alles zou bedekken, de parkeerplaats, het pad en de kuil, en dat Gritt nog steeds dood zou zijn. Ze zou dood zijn tot hij zelf dood zou zijn, en ook lang daarna nog zou ze dood zijn, een eeuwigheid lang zouden ze allebei dood zijn, en die gedachte deed hem naar dat moment verlangen, een merkwaardig gevoel, want dat was iets nieuws, dat hij de dood überhaupt nodig kon hebben.

Vanaf de parkeerplaats liep hij verder naar de kerk van Svartland. Deed het smeedijzeren poortje open, hoorde de scharnieren krijsen, goed, dacht hij, dan hoort Gritt me. Papa komt, dacht ze, en ze werd blij op haar eigen manier, en hij koesterde dat beeld als een dierbaar kleinood. Als hij bij het graf stond, bedacht hij soms hoe mooi het allemaal was. Ze had gezelschap van andere doden, die stilzwijgende, geheime samenleving, en ze hoefde geen strijd meer te voeren met de moordenaar, voelde zijn handen niet meer om haar hals, voelde geen pijn of angst meer, het was voorbij. Maar voor mij begint het nu pas, dacht hij, ik ben nu degene die geen adem meer krijgt, die vecht, die gekweld wordt door de pijn. En ook voor degene die haar weggerukt had, begon het nu pas. Angst telkens als iemand achter hem liep op straat, telkens als zijn telefoon overging, telkens als hij een bekende ontmoette en zich tot het uiterste moest inspannen om te voorkomen dat zijn ogen zouden verraden welke misdaad hij begaan had.

O, wat verlangde hij ernaar om bij Gritt te zijn! En ook al wist hij dat er geen hiernamaals was, dat ze niet gelukkig naar hem toe zou rennen op een wit strand, toch wilde hij daarheen, wilde zich in dezelfde toestand bevinden als zij, wilde dood zijn.

Nadat hij een tijdje bij het graf van zijn dochter had gestaan, keerde hij weer huiswaarts om te werken. Maar werken lukte niet meer. De verbinding tussen zijn gedachten en zijn hand was verbroken, de moord was er als een wig tussen geslagen. Hij stond daar maar wat te staan, met zijn penseel in de hand, en kwam uiteindelijk tot het besef dat ook dat hem niets meer kon schelen, dat hij niet meer kon schilderen. Wat voor zin had het ook, iets roods op het doek kwakken en zich inbeelden dat het iets voorstelde, er zelfs geld mee verdienen en ervan leven. Toch liep hij naar zijn atelier, nam zijn penseel ter hand, ging in zijn fauteuil zitten, hield zijn handen voor zich en bekeek ze onderzoekend. Ze zaten onder de rode verfvlekken, vooral de rechterhand, die het penseel vasthield, het leek op bloed, alsof hij schuldig was, en dat was hij ook, want alles houdt met elkaar verband. Hij liet zijn handen zakken. Probeerde zich te ontspannen en hield ze opnieuw voor zich. Ze beefden en voelden koud aan. Hij zette het penseel in een pot white spirit, deed de deur van de kamer van zijn dochter open en keek naar binnen. Liep terug, ging in zijn fauteuil zitten, begroef zijn hoofd in zijn handen, stond op en keek naar binnen. Hij bleef almaar dezelfde bewegingen uitvoeren, kon niet stoppen, liep heen en weer, telkens opnieuw. Als ik duizend keer opsta en naar binnen kijk, of honderdduizend keer, dan zal ze ineens wel terug zijn, slapend in haar bed, dacht hij, want mijn standvastigheid, mijn ondraaglijke pijn en mijn bodemloze verdriet zijn sterk genoeg om haar terug te roepen, om de loop der dingen te veranderen. Ze ligt in haar kamer te slapen. Straks doet ze haar ogen open en kijkt me aan.

Lieve help, stop toch met zeuren, zegt ze, mag ik alsjeblieft in vrede rusten?

Frank at weer en was af en toe zelfs voor een korte wandeling te porren. Toch had Sejer het gevoel dat de hond uit plichtsgevoel tegenover zijn baasje handelde. Het was misschien wat vreemd om van een hond te zeggen dat hij plichtsgetrouw was, maar hij vond geen ander woord. Toen de inspecteur zag hoezeer Frank het hondenbed koesterde, berispte hij zichzelf in krachtige bewoordingen.

'Jarenlang heeft hij op die oude mat moeten liggen, terwijl ik met een donzen dekbed slaap.'

'Frank,' fluisterde hij toen hij op een dag met de hond op zijn schoot in zijn stoel zat.

'Is het genoeg geweest? Als het genoeg geweest is, kan ik daarmee leven.'

Hij had Hamza en diens adres gevonden. Had zijn komst telefonisch aangekondigd en was het korte stukje naar zijn huis gereden. Een vrouw deed de deur open, een klein hectisch wezen dat vooral haar zoon wilde beschermen en een haast afstandelijke indruk maakte.

'Ik zou heel graag weten wat je hier komt doen,' zei ze, 'met al die heisa van de voorbije weken. Die twee dode tieners en zo. Maar daar heeft het misschien niets mee te maken? Sorry dat ik dat vraag, maar ik heb nog nooit politie aan de deur gehad.'

'Is hij thuis?' vroeg Sejer.

'Hij is op zijn kamer. Hij weet dat je komt.'

Ze hield de deur voor hem open, en hij veegde zijn schoenen af op de mat. Sjokte de woonkamer in. Inspecteerde de grote ruimte, de meubels, de vloerkleden, de schilderijen aan de wanden, de groene planten, de schapenvacht op de bank, de deuren naar de andere kamers. Door de ramen zag hij de tuin met een paar rotanmeubelen. Dit huis werd bewoond door fatsoenlijke mensen die hun zaakjes op orde hadden. Toch hapte hij verwonderd naar adem toen iets op een witte wand zijn aandacht trok. Een rood schilderij. Ongeveer vijftig bij vijftig centimeter, abstract, met een heleboel rode en oranje stippen die leken op dikkopjes in een vuurzee. Hij liep naar het schilderij om het van dichtbij te bekijken. De lijst was zwart, de handtekening rechtsonder was groen.

'Zeeland,' zei hij terwijl hij Dagny Hamza aankeek.

'Wat zei je?'

'Dat schilderij is gemaakt door Jan Zeeland.'

'O?' zei ze ontzet. 'Zeeland?'

Ze zette grote ogen op.

'Dat is dezelfde naam,' zei ze stil. 'Het meisje dat ze gevonden hebben heet ook Zeeland, zou het familie zijn?'

'Dit schilderij is door de vader van Gritt gemaakt. Hoelang heb je het al?'

Ze begon te stotteren.

'Jarenlang al,' zei ze. 'Mijn man kwam er op een dag mee thuis. Ik heb er niet echt iets mee, maar ik vind de kleur wel mooi. Op die handtekening heb ik eigenlijk nooit gelet,' ging ze verder, 'ik heb er werkelijk nooit bij stilgestaan dat het schilderij daarvandaan kwam, ik heb er nooit bij stilgestaan!'

Ze streek door haar haar en legde een paar haren goed die waren afgedwaald.

Toen kon ze de angst die ze al de hele tijd had gevoeld, niet langer onderdrukken: 'Maar wat kom je hier nu eigenlijk doen?'

Hij herhaalde wat hij aan de telefoon had gezegd.

'Ik kom met je zoon praten.'

'Ja, maar waarom?'

'Hij kan goed tekenen?' vroeg hij glimlachend.

Dagny besloot de koe bij de horens te vatten.

'Dus het heeft met de tekening te maken? Ben je daarom gekomen?'

'Je wist er dus van?' vroeg hij.

'Ik heb de tekening op zijn kamer gevonden. Maar als je denkt dat...'

'Ik denk niets,' onderbrak hij haar resoluut. 'Maar als de tekening uit dit huis komt, heb ik in elk geval een goede reden om eens met hem te praten, vind je niet?'

Dagny trippelde heen en weer in witte ballerinaschoentjes. Het is zover, dacht ze, hij is gekomen.

'Ja,' zei ze hardop, 'mijn zoon kan goed tekenen.'

'Dat heb ik al laten vaststellen door een kunstexpert bij Blomqvist,' zei Sejer.

'Blomqvist? Ben je met die tekening bij hen geweest?' Haar mond viel open.

'Inderdaad, ik heb er met Fors gepraat.'

'En wat heeft hij gezegd?'

'Hij was onder de indruk.'

Ze wierp een blik op de kamer van haar zoon.

'Als hij dat hoort, krijgt hij misschien een beetje meer zelfvertrouwen,' zei ze. 'Want daar heeft hij niet veel van, hij doet maar alsof.'

Voorlopig bleef het gesprek luchtig. Het ging nog steeds alleen maar over zijn vaardigheden en andere ongevaarlijke dingen.

'Wist je dat hij ons zijn tekening heeft toegestuurd?' vroeg Sejer.

'Dat heeft hij me zelf verteld, ja. Dat zeg ik om te verduidelijken dat hij nergens voor op de vlucht is. Ik vind dat hij correct gehandeld heeft.'

'Maar waarom heeft hij de tekening anoniem verstuurd?'

Ze sloeg haar blik neer.

'Mijn zoon is een beetje speciaal,' zei ze stilletjes.

'Helemaal mee eens,' zei Sejer. 'Iemand die zo goed kan tekenen, is speciaal. Wil je hem misschien voor me halen?'

Ze kon het moment niet langer uitstellen. Ze liep naar de kamer van haar zoon en klopte voorzichtig op de deur. Even was er zacht gemompel te horen, waarna Dagny weer in de woonkamer verscheen met haar zoon achter zich aan. Ze trok een paar stoelen onder de eettafel vandaan.

'Zouden Ellef en ik een ritje met de auto mogen maken? Om wat met elkaar te praten?'

'Mag dat dan?' flapte ze eruit.

'Voor mij prima,' antwoordde haar zoon snel.

Zo snel dat hij bijna opgelucht leek dat zijn moeder niet zou kunnen meeluisteren.

Dagny wist niet wat ze ervan moest denken. Maar het was

al beslist. Toen de inspecteur en haar zoon de hal in liepen, trippelde ze hen achterna.

'We blijven niet lang weg,' beloofde Sejer.

De roodharige jongen had iets sprookjesachtigs, iets bleeks, elfachtigs en vrouwelijks. Hij had de fijne trekken van zijn moeder, maar zijn mond met dunne lippen stond strak gespannen, en hij hield niet van oogcontact. Maar hij had niet geweigerd om mee te komen, wat mogelijk betekende dat hij niets te verbergen had, bedacht Sejer. Pas na een paar minuten rijden begon hij het gesprek.

'Juridisch gezien word je als minderjarig beschouwd,' zei hij. 'Dat is frustrerend. Minderjarig. Het woord alleen al maakt je onmondig als individu. Je hebt zorg nodig, je moet beschermd worden en je mening doet er niet echt toe, want je hebt geen levenservaring. Ik heb het zelf ook meegemaakt, en ik vond het maar niks. Maar jij tekent als een volwassen kunstenaar. Vroeg of laat zullen ze zich erbij moeten neerleggen dat je geen kind meer bent.'

Ellef knikte gewoon.

'Heb je een kunstideaal?' vroeg Sejer.

'Ik denk het wel,' antwoordde Ellef. 'De klassieken.'

'Geen hedendaagse kunstenaars?'

'Bendik Sjur misschien, die is goed en heeft een eigen stijl.'

'Wie is volgens jou de grootste? Van de klassieken?'

'Ingres,' klonk het al snel.

Sejer sloeg een schelmse toon aan.

'Die goede oude Jean Auguste. Je mikt hoog?'

'Ken jij Ingres?' vroeg Ellef wantrouwig. 'Politieagenten hebben toch geen verstand van kunst?'

'Onderschat me maar niet,' antwoordde Sejer streng. 'Ingres was vooral bezig met lijnen, nietwaar? Je wordt geen goede schilder als je niet kunt tekenen. Geboren in 1780, als ik het me goed herinner. Gestorven in 1867. Bekend om zijn sprankelende portretten, onder meer van Napoleon.'

Er tekende zich een voorzichtige glimlach op het gezicht van de jongen af. Hij vond het allemaal wat vreemd, onwerkelijk. Die man die tegen hem praatte als tegen een volwassene.

'Had niet gedacht dat zoiets je zou interesseren,' zei hij.

'Ik heb een beetje valsgespeeld,' zei Sejer met een glimlach. 'Vraag me maar eens wat ik over Rafaël, Titiaan en Holbein weet.'

'Wat weet je over hen?'

'Geen hol.'

Ze lachten allebei. De diepe bas van de inspecteur en de hoge, jongensachtige lach van Ellef vulden de auto. De auto gleed langzaam naar een rotonde, waar Sejer naar rechts knipperde in de richting van Borgestad.

'Je hebt ons de tekening toegestuurd, en daarvoor verdien je respect. Maar toen we de tekening met de foto's van de plaats delict vergeleken, leverde dat een verrassend resultaat op.'

'O ja?' vroeg Ellef nieuwsgierig.

'Ze zijn bijna identiek.'

'God!' flapte hij eruit.

'Ja, dat dacht ik ook,' zei Sejer. 'God! Ze zijn bijna identiek, dacht ik. De hoek vanwaaruit je haar hebt getekend, is exact dezelfde als die vanwaaruit onze fotograaf zijn foto's heeft genomen.'

'God!' zei Ellef nog een keer.

'Maar eerlijk is eerlijk,' ging Sejer verder. 'Onze fotograaf heeft natuurlijk vanuit alle mogelijke hoeken foto's genomen. Toch vroegen we ons af of we misschien een kunstenaar bij de politie hadden. Iemand die in de bewaarruimte de foto had gevonden en die vervolgens had gekopieerd.'

'Een kunstenaar bij de politie?' snoof Ellef. 'Jullie zijn toch realisten. Jullie hebben geen oog voor kunst.'

'Nou, bedankt!'

Sejer liet de uitspraak voor wat die was.

'Voelde je je op de een of andere manier bekeken toen je in het bos zat te tekenen?'

'Ik zou het hoe dan ook niet gemerkt hebben,' zei Ellef. 'Als ik teken, ben ik helemaal van de wereld.'

Hij moest glimlachen om zijn eigen gewichtige formulering.

'Dus als iemand, wie dan ook, jou van achter een boom had geobserveerd, dan was je dat compleet ontgaan?'

'Waarschijnlijk wel. Maar ik was heel snel. Heb nog nooit zo snel getekend in mijn hele leven.'

'Omdat je dacht dat de dader nog kon terugkomen? Dat hij misschien nog in de buurt was?'

'Die gedachte is bij me opgekomen, ja, maar is weer verdwenen toen ik begon te tekenen. Iets neemt het van me over als ik de eerste lijn teken.'

'Wat is het dan, dat het van je overneemt?'

Ellef dacht na.

'Het onderwerp neemt het over,' zei hij. 'Het spreekt tot mij. Wetten en regels gelden niet meer, de tijd staat helemaal stil. Ik zie alleen nog het onderwerp, ik krijg een tunnelvisie. Mocht de moordenaar van Gritt achter een boom staan, dan zou hij zich buiten mijn gezichtsveld bevinden.'

Sejer knikte begripvol.

'De mensen denken dat we met onze hand tekenen,' zei Ellef, 'maar we tekenen met ons hele lichaam. Het gebeurt helemaal vanzelf, ik begin te wiegen alsof ik muziek hoor. Ik gebruik mijn schouders en mijn armen, alle spieren van mijn lichaam.'

'En als de tekening klaar is?'

'Dan tikt de klok weer verder. Dan maak ik me snel uit de voeten, om het zo maar te zeggen.'

'Wat bracht je uitgerekend naar het Svartlandbos?'

'Ik wandel overal.'

Sejer was bij een nieuwe splitsing gekomen, waar hij rechtsaf kon naar het centrum, of linksaf, weg uit de dichtbebouwde wijken. Hij koos voor links.

'Gritt wilde niet dat je haar tekende,' zei hij. 'Waarom niet, denk je?'

Het drong tot Ellef door dat de inspecteur met heel wat mensen gepraat had.

'Ik denk dat ze wel graag naar haar eigen spiegelbeeld keek,' zei hij, 'want dan had ze alles onder controle. Maar zoals je weet, veroorlooft een kunstenaar zich bepaalde vrijheden. Hij dringt door tot de essentie en ontmaskert het model. Wellicht wilde ze niet ontmaskerd worden.'

'Frustreerde het jou dat je haar niet mocht tekenen?'

'Ergens wel, ja.'

'En toen lag ze daar ineens, tussen de heidestruiken. Heb je lang geaarzeld voor je besloot om het lijk te tekenen?'

Ellef haalde zijn vingers door zijn rode haar, dat als een struik rechtop bleef staan. Was hij een vrolijke kerel geweest, dan had hij er als een trollenpoppetje uitgezien.

'Ik was op zoek naar een onderwerp, en toen vond ik er een. Ik heb misschien een seconde of tien geaarzeld.'

Ellef was enthousiast geworden. Hij vond de man naast zich fijn, vond het een fijn gesprek, en hij vond het fijn om auto te rijden.

'Dat is mijn manier om met de werkelijkheid om te gaan,' legde hij uit. 'Ik zie en ik teken. Als het onderwerp op papier staat, heb ik er de controle over. Dan bezit ik het.'

'Heerlijk!' riep Sejer enthousiast uit.

Heel even lachte Ellef. Sejer besefte niet hoe zeldzaam dat was.

'Een BMW,' zei hij. 'Niet slecht.'

'BMW is goed,' beaamde Sejer. 'Wat aan de zware kant wel. Ben je al aan het oefenen voor je rijbewijs?'

Ellef draaide zich weg en antwoordde met zijn gezicht naar de zijruit gericht.

'Mama durft niet. Papa heeft er geen zin in.'

'Wil je het proberen?'

Ellef keek de inspecteur met kogelronde ogen aan.

'Nu, bedoel je?'
'Nu, op dit moment, ja.'
'Met deze auto?'
'Bijvoorbeeld.'
Ellef keek naar zijn schoot.
'Zodat je me kunt uitlachen als de auto begint te schokken?'
'Luister,' zei Sejer. 'Deze auto heeft een automatische versnellingsbak. Je hoeft alleen maar gas te geven en te remmen. Met de auto rijden is gemakkelijk, dat kan zelfs het kleinste kind. Tekenen zoals jij tekent, dát is moeilijk.'
Hij ging rustig aan de kant van de weg staan, glimlachte bemoedigend naar Ellef en stapte uit. Even later zat de jongen in de bestuurdersstoel. Hij keek naar de pedalen en strekte een voet uit.
'Wat heb jij lange benen, zeg!'
'Links onder de stoel zit een hendeltje,' zei Sejer. 'Als je het omhoogtrekt, glijd je naar voren.'
Ellef deed wat de inspecteur zei. De stoel gleed vooruit en zette zich met een klik vast.
'En de spiegel,' zei Sejer, 'kun je naar achteren kijken?'
Hij hielp de spiegels afstellen zodat hij aan alle kanten een goed zicht had. Wees naar de veiligheidsgordel, die keurig werd vastgeklikt, en liet hem de automatische versnellingsbak zien. Legde uit dat de auto in parkeerstand stond, en dat er zelfs als hij gas gaf geen beweging in zou komen.
'Gebruik hetzelfde gevoel als wanneer je tekent,' zei hij.

'Luister naar de motor. Zet je richtingaanwijzer aan. Kijk of er niemand van achteren komt.'

Ellef zweette. Hij keek in de spiegel. Twee auto's zoefden met hoge snelheid voorbij. Toen vermande hij zich, duwde de hendel naar beneden en hoorde de richtingaanwijzer tikken. Zette de pook in de D-stand, gaf voorzichtig gas en voelde dat de auto begon te bewegen.

'Nu gaan we de weg op, je mag voorzichtig wat gas bijgeven,' zei Sejer. 'Je mag hier zestig rijden, doe maar rustig aan.'

Ellef reed met de auto. Voor de allereerste keer in zijn leven. Met een zware, donkerblauwe BMW. Zijn handen zaten zo stevig om het stuur geklemd dat ze wit zagen.

'Ontspan je maar,' zei Sejer. 'De auto doet niets wat je hem niet vraagt.'

Ellef glimlachte, en de auto gehoorzaamde. Alle paardenkrachten gehoorzaamden. De motor bromde, hij voelde de vibratie in zijn lichaam, voelde dat hij de baas was. Zodra hij het stuur een beetje bewoog, veranderde de auto van richting, het grote voertuig was opmerkelijk gevoelig. Maar hij slaagde er nog niet in om gelijkmatig te rijden, soms ging het wat sneller, dan weer wat trager. Toen een oude Volvo hen voorbijreed, schrok hij van de schaduw op zijn linkerhand.

'We naderen een kruispunt,' zei Sejer. 'Begin op tijd geleidelijk te remmen. Laat de auto in Drive staan, we moeten oversteken. Als er iemand van rechts komt, moet je wachten. Want die heeft voorrang,' voegde hij eraan toe.

Ellef moest aan zo veel dingen tegelijk denken dat hij bijna vergat te ademen. De auto gleed langzaam over het kruispunt, de inspecteur liet geen enkel teken van ongerustheid zien, ook al zat er een snotaap aan het stuur.

'Twee kilometer rechtdoor, dan komen we bij een rotonde en kunnen we terugkeren,' zei Sejer. 'Je remt geleidelijk af zoals daarnet, de auto's die al op de rotonde rijden hebben voorrang. Als je een gaatje ziet, voeg je langzaam in, rijdt helemaal rond en keert terug.'

Speels voegde hij eraan toe: 'En als je een tijdje gereden hebt, zul je merken dat je zelfs tegelijkertijd kunt praten en rijden.'

Eindelijk kon Ellef lachen. Om zichzelf en de situatie, het voelde bevrijdend. Hij deed er alles aan om vlot te rijden, niet schokkerig, maar op de rotonde draaide hij te veel aan het stuur en nam hij de bocht iets te kort. Sejer zat achterovergeleund in zijn stoel en was er volkomen gerust op.

Toen reden ze weer naar huis, met dezelfde stabiele snelheid, nooit harder dan zestig. Sejer kwam nog eens terug op het Svartlandbos en de ontdekking van het lijk.

'Heb je haar aangeraakt?' vroeg hij opeens.

'Je bedoelt of ik Gritt aangeraakt heb? Nee, echt niet, hoor!'

'Zelfs niet even haar wang?'

'Helemaal niet!'

'Haar hand ook niet?'

'Het was een plaats delict,' zei hij snel.

'Jammer,' zei Sejer.

'Hoezo?' vroeg Ellef verrast.

'Omdat het ons had kunnen helpen.'

'Hoe dan?'

'Dan had je namelijk iets kunnen vertellen over haar lichaamstemperatuur, of ze koud was, of nog wat lichaamswarmte had, en dat had ons dan weer iets kunnen vertellen over het tijdstip van overlijden. Het tijdstip is cruciaal.'

Ellef zweeg. Langzaam drong de ernst van de situatie tot hem door, zijn laksheid, het feit dat hij de politie niet had gebeld. Nauwelijks hoorbaar antwoordde hij met zijn blik op de weg gericht: 'Nog niet helemaal koud, denk ik.'

'Juist,' zei Sejer.

'Hoe laat was het, weet je dat nog?'

Ellef keek in de achteruitkijkspiegel en antwoordde, deed het allemaal tegelijk.

'Zoals ik al zei staat de tijd stil als ik teken. Maar ik weet nog dat ik met de bus naar de kerk van Svartland ben gereden en vandaar het wandelpad heb genomen. Ik kijk doorgaans goed rond als ik aan het wandelen ben, dus ik merkte haar vrij snel op. Ik ben thuis vertrokken om zes uur. Het moet dus rond een uur of zeven geweest zijn.'

'Je bent niet voor de verleiding gevallen om een paar foto's te nemen? Met je telefoon?'

'Ik neem geen foto's,' zei Ellef. 'Ik teken alleen. Mijn vader is de fotograaf van de familie.'

Er viel weer een lange stilte. Sejer liet op geen enkele manier blijken wat hij dacht, zijn stem klonk nonchalant toen hij antwoordde.

'Dus je vader is fotograaf?'

'Inderdaad,' zei Ellef en hij keek in de spiegel om te zien of er nog iemand voorbij wilde.

'Kunstfotograaf,' lichtte hij toe.

'Dus hij fotografeert objecten?'

'Nee, mensen. Door hen in verschillende situaties te plaatsen, creëert hij een gebeurtenis of een verhaaltje. Hij ensceneert de dingen, zeg maar. Een beetje zoals een momentopname uit het theater.'

'Je bent erfelijk belast,' constateerde Sejer. 'Zijn je ouders gescheiden?'

'Nee, maar hij woont ergens anders.'

'Heb je contact met hem?'

'Als ik ma beu ben.'

Er verscheen een glimlach op het gezicht van de jongen. Nu leek hij pas echt op een trollenpoppetje.

'Is je vader een goede fotograaf?'

'Onovertroffen,' antwoordde Ellef, die in beslag genomen werd door een fietser die voor hen op de weg reed.

'Rem wat af,' zei Sejer, 'je mag voorzichtig inhalen, de kust is veilig.'

Ellef haalde de fietser in.

'Kent je vader het gezin van Gritt? Kent hij Jan Zeeland?'

Ellef zweeg weer. Hij moest eerst het beste antwoord selecteren, want hij had zijn mond al stevig voorbijgepraat, in al zijn enthousiasme over de rit met de BMW.

'Er hangt een schilderij van Jan Zeeland bij jullie in de woonkamer, vandaar mijn vraag.'

'Bedoel je dat rode? Heel wat mensen in deze regio hebben

schilderijen van Zeeland in huis hangen.'

'Vind je het mooi?'

'Of ik het schilderij mooi vind? Die oranje zaadcellen op een rode achtergrond? Wat een kliederboel.'

'Maar ze verkopen goed?'

'Natuurlijk verkopen ze,' zei Ellef. 'Ze verkopen omdat ze rood zijn. Rood doet de mensen stilstaan, en dan denken ze dat ze stilstaan omdat het goede schilderijen zijn, het is een goedkope truc. Werkt net als reclame.'

Sejer reageerde er niet op, maar keek de tiener aan.

'Wie heeft haar volgens jou vermoord? Wat is je eerste gedachte?'

'Geen flauw idee,' zei Ellef met zijn blik strak op de weg gericht.

'En Victor Hafskiold, kende je hem?'

'De kerel die ze op de kade gevonden hebben? Had ik nog nooit van gehoord.'

Sejer wierp een schuine blik op zijn jonge chauffeur.

'Zou je Victor ook getekend hebben als je zijn lijk had gevonden?'

'Wellicht,' zei Ellef. 'Zoiets schrikt me niet af. Toen ik op een keer online in de krant las dat een trein bij Borgestad een eland had aangereden, ben ik er zo snel mogelijk heen gerend om het kadaver te tekenen. Maar het was al weg toen ik er aankwam. Ik ben niet bang voor de dood, noch voor de dood van een ander, noch voor mijn eigen dood. Maar ik begrijp dat dat bij sommigen anders ligt.'

Hij keek de inspecteur aan.

'Nu denk je vast dat ik te jong ben om iets over de dood te zeggen. Dat als ik op een dag een doodvonnis krijg, ik net als alle anderen een levend wrak word.'

'Dat denk ik helemaal niet,' zei Sejer.

'Ik ben als de indianen,' zei Ellef. 'Indianen hebben geen hoogtevrees. Ik heb geen doodsangst. Waarschijnlijk iets genetisch.'

'Interessante gedachte,' zei Sejer. 'Was je verliefd op Gritt?'

Ellef staarde naar buiten door de voorruit. Zijn blik kreeg iets afwezigs.

'Eigenlijk niet. Mooi om naar te kijken, maar minder mooi om naar te luisteren.'

'Je bedoelt dat ze niet veel zinnigs te zeggen had?'

'De mensen praten te veel,' zei hij. 'In de Kaisa, waar ik vaak kom, wordt er voortdurend gepraat. Die hele setting, de bar, met muziek, cola en junkfood, nodigt niet bepaald uit tot diepgaande gesprekken. Hoe meer tieners je samenbrengt, hoe kinderachtiger ze worden.'

'Zoals een nest puppy's?'

'Goed gezegd,' zei Ellef.

'Maar terug naar de moord op Gritt. Je neemt toch niemand in bescherming?'

'Ik denk het niet, nee.'

'Je weet het niet helemaal zeker?'

Ellef wilde de inspecteur nu even niet aankijken. Het was nog maar een paar meter rijden tot de oprit van zijn huis. Hij remde voorzichtig en deed zijn uiterste best om de gigantische auto heelhuids door de poort te manoeuvreren.

'Zet de auto in de parkeerstand,' zei Sejer.

Ellef zette de auto in de parkeerstand.

'Zet de motor uit.'

Ellef zette de motor uit. Het werd helemaal stil. Zijn handen lagen nog op het stuur, hij voelde zich heer en meester en wilde dat gevoel niet kwijtraken. Kon nauwelijks geloven dat hij echt met de auto had gereden. Wilde nog iets zeggen, wilde nog wat in de auto blijven zitten, gewoon nog een paar minuten.

'Als ik tegen de mensen zeg dat ze me Ellemann mogen noemen, doen ze alsof ze het niet goed verstaan en zeggen ze iets helemaal anders.'

'Bedoel je *Lillemann*? Kleine man?'

'Juist.'

'Ik heb nog geen autorijlessen gevolgd,' bedacht hij ineens.

'Je hebt onder politiegezag gereden,' zei Sejer.

Er schoot Ellef nog iets te binnen wat hij wilde vragen.

'Maar hoe ken jij Ingres dan?'

'O, weet je, de man met wie ik bij Blomqvist gepraat heb, zei iets over Ingres, dat je misschien wel door hem geïnspireerd was. Hij was er in elk geval van overtuigd dat je de klassieken kende.'

'O ja?' fluisterde Ellef.

'Dus heb ik een beetje op Wikipedia rondgeneusd, gewoon voor de lol. Meer hoef je er niet achter te zoeken.'

'Heeft hij verder nog iets gezegd?' wilde Ellef weten.

'Zit je nu te vissen?'

'Eigenlijk wel, ja.'

'Hij zegt dat je een groot talent bent.'

Ellef werd rood van verlegenheid.

'Je hebt vast al heel wat anderen leren rijden,' zei hij.

'Alleen mijn dochter,' zei Sejer. 'Het liep volledig uit de hand.'

Ze lachten. Ach meisjes…

'Mag ik je iets persoonlijks vragen, zonder dat je het verkeerd opneemt?' zei Sejer.

'Doe maar.'

'Zou je jezelf somber noemen?'

Ellef draaide zich naar de inspecteur toe en antwoordde met ironie in zijn stem.

'Elke dag is een feest. En ik ben een parel.'

'Precies,' zei Sejer. 'Dat gevoel ken ik maar al te goed. Noem eens iets waar je blij van wordt.'

'Met een BMW rijden,' zei Ellef en hij grijnsde.

Dagny kwam het huis uit. In een oogwenk stond ze bij de auto.

'Zit je aan het stuur? Heb je de hele tijd gereden?'

Ellef glimlachte haar minachtend toe en stapte met frisse tegenzin uit de auto.

Toen was het voorbij. Sejer keek hen na terwijl ze naar binnen gingen. Hij haalde zijn aantekenboekje uit zijn binnenzak en krabbelde haastig iets neer.

'Ca. 19.00 uur.'

'Niet helemaal koud.'

Wat was hij zelfverzekerd, de bekende fotograaf Carl Hamza. Warm, vriendelijk en voorkomend, een houding die heel natuurlijk voor hem leek, wellicht door zijn gunstige uiterlijk en nonchalante charme, waarmee hij alles van mensen gedaan kreeg. Lang, knap en breedgeschouderd, met dik, onhandelbaar haar dat niet in model was geknipt, maar gewoon lag zoals het lag. Je zou haast denken dat hij 's morgens zo uit bed stapte en het daarna niet meer aanraakte. Zijn handdruk was stevig en hartelijk, zijn blik warm en open, bijna te veel van het goede, vond Konrad Sejer. Alsof hij zich voorbereid had.

Toen de inspecteur vertelde dat hij net met Ellef had gepraat, en dat het met de tekening te maken had, luisterde hij aandachtig.

'Heel goed dat hij het verstand had om de tekening af te geven op de plek waar ze thuishoort,' zei hij. 'Ellemann gedraagt zich niet altijd volgens de maatschappelijke normen.'

Toen stak hij ineens beide handen in de lucht: 'Mij treft geen schuld, hij woont bij Dagny.'

'We hadden een goed gesprek,' zei Sejer.

'Jeetje! Kan hij praten?'

Sejer reageerde er niet op. In een paar seconden tijd had de man zijn gebrek aan empathie laten zien, en misschien ook zijn ware gezicht.

'En Dagny hield jullie met arendsogen in de gaten?' ging Hamza verder.

'Ze was er niet bij,' zei Sejer. 'We hebben een ritje gemaakt.'

'Ik begrijp het, ja. Je hebt zo je methodes. Dacht ik het niet.'

Hij stak zijn kin omhoog.

'Je kunt veel zeggen over Ellemann, maar hij is niet dom. Behoorlijk pessimistisch ingesteld, dat wel. En als hij niet somber is, dan is hij onverschillig, dat heb je misschien zelf ook gemerkt?'

Sejer wilde niets prijsgeven over Ellef of het gesprek dat ze hadden gevoerd. Hij vroeg dan ook vriendelijk of hij binnen mocht komen.

'Uiteraard!' zei Carl Hamza en hij maakte een uitnodigend handgebaar.

Links ving Sejer een glimp van de keuken op, maar Hamza liep naar rechts, de grootste kamer in, waar een lange rij foto's hing. Ze waren overweldigend groot, allemaal in zwartwit, alleen een paar details waren ingekleurd, een rode jurk hier, een groene boomkruin daar. Telkens stond een mens centraal, die duidelijk belicht was en ongetwijfeld de hoofdrol speelde in wat Ellef als de 'verhaaltjes' van zijn vader omschreven had. De foto's hadden iets theatraals, iets verontrustends. Sejer zag de dubbele bodems. Wat er mooi en betrouwbaar uitzag, kon een seconde later in een tragedie ontaarden. Maar niet per se. Je kon als het ware zelf kiezen, afhankelijk van hoe je naar de wereld en de mensen keek, en hoe optimistisch je ingesteld was, of hoe pessimistisch, zoals de jonge Ellef.

Sejer had nog nooit een fotograaf ontmoet die de mens en het leven op die manier voorstelde.

Een oude vrouw alleen op een bankje in het park. Het was donker, maar er scheen een licht op haar. Op haar schoot hield ze een grote open handtas, en helemaal onder in de tas fonkelde iets wat op goud en edelstenen leek en haar gezicht een stralende glans gaf.

Maar de blik van de toeschouwer werd naar het struikgewas erachter getrokken. Uit het donker, nauwelijks zichtbaar, kwam een levend wezen tevoorschijn dat het oudje in de gaten hield. Een man in zwarte kleren. Onder zijn capuchon waren twee ogen als vuurvliegjes te zien.

Zo'n scène, van een park in het donker, kon erg idyllisch zijn. Een oud vrouwtje op een bankje dat haar handtas opent. Maar evengoed sprak er onbehagen uit. Een kwetsbare oude vrouw die elk moment van al haar bezittingen kon worden beroofd.

De titel was '*Greed*'.

'Wellicht niet makkelijk om te verkopen?' vroeg de inspecteur.

Hamza lachte hartelijk. Lachte met zijn hele lichaam, met zijn mond open en zijn hoofd achterover.

'Dat kun je rustig stellen,' zei hij. 'Wat ik verkoop, gaat naar musea en openbare gebouwen, of naar verzamelaars, al wie de fotografie heeft ontdekt. Dat zijn er niet veel in dit land, en er komen er ook niet veel bij. Ik moet naar New York, daar hebben ze een andere traditie. Maar een andere voor de hand liggende reden voor de matige verkoop is het formaat, ze zijn echt reusachtig. Niet veel mensen hebben er plaats voor.'

Sejer bekeek de foto's een voor een, zocht overal naar details, naar wat zich op de achtergrond afspeelde. De grootste foto in het midden van de wand trok zijn aandacht. Het duurde even voor zijn gedachtegang ten einde was, voor zijn emoties het overnamen en hem met een gevoel van bezorgdheid achterlieten.

'Die draaimolen,' zei hij. 'Waar heb je die gevonden?'

'In het pretpark in Vinterbro,' antwoordde Hamza.

Hij had zich naast Sejer geposteerd.

'Het duurde een eeuwigheid voor ik het juiste licht had. Heb een keer of twaalf naar het pretpark moeten gaan voor het goed zat.'

Op het eerste gezicht was het een mooie foto, zoals alle foto's van Hamza. Een klein jongetje alleen op een draaimolen. Hij had zijn armen om de paardennek geslingerd en zijn gezicht in de manen begraven. Zijn ogen waren dicht. Omdat hij volmaakt gelukkig was, of omdat hij sliep. Een mooi vredig tafereel dus, een slapend kind op een paard van een draaimolen. Maar al snel gingen de hersenen zich vragen stellen bij de hele situatie. Want het jongetje zat helemaal alleen op de draaimolen, en het paard was het enige witte paard, de andere dieren waren zwart en bruin, en nauwelijks zichtbaar in het donkere licht. Bovendien was het pretpark al gesloten, alle lichten en lantaarns waren uit. Er waren geen kinderen en geen volwassenen te zien. Het jongetje was alleen.

Waarom sliep hij? Waar waren de volwassenen? Waarom was het pretpark gesloten, waarom had het personeel het slapende kind niet ontdekt? Hoelang zat hij al zo voorovergebogen te slapen op het witte paard, waarom was hij achtergelaten? Zou iemand hem komen halen? Zou hij de hele nacht zo blijven slapen en pas de volgende dag gevonden worden? Of helemaal niet gevonden worden? En dan dat licht, mysterieus, nog niet helemaal donker. Het witte paard had een witte glans, net zoals het gezicht en het haar van het jongetje, de rest was grijs en blauw, met donkere schaduwen. De andere paarden, die geen ruiter hadden, waren dreigende wezens op de achtergrond, alsof ze jacht op hem maakten. De foto heette '*Double Fantasy*'.

De manier waarop Hamza met de toeschouwer speelde, de voortdurende dubbele bodem, het deed Sejer onwillekeurig glimlachen.

'Mag ik vragen waar je op uit bent?'

Hamza glimlachte.

'Ik ben nergens op uit,' antwoordde hij, 'ik hou gewoon van spelletjes.'

'Je reduceert het tot een spelletje?'

'Spelletjes zijn bloedserieus,' zei Hamza, nog steeds met een glimlach.

'Maar het is niet bepaald aardig om ons eerst iets moois te laten zien, het ons vervolgens weer af te pakken en door bezorgdheid te vervangen,' zei Sejer.

'Het is niet de taak van de kunstenaar om aardig te zijn,' zei Hamza lachend.

'Akkoord. Waar vind je je modellen?'

De fotograaf liep een rondje door de kamer. Hij was even lang als Sejer, net geen twee meter, en ook de voeten in zijn suède schoenen waren groot, misschien wel maat achtenveertig.

'Ik doe zoals Ellemann, ik ga op zoek. Soms vind ik mensen in het park, op straat of in een café. Ik wil het toch nog even gezegd hebben, al heb je het zelf misschien ook al ondervonden: gewone mensen bestaan niet. Ieder individu is één groot, raadselachtig drama, een diepe put die helemaal tot aan het grondwater gaat, vol geheimen en verlangens. Iedereen heeft een licht in zich, en het is mijn taak om dat licht te onthullen. Ik laat de mensen stralen.'

Mijn God, dacht Sejer.

'Waar ben je naar op zoek?' vroeg hij hardop.

Hamza genoot er zichtbaar van om over zichzelf en zijn beroep te praten tegen iemand die verstandig en geïnteresseerd leek.

'Als ik eenmaal zover ben dat alleen nog het model ontbreekt, heb ik al een vastomlijnd plan en een compositie in mijn hoofd. De *location* is gekozen en ik weet wat voor iemand ik nodig heb om het af te maken.'

'Maar gaan de mensen altijd akkoord?'

Hamza moest weer lachen.

'Niet altijd, nee, ze duiken ineen als verlegen kinderen. Intussen weet ik uiteraard wel hoe ik een en ander moet aanpakken. Ik heb een brochure gemaakt waarin staat wie ik ben en waar ik mee bezig ben, en er staan natuurlijk ook een paar van mijn foto's in, zodat ze zien wat ik kan en wil. Helemaal onderaan staan mijn telefoonnummer en mailadres. Ik zeg dan dat ze er even in alle rust over mogen nadenken, of dat ze er lang over mogen nadenken, en dat ze maar contact met me moeten opnemen als ze willen meewerken. Toegegeven, van de meesten hoor ik niets meer. Ze denken dat ik een griezel ben met kwade bedoelingen die hen naar een afgelegen huis wil lokken.'

'Tja,' zei Sejer, 'je woont ook erg afgelegen. En in zekere zin zou je ook kunnen zeggen dat je hen gebruikt.'

'Tuurlijk, tuurlijk, als je het absoluut zo wilt bekijken.'

'Krijgen ze er geld voor?'

'Heb geen geld om hen te betalen, nee. Maar kunnen we niet zeggen dat ze hun *fifteen minutes of fame* krijgen?'

Hij gaf de inspecteur een knipoog.

'Ik vergroot hen tot anderhalve meter bij anderhalve meter en richt een spot op hen. Niet iedereen krijgt zo veel aandacht. Maar ook niet iedereen kan ermee omgaan.'

'Trouwfoto's en dergelijke, die interesseren je niet?'

'Pff, wat is dat, zeg!' riep hij meewarig uit en hij zwaaide met zijn grote handen. 'Zich uitdossen, kappen, schminken en een geforceerde glimlach opzetten, dat is iets van honderd jaar geleden. Dan kom ik liever terug wanneer het stel dertig jaar getrouwd is, om foto's van hen te nemen om zeven uur 's morgens, nog voor ze zich hebben kunnen fatsoeneren.'

'Omdat dat de waarheid over hen vertelt?'

'Natuurlijk. Dat andere is niet meer dan de droom die ze over zichzelf hebben. Jij bent toch ook bezig met de waarheid, zou ik denken, en je weet zelf ook dat die niet altijd even mooi is.'

'Ken je Jan Zeeland?' vroeg Sejer.

Hamza leek heel even van zijn stuk gebracht toen de inspecteur onaangekondigd van onderwerp veranderde, maar hij vond al snel zijn glimlach terug.

'Nee,' zei hij, 'ken Zeeland niet.'

'Maar je hebt een paar jaar geleden wel een schilderij van hem gekocht?'

Hamza gaf schoorvoetend antwoord.

'Klopt. Lang geleden hadden we een gemeenschappelijke tentoonstelling in het stadhuis. Toen heb ik een schilderij mee naar huis genomen.'

'Je hebt een schilderij mee naar huis genomen?'

'Ik heb het gekregen.'

'Waarom heb je het gekregen?'

'Goh, dat weet ik niet eens meer.'

'Heeft hij iets van jou gekocht?'

'Nee.'

'Heb je de voorbije dagen aan hem gedacht?'

Hamza trok een vreemd gezicht.

'Waarom zou ik aan hem denken?'

'Zijn dochter is vermoord.'

'O, sorry!'

Hij sloeg dramatisch tegen zijn voorhoofd.

'Nu begrijp ik wat je bedoelt. Sorry! Het was even aan mijn gedachten ontschoten, we hadden het immers over andere dingen. Ja, natuurlijk heb ik aan hem gedacht. Heel vaak zelfs,' voegde hij eraan toe.

Sejer stond nog steeds voor de draaimolen naar het jongetje te kijken. Het slapende, verlaten, eenzame of misschien zelfs dode jongetje.

'En de tekening van Ellef? Heb je die gezien voor hij die naar ons stuurde?'

'Nee, helaas,' zei hij, 'maar ik moet toegeven dat ik wel nieuwsgierig ben. Misschien als ik eens op het bureau langskom?'

'Misschien kom je nog wel eens op het bureau langs, ja,' zei Sejer. Hij kon een glimlachje niet onderdrukken.

'Maar eigenlijk ben ik gekomen om het over Ellef te hebben. Heb je iets aan je zoon gemerkt met betrekking tot de moord op Gritt Zeeland waarvan je vindt dat je het ons moet vertellen?'

'Helemaal niet,' antwoordde Hamza.

'Dus je denkt niet dat hij een relatie met haar had?'

Hamza dacht even na.

'Dat kan ik strikt genomen niet weten, aangezien hij bij Dagny woont. Een vriendinnetje? Dat zou dan wel een meisje met veel geduld moeten zijn, iemand die valt op het speciale en wat andere type. Als hij op een dag met een meisje thuiskomt, zal het wel zo'n zwartgeklede zijn vol tattoos en piercings.'

'Mag ik zo'n brochure van je?' vroeg Sejer.

'Maar natuurlijk!'

Hamza liep de kamer uit en kwam even later terug met de brochure. Sejer las de tekst op de voorkant.

'Carl Hamza. *Disturbing Images.*'

Hij bedankte de fotograaf en stak de brochure in zijn binnenzak. Daarna liep hij verder langs de foto's. Bleef lang naar elke foto staan kijken, dacht een poosje na, knikte alsof hij het begreep en ging verder naar de volgende. Een klein meisje in een rood jurkje dat over een bevroren meer trippelde.

'Zakt ze erdoor?' vroeg hij terwijl hij Hamza aankeek.

'Wat denk je zelf?'

'Vandaag ben ik goedgehumeurd en wil ik het liefst geloven dat ze weer veilig terugkeert naar de rand van het meer, naar haar mama en papa.'

Toen veranderde hij opnieuw van gespreksonderwerp.

'Huur je dit huis?'

'Inderdaad.'

'Ben je van plan het te kopen?'

'Geen haar op mijn hoofd die daaraan denkt,' antwoordde Hamza gedecideerd. 'Slecht onderhouden, vocht in de kelder, schimmel in de hoeken en op de houten wandpanelen.'

Sejer bedacht dat alles wat hij gezien had, buitengewoon was. En dus was ook Hamza buitengewoon, dacht hij, misschien was hij wel een kunstenaar die heel ver wilde gaan voor de juiste foto. Nee, nu dwaal ik af. Maar deze man is me iets te keurig. Heeft waarschijnlijk ook succes bij vrouwen, van alle leeftijden.

'Maar eh...' zei Carl Hamza. 'Wilde je verder nog iets weten? Aangezien je speciaal bent langsgekomen?'

'Ben al heel veel te weten gekomen,' glimlachte Sejer.

Hamza glimlachte breed. Sejer haalde de brochure uit zijn binnenzak, keek er nog eens naar, knikte kort ten afscheid en verliet het oude huis. Hoewel de inspecteur geen ogen op zijn rug had, durfde hij er zijn hand voor in het vuur steken dat de brede glimlach van zijn lippen verdween zodra hij weg was.

Die nacht nam hij Frank bij zich in bed. Het was een beetje alsof hij een meelzak optilde, veel gewicht voor- en achteraan en niets in het midden. De hond trappelde eerst nog wat op het matras, alsof hij verbaasd was dat de ondergrond meegaf. Maar zo te zien viel het matras erg in de smaak, want de hond plofte met een zucht neer op het laken, op de helft waar Sejers echtgenote Elise vroeger sliep. Toen de inspecteur onder het dekbed lag, kroop de hond dichterbij, tot op zijn kant. Franks ene poot rustte zwaar op Sejers borst, en zijn snuit boorde zich zowat in zijn hals. Toch probeerde de hond nog dichterbij te komen.

'Ja, Frank,' zei Sejer, 'rustig maar, rustig.'

Maar Frank bleef zijn hele gerimpelde lijf dichter tegen zijn baasje aanschurken, hoe dichterbij hoe beter, leek het wel.

'Frank,' zei Sejer, 'ik krijg geen adem. Rustig maar.'

Even later viel de hond zo in slaap, maar Sejer bleef wakker liggen. Het was stil in de flat op twaalfhoog, je kon er een speld horen vallen. Het enige geluid dat hij hoorde, was dat in zijn eigen hoofd, een soort geknetter, als iets elektrisch, want zo stelde hij zich voor dat het daarbinnen klonk, wanneer de impulsen door zijn hersenen joegen en voortdurend nieuwe verbindingen maakten.

'Ik hou gewoon van spelletjes,' had Hamza gezegd.

De hond lag diep te slapen. Zijn ademhaling had een rustgevend effect, een levend wezen dicht tegen hem aan. Weliswaar een stilzwijgend wezen, maar het bracht hem tot rust. Er klopte een hart daarbinnen, voorlopig klopte het nog.

'Wat denk je, Frank?' fluisterde hij tegen de hond.

De vraag drong niet tot de hond door, maar Sejer hoorde wel een zuchtje.

Meestal ligt het voor de hand, dacht hij, maar deze keer ligt het niet voor de hand. De moord op Victor Hafskiold ligt niet voor de hand, lijkt niet op het soort moord waarmee we gewoonlijk te maken krijgen. Misschien waren er meerdere daders, die allemaal geschopt en geslagen hadden, en daar lang mee doorgegaan waren. Misschien hadden ze op de kade afgesproken en werd hij daar aangevallen, waar hij alleen en kwetsbaar was, en niemand hem kon horen schreeuwen. En geschreeuwd had hij zeker, een schreeuw voor elke slag, één langgerekte jammerklacht.

Hij probeerde de gedachtemolen te stoppen. Hij had echt wat slaap nodig. Morgen beloofde weer een drukke dag te worden: duikers naar het moordwapen laten zoeken, de sectie afwachten, gaan praten met de medewerkers van de jeugdinstelling De Schemering, op zoek gaan naar de familie die Victor nog had, een moeder en een tante. Toen dacht hij aan Carl Hamza. De getalenteerde fotograaf met zijn warme glimlach. Ging er misschien nog iets anders schuil achter zijn warmte en vriendelijkheid, iets donkers wat je op het eerste gezicht niet zag? Zoals bij zijn foto's?

En dan het tengere meisje op het ijs, in haar rode jurkje. Ze was misschien een jaar of vijf, zo innemend en zo gefocust op de instructies van de fotograaf, die zelf aan land stond, met warme laarzen aan zijn voeten. Wat een foto, wat een sidderend, ijskoud ogenblik! En dan het jongetje op de draaimolen, dacht hij, zo klein, blond en schattig, in een blauwe tuinbroek. Kwam hij hem niet bekend voor?

Toen, net voor de slaap hem te pakken kreeg, wist hij het.

Het was helemaal geen jongetje, het was Gritt Zeeland.

De Schemering was de naam die de bewoners zelf aan de gemeentelijke instelling hadden gegeven. In werkelijkheid heette de instelling Villa Fredheim, naar de eerste eigenaar, die er honderd jaar geleden had gewoond. Bij het binnengaan zag Sejer een bordje aan de muur dat waarschijnlijk dienstdeed als motto voor het werk van de instelling, en voor de beproefde jongeren die er geplaatst werden.

'Niet elke dag is een goede dag. Maar in elke dag schuilt wel iets goeds.'

Hij maakte een praatje met de directeur. De mannen hadden elkaar al eerder ontmoet, dat was logisch. De tieners, vijf jongens en drie meisjes, kregen het voortdurend aan de stok met de medewerkers, en soms waren de conflicten zo ernstig dat de politie moest uitrukken om de gemoederen te laten bedaren.

Lundeberg was in alle opzichten een imposante verschijning, stevig gebouwd en gespierd, autoritair en zelfverzekerd, met crewcut en een alarm aan zijn broekriem.

'Hoe gaat het hier?' vroeg Sejer. 'Is het stil in huis, na wat er is gebeurd? Of is er meer onrust dan anders?'

'Iets stiller dan anders, moet ik zeggen. Als er iemand sterft, gaat iedereen zachter praten,' zei Lundeberg.

'Wat dacht je toen je het nieuws over Victor vernam?'

'Ik dacht, met wie heb je je nu in hemelsnaam weer ingelaten.'

'Hij liet zich dus wel vaker met dubieuze figuren of zaken in?'

'Klopt. Hij was hier ook niet helemaal geïntegreerd. Stelde zich boven de anderen. Probeerde de indruk te wekken dat hij slimmer was, dat hij hier om andere redenen was dan zij, dat hij geen deel uitmaakte van onze kleine familie, zoals we onszelf graag noemen. Dat hij niets met de anderen hier gemeen had.'

'Maar hij had wel degelijk iets met hen gemeen?'

'Meer dan hij zelf dacht.'

Lundeberg keek Sejer ernstig aan.

'Ik heb gehoord dat het erg was?'

'Ja, het was erg,' antwoordde Sejer.

'Tja. Was dit niet gebeurd, dan was het wel iets anders geweest,' klonk het vastberaden bij Lundeberg, die aan zijn schrijftafel zat en zijn spiermassa zo goed mogelijk op de bescheiden kantoorstoel schikte.

'Je bedoelt dat het een kwestie van tijd was?'

'Victor kende geen angst. Maar vroeg of laat komen ook zulke types hun meerdere tegen. Wellicht heeft hij de situatie verkeerd ingeschat, en echt groot of sterk kon je hem nu ook niet bepaald noemen, het was een schriel kereltje. Een aantrekkelijk schriel kereltje, dat wel.'

'Aantrekkelijk?'

'Hij had een geraffineerde charme. En dat wist hij maar al te goed. Hij wond de mensen om zijn vinger. Als hij hen in zijn macht had, gebruikte hij hen. En liet hen weer vallen.'

'De mensen?'

'Jongens en meisjes, vrouwen en mannen. Iedereen.'

'Hoe gebruikte hij hen?'

'Op alle mogelijke manieren. Hij stal niet alleen hun geld, maar ook hun gevoelens, zeg maar.'

'Tot hij op die ene persoon stuitte die ongevoelig was voor zijn charmes?'

'Misschien. Ik wist dat hij vroeg of laat iemand zou onderschatten. Hij was een zelfbewuste ziel, maar hij was ook nog jong. Dat gezegd hebbende weet ik natuurlijk niet wat er eigenlijk op de kade is gebeurd.'

'Hadden jullie, het personeel dat hier werkt, sympathie voor hem?'

'We zijn professioneel,' antwoordde Lundeberg kortaf.

Je mocht hem niet, dacht Sejer.

'En de andere bewoners van dit huis, vielen die ook voor zijn charmes?'

'Hij was niet geïnteresseerd in de andere bewoners.'

'Maar hij had wel een vriendinnetje. Hanna Melgård.'

'Dat wordt gezegd, ja.'

De ironische glimlach verscheen weer, alsof niets wat met Victor Hafskiold te maken had, serieus kon worden genomen.

'Ze is de laatste persoon die hem heeft gezien,' zei Sejer,

'daarom is ze belangrijk voor ons. Denk je dat hij háár ook gebruikte? Wat voor buit valt er te behalen bij een meisje van vijftien?'

'Haar vader heeft veel geld, en Victor was creatief.'

'Dit is een gesloten instelling,' zei Sejer. 'Toch mocht hij naar buiten?'

'Af en toe mogen ze de instelling voor een korte periode verlaten. Uiteraard krijgen ze daarbij strikte beperkingen opgelegd en worden hun privileges ingetrokken als ze de regels overtreden. Wat ze voortdurend doen. We controleren hen op drugs en alcohol. Ze moeten allemaal een urinestaal afstaan, en ze testen vaak positief.'

De directeur trok de archiefla van zijn schrijftafel open. Zocht tussen de mappen en liet Sejer een foto zien.

'Hier is hij. Mooie jongen.'

Sejer bestudeerde de foto van Victor Hafskiold grondig en keek weer op naar Lundeberg.

'Klopt. Mooie jongen. Denk je dat hij contact met criminelen had?'

'Daar kan ik geen zinnige uitspraak over doen. Maar bij Victor was alles mogelijk, hij wist zich overal toegang toe te verschaffen. Als hij ergens beter van kon worden of geld mee kon verdienen, stortte hij zich zonder de minste zin voor kritiek op alles en iedereen. Een beetje zoals een schattig welpje dat de strijd met een of ander bastaardmormel aangaat.'

'En zijn moeder?'

'Ze voelde nattigheid en is ervandoor gegaan, naar Spanje, geloof ik, het is al een hele tijd geleden. Victor heeft nu en dan bij een tante gewoond, Nelly Hafskiold. Met haar hebben we wel een beetje contact. Ze woont op de Tempelheuvel, in een van de flats daar. Ik wed dat je haar naam in een of ander archief op het politiebureau vindt, ze staat vermeld als naaste familie.'

'Is ze ingelicht?'

'Jazeker.'

'Mag ik de foto even lenen?'

'Uiteraard.'

'Ik stuur nog een agent hierheen om met de bewoners te praten,' zei Sejer. 'We moeten iedereen even spreken.'

Lundeberg knikte.

Toen leek de ernst van de situatie alsnog tot de militaire ziel van de directeur door te dringen.

'Dat hij zoiets heeft moeten meemaken! Het is verschrikkelijk.'

Ze praatten nog een halfuur verder over Victors streken. Maar het werd duidelijk dat Lundeberg de inspecteur geen namen kon geven en geen plekken of milieus kende waar Sejer informatie kon inwinnen, dus rondde die het gesprek af. Toen hij opstond om het kantoor te verlaten, viel zijn blik opnieuw op het bordje aan de muur met de zegswijze over het goede in elke dag.

'Dat bordje was niet mijn idee,' zei Lundeberg. 'Een van de dames hier heeft het opgehangen.'

Vijfentwintig minuten later bereikte Sejer de ondergrondse parkeergarage van het politiebureau. Nam de lift naar het vijfde, wandelde de gang door met de foto in zijn hand en zette koers naar de kantoortuin waar Skarre en de anderen te vinden waren.

'Kijk hier maar eens naar!' zei hij kordaat terwijl hij met de foto zwaaide.

Skarre griste de foto uit zijn hand en keek er aandachtig naar, Kreutzer en Hannisdahl kwamen dichterbij, Falck stond op van zijn stoel, en Riis keek op van zijn pc.

'Wie is dat?'

'Victor Hafskiold.'

'Zo ziet hij er dus uit,' zei Skarre, 'als zijn schedel niet tot moes is geslagen.'

'Zie je dan niet op wie hij lijkt?' zeurde Sejer.

'Eigenlijk niet.'

'Vind je niet dat hij op die hockeyspeler lijkt? Die Noor die bij de Rangers speelt. Zucca Morello?'

Skarre keek zijn baas geamuseerd aan.

'Hij speelt niet meer bij de Rangers, maar bij Minnesota Wild.'

Op de achtergrond weerklonk gelach. Sejer was heel even de kluts kwijt. Hij griste de foto weer uit Skarres hand en bleef hem bestuderen terwijl hij naar een replick zocht waarmee hij de blunder, waarvan hij zich net bewust was geworden, weer kon rechtzetten. Hij wilde weggaan en zette koers naar de deur, maar draaide zich nog één keer om.

'Lijkt hij erop of lijkt hij er niet op?' vroeg hij knorrig.

'Als twee druppels water,' grijnsde Skarre.

'Er is een kerel gezien in het bos bij Svartland die op die hockeyspeler lijkt, omstreeks het tijdstip van de moord op Gritt Zeeland. De kinderen hebben verklaard dat hij rende alsof zijn leven ervan afhing. Dat zou kunnen betekenen dat ze in werkelijkheid Victor Hafskiold hebben gezien. Ik zeg het maar, jongens!'

De inspecteur sloeg niet vaak met deuren, maar dit was de uitzondering die de regel bevestigde.

Hanna Melgård zag bleek en leek niet helemaal aanwezig toen Sejer haar over Victor begon uit te horen.

'Zei hij dat hij daar op iemand wachtte of zo?'

'Daar heeft hij niets over gezegd. Alleen dat hij graag bij het water zat.'

'Heeft hij een bericht of een telefoontje gekregen terwijl je daar was?'

'Het was helemaal stil, alleen wij tweeën.'

'Leek hij onrustig of gestrest?'

'Victor was nooit onrustig of gestrest.'

'Hadden jullie een nieuwe afspraak gemaakt? Voor de dag erna?'

'Hij maakte nooit afspraken. Dan voelde hij zich gebonden of zo.'

De gedachte bedroefde haar.

'Was je erg verliefd op hem?'

'Ja.'

Ze keek naar beneden terwijl ze praatte en wreef haar handen over elkaar.

'Hadden jullie het soms over de toekomst? Iets wat jullie later samen wilden doen?'

'Hij praatte nooit over later. Als ik iets voorstelde, zei hij gewoon "ja, misschien" en begon over iets anders.'

'Kende je Gritt Zeeland, die zeven weken geleden in het Svartlandbos werd gevonden?'

Ze schudde het hoofd.

'Daar weet ik niets over. Ging Victor ook met haar?'

'Dat weten we niet.'

'Maar je denkt het wel?'

'Alles is mogelijk. Toen je Victor op de kade achterliet, ben je toen iemand tegengekomen op je terugweg naar het centrum?'

'Ik ben niemand tegengekomen.'

'Geen auto's of fietsen of voetgangers?'

'Ik ben niemand tegengekomen,' herhaalde ze.

'Denk je dat Victor verliefd op je was, Hanna?'

'Eigenlijk niet. Ik dacht, we zien wel hoelang het duurt. Het heeft precies zeven weken geduurd.'

Net op dat moment keek ze hem aan, alsof haar iets te binnen schoot.

'Mag ik nu gaan?'

'Ja, je mag gaan, Hanna. Heb je iemand die met je mee kan naar de begrafenis?'

'Ik zal het aan mama vragen.'

De familie Hamza, dacht Sejer, daar is iets mee, het kan niet allemaal toeval zijn. De zoon tekent, de vader fotografeert.

Bij Dagny hangt een schilderij van Jan Zeeland aan de muur, bij Carl Hamza een foto van Gritt. Er was een link tussen de twee families die misschien wel ver terug in de tijd ging. Bovendien was het hoogst merkwaardig dat Hamza er met geen woord over repte dat de jongen op de draaimolen de kleine Gritt was.

En ook al was Hamza een man vol zelfvertrouwen, met een indrukwekkend uiterlijk, een krachtige stem en een onmiskenbaar talent om de schijn hoog te houden, toch wist hij zijn onbehagen niet te verbergen toen Sejer voor de tweede keer bij hem aanklopte.

'Nou, nou,' zei hij alleen maar. 'Wat is er?'

'We moeten praten,' zei Sejer.

Hamza leunde nonchalant tegen de deurpost en kruiste zijn armen. Hij was iets langer dan de inspecteur, tot Sejer de laatste trede van het trapje voor de deur op stapte. Toen ging hij langzaam opzij en liet de inspecteur binnen, met een minzame glimlach, als was Sejer een vervelend kind.

Sejer liep weer de eerste kamer in, recht naar de foto met de draaimolen.

'Het kind op het witte paard, dat is Gritt Zeeland.'

Hij zei het luid en duidelijk, en vergenoegd.

Hamza deed alsof hij diep in zijn geheugen groef en fronste zijn wenkbrauwen.

'Ja, natuurlijk! Het is de dochter van Zeeland, dat was ik bijna vergeten.'

Hij liep door de kamer, knikte peinzend terwijl hij de herinneringen opriep en had de situatie snel weer onder controle.

'Het is zo lang geleden dat ik deze foto heb gemaakt, misschien wel veertien jaar. Ik zal er niet aan gedacht hebben toen je hier de vorige keer was.'

'Moet ik nu echt geloven dat je dat niet meer wist?'

'Nu moet je even luisteren! Dit gaat om één van mijn foto's, één van vele duizenden, uit een carrière van bijna dertig jaar. De namen van de modellen herinner ik me niet eens, het zijn in de eerste plaats modellen. Werkgereedschap,' voegde hij er nog aan toe.

'Juist,' zei Sejer. 'Gereedschap. Waar heb je haar gevonden?'

'Ik was eigenlijk op zoek naar een jongen.'

'Waar heb je haar gevonden?' herhaalde Sejer. 'De vorige keer zei je me nog dat je Zeeland helemaal niet kende.'

'Dat is de waarheid, ik ken hem niet.'

Hamza wond zich op, gesticuleerde met zijn grote handen. Die handen konden met gemak de nek van een kind breken, en de afdrukken in het bloed op de kade konden zomaar die van zijn grote voeten zijn, de dramatiek van zijn foto's duidde op een hartstochtelijke natuur, die hij natuurlijk wist te beteugelen zolang hij werkte, maar waarover hij misschien geen volledige controle had in zijn privéleven. Misschien.

'Lang geleden hadden we samen een tentoonstelling in het stadhuis, Zeeland en ik, dat heb ik je de vorige keer verteld. Op een keer bracht hij zijn dochtertje mee. Ik vertelde hem over mijn idee voor een foto met een kind op een draaimolen. Ik zei dat Gritt goed zou passen omdat ze zo blond was, en toen de foto klaar was, vond Zeeland die zo goed dat hij me een schilderij wilde schenken. Dat schilderij dat thuis bij Dagny hangt. Met de dikkopjes, je weet wel.'

'Was Zeeland erbij toen je die foto nam?'

Hij knikte naar de draaimolen.

'Uiteraard was Zeeland erbij. De ouders zijn er altijd bij. Wat dacht je dan?'

'Heb je sindsdien nog contact met hem gehad?'

'Helemaal niet.'

'Heb je nog andere foto's van Gritt genomen waar haar ouders geen weet van hebben?'

'Waar heb je het over? Helemaal niet. Ik heb haar sindsdien nooit meer gezien.'

Sejer zweeg. Hij keek Hamza onderzoekend aan, liet zijn blik naar de draaimolen glijden, en daarna weer terug naar de fotograaf.

'Weet jij wie achter het mailadres nevertell schuilgaat?'

Eindelijk werd het stil in het huis van Hamza. De man trok wit weg en dacht lang na, woog de voors en tegens af.

'Goed. Verdomme, jij lijkt wel een pitbull. En je bent wellicht niet van plan om me meteen los te laten. Maar je vergist je als je denkt dat ik iets met de moord te maken heb, je bent gek, man!'

Sejer stond heel even versteld van de vergelijking met een pitbull en kon nog maar net een glimlach onderdrukken. Hij vergeleek zichzelf immers het liefst met een oude bloedhond.

'Voorlopig ben ik er alleen nog maar achter gekomen dat je iets met Gritt te maken had,' zei Sejer. 'Over je betrokkenheid bij de moord weet ik niets. Nog niet.'

'Nou goed, ik ben het.'

'Jij bent nevertell?'

Hamza zette beide voeten stevig op de grond, stond wijdbeens als een zeebonk in volle storm, de tijd van grapjes was voorbij.

'Je zoekt in het verkeerde huis.'

'Nee hoor,' zei Sejer. 'Vandaag zocht ik nevertell, en ik heb hem gevonden.'

Hamza zuchtte overdreven diep. Alsof hij wist welke narigheid hem te wachten stond en eindelijk inzag dat hij niet kon ontkomen. Hij zette zijn voortanden zo hard in zijn onderlip dat alle kleur eruit wegtrok.

'Ik heb een paar portretfoto's van haar genomen, en omdat ze toen nog onder de zestien was, heb ik ze haar vanuit een internetcafé in Oslo toegestuurd. Ze wilde ze zo graag hebben.'

'Zodat niemand je zou kunnen opsporen? We hebben de foto's onmiddellijk gevonden. Amateurs maken niet zulke foto's.'

'Goed dan, ik heb een paar foto's gemaakt. Omdat ze zo mooi was, en omdat ze zich net op de overgang van kind naar vrouw bevond. Het is een smalle zone waarin wij mensen ons heel even bevinden, en die komt nooit meer terug, dus wilde ik hem vereeuwigen. Opeens staan ze aan de kant van de volwassenen en gaan ze poseren. En als ze poseren, kun je niet zien wie ze zijn, dan zijn ze alleen wie ze willen zijn. Acteurs. De wereld loopt er vol van.'

'Maar jij bent in alle opzichten echt? Dat gezegd hebbende, ik heb een volwassen dochter en ik begrijp waar je het over hebt,' zei Sejer. 'Maar op de portretfoto's maakt ze geen deel uit van een verhaal. Je project is verhalen vertellen. Had je haar in een context geplaatst, dan had je de foto's niet vanaf een geheim adres hoeven te versturen.'

Geen antwoord.

'Waarom heb je die foto's genomen?'

'Daar heb ik al op geantwoord. Ze was onbeschrijflijk mooi. Ze had dat vrolijke, broze en doorzichtige. Of onaangeroerde, zo je wil. Daar zijn kunstenaars naar op zoek, dat is altijd al zo geweest.'

'Begrijpelijk,' zei Sejer, 'maar je had er open over kunnen zijn. Je had tegen Marion en Jan kunnen zeggen dat je hun dochter wilde portretteren omdat ze zo uitzonderlijk mooi was. Het zijn kunstenaars, ze zouden het vast begrepen hebben.'

Hamza's vrolijkheid verdween. Opeens viel zijn leeftijd af te lezen aan zijn rimpels en mondhoeken.

'Ik was bang dat ze het verkeerd zouden begrijpen. Je hoort dat soort dingen zo vaak.'

'Dat soort dingen?'

'Misbruik.'

'Had je een relatie met haar?'

'Natuurlijk niet! Hou toch op!'

'Ze was nauwelijks een paar jaar oud toen je haar op de draaimolen zette. Wanneer heb je haar daarna opnieuw ontmoet?'

'Ik loop vaak op straat rond met mijn camera. Ze zat samen met een donker meisje op een terrasje, en toen ik haar opmerkte, liep ik naar haar toe en vroeg hoe ze heette, en toen we beseften dat zij het meisje was van de draaimolen van veertien jaar eerder, raakten we in gesprek. We hebben heel wat afgelachen.'

'En toen vroeg je of je een paar foto's mocht nemen?'

'Zoiets, ja.'

'Hoe reageerde ze daarop?'

'Ze voelde zich gevleid en werd er tegelijkertijd door in verlegenheid gebracht. Maar ze vond het goed. Het donkere meisje daarentegen wierp me een gemene blik toe, waarschijnlijk omdat ik het háár niet gevraagd had, misschien was ze jaloers. Ze zag er trouwens uit als een zigeunerin, herinner ik me, met gigantische oorringen en kleurrijke kleren.'

'Toen is Gritt bij je thuis gekomen?'

'Klopt.'

'Is ze verliefd op je geworden?'

Hamza kon zijn irritatie niet verbergen. Zijn mond en kaakspieren maakten nerveuze bewegingen.

'Kun je me even zeggen of ik een advocaat nodig heb?'

'Geen idee,' zei Sejer en hij keek hem aan. 'Heb je een advocaat nodig?'

'Misschien was ze wel verliefd op me,' klonk het uiteindelijk.

En toen, nadat hij even had nagedacht: 'Verschrikkelijk wat er met Gritt is gebeurd. Onderzoek dat liever in plaats van je tijd aan mij te verspillen.'

‘Hadden jullie een relatie?’

‘Oké,’ zei Hamza, ‘ik begrijp het al, het moet weer over seks gaan. Ze was nog een kind, ik weet waar de grens ligt.’

‘De grens ligt bij zestien jaar,’ zei Sejer. ‘Voelde ze zich op haar gemak voor de camera?’

‘Je hebt de foto’s gezien, oordeel zelf.’

‘Waar is haar telefoon?’

Hamza leek van zijn stuk gebracht.

‘Dat weet ik niet, echt niet!’

‘Hadden jullie veel contact?’

‘Nee. Wie zegt dat? Die zigeunerin?’

Sejer antwoordde er niet op.

‘Hoeveel keer is ze hier op bezoek geweest?’

‘Ik heb het niet geteld.’

‘We hebben het dus over verschillende keren? Hoeveel tijd heb je nodig voor zo’n portretserie?’

‘Een paar uur of zo.’

‘Waarom is ze hier dan verschillende keren geweest?’

Hamza zweette. De anders zo hooghartige man streek haastig door zijn haar en kreeg het ineens moeilijk.

‘Ik kon haar niet van me afhouden.’

‘Tjonge, moet ik dat geloven?’

‘Dat laat ik aan jou over, maar je verdoet je tijd. Gritt was nogal opdringerig, om het zo maar te zeggen.’

Hamza had zich zo hevig opgewonden dat er rode vlekken op zijn gezicht verschenen.

‘Jullie hebben onlangs een kerel op de kade gevonden, opnieuw een tiener. Naar ik heb begrepen, had hij er stevig van langs gekregen. Dat bewijst toch dat ik niets met de moord op Gritt te maken heb.'

'Hoe bedoel je dat?'

'Ik...'

Hamza was uit het lood geslagen. Hij zocht voortdurend naar zijn woorden.

'Ik ben gekomen om over Gritt te praten,' zei Sejer. 'Met wie je een relatie had toen ze nog minderjarig was, daarom ben je interessant voor ons. Daarom zullen we blijven graven tot we alle details hebben blootgelegd. Het zal even duren, en je kunt er donder op zeggen dat het onaangenaam wordt, ik ben tenslotte een pitbull. Eerst moet ik je formeel verhoren. Daarom wil ik dat je zo snel mogelijk naar het politiebureau komt, en daarmee bedoel ik vandaag nog.'

'Meen je dat nu?'

Hamza zwaaide met zijn lange armen.

'Ik kan je hier en nu in één minuut zeggen wat er te zeggen valt, zo lang duurde ons korte verhaal. Een verhoor is echt niet nodig. Ja, ze is in dit huis geweest, en ja, ik heb die foto's genomen. Daarna bleef ze me opzoeken, en dat was niet gepland, zeg maar, het overviel me compleet dat ze meer wilde.'

'Als je niet zelf komt, word je opgehaald,' zei Sejer.

'Wat dacht je toen Gritt dood werd gevonden?'

'Ik was ontsteld, natuurlijk. Kon niet geloven dat het waar was.'

'Had je een vermoeden hoe ze om het leven was gekomen?'

‘Ik durf dit bijna niet hardop te zeggen, maar eerst was ik eigenlijk bang dat ze er zelf een einde aan had gemaakt.’

‘Waarom zou ze dat doen?’

‘We hadden hevige ruzie toen we elkaar voor het laatst zagen.’

‘Wanneer was dat?’

‘Ach, liegen heeft toch geen zin meer. Het was op 13 juli. Als ik het goed begrepen heb, was dat de laatste dag dat ze in leven was.’

‘Weet je helemaal zeker dat het de dertiende was?’

‘Ja, dat weet ik helemaal zeker. En de veertiende werd ze gevonden, geloof ik?’

‘Jij bent dus de laatste die haar gezien heeft voor ze vermoord werd?’

‘Hoe kan ik dat weten? Misschien is ze onderweg nog iemand anders tegengekomen. Mijn geweten is hoe dan ook zuiver, je denkt dat ik het gedaan heb, maar dat denk je verkeerd.’

‘Haar ouders hebben haar als vermist opgegeven. Ze was zogenaamd in een berghut gaan overnachten met een vriendin, maar dat bleek niet te kloppen. Verbleef ze al die tijd bij jou?’

‘Ja.’

‘Wist je dat ze tegen haar ouders had gelogen?’

‘Ja, dat wist ik.’

‘Wie van jullie nam het initiatief voor die geheime ontmoeting?’

‘Gritt nam het initiatief. Volgens mij wilde ze een spelletje spelen, of misschien wilde ze me laten zien wat een harde werker ze was, want ze deed de afwas en hield het huis op orde zoals dat hoort, alsof ze me wilde laten zien hoe goed we het zouden hebben als we bijvoorbeeld zouden samenwonen, stel je voor.'

'Wat deden jullie zoal die twee dagen?'

'Wat we deden? De dingen die mensen doen als ze samen zijn. We praten, aten en sliepen.'

'Vertel eens over de laatste dag.'

'Oké. Ik zal open kaart spelen, ik heb immers niets te verbergen. Het was laat in de middag, of misschien vroeg op de avond. Ik had haar naar de parkeerplaats bij Svartland gebracht. Ze wilde het laatste stuk naar huis alleen lopen, want ze wilde niet dat haar ouders mijn auto zouden zien.'

'Waarover maakten jullie ruzie?'

'Over ons.'

'Dus jullie hadden wel degelijk een relatie?'

'Een soort relatie, ja.'

'Een seksuele relatie?'

'Het stelde niet veel voor, maar het is wel een paar keer gebeurd, ja. Dat we met elkaar sliepen. Ik was ook niet de eerste, ze had het al met een of andere Henrik gedaan.'

'Wilde een van jullie het uitmaken?'

'Ik wilde het uitmaken.'

'Waarom?'

'Hemeltjelief! Ze was nog een kind! Ik ben dertig jaar ouder dan zij. Ik zei haar dat ze iemand van haar eigen leeftijd moest zoeken.'

'Vreesde je voor je goede naam en je reputatie? Of voor je carrière?'

'Dat speelde inderdaad mee. Ik kon me ook voorstellen dat Zeeland en zijn vrouw niet zouden overlopen van enthousiasme als ze het te weten kwamen.'

'En dus heb je het uitgemaakt?'

'Ja, ik heb het uitgemaakt.'

'Heeft ze jou op een of andere manier bedreigd?'

'Mij bedreigd? Ze was een klein meisje, hoe zou ze me kunnen bedreigen?'

'Ze had jullie relatie aan het licht kunnen brengen, je kunnen beschuldigen van misbruik. Ze had het je knap lastig kunnen maken.'

'Zo was ze niet.'

'Maar wat zei ze toen je het uitmaakte?'

'Ze huilde en was kwaad, en ze ging me met haar vuisten te lijf.'

'Ze ging je te lijf?'

'Op haar hulpeloze manier, ja. Haar vuisten waren niet erg groot, weet je. Ze rukte aan mijn kleren en werd helemaal gek van woede en wanhoop, zoiets had ik nog nooit gezien.'

'En dat allemaal terwijl jullie in de auto zaten?'

'Klopt, het gebeurde allemaal in de auto.'

'En daarna?'

'Daarna opende ze het portier, stapte uit en rende het pad op.'

'En wat deed jij toen?'

'Ik bleef nog even in de auto zitten. Ik voelde me eigenlijk behoorlijk ellendig.'

'Begrijpelijk. En haar tas?'

'Haar tas?'

'Ze had een blauwe tas mee toen ze van huis wegliep, een Puma-tas met kleren en toiletspullen erin. Waar is die gebleven?'

'Die zag ik pas toen ik weer thuis was. Ze had hem op de achterbank gegooid voor we vertrokken en was hem vergeten toen ze uit de auto stapte. Waarschijnlijk omdat ze kwaad was.'

'En waar is hij nu?'

'Nou, eh... Toen ik thuiskwam heb ik hem op mijn slaapkamer gezet. Ik wilde haar niet meteen bellen, ik vond dat ze beter eerst wat kon kalmeren. Maar toen ik de volgende dag in het nieuws hoorde dat ze dood teruggevonden was, moet ik toegeven dat ik begon te twijfelen. Als jullie mij in het vizier zouden krijgen, wilde ik die tas niet in mijn huis hebben. Dus dacht ik dat ik hem maar beter kon weggooien, anders kon het verdacht lijken.'

'Het enige wat verdacht lijkt, is dat je hem hebt weggegooid. Waar ergens?'

'In het milieupark bij Lyngen.'

'Heb je met de mensen uit je omgeving over het overlijden gepraat?'

'Nee.'

'Niet met Dagny of Ellef of wie dan ook?'

'Nee.'

‘Waarom niet? Je kende haar immers.’

‘Gebruik toch je fantasie, man! Ik was bang voor de gevolgen.’

‘Ja, over die gevolgen valt wel iets te zeggen, want hier zit je dan in de verhoorkamer. Wist Ellef dat ze bij je thuis kwam? Heeft hij jullie op heterdaad betrapt?’

‘Het is maar één keer gebeurd. Gritt ging net naar buiten toen Ellemann hier aan de deur stond. Hij denkt er waarschijnlijk het zijne van. Ik weet eerlijk gezegd niet hoe ik het hem moet uitleggen, want hij is behoorlijk somber en wantrouwt alles en iedereen.’

‘Je hebt dus gezwegen omdat je niet wilde dat jullie namen aan elkaar gelinkt werden?’

‘Is dat zo moeilijk te begrijpen?’

‘Eigenlijk niet. Wat niet wil zeggen dat ik het als fatsoenlijk gedrag beschouw. Welke kleren had je aan toen ze je in de auto te lijf ging?’

‘Wat is dat nu voor een vraag?’

‘Een zeer relevante vraag.’

‘Tja, wat had ik aan, het is verdorie acht weken geleden. Ik had geloof ik deze spijkerbroek aan. En waarschijnlijk een trui. Een die Dagny had gebreid, geloof ik, een blauwe, die ik een paar jaar geleden voor mijn verjaardag heb gekregen.’

‘We zijn je huis aan het doorzoeken.’

‘Waar heb je het over?’

‘Vier technische rechercheurs zijn ter plaatse. Het is een groot huis.’

‘Zijn jullie nu niet een beetje aan het overdrijven? Wat

voor zin heeft het om mijn huis te doorzoeken? Ik leg hier net al mijn kaarten op tafel. Jullie zullen overal sporen van Gritt vinden, ze is zo vaak bij mij geweest!'

'Dus nu is het plotseling "vaak"?'

'Wat ik ook zeg, voor jou is het een uitgemaakte zaak. Maar ik heb haar niet vermoord, ben je gek? Ze was nog een kind, een prachtig klein kind, en ik zou een kind nooit iets aandoen, dat doen alleen idioten. Ga achter dat uitschot aan en laat de fatsoenlijke mensen met rust.'

'We willen ook je auto onderzoeken, dus je zult me de sleutel moeten geven.'

'Maar dat heeft toch geen enkele zin! Ze heeft zo vaak in die auto gezeten. Jullie zullen van alles in die auto vinden, haar en vezels van kleren, en chocoladewikkels en weet ik wat nog meer. En hoe moet ik dan naar huis?'

'Jij gaat voorlopig niet naar huis.'

'Jullie kunnen me toch niet hier houden met zo weinig bewijsmateriaal?'

'Weinig zou ik het niet noemen. We hebben sporen op het dode lichaam gevonden die mogelijk van jou afkomstig zijn.'

'Meen je dat nu? We hadden een relatie! En we hadden ruziegemaakt, natuurlijk zijn er sporen!'

'Wie van jullie heeft het initiatief genomen voor die portretserie?'

'Ik, dat heb ik al gezegd.'

'De foto's werden genomen voor ze zestien was. Hadden jullie toen al een seksuele relatie? Of stond je fatsoen je in de weg?'

‘Bespaar jezelf gerust de ironie. Veel stelde onze relatie al met al niet voor.’

‘Waarom wilde je die foto’s nemen? Hoe heb je het haar gevraagd?’

‘Daar heb ik toch ook al op geantwoord? Ik heb haar uitgelegd dat het mooi zou zijn om de overgang van kind naar vrouw vast te leggen. Dat de foto’s betekenis zouden krijgen als ze oud werd, iets in die trant.’

‘Maar ze is niet oud geworden?’

‘Nee, dat klopt, ze is niet oud geworden.’

Hij kon geen stap zetten zonder dat zijn knieën pijn deden.

Als hij zich inspande, voelde hij steken in zijn longen. Hij kon maar niet begrijpen wat hij in zijn leven verkeerd had gedaan om met zo’n enorme last, zo’n juk opgezadeld te worden. Erfelijk was het in elk geval niet, zijn moeder was mager en zijn vader had een normale lichaamsbouw. Maar iets in hem, een of ander gen of een code, deed zijn lichaam en zijn cellen uit hun dak gaan, deed hem opzwellen. Op zijn zesde was hij mollig, op zijn twaalfde was hij gigantisch. Het vet weer proberen kwijt te raken had geen enkele zin, zijn lichaam zou tot de dood vechten om te behouden wat het gewonnen had, het had een coalitie gesloten met de honger, die hem elk uur van de dag terroriseerde. Of moest hij gewoon iets in zijn mond hebben, ergens op kauwen, om rustig te worden, dat kon ook, hij had het met suikervrije kauwgom en pastilles geprobeerd, maar het haalde allemaal niets uit. Het was altijd vreemd om andere mensen te observeren. Ze aten iets, gooiden de verpakking weg en liepen rustig verder, waarna ze urenlang aan andere dingen dachten. Hij had zelfs wel eens gehoord over mensen die vergaten te eten. Die daar pas laat op de avond opeens aan dachten, wanneer hun suikerspiegel duizelingwekkend laag was.

Dit zei de psycholoog op de middelbare school, die keer toen hij wilde stoppen: 'Je zegt dat je niets cadeau krijgt. Maar niemand krijgt iets zonder erom te vragen. Vraag je eigenlijk wel ergens om? Voor niets gaat de zon op, weet je. Je moet pakken wat je toekomt, je bewijzen, jezelf verkopen, de anderen laten zien wie je bent en wat je kunt.'

'Daar kom ik niet eens aan toe,' had hij geantwoord. 'De mensen stuiven weg zodra ze me zien.'

'Maar denk je echt dat iedereen die succesvol is in het leven, alles in de schoot geworpen kreeg?'

'Ja, dat denk ik echt. Ze kregen het in de schoot geworpen.'

De psycholoog bij het arbeidsbureau: 'Dit zou je moeten aankunnen, het is een eenvoudige baan. Je wordt volledig opgeleid. We gaan samen met jou op zoek naar een kamer.'

De kamer op zolder bij Edith bestond uit één grote ruimte, met kitchenette, alkoof en douche. Een klein fornuis had hij ook, maar dat was zo smal dat hij alleen een pizza in de oven kreeg als hij die eerst in stukken sneed. Om bij de kamer te komen moest hij een steile trap bedwingen die op een kippenladder leek. Edith noemde de kamer het Kippenhok. Vóór hem woonde er een meisje dat vaak vriendinnen over de vloer had, en toen had Edith ze 's avonds horen kakelen en lachen.

‘Hoe gaat het in het Kippenhok?’ vroeg ze soms. ‘Ik hoop dat je het netjes houdt. Dat je af en toe poetst. Na jou moeten er ook nog mensen wonen.’

Alsof zij wist wat er allemaal nog zou komen. Het was compleet onmogelijk om de veertien treden op te sluipen zonder dat het hout kraakte. Het geluid verspreidde zich over het hele oude huis, tot in de woonkamer van Edith, die ongetwijfeld bijhield wanneer hij kwam en ging. Dat kon ze dan aan de politie doorgeven als ze ernaar kwamen vragen. Hij wist dat ze zouden komen.

Aan de muur links van de alkoof hing een oude spiegel waar hij graag in keek. De spiegel hing namelijk zo hoog dat hij er alleen zijn gezicht in kon zien. Dan kon hij er zelf het lichaam bij fantaseren dat hij graag wilde hebben. In een neerslachtig moment dacht hij wel eens dat iedereen die vóór hem voor de spiegel had gestaan, achter de geelgroene lijst verstopt zat en hem met grote ogen aankeek.

Lieve hemel, wat een dikzak! dachten ze wellicht, wat moeten we met hem aanvangen?

Als hij naar zichzelf keek in die spiegel, zag hij alleen zijn ogen en zijn lange donkere pony. Dan was hij tevreden met wat hij zag. De groene ogen die zo veel gezien hadden, die begrepen hoe het aan de donkere kant van het leven toeging, een inzicht dat hem een gepaste ernst verleende. Gelach en lichtzinnigheid waren niet aan hem besteed.

Vaak zat hij op de rand van zijn bed te lezen. Lichtjes voorovergebogen met een boek op zijn dijen. Sommige boeken las hij telkens opnieuw, omdat hij zichzelf erin herkende. Hij moest gewoon verder leven als tevoren, alsof de jacht, die heel zeker aan de gang was, niet op hem gericht was, maar op iemand anders. Hij ging naar zijn werk zoals gewoonlijk. Had geen noemenswaardige problemen om zich normaal te gedragen. De schaamte die hij op Dakota Beach had gevoeld, het verraad en de vernedering, waren als een gapende wond geweest, maar nu had hij die afgebonden en het bloeden gestelpt. Hij was zo sterk en hard als een rots, een onneembare vesting. Toch drong er iets naar binnen. Twee duikers hadden het water voor de kade doorzocht en iets gevonden, las hij. Maar de politie wist niet zeker of de vondst aan de moord kon worden gelinkt. Of er DNA of vingerafdrukken op zaten, of het nog voldoende zou zijn voor een volledig profiel na al die tijd in het water. Hij dacht aan het fietsstuur dat hij in zijn hand had gehouden. Het rood verkleurde rubberen handvat, dat glibberig was geworden door het bloed. Was het mogelijk om iets te isoleren dat urenlang in het zeewater had gelegen, konden ze dat? Maak je niet druk! zei hij streng tegen zichzelf. Voorlopig blijft alles bij het oude.

Maar inderdaad, tegenwoordig kunnen ze al heel veel, met al hun technologische snufjes. Je hoefde iemand maar aan te kijken en je DNA zat al op de oogbollen van de ontvanger, dacht hij. Binnenkort konden ze de hele mensheid voor het gerecht dagen. Maar over één ding was hij toch heel tevreden. Blijkbaar woonde de vreemdeling in een jeugdinstelling. Dacht hij het niet, die Hafskiold had op zijn zestiende al een flinke staat van dienst als crimineel. Wie weet welke schade hij op volwassen leeftijd zou hebben aangericht als niemand hem had tegengehouden op de kade, wellicht veel ergere dingen dan een portemonnee stelen. De kerel kende niet alleen een paar simpele trucjes die hem financieel gewin opleverden, maar haalde er ook een pervers genoegen uit om mensen te vernederen. Zoals wanneer een kat met een muis speelde. Zoals een sadist. Hij was hoe dan ook ten dode opgeschreven, maar blijkbaar was ik uitverkoren om hem te vermoorden.

Hij verwerkte de gedachten naarmate ze zich aandienden. Ontleedde ze en sloeg ze weg. Maar ze bleven komen. Hij kreeg een gestage stroom van herinneringen en mogelijke toekomstige scenario's voor zijn kiezen. Sommige maakten hem bang, andere brachten hem tot rust en gaven hem een goed gevoel. De gedachte aan een rechtszaak joeg hem geen angst aan. De gedachte aan een veroordeling en een celstraf evenmin. Maar hij wist dat gedetineerden zich moesten uitkleden voor ze werden opgesloten, en bij die gedachte doorvoer hem een koude rilling. Zo wisselde zijn stemming van dag tot dag en van uur tot uur. Soms gaf hij zich over aan onverschilligheid en stelde zich voor dat het allemaal geen rol speelde. Natuurlijk zouden ze hem vinden, veroordelen en opsluiten, en zijn bestaan als gedetineerde zou strikt genomen alleen tot verbondenheid met gelijkgezinden leiden, iets wat hij nooit gehad had, soms glimlachte hij bij de gedachte.

Hij las graag. Hij beschouwde literatuur als een tuin waarin hij fruit en bessen kon plukken. Bittere bessen of iets sappigs en zoets. Terwijl hij las, at hij wat snoep uit een kommetje dat naast hem stond.

Van nu af aan was alles mogelijk. De toekomst was onzeker, hij was losgeslagen, wist niet waar dit zou eindigen. Misschien is dit wel de laatste keer dat ik in mijn eigen bed slaap, dacht hij, misschien komen ze morgenvroeg al. Nee, ze komen 's nachts, ze komen me halen, zoals Jozef K. Ze brengen me naar de auto en rijden me weg, en als ik iets vraag, krijg ik geen antwoord. Ze behandelen me als een hond.

Voorlopig sliep hij goed, plat op zijn rug met zijn handen naast zijn lichaam. Het leek wel of hij daar dood lag, maar het was voor hem de enige mogelijke manier om te slapen, want als hij op zijn zij lag, werden zijn longen samengedrukt door het gewicht en kon hij nauwelijks ademen. Het duurde wel iets langer dan anders voor hij in slaap viel. Vaak lag hij nog te luisteren, of er misschien een auto voor het huis vertraagde, of een knokkel hard op de deur beneden klopte, of er duistere stemmen uit Ediths woning klonken. Als een auto de oprit opreed, zou hij licht zien flikkeren op het plafond, de gordijnen hielden het licht niet tegen. Misschien moest hij een paar bijtende replieken voorbereiden. Waarom niet met een snuifje zwarte humor, iets giftigs over de politie, of over hoe moeilijk het leven is en hoe onbeduidend de dood. Woorden die de geschiedenis zouden ingaan, een citaat dat jonge mensen zouden aanhalen op feestjes, in de vroege uurtjes, woorden die vetgedrukt in de krant zouden staan.

'De woorden van de moordenaar toen de politie hem wegvoerde.'

En de mensen zouden vol afgrijzen denken: heeft die kerel

ze wel allemaal op een rijtje, is hij belezen, heeft hij nagedacht?

Nee, tegen de politie zou hij zwijgen, bedacht hij, maar in de rechtszaal, als hij voor de rechter stond, in het zwart gekleed, dan zou hij iedereen van repliek dienen. Hij dacht er veel over na. Bladerde door boeken die hij gelezen had, herinnerde zich iets uit de Bijbel, over de eerste steen, de balk in je eigen oog enzovoort, maar dat soort dingen had iedereen al gehoord, het waren clichés die weinig indruk zouden maken.

Toen kreeg hij opeens een inval. Hij was zo enthousiast over zijn vondst dat hij meteen begon te spartelen om uit zijn bed te komen. Hij zette zijn benen op de vloer, stond op, pakte zijn pilotenbril van het nachtkastje, zette hem op zijn neus en liep naar de spiegel. Ging op zijn plaats staan, nam zijn bril overdreven traag van zijn gezicht, perste er een glimlachje uit en reciteerde de paar woorden voor de rechter: 'We verdienen allemaal de dood.'

Hij wist niet meer waar de woorden vandaan kwamen, maar wist wel zeker dat ze indruk zouden maken. Toen ging hij weer in bed liggen en dacht verder na.

Noch degenen die hem kwamen halen, noch degenen die hem veroordeelden, zouden ten volle begrijpen wat hij had doorgemaakt. Toch zouden ze allemaal in een zaal zitten, naar hem wijzen en zeggen: 'Jij bent schuldig.' Daarna zouden ze een strafmaat bepalen en daarnaar handelen. En ik dan? dacht hij, hoe moet ik zelf handelen de dag dat ze me komen halen? Hij zag de foto's in de kranten al voor zich, hijzelf met een jas over zijn hoofd getrokken, en zijn advocaat ernaast met een hand op zijn schouder.

Ik ben er, zei de hand. Ik sta aan jouw kant.

Nee, een jas over zijn hoofd trekken was niet aan de orde. Als ze hem dan toch oppakten, wilde hij zich aan de hele wereld laten zien en recht in de camera staren, met een rust waarop iedereen jaloers zou zijn, met een zwarte, glinsterende blik, zoals Charles Manson, want dat was net wat hij wilde, dat ze hem zouden zien. Als ze het vervolgens over zijn schuld zouden hebben, zou hij hun zeggen: 'Jullie zullen het nooit begrijpen, want jullie hebben niet in mijn schoenen gestaan, hebben mijn leven niet geleefd, zelfs geen leven dat erop lijkt.' Hij zag zichzelf in de rechtszaal, mooi gekleed en met netjes gekamd haar, rechte rug en vastberaden blik.

'Jawel, edelachtbare, dat heb ik begrepen.'

'Nee, edelachtbare, daar heb ik niets aan toe te voegen.'

'Nee, ik teken geen beroep aan.'

'Nee, jullie kunnen me niets afpakken, zelfs mijn vrijheid niet. Want vrijheid heb ik nooit gekend, ik ben een gevangeniscel op twee benen, ik bezwijk bijna onder mijn eigen gewicht. Maar achter de tralies klopt een hart vol verlangen. En wat zei de profeet ook alweer toen hij het over de misdadiger had? "Vaak heb ik u over iemand die iets verkeerds gedaan heeft, horen spreken als ware hij niet een der uwen, maar een vreemde, een indringer in uw wereld, maar ik zeg u dat het verkeerde en zwakke kan dalen beneden het laagste dat ook in u schuilt."'

Hij was zeer tevreden met de woorden die hij had gevonden, en met de beelden die hij voor zijn geestesoog zag, tevreden met de monoloog die hij zou houden. In de beelden zag hij trots, kracht, zelfvertrouwen en gerechtvaardigde verontwaardiging, zijn kracht zou iedereen in de zaal aan het denken zetten.

'Het moet gezegd worden, de verdachte maakt indruk.'

Hij lag in zijn crypte op de slaap te wachten. Draaide zijn gezicht naar de muur en sloot zijn ogen. Controleerde zijn ademhaling. Een woordenstroom kun je tegenhouden, maar gedachten niet, ze bewandelden vreemde paden en bleven maar door zijn hoofd malen. Hij luisterde naar de geluiden om hem heen. Elk geluid had een betekenis. Sommige geluiden kwamen van buiten, andere kwamen uit hemzelf, van zijn enorme biochemische machine, van zijn hart en van het eten dat zich door zijn darmen verplaatste, van zijn longen die uitzetten en leegliepen, van zijn keelgat als hij speeksel doorslikte. Hij bracht een dikke hand naar de ring die aan een touwtje om zijn hals hing. Overdag verstopte hij de ring onder zijn T-shirt, maar 's nachts, zoals nu, lag hij hem vaak te strelen. De ring met het rood-groene plaatje behoorde hem toe. Hij had hem veroverd.

My precious, dacht hij. Zolang ik die ring heb, heb ik macht. Ik beschik over kennis waar mensen heel wat voor overhebben. Ze zullen op hun knieën smeken om de rechten op mijn verhaal. Ik heb informatie, inzicht, ik kan alles uitleggen, ik kan onderhandelen. Dit schip gaat ten onder met alle schatten aan boord, alle edelstenen zullen op de zeebodem blijven liggen, niemand heeft zich waardig getoond om de schat te vinden.

Niemand krijgt zomaar alles in de schoot geworpen.

Dagny's naaimachine zoemde onverstoorbaar.

Het gedreun gaf haar het gevoel dat ze in een bewegend voertuig zat. De stoffen gleden tussen haar vingers, zachte stoffen, gladde stoffen, maar ook dikke, stijve stoffen, elk met hun eigen kleur en eigenschappen. Elastische stof was vervelend onvoorspelbaar en zelfs onbetrouwbaar, zijde was glad en verraderlijk, maar katoen was eerlijk en gedroeg zich voorbeeldig. Ze was klaar met de eerste klus van de dag, een fietsbroek. De klant wilde van Trondheim naar Oslo fietsen, en de zeem was losgekomen. Ze had die met ministeekjes vastgestikt, zodat de edele delen van de man, zijn grote trots en toekomst, goed beschermd zouden zijn tijdens de lange rit.

Ze vouwde de broek mooi op en legde hem op het rek. Bevestigde er met een kopspeld een prijskaartje aan.

'Herst. zeem, 375 kronen.'

Toen begon ze aan de volgende klus, een eenvoudige witte zomerjurk zonder versiering. De klant wilde in de jurk trouwen en had Dagny gevraagd er iets aan toe te voegen dat voor wat cachet zou zorgen, liefst zonder dat het al te veel kostte. Dagny had voorgesteld om een paar zijden roosjes te maken voor op de rok van de jurk. Ze had al eerder zijden roosjes gemaakt, het was een pietepeuterig werkje, maar daar hield ze van. In de kast met stoffen vond ze een lapje ivoorkleurige zijde. Het was maar een restje, niet genoeg voor een kledingstuk, maar wel voor een paar roosjes.

Eerst knipte ze meerdere stroken stof van verschillende breedte en lengte, die ze vervolgens aan de lange zijde dichtnaaide. Ze keerde ze binnenstebuiten, zodat het dunne worstjes werden, streek ze voorzichtig glad met haar strijkijzer zodat ze scherpe randen kregen. Daarna naaide ze met de hand een zoom aan de lange zijde, trok voorzichtig aan de draad zodat de stof rimpelde. Vervolgens rolde ze het strookje stof helemaal op tot het een roosje vormde, dat ze met een paar steken aan de rok van de jurk bevestigde.

Tijdens het werk dacht ze aan de vrouw die zou trouwen, die blij als een kind aan de deur had gestaan, zoals ze zelf ooit blij als een kind was geweest toen ze met Carl trouwde, in een mooie witte jurk. De vrouw die nu zou trouwen met handgenaaide roosjes op haar jurk, had er geen flauw idee van hoe alles zou veranderen als ze na een paar jaar uit elkaar zouden groeien. Wist niet dat alles een gewoonte zou worden, een onverdraaglijke vanzelfsprekendheid, en dat de man op wie ze nu tot over haar oren verliefd was, binnenkort ongeïnteresseerd en afwezig zou zijn. Dat alles wat ze nu zo charmant aan hem vond, haar langzaam maar zeker zou gaan irriteren. Dat de man die ze had gekozen – want ze dacht dat ze hem had gekozen – zich op een bepaald moment zou terugtrekken, weg van al het gedoe met uitstaande leningen en huilende baby's. Dat ze zich eenzaam en in de steek gelaten zou voelen, terwijl ze geen concrete oorzaak kon aanwijzen, geen ontrouw of mishandeling, waardoor ze nog moeilijker zou begrijpen waarom ze zo ongelukkig was. Dat ze dan maar troost zou zoeken bij de kinderen die ze samen hadden gekregen, waardoor haar man zich eenzaam en genegeerd zou voelen. Na tien jaar, of twintig jaar, zouden ze vreemden voor elkaar zijn. Tot een van hen moest gaan. Dan zou het niet helpen dat er zijden roosjes op haar bruidsjurk zaten. Daar dacht Dagny allemaal aan terwijl ze de roosjes een voor een oprolde.

Dit was lekker ouderwets handwerk. Als ze zo in haar eentje met de hand zat te naaien, voelde ze zich verwant met alle vrouwen die vóór haar hadden geleefd, vrouwen uit alle mogelijke landen en standen. Maar soms hoorde ze geluiden die van buiten kwamen. Dan gleed haar blik naar het raam om te zien of daar iemand stond, en een angst die ze niet had kunnen onderdrukken, laaide weer in alle hevigheid op. Misschien reed de politie de oprit op om Ellemann aan te houden en was die eerste ontmoeting maar een verkennend onderzoek geweest. Misschien had de inspecteur een reeks tegenstrijdigheden gevonden in de verklaring van haar zoon, en hij wist maar al te goed hoe je een tiener tot bekentenissen kon dwingen. Hij was een buitenstaander, geen emotionele band, alleen beroepsmatige interesse. Die manoeuvre met Ellemann in de auto, wat had dat eigenlijk te betekenen? Was dat eigenlijk geen overtreding? Hij was tenslotte nog minderjarig. Toegegeven, hij had haar en Ellemann zelf om toestemming gevraagd, maar toch. Ach, je doet natuurlijk wat de autoriteiten je vragen, zo heb je het geleerd. Als je een braaf meisje bent.

Ze naaide nog een roosje aan de jurk, en daarna nog een. Hield de jurk omhoog, stond op, liep naar het pasmodel en trok de jurk erover. Niemand zou te weten komen dat er aan de binnenkant, achteraan bij de hals, een etiketje met rode letters zat, H&M, en ze dacht bij zichzelf dat de jurk vast in Bangladesh was genaaid, door kleine kinderen die de fabriek nooit mochten verlaten en op het harde beton moesten slapen. Maar dat kon ze niet zeggen tegen de bruid. In totaal moesten er elf roosjes aan de jurk worden genaaid. Ze werkte nauwgezet. Ze had fijngevoelige vingers met korte nagels, en haar huid was droog geworden doordat er jarenlang allerlei stoffen door haar handen waren gegleden. Soms gebruikte ze dunne polswarmers om haar handen te sparen. Ze hield ze onder de lamp, zag dat ze droog en ruw waren, hier en daar schilferde haar huid af. Zo hadden haar handen er niet uitgezien op de dag dat ze trouwde, toen waren ze zo zacht en glad geweest als de handen van een kind. Carl had ze vaak tegen zijn mond gehouden om ze te kussen.

Ze verloor zich in haar gedachten. Legde haar hand op de rug van haar Husqvarna Sapphire. Ze had het gevoel dat er iets door haar heen stroomde, langs haar arm naar de machine, dat ze ermee verbonden was, zoals Carl verbonden was met zijn camera en Ellemann met zijn zachte potlood. Alles is met elkaar verbonden, bedacht ze, dunne, onzichtbare draden tussen mensen en dingen, en als je zachtjes aan één draad trok, begon een andere te trillen. En was het eigenlijk wel toeval dat Ellemann net op die dag naar het bos was gegaan, de dertiende juli? Was het toeval dat juist hij Gritt had gevonden, of maakte hij deel uit van een groter geheel, een verbond waar hij niet over wilde praten? Iets wat verboden was, zoals jonge mensen vechten om te ontsnappen aan het gezeur van de volwassenen, door hen te choqueren en regels te overtreden. Alsof ze willen zeggen: jij weet niets over mij. Ik ben niet wie je denkt dat ik ben.

Ik ben niet wie je wilt dat ik ben.

Ze was aan het laatste roosje toegekomen. De strook stof lag voor haar op de naaitafel, en ze pakte haar schaar om de uiteinden mooi af te knippen. Ineens voelde ze een scherpe prik. Een paar druppels bloed vielen op de witte zijde, waarna ze snel haar vinger in haar mond stak. Ze bleef zitten staren naar wat een roos moest worden, maar nu met bloed bevlekt was. Ze holde om een pleister, ergerde zich aan haar eigen slordigheid, ging weer aan de naaitafel zitten en dacht even na. Het was het einde van de wereld niet om een nieuw strookje stof te knippen, het dicht te naaien, binnenstebuiten te keren, plat te strijken, op te rollen en te bevestigen, maar ze besloot het zo te laten. De vlekken zaten in het midden van het stofreepje, dus zou het bloed binnen in de roos blijven zitten, als een geheim. Ze begon het strookje op te rollen, terwijl ze voortdurend de bloedvlekken in het oog hield, die steeds weer door een nieuwe laag zijde werden bedekt. Ten slotte trok ze het touwtje nog eens aan en naaide ze de uiteinden vast. Hield het onder de lamp, draaide het langzaam rond. Om het bloed te zien moest je de verschillende laagjes met je vingers uit elkaar halen, en dat zou de bruid nooit doen. Ze zou de jurk op haar trouwfeest dragen, ze zou er de hele nacht in dansen, hem in de kast hangen, ernaar kijken telkens als ze de kast opendeed, maar van het bloed zou ze niets afweten.

Alleen Dagny Hamza wist van het bloed af.

Net als bij de andere tien roosjes liep ze naar de paspop om te kijken waar het roosje moest komen, en besloot het op de borst van de jurk te naaien, aan de linkerkant, waar het hart van de bruid de hele trouwdag zou kloppen. En misschien zou de bruid haar jurk ooit wel eens aan een vriendin uitlenen, of zou een van haar dochters hem ooit erven, en allemaal zouden ze voor de dominee staan met het bloedige roosje op hun hart. Want bloeden zul je, dacht ze, je weet het nu nog niet, maar ik wel. Op een mooie dag sta je voor de spiegel en denkt: is dit alles?

Ja, dit is alles, dacht ze. Over de kinderen in Bangladesh wil ik het niet hebben, maar neem deze bloedige roos aan als geschenk van een vrouw met levenswijsheid. Ze zette een kruisje waar het roosje moest komen, trok de jurk voorzichtig van de paspop en naaide het met zes steken vast. Ze was erg tevreden over haar werk. Vouwde de jurk voorzichtig op en verpakte hem in vloeipapier. Haar werk zat erop. Maar toen ze heel even niet oplette en zichzelf een moment van rust gunde, werd ze door angst overvallen. Er waren twee jongeren dood aangetroffen. Ze waren allebei zestien, net als

Ellemann, misschien was hij wel de volgende in de rij, dat was goed mogelijk, hij was bij de zaak betrokken, ze wist alleen niet op welke manier.

Ze liep de woonkamer in en keek in het rond. Haar oog viel op het rode schilderij dat Carl ooit had meegebracht, en ze zag alle draden, ze liepen van het schilderij naar Carl, naar Zeeland, naar Gritt, die dood was, en van Gritt naar Ellemann, helemaal tot in haar eigen huis.

De inspecteur was naar het Svartlandbos gereden om er langs de paden te wandelen. Wie weet waren er nog andere wandelaars of hardlopers onderweg, en hij zou van iedereen die hij tegenkwam het gezicht onthouden. Hij parkeerde, bleef nog even in de auto zitten nadenken, opende het portier, stapte uit en begon te wandelen.

Met een beetje fantasie kon hij zich voorstellen dat Gritt achter hem liep. Ze liet een paar meter tussen hen in, glimlachte voorzichtig, wilde niet storen.

'Zijn jullie langs deze weg gekomen?' vroeg hij.

'Ja,' antwoordde ze.

'Met zijn auto?'

'Ja, met de auto.'

'Zullen we samen dit pad verder volgen?'

Ze kwam een paar stappen dichterbij. In zijn ooghoek zag hij haar blonde hoofd. Ze was zo veel kleiner dan hij, had zo veel kortere benen.

'Waarover hebben jullie gepraat in de auto?' vroeg hij.

'We hebben bijna niet gepraat,' antwoordde ze.

'Jullie zaten daar gewoon te zitten?'

'We zijn een hele poos blijven zitten.'

'Heb je iets doms gezegd?'

'Ja, dat kun je wel zeggen. En daar heb ik nu spijt van.'

'Is hij boos op je geworden?'

Ze knikte met haar blonde hoofd.

'Waar is je telefoon?' vroeg hij.

'Geen idee,' antwoordde ze.

'We hebben hem niet gevonden. We denken dat hij hem heeft meegenomen. We denken dat hij niet wilde dat we zijn berichtjes zouden vinden.'

'Die telefoon staat inderdaad vol berichtjes,' bevestigde ze.

Hij voelde hoe ze naar hem opkeek, smekend.

'Het is niet de schuld van mama,' fluisterde ze. 'Ook niet die van papa.'

'Wiens schuld is het dan wel, Gritt?'

'Het is alleen mijn eigen schuld. Ik heb me slecht gedragen.'

Ze wandelden een tijdje in stilte, de lange grijsaard en het kleine blondje. Het pad wiegde op en neer onder zijn voeten, de geuren vulden zijn neus en zijn hoofd. Al zijn zintuigen stonden op scherp, zijn gehoor en zijn zicht, zijn reukzin en zijn gevoel voor mystiek, want hier had ze gelopen. Hier was ze overvallen en vermoord.

Even later zag hij aan zijn rechterkant de kuil.

'Het lijkt wel een bedje,' zei ze.

'Vind je het een mooie plek om gevonden te worden?' vroeg hij.

Ze keek naar de plaats delict en knikte.

'Maar ik zag er vast lelijk uit. Zag ik er lelijk uit?'

'Nooit,' antwoordde hij. 'Jij zult nooit lelijk worden. Je bent jong gestorven, en je schoonheid is voor eeuwig. Met mij is het erger gesteld,' zei hij nog, waarop ze in een kinderlijke lach uitbarstte.

'Kende je hem?' vroeg hij.

'Ja, ik kende hem.'

'Ik heb met heel wat mensen gepraat, en ze zeggen allemaal iets anders. Dat je mooi was en dat je dat wist en het in je voordeel gebruikte. Dat je er niet voor terugdeinsde om andermans zwaktes bloot te leggen. Dat je graag in het middelpunt van de belangstelling stond, maar je terugtrok als de grond je te warm onder de voeten werd, dat je anderen afstootte en egoïstisch was. Ze zeggen dat je zelfingenomen en opdringerig was, een verwend kind. Wie ben je, Gritt?'

Ze dacht lang na voor ze antwoordde.

'"Wees gewoon jezelf," zeggen de volwassenen. Maar het hangt er allemaal van af wie naar je kijkt. Nu kijk jij naar mij, dus wie wil je dat ik ben? Wie moet ik voor je zijn?'

Hij keek op omdat hij stappen hoorde. Een donker geklede gedaante verscheen op het pad, sloeg af en liep naar de kuil toe.

'Kom je hier vaak?'

Jan Zeeland knikte.

'Elke dag. Doe de hele ronde,' legde hij uit. 'Start bij de kleuterschool. Stop hier voor een pauze. Daarna loop ik naar de parkeerplaats, en dan verder naar het kerkhof.'

'Kom je tot bepaalde inzichten?'

Zeeland keek uit over de kuil waar zijn dochter gevonden was.

'Ik probeer te voelen waar ik het dichtst bij haar ben. Hier, waar de moord gebeurde, of op het kerkhof, waar ze nu ligt. Ik wil zo dicht mogelijk bij haar zijn. En jij, wat doe jij hier?' vroeg hij.

'Ik probeer dichtbij te komen,' zei Sejer.

De mannen glimlachten naar elkaar.

'Hier krijg ik andere ideeën dan als ik op kantoor zit,' zei Sejer. 'Mijn zintuigen worden op een andere manier geprikkeld. We zien wat Gritt heeft gezien, we horen wat Gritt heeft gehoord.'

'Gaat het onderzoek een beetje vooruit?'

Sejer knikte.

'Alle tips, alle gesprekken en alle sporen worden zorgvuldig nagegaan. Het zijn bijna allemaal dode sporen die nergens toe leiden. Maar we moeten nu eenmaal alle sporen onderzoeken voor we ze kunnen verlaten.'

'Ik haat die Hafskiold,' zei Zeeland ineens.

'Waarom?'

'Hij neemt Gritts plek af, en jullie spenderen tijd aan hem. Veel tijd. Dat vind ik maar niks, hij was een ander slag mens. Had niets met Gritt te maken.'

'Een ander slag?'

'Het was een crimineel, heb ik gehoord. Wellicht een afrekening in het milieu?'

Sejer voelde zich bedrukt.

'Victor was gewoon een magere stakker,' zei hij. 'En sorry dat ik het zeg, maar hij heeft afgezien voor de dood hem meenam. Zwaar afgezien.'

'Dus je vindt dat Gritt er makkelijker af is gekomen?'

De stem van Zeeland had een scherpe toon.

'Geen van beiden is er makkelijk afgekomen. Wat niet wegneemt dat er een paar verschillen zijn.'

Zeeland zuchtte weer diep.

'Ik ben mezelf niet meer,' zei hij verontschuldigend, 'maar ik lees ook de kranten. Ik heb begrepen dat zijn ouders hem hebben laten vallen omdat hij onhandelbaar was, dus dan hebben we het toch over een lange reeks omstandigheden, en een afloop die in de lijn van de verwachtingen lag.'

'Bedoel je dat zulke dingen niet met lieve meisjes mogen gebeuren, maar alleen met stoute jongens?' vroeg Sejer.

'Jullie denken toch zelf ook zo,' zei Zeeland snel.

'Dat is waar,' moest Sejer toegeven. 'Maar ook al was Gritt voor jou een lief meisje, toch denken sommigen daar misschien anders over.'

Hij tikte even met zijn vinger tegen zijn slaap.

'Hier in onze bovenkamer is er heel wat onontgonnen terrein. Je verdwaalt al snel in je eigen gedachten, vooral als je jong bent.'

'Nu geef je Gritt de schuld!' zei Zeeland kwaad.

'Dat zou ik nooit doen. Maar wij werken met oorzaak en gevolg. We kunnen het ons niet veroorloven rekening te houden met de reputatie van het slachtoffer, of die tot elke prijs voor het nageslacht hoog houden, want dan kunnen we de waarheid niet achterhalen. Wat is het belangrijkste, Jan? Voor jou en Marion?'

'Dat jullie de waarheid achterhalen.'

'Dan zijn we het met elkaar eens. Ga liever naar het kerkhof. De gedachten die je hier op de plaats delict krijgt, zijn niet goed voor je. Ik word betaald om dat denkwerk in jouw plaats te doen.'

Zeeland deed zoals Sejer vroeg en wandelde verder langs het pad, naar de parkeerplaats en de kerk, een trage man met een kromme rug.

Sejer ging een paar meter verder staan om de plaats delict vanuit een andere hoek te bekijken. Ging op de plek staan waar Ellef zijn stoeltje had gezet om zijn tekening te maken.

Een paar bedachtzame minuten later begon hij weer te lopen.

'Gritt,' mompelde hij.

'Ja,' antwoordde ze.

'Je doet me denken aan mijn dochter toen ze zestien was.'

'Maar haar heb je niet verloren, toch?'

'Nog niet,' zei hij met een bedroefde glimlach. Maar wij ouders zijn voortdurend bang, we zijn elke dag bang. En als jullie ongelukkig zijn, is het onze schuld. Wat er ook gebeurt, het is altijd onze schuld.'

'Waarom dan?' wilde ze weten.

'Jullie zijn hier omdat wij dat wilden,' antwoordde hij. 'Jullie zijn gekomen omdat wij jullie geroepen hebben. En die liefde doet pijn in het hele lichaam. Het doet pijn van geluk als jullie gelukkig zijn, en het doet pijn van verdriet als jullie ongelukkig zijn.'

'O!' riep ze uit. 'Dus wij doen alleen maar pijn?'

Hij dacht aan zijn dochter Ingrid en aan alles wat er gebeurd was. Aan hoe ze hem vroeger, in haar jonge jaren, versteld had doen staan toen ze zei dat ze naar Somalië wilde reizen, om het verschil te maken. Hij had meteen aan oorlog, ontberingen en Al-Shabaab gedacht.

Hij had haar aangekeken en gezegd: 'Je moet niet gaan, weet je.' Ze had geglimlacht en gezegd: 'Jawel, papa, ik moet gaan.'

'Jullie staan niet los van ons,' zei hij tegen Gritt. 'Jullie zijn niet iets wat we voor ons uit duwen. We dragen jullie als een fysiek gevoel mee in ons lichaam. Zelfs na jullie dood blijven jullie in ons lichaam aanwezig, dat gevoel gaat nooit meer weg. Dus ja, Gritt, jullie doen vooral pijn.'

Ze staarde ernstig voor zich uit, en hij vervolgde zijn gedachtegang.

'Lang voor jullie komst denken we dat we weten wie jullie zijn, want we kennen onszelf en we kennen onze geliefde, en jullie worden verondersteld het beste van beiden in één te verenigen. Maar de baby die we over de drempel dragen, is een vreemde. Voor sommigen is dat een grote schok.'

'Een schok en pijn,' stelde ze vast.

'Ja,' zei hij, 'een schok en pijn.'

'Kunst is belangrijk,' zei ze, 'dat heb ik al heel snel begrepen. Soms sloop ik de trap naar het atelier op en keek ik vanaf de bovenste trede naar mama en papa die aan het schilderen waren. Ze werden volledig opgeslorpt door hun werk, ze hadden het nooit over mij, alleen over perspectieven, nuances en richtingen. Ze praatten over hun schilderijen alsof het levende dingen met een eigen wil waren, en het ging er vooral om de geheimen van het motief bloot te leggen en dat soort dingen. De essentie, de eigenschappen van de kleuren en de autoritaire kracht van de contouren. En ook al zag ik alleen hun ruggen, papa's brede rug in zijn grijze jas en mama's smalle rug in haar lichtblauwe blouse, toch hoorde ik aan hun stemmen dat ze verliefd waren. Op hun schilderijen.'

'Een gemeenschappelijke passie brengt je dichter bij elkaar,' zei hij.

'Maar waarom willen jullie ons dan?'

'Omdat we betere mensen hopen te worden.'

'En lukt dat dan?'

'We worden vooral iets anders. En als het allerergste gebeurt, dat jullie sterven, dan is ook dat onze schuld. Dan doorlopen we alle dagen, een voor een. Daarna maken we een constructie, een ander verloop van de gebeurtenissen, waar we ons voor de rest van ons leven aan vastklampen. Want door onszelf te pijnigen, zitten we onze straf uit. Dat verdriet is anders dan ander verdriet, het gaat om ons heen liggen als een wolk van giftig gas, en niemand durft te dicht bij ons te komen, want ze zouden besmet kunnen raken. En zo worden we eenzaam, Gritt, zo verschrikkelijk alleen.'

'Misschien hadden we er beter niet geweest kunnen zijn?'

'Nee!' schreeuwde het in zijn binnenste. 'Jullie zijn het beste wat ons kon overkomen! Het allerbeste!'

Als de kinderen zich nuttig voelden, zouden ze de gebeurtenissen misschien gemakkelijker kunnen verwerken, dacht hij. Kinderen horen geen dode mensen in het bos te vinden met ogen vol maden.

Hij zette hen net als de vorige keer op de schommelbank, Nora, Kevin en Kristian. Haalde de foto van Victor Hafskiold uit zijn binnenzak en liet hem aan hen zien.

'Denk goed na voor jullie antwoorden. Jullie antwoord is erg belangrijk en kan ons helpen een moord op te lossen, of misschien zelfs twee. Ik wil dus geen onzin horen, duidelijk?'

De kinderen begrepen dat het dodelijke ernst was. Ze durfden nauwelijks te ademen of elkaar aan te kijken, ze staarden onbeweeglijk naar de foto.

'Deze jongen. Hebben jullie hem al eens gezien?'

Toen keken ze elkaar toch aan en knikten.

'Dat is 'm,' zei Kevin. 'Die hebben we gezien!'

'Hij lijkt op Zucca,' riep Nora.

'En wanneer hebben jullie hem gezien?'

'Toen we in de kleuterschool waren gaan spelen. Toen we langs het pad liepen, kwam deze jongen aanrennen vanuit het bos.'

'Uit welke richting kwam hij precies?'

'Er zijn zo veel paden. Dat weten we niet.'

'Hij is dood,' legde Sejer uit.

'Jeetje!' flapte Kevin eruit. 'Nu wordt het menens!'

'Wat je zegt,' zei Sejer. 'Nu wordt het menens.'

Hij stak de foto terug in zijn zak.

'Volgende vraag,' zei hij, 'ook een belangrijke. Weten jullie nog wat hij aanhad?'

'Een korte broek,' antwoordde Kevin. 'Zo'n lange met veel zakken.'

'Een T-shirt,' antwoordde Kristian. 'Dat hij niet dichtgeknoopt had.'

'Wat voor T-shirt? Welke kleur?'

'Een lichtblauwe,' antwoordde Kristian.

'Turquoise,' verbeterde Nora.

'En de dag daarna, weten jullie daar nog iets van?'

'Ja, dat weten we nog, toen hebben we het dode meisje gevonden.'

'Hebben jullie de jongen nog teruggezien? De dagen daarna?'

'Alleen die ene keer,' antwoordde Kevin.

Sejer dacht na: dit is allemaal aan elkaar gelinkt, ik weet alleen niet hoe. Wat is de link?

Hij praatte nog even met de ouders. Draaide zich om, ging ervandoor en stak zijn hand op ten afscheid. Sjokte weg van de rijtjeshuizen in de straat en nam het pad terug naar de parkeerplaats. Hij riep nog een paar keer naar Gritt, maar ze dook niet op, en hij voelde zich moederziel alleen terwijl hij door het bos wandelde.

Het zilveren identiteitsplaatje was slechts een detail, maar wel een dat hij niet mocht negeren. Natuurlijk was het mogelijk dat Victor Hafskiold het plaatje ergens gevonden had, het in het borstzakje van zijn T-shirt had gestopt en er daarna niet meer aan gedacht had. Het was niet groter dan een postzegel, kon probleemloos een paar wasbeurten overleven, en als Victor het borstzakje van zijn T-shirt niet veel gebruikte, kon het plaatje er al lang in zitten. Het had ook geen enkele waarde, en bovendien was het slotje kapot, waardoor Markus Holden het had verloren. Ongeveer een jaar geleden, daarna was het uit zijn gedachten verdwenen. Sejer ging aan zijn computer zitten en zocht op 'graveren'. Het eerste zoekresultaat was 'Zen Design'. De naam had iets verleidelijks, wie weet had Holden er ook zo over gedacht. Sejer belde naar het telefoonnummer op de website. Legde uit dat de politie in het kader van een strafzaak een overzicht wilde van de graveringen die bij Zen Design waren uitgevoerd. Of ze de bestellingen wilde doorlopen en naar de naam Markus Holden wilde zoeken. 'Jullie hebben een klantenregister, neem ik aan?'

'Klopt,' zei ze. 'Waar gaat het precies om?'

'Een soort identiteitsplaatje in zilver. Zo'n soldatenplaatje, als je begrijpt wat ik bedoel, dat je om je hals kunt hangen.'

'Zulke plaatjes verkopen we inderdaad,' antwoordde ze, 'ze zijn weer in de mode. We verkopen ook herenarmbanden. Hoe ver in het verleden moet ik teruggaan?'

'Minstens een jaar,' antwoordde hij. 'Bel me op als je iets vindt.'

Hij gaf haar zijn nummer en beëindigde het gesprek. Helena belde om te vertellen dat Frank een klein wandelingetje gemaakt had op de parkeerplaats. Hij had een beetje ijs gegeten, en hij dronk zo veel water dat ze zijn drinkbak voortdurend moest bijvullen.

'Het is in elk geval een goed teken dat hij drinkt.'

'Ja, maar niet zó veel,' zei ze. 'Geen enkele hond drinkt zo veel water op één dag.'

'Heeft hij misschien diabetes?'

Ze zweeg even.

'Hij moet naar de dierenarts. Hij is nu al een hele poos ziek.'

Zijn slechte geweten hakte als een bijl op hem in.

'De dierenarts,' herhaalde hij gehoorzaam. Ik maak meteen een afspraak.'

Even later liep hij door de gangen van het politiebureau. Aan het einde van de hoofdgang stopte hij bij een raam. Doordat het glas vuil was en al lang niet meer schoongemaakt was, leek ook de stad vuil, met zwarte straten en grijze mensen. Arme Gritt, dacht hij, arme Victor. De man die de zaak moest oplossen, stond radeloos door een vuil raam te staren. Vond geen motief of motieven, vond geen dader of daders. Waren ze met zijn tweeën? Kenden ze elkaar?

Hij liep verder, stak een hand uit en liet die langs de muur glijden, zoals kinderen doen. Zijn gevoelige vingers gingen over de ruwe muur, de koude ramen, de gladde deuren. Hij liep terug naar zijn kantoor. Leunde met zijn ellebogen op de bureauonderlegger en ging op zoek naar Zweden, het thuisland van Krister Karlson. Waarom was hij naar Noorwegen gekomen? Was hij ergens voor gevlucht, een vonnis of een verdenking, en de grens overgestoken om zich te verschuilen? Vaak ging aan een moord iets anders vooraf, een mildere vorm van criminaliteit, een doodgewone diefstal, vandalisme of verkrachting. Een waarschuwing voor wat nog moest komen, typisch voor iemand die vond dat hij boven de wet stond. Waarom kreeg zijn jeugdclub geen financiële steun meer? Sejer overpeinsde het even en wilde de Zweed net aan een nader onderzoek onderwerpen toen Zen Design belde.

'Wij hebben inderdaad die gravering gemaakt,' zei ze. De bestelling was een identiteitsplaatje in zilver, met de volgende tekst: "*Markus D. Holden. 01040036847. A resusnegatief*".'

'Wanneer werd de bestelling geplaatst?'

'We hebben de bestelling op 14 juni ontvangen,' zei ze.

'Dus, even kijken, zo'n veertien en een halve maand geleden?'

'Nee, deze zomer, tweeënhalve maand geleden.'

Hij fronste zijn wenkbrauwen.

'Weet je dat zeker?'

'Het staat hier zwart op wit.'

De inspecteur haalde het plaatje weer tevoorschijn en bleef er een hele poos naar kijken. Markus Holden had verklaard dat hij het meer dan een jaar geleden verloren had.

Wat vreemd om daarover te liegen, dacht hij, was er dan toch een verband tussen hem en Victor? En wat voor verband?

'Wil je verder nog iets weten?' vroeg ze nadat het een tijdje stil was geweest aan zijn kant van de lijn.

'Ja, nog heel wat eigenlijk,' antwoordde hij. 'Maar dat moet ik zelf zien te achterhalen. Hartstikke bedankt!'

Hij sloot zijn ogen. In gedachten hoorde hij Monica Zetterlund zingen in het Zweeds: '*Och så han, vars namn vi inte vet.*'

'En hij, wiens naam we niet kennen.'

We zullen hem eens een toontje lager laten zingen, dacht hij. Geen vingerafdrukken of DNA, maar wel de eerste leugen.

Hij maakte meteen een nieuwe afspraak met Markus Holden. Terwijl hij op hem wachtte, liep hij naar het raam en keek naar buiten om zijn gedachten op gang te brengen. Zijn ogen dwaalden over de stad, de heuvels en de fjord, en de kade waar ze Victor hadden gevonden. Hij dacht aan de hersenen en hoe die werkten, dat de mensen zagen wat ze wilden zien. Maar wat was Victor en Gritt overkomen? Hij wist niet wat hij zocht, wist alleen dat zijn gedachten alle richtingen uit gingen en nooit samenkwamen in één theorie. Hij zocht de foto's op zijn computer en bestudeerde het verbrijzelde hoofd van Hafskiold. Hij herinnerde zich wat hij op de kade had gedacht, dat het leek of het lichaam uit een en hetzelfde materiaal was gemaakt, dat er geen sprake meer was van huid, haar of textiel. Het zeewater, het bloed en de mishandeling hadden alles in één homogene massa veranderd, als iets wat de zee had uitgekotst. Mooie meisjes eisen meestal alle aandacht op, dacht hij, maar ik ben je niet vergeten, Victor. Hij keek op zijn horloge. Markus

Holden was te laat. Dat kon heel wat oorzaken hebben, of misschien wilde hij zich profileren, zich boven de politie verheffen, signaleren dat hij kwam wanneer het hem uitkwam.

Toen er eindelijk op de deur werd geklopt, was hij twintig minuten te laat. Sejer sloot het bestand met de foto's en keek op.

'Daar ben je dan!' zei hij enthousiast. 'Ga toch zitten. Iets drinken misschien?'

'Nee, bedankt,' antwoordde Markus Holden. En toen, terwijl hij de inspecteur gehaast aankeek: 'Heb eigenlijk ook niet zo erg veel tijd, dus misschien kunnen we wat efficiënt te werk gaan?'

'Geen probleem.' Sejer keek hem aandachtiger aan. Deze keer kreeg hij een andere Markus Holden te zien, niet de open, voorkomende jongeman die hij eerst had ontmoet, maar een norse en onwillige persoon die duidelijk liet blijken dat de politie zijn tijd aan het verspillen was, dat hij nog heel wat belangrijke dingen gepland had waarvoor hij nu te laat zou komen, en dat wilde hij absoluut te kennen geven door zijn afwijzende houding. Zijn armen waren gekruist, zijn mond een smalle streep.

'Wel, Markus,' zei Sejer en hij boog zich over zijn bureau heen, nadat hij eerst het plaatje uit de la had gehaald.

'Zoals je vast nog weet van de vorige keer, zijn we nieuwsgierig naar dit kleine dingetje dat we in het borstzakje van Victors T-shirt hebben gevonden. Het identiteitsplaatje,' ging hij verder, 'met je naam erop.'

'Had ik al begrepen, ja,' zei Markus Holden. 'Maar daar hebben we het al over gehad, niet?'

'In zekere zin wel,' antwoordde Sejer. 'Je zei toen dat je het verloren had?'

Hij knikte hooghartig.

'Ik heb het verloren omdat het slotje kapot was, en sindsdien heb ik het niet meer gezien. Het heeft ook geen waarde, ik had zelfs geen zin om ernaar op zoek te gaan. Niet veel om over te treuren, ik had me gewoon wat aangesteld. Behoorlijk idioot, eigenlijk.'

God, moet je jezelf horen praten, dacht Sejer.

'Wanneer ben je er ongeveer achter gekomen dat je het kwijt was, Markus?' vroeg hij vriendelijk.

'O,' antwoordde Markus aarzelend. 'Dat is al lang geleden, minstens een jaar, misschien zelfs langer. Niet makkelijk om zulke details te onthouden. Ik begrijp niet waarom dat plaatje zo belangrijk is, het was gewoon een kinderachtige ingeving van het moment. Maar dat betekent wellicht dat jullie niets anders hebben, dat jullie helemaal vastzitten.'

'Vastzitten?'

Sejer rolde met de ogen van gespeelde verontwaardiging.

'Niets is minder waar,' zei hij. 'We werken onverstoorbaar verder, dat kan ik je verzekeren. Je zei dat je geen dienstplicht hebt vervuld. Mag ik vragen waarom?'

Holden was eerst een paar seconden stil, maar tikte toen lichtjes met zijn wijsvinger tegen zijn oor en toverde een korte, ironische glimlach tevoorschijn.

'Tinnitus,' antwoordde hij.

'Juist,' zei Sejer. 'Tinnitus is echt de hel. Geen moment rust. Kende je Victor Hafskiold?'

'Daar heb ik de vorige keer ook al op geantwoord, nee, ik heb geen flauw idee wie hij was.'

'Hij kwam niet over de vloer in de Kaisa?'

Holden fronste zijn wenkbrauwen.

'Niet dat ik weet. Heb hem nooit in de bar gezien, nee, maar ik werk natuurlijk geen vierentwintig uur per dag. Bovendien sta ik vaak met mijn rug naar de bezoekers.'

'Heb je zijn foto in de kranten gezien?'

'Tuurlijk, die foto was overal. Het was bepaald geen engeltje, heb ik begrepen, hij woonde in een instelling voor probleemjongeren, dat zegt wellicht alles.'

'Wat zegt dat precies, Markus?'

'Wat dat zegt? Dat vraag je míj? Dat hij behoorlijk wat op zijn kerfstok had, zou ik denken.'

'Wat dan bijvoorbeeld?'

'Hoe kan ik dat nu weten? Drugs, waarschijnlijk. Autodiefstal. Zulke dingen.'

'Je hebt het blijkbaar echt wel gevolgd.'

'Ik volg het nieuws graag, ja.'

'Wanneer heb je het plaatje ongeveer verloren, Markus?'

'Nu vraag je me alweer hetzelfde! Moet vorige zomer ergens geweest zijn, heb ik dat toen niet gezegd?'

'Meer dan een jaar geleden dus?'

Hij knikte.

'Maar deze gravering, Markus, werd midden juni van dit jaar gemaakt. Je hebt het plaatje en de gravering online besteld, bij Zen Design. De bestelling werd per e-mail verstuurd. De leveringstermijn was tien dagen.'

Holden zag eruit alsof hij ergens over struikelde. Heel even leek hij uit het lood geslagen, maar al snel legde hij zijn gezicht in een sceptische plooi.

'Dat klopt volgens mij echt niet.'

'Volgens mij echt wel,' zei Sejer, 'want ik heb met hen gepraat. Je bestelling zit in het systeem, ze hebben je in het klantenregister gevonden. Waarom beweer je dan dat je het vorig jaar verloren hebt?'

'Dat weet ik toch niet!' flapte hij eruit. 'Blijkbaar dacht ik dat het al langer geleden was. Wat zit je toch de hele tijd over dat plaatje te zeuren, ik begrijp er niets van, het is niet meer dan een irrelevant detail.'

'Maar de tijd, Markus, de tijd. Je kunt er absoluut naast zitten, maar toch geen heel jaar.'

Sejer liet het plaatje tussen hen in hangen, gaf er een duwtje tegen zodat het begon te slingeren en keek Holden aan terwijl hij een bezweringsformule uitsprak.

'Nu word je volgens mij heel erg slaperig, je ogen worden zwaar. Vanaf nu vertel je de waarheid.'

'Heel erg grappig, hoor,' zei Holden knorrig.

Sejer legde het plaatje op tafel en werd weer ernstig.

'Lieg je over de tijd om je ergens van te distantiëren?'

'Waarvan zou ik me dan wel moeten distantiëren?'

'Van de moord op Victor Hafskiold misschien?'

'Jezus, eerst zat je de hele tijd over dat meisje te zeuren. En nu begin je over die kerel. Ik heb met die moord helemaal niets te maken, waarom zou ik een kerel uit een jeugdinstelling vermoorden?'

'Geen flauw idee,' gaf Sejer toe.

'Maar ga dan toch op zoek naar een motief, man,' zei hij opgewonden. Ik dacht dat het motief essentieel was. Ik heb in elk geval in de verste verte geen reden om een kerel dood te slaan die ik nog nooit heb gezien. Misschien hadden ze ruzie over een meisje,' bedacht hij. 'Hij had naar verluidt een vriendin, ze werd geïnterviewd in VG.'

'Bedoel je jaloezie?'

'Bijvoorbeeld.'

'Dat klopt,' zei Sejer. 'Voor mooie meisjes zijn al vaker mensen vermoord. Maar ik heb met Hanna gepraat, en die theorie moeten we laten vallen. We hebben ook geen motief nodig om tot een vonnis te komen. Je moest eens weten hoeveel mensen we al voor moord gevangen hebben genomen zonder dat we konden achterhalen waarom ze de feiten gepleegd hadden.'

Markus Holden werd weer zelfverzekerder.

'Zoals ik al zei, ben ik gehaast,' zei hij met een blik op zijn horloge. 'Zo dadelijk begint mijn shift.'

'Begrepen,' zei Sejer. 'Ik zal je vandaag niet verder lastigvallen.'

'Vandaag?'

'We komen nog bij je terug, Markus.'

'Waarom dan, als ik vragen mag?'

Sejer nam het plaatje weer in zijn hand en liet het bungelen. Hij haalde er echt genoegen uit, het was een impulsieve handeling, hoewel hij nooit impulsief was geweest.

'Voor ons heeft dit plaatje een grote waarde. Het vertegenwoordigt een leugen. Bij de politie vinden we leugens erg belangrijk. We zijn er voortdurend naar op zoek, en nu heb ik er een gevonden.'

'Verdomme, dit is echt te dwaas voor woorden!' zei Holden. Hij stond bruusk op, waardoor zijn stoel achteruit stoof en over de vloer schraapte.

'Helemaal mee eens,' zei Sejer. 'Het is zeer dwaas om te liegen in een moordzaak. We worden er hoorndol van als mensen in ons gezicht zitten te liegen over iets wat inderdaad een detail is. Dan blijven we zeuren tot alles is blootgelegd. Wil je me nog iets vertellen voor je gaat werken?'

'Geen bal,' antwoordde Markus Holden. 'Ik ben gekomen omdat ik wilde helpen, maar nu heb ik er geen zin meer in. Jullie hebben een verdomd stugge manier van denken. Als jullie binnen zo'n eng kader werken, zullen jullie nooit ergens achter komen. Almaar doordrammen over een sieraad. Kom nou!'

'Dus jij bevindt je buiten ons kader?'

'Inderdaad, ja, godzijdank!'

Toen liep hij met lange passen het kantoor uit. De dichtgeknalde deur kon met de volgende woorden worden vertaald: 'Krijg de klere!'

Somber, dacht Sejer, verbitterd en gekwetst. Gevangen tussen de drang om zich te verstoppen en de wens om te worden gezien. *If it walks like a duck.*

Ze was helemaal uit Águilas gekomen.

Was vroeg opgestaan om de bus naar Alicante te nemen. Haar paarse rolkoffer rammelde over de geplaveide straten en schalde tussen de muren van de huizen. Wie nog sliep, had kunnen denken dat iemand met paard-en-wagen voorbij draafde. Ze leek op een afgedankte kerstboom, weggegooid in de zon, met glitters en al. Ondanks haar zonverbrande, droge en gerimpelde huid, straalde ze, met al haar juwelen en bonte kleren. In Alicante nam ze het vliegtuig naar Oslo-Gardermoen. Toen de stewardess met een wagentje vol verlokkingen bij haar kwam staan, haalde ze diep adem en bestelde een blikje mineraalwater. Ze hield het met beide handen vast en dronk ervan, gulzig als een kind. Het was één grote beproeving voor haar, de reis en de nakende ontmoeting. De schaamte lag op de loer en wachtte op een goed moment om haar wangen te kleuren.

Nog steeds nuchter nam ze de trein van de luchthaven naar het station en vandaar een taxi naar het politiebureau. Meldde zich bij de receptie, liep de lift in en drukte op het cijfer vijf, zoals haar was uitgelegd. Ze rechtte haar rug, streek het haar op haar voorhoofd opzij en klopte aan.

Toen maakte ze haar entree. Ze liep Sejers kantoor in, met haar rolkoffer en haar handtas over haar schouder. Moe na de lange reis, mager en verweerd, overdreven opgemaakt en met bevende handen en een bevend hoofd, symptomen die de inspecteur eerst aan parkinson toeschreef, maar waarvan hij gaandeweg begreep dat het ontwenningsverschijnselen waren.

Nanna Hafskiold was in verdedigingsmodus. Het is mijn schuld, dacht ze misschien, alles begint thuis, alles begint bij de moeder.

Hij haalde een glas water voor haar, ze dronk ervan en veegde haar mond met de mouw van haar jas af.

'Je hebt een lange reis achter de rug,' zei hij vriendelijk terwijl hij ging zitten. 'Wanneer ben je vanochtend opgestaan, Nanna?'

'Rond vier uur,' antwoordde ze hees.

'En dan moet je hier ook nog eens vragen komen beantwoorden. Hoe voel je je na de dood van Victor?'

'Wat denk je?' luidde het bittere antwoord. 'Hij was alles wat ik had. Ik ben in vrije val nu. Hoewel, dat ben ik eigenlijk al lang. Maar nu heb ik echt geen enkele reden meer om me te beheersen.'

'Je te beheersen?'

'Nuchter te worden.'

Ze keek in zijn ogen toen ze de woorden uitsprak.

'Ik zal het kort houden, Nanna, want ik zie dat je moe bent. Allereerst: heb je onderdak voor vannacht?'

Ze dronk nog wat water, knikte naar de deur.

'Ik logeer bij mijn zus, die heeft een kamer vrij. Ze woont op de Tempelheuvel.'

'In Fjellberg?'

'Ja. In een van de flats daar.'

'Heeft je zuster het voorbije jaar contact gehad met Victor?'

'Al lang niet meer. Sinds hij in De Schemering woonde,

wilde hij geen contact meer met haar.'

'Ze heet Nelly Hafskiold, toch? Ze staat in zijn dossier. Je huurt iets in Spanje? Of heb je er iets gekocht?'

'Onmogelijk als je werkloos bent,' zuchtte ze. 'Ik huur een bescheiden kamertje in een opvanghuis, het kost bijna niets.'

'Woon je met iemand samen?'

'Heb gewoon een maatje,' legde ze met neergeslagen blik uit. 'Hij heeft zijn eigen kamer. Dat is meer dan genoeg voor ons, we leven eenvoudig. We hebben het even goed als een ander. Onze zorgen zijn misschien wel groter, maar het zijn er niet veel.'

Ze was niet in haar schik, haar lichaam verried haar. Haar handen beefden en haar ogen ontweken hem. Ze had een paar ondertanden verloren en leed aan haaruitval. Het resterende haar was gebleekt, maar bij de scheiding was het even donker als dat van Victor. Andere gelijkenissen kon Sejer met de beste wil van de wereld niet ontwaren.

Hij ging niet in op haar toestand. Ze was nuchter en ze had zich stevig vermand. Niemand zou kunnen beweren dat ze onder invloed naar het bureau was gekomen. Dat dwingt respect af, bedacht de inspecteur, maar het moest haar verdomd veel moeite hebben gekost.

'Ik zal Victor nooit ontmoeten,' zei hij, 'maar de omstandigheden hebben hem bij wijze van spreken in mijn schoot geworpen. Ik heb geen flauw idee wie hij was. Kun jij mij iets over hem vertellen?'

Ze keek hem verwonderd aan. Ze had geen enkele vorm

van vriendelijkheid verwacht, had nooit geloofd dat anderen in haar zoon geïnteresseerd zouden zijn. Dus ontdooide ze. Dat had de inspecteur mooi gezegd, dat Victor hem in de schoot was geworpen, en ze perste er een glimlach uit, een vermoeide glimlach weliswaar, maar toch een duidelijk teken dat ze heel wat mooie herinneringen aan haar zoon had.

'Hij woonde in De Schemering,' flapte ze eruit. 'Dat zegt genoeg.'

'Dat zegt alleen dat hij in De Schemering woonde. Meer niet.'

'Hij liet iedereen naar zijn pijpen dansen,' zei ze.

Ze zwaaide met haar armen, waardoor haar vele armbanden rinkelden.

'Hoe bedoel je?' vroeg hij.

'Ik heb het ooit ook tegen de kinderbescherming gezegd, dat Victor iedereen naar zijn pijpen liet dansen. Hij betoverde de mensen, en hij wist welke snaren hij moest raken om iets van hen gedaan te krijgen. Ze konden het helemaal niet appreciëren dat ik dat zei, maar ik probeerde gewoon uit te leggen hoe hij was.'

'Wil je het mij ook nog eens uitleggen?'

Ze kromp ineen. Alsof wat ze zou vertellen onaangenaam was, of misschien zelfs pijnlijk.

'Al toen hij een jaar of zeven was, merkte ik dat hij een zeldzaam talent bezat,' zei ze. 'Als hij de mensen glimlachend aankeek, en misschien ook nog zijn hand op hun arm legde, deden ze wat hij hen vroeg. Ze verstijfden. Als reeën op de weg.'

‘Dan was hij wellicht ook een gevaar voor de meisjes?’

‘O ja,’ antwoordde ze, ‘voor de meisjes, voor de vrouwen, voor iedereen. Hij was ook voor mij gevaarlijk. En hij loog voortdurend, over alles. Hij loog zelfs als het niet nodig was, als er niets te halen viel, geen geldgewin of andere voordelen. Hij hield ervan dingen te ensceneren. Mensen voor de gek te houden, hen in de val te lokken. Hij hield onze buren voor de gek, zijn klasgenoten en alle leraren, en hij lokte vaak ruzies en knokpartijen uit, maar hield zichzelf erbuiten, stond vanaf de zijlijn toe te kijken. Hij hoefde maar met zijn vingers te knippen en de show begon al.’

‘Pienter kereltje,’ zei Sejer.

‘Nou en of, hij keek recht door de mensen heen. Hij vleide hen en kreeg hen zover dat ze zich helemaal blootgaven, waarna hij zich terugtrok en genoot van hun wanhoop. Of van hun woede, wanneer ze erachter kwamen dat ze waren bedrogen. Of bestolen. Ik vond voortdurend dingen in zijn kamer. Portemonnees, creditcards, juwelen en weet ik wat allemaal. En als ik hem daarmee confronteerde, gaf hij geen kik. Dan glimlachte hij breed, want een geweten had hij niet. Hij heeft ook van mij gestolen,’ voegde ze eraan toe, ‘alles wat ook maar enige waarde had. Dat verkocht hij dan om aan geld te komen.’

‘Waar gebruikte hij het geld voor?’

‘Snoep en frisdrank,’ antwoordde ze vermoeid. ‘Maar gaandeweg werd dat alcohol en cannabis, en vast ook pillen, ik weet niet wat de jongeren tegenwoordig zoal slikken.’

‘En toen ging het van kwaad tot erger?’

Ze streek haar bleke pony opzij, haar vingers waren geel van de nicotine.

'Hij schakelde over op autodiefstallen en amuseerde zich 's nachts op straat. God mag weten wie hem heeft leren autorijden, maar ik was het in elk geval niet. Ik kreeg verschillende keren bezoek van de politie. Na een tijdje ging de kinderbescherming zich ermee bemoeien, en zo ging dat maar door. Ze hadden het vaak over zijn slechte thuissituatie, over opgroeien zonder vader en met een verslaafde moeder. En het was ook allemaal waar.'

'Precies,' zei hij, 'ik heb een aantal documenten gelezen. Was je aan de drank, Nanna?'

'Ik ben al eeuwig aan de drank,' antwoordde ze eerlijk. 'Al sinds mijn dertiende. Als je lang genoeg aan de drank bent, kan niets je nog schelen. Nu heb ik zelf ook geen geweten meer, het dooft gewoon uit.'

'Daar geloof ik niets van,' zei Sejer. 'Je bent hier toch. Je regelt Victors begrafenis, en je komt naar het politiebureau om met ons te praten. Je neemt je verantwoordelijkheid.'

Uit haar gezicht viel niet op te maken of die woorden haar goeddeden.

'Kun je iets vertellen over zijn vader?'

'Veel valt er niet te vertellen. Hij had ook een stevig drankprobleem, zo vinden wij verslaafden elkaar, niet? Hij vond dat het mijn taak was om voor Victor te zorgen, dus hij kwam en ging zoals het hem uitkwam, en hij is gestorven toen Victor vier was.'

'Waaraan is hij gestorven?'

'Een hersenbloeding. Een ernstige.'

Sejer keek haar vriendelijk aan terwijl ze aan het praten was.

'Keer je straks terug naar Spanje?'

'Meteen na de begrafenis. Mijn zus heeft beloofd om voor zijn graf te zorgen, dus dan weet ik dat zijn laatste rustplaats er netjes uit zal zien.'

'Zoals ik al zei, Nanna, je neemt je verantwoordelijkheid. En je hoeft jezelf niet overal de schuld van te geven. Victor had nu eenmaal het talent dat hij had. Hij heeft nu eenmaal die weg gekozen, en de afloop is misschien wel een gevolg van die keuze. Dat weten we nog niet.'

Ze keek hem met haar zwart geschminkte ogen aan en kon eindelijk glimlachen.

'Heb je evenveel mededogen met jezelf als het over je eigen kinderen gaat?'

'Eigenlijk niet,' antwoordde hij. Ze lachten allebei, en hoewel haar lach akelig hees klonk, was hij wel echt.

Toen haalde haar verdriet haar weer in.

'Eigenlijk was het een goede jongen toen hij klein was, je had moeten zien hoe schattig hij was, met zijn krullen en zijn mooie ogen. Maar op een bepaald moment is het misgelopen. Hij kreeg in de gaten dat de mensen hem schattig vonden en ging dat steeds meer in zijn voordeel gebruiken.'

'Heb je nog vragen, nu je hier toch bent?' vroeg hij.

Ze keek zijn kantoor rond, naar de rekken, de kasten en de lange rijen mappen, en naar de foto's aan de muur, van een blond meisje en een zwartharige jongen.

'Hebben jullie een vermoeden wie het kan zijn geweest?'

'Voorlopig niet. We praten met iedereen die Victor kende. We brengen je uiteraard op de hoogte als er een doorbraak komt, en die komt er hoe dan ook. Heb je enig idee of hij misschien vijanden had?'

'Natuurlijk had hij vijanden!' riep ze uit. 'Dat heb ik je net proberen uit te leggen. Alle mensen die zijn pad kruisten, werden zijn vijanden, nadat hij hen had gebruikt en weggegooid. Misschien was dat wel wat hij wilde, dat ze hem zouden haten.'

Ze legde haar handen op het bureau, met magere vingers vol ringen en oude, afgeschilferde nagellak.

'Maar ik kan geen namen noemen,' zei ze bedroefd. 'Ik hoorde trouwens dat hij een vriendinnetje had, dat vertelde Nelly me aan de telefoon. Haar heeft hij misschien niet kapot kunnen maken, maar het was wellicht slechts een kwestie van tijd. Het hoeft helemaal niet te verwonderen dat het zo is afgelopen. Wie naar het zwaard grijpt, zal door het zwaard omkomen,' voegde ze er nog aan toe. Toen pas, toen ze hem aankeek, herkende hij de ogen van op Victors foto.

'Niet dat ik weet wat er gebeurd is,' zei ze snel, 'maar hij is vast te ver gegaan. Hij heeft iemand uitgedaagd die gevaarlijker was dan hijzelf. Victor was nergens bang voor, en met zulke jongens loopt het nooit goed af. Iemand heeft wraak genomen. Nietwaar?'

Ze zweeg weer en probeerde het beven in bedwang te houden. Trok een te kort gebreid roze vest naar beneden, friemelde aan een goedkoop rinkelend parelsnoer. Toen ze weer begon te praten, was haar stem veranderd.

'Hij had iets venijnigs, dat heb ik vaak gedacht. Als hij naar de mensen keek, werden ze vergiftigd. Of verdoofd, dat is misschien een beter woord. Maar in zijn blik, in die verleidelijke blik, zat soms ook iets droevigs, waardoor hij er als een verwaarloosd kind uitzag en de mensen zich over hem wilden ontfermen. Hij wás ook verwaarloosd. Maar we begrepen hem niet. Hij was altijd ondeugend!'

De rode vlekken op haar wangen verspreidden zich naar haar hals.

'Wat we ook zeiden, hij glimlachte alleen maar. Een scheldpartij of een pak slaag, het kon hem allemaal niet schelen.'

'Dus hij heeft ook slaag gekregen?'

'Van zijn vader, ja. Hij was nog zo klein toen, de stakker, hij verstopte zich onder mijn rokken.'

Ze keek hem met bange blik aan.

'Ik heb gehoord dat het verschrikkelijk was?'

'Ja, Nanna, het was verschrikkelijk.'

'Dus hij is niet snel gestorven?'

'Hij is niet snel gestorven, nee. Maar de forensisch pathologen kunnen onmogelijk zeggen welke slag of slagen tot zijn dood hebben geleid, want het waren er heel veel, Nanna, en ze waren allemaal op zijn hoofd en zijn gezicht gericht. Daarom denken we dat het hier om een zeer persoonlijk motief gaat. Het was geen kwestie van hem gewoon even uit de weg te ruimen, als je begrijpt wat ik bedoel?'

Ze staarde even naar haar schoot, maar keek toen weer op, bedroefd, met vochtige ogen en neergetrokken mondhoeken.

'Ik begrijp niet waarom ik verdriet heb,' zei ze, 'want hij heeft me altijd alleen maar tot wanhoop gedreven. Ik heb ook al lang niets meer met hem te maken, ik ben overal van weggevlucht. Ben aan een tafeltje in de schaduw gaan zitten met een Tom Collins. Maar toen hij vijftien werd, hebben we lang met elkaar gebeld omdat ik wilde weten of hij misschien belijdenis wilde doen. Want dat konden we in het stadhuis doen, gewoon, zonder feest, en daarna iets gaan eten, maar hij wilde er niets van weten. Toen besloot ik hem een geschenk te geven, een erfstuk dat hij zijn hele verdere leven kon houden. Dus gaf ik hem een gouden ring die mijn vader lang geleden in Spanje had gekocht. Ik stuurde hem naar mijn zuster, en ik voegde er een brief bij waarin ik Victor schreef dat hij de ring nooit mocht verkopen, omdat hij erg waardevol was en nog generaties lang moest worden doorgegeven, als hij ooit kinderen kreeg, God mag weten wat er in m'n hoofd omging. Maar ik heb daarnet op de luchthaven naar De Schemering gebeld en gevraagd welke spullen hij nog had, en ze zeiden dat er alleen een zak met kleren overbleef. Geen ring of portemonnee of zo. Hij heeft de ring dus toch verkocht. Misschien had hij cocaïne of pillen nodig, hij was echt schaamteloos, die kerel, maar dat ben ik zelf ook. Ik had de ring zelf moeten houden. Maar ik wilde hem zo graag een geschenk geven, iets plechtigs, hoe kon ik toch zo'n idioot zijn! Nu heb ik niets meer van mijn vader, behalve een brief die ik altijd in mijn handtas heb zitten. Maar ik wilde hem een kans geven. God weet waarom.'

'Dat noemen we moederliefde,' zei Sejer en hij glimlachte.

Ze staarde in de ruimte, ze herinnerde zich duidelijk iets van lang geleden.

'Toen ik hem op een keer stevig had uitgescholden, pakte hij plotseling mijn hoofd vast, zo...'

Ze legde haar handen om haar eigen hoofd om het hem te laten zien.

'En toen kuste hij me lang en hard op de mond, met tong en al, en ik kon me niet meer loswrikken, want hij was intussen behoorlijk sterk geworden, en ik was helemaal in shock omdat het zo onverwacht was. Daarna lachte hij luid omdat hij me in verlegenheid had gebracht. En als we bezoek hadden, legde hij soms zijn hand tussen mijn benen, en de blikken die ik dan van onze gasten kreeg, dat kun je je niet voorstellen. God mag weten wat ze van ons dachten. Ik weet eigenlijk niet waarom ik je dit allemaal vertel!' flapte ze eruit.

'Je probeert me gewoon te vertellen hoe moeilijk het is geweest,' zei hij.

'Ik zal je één ding zeggen,' zei ze, 'en het is moeilijk om het te moeten toegeven, maar sommige dingen worden gemakkelijker nu hij dood is.'

'Vertel me, wat wordt er gemakkelijker?'

Ze legde haar handen op het bureau, haar armbanden kletterden en de goedkope stenen blonken.

'Als ik me tussen de mensen begeef in de straten van Águilas, of als ik aan een tafeltje in de schaduw zit met een drankje, wat ik vaak doe, zoals je ongetwijfeld hebt begrepen, dan komen er wel eens mensen een praatje met me maken. Vaak vragen ze dan of ik kinderen heb. En als ik zeg: "Ja, ik heb een zoon", dan komen er altijd nieuwe vragen. Want dan willen ze weten hoe oud hij is, wat hij doet en zo, en het is zo pijnlijk om te moeten liegen, want ik heb het nooit kunnen opbrengen om het te zeggen zoals het was. Nu kan ik gewoon zeggen: "Ja, ik heb een zoon. Maar hij is dood." Dan stellen ze geen vragen meer.'

'De dood snoert de meesten de mond,' zei Sejer.

Ze glimlachte.

'Ik heb ernstig overwogen om in Spanje te blijven en anderen zijn begrafenis te laten regelen, en op die manier voor iedereen hier in Noorwegen te bevestigen dat het allemaal mijn schuld is en dat het me niets kan schelen. Maar ik was bang dat ik er achteraf spijt van zou hebben als ik niet kwam. En die brief...'

Ze rommelde in haar handtas, de munten en de sleutels kletterden, ze kreeg het warm en liep rood aan. Opeens hield ze een enveloppe in haar hand.

'Deze brief heb ik van mijn vader gekregen de dag voor hij stierf,' legde ze uit. 'Ik was pas acht. Nelly heeft de brief ook gekregen, het is een gedicht. Ik zou het op de begrafenis willen voorlezen. Als ik durf, ik weet niet zeker of ik het durf. Ik heb sowieso al een lelijke stem, en wie weet hoe de akoestiek in de kerk is.'

'Lees hem aan me voor, Nanna!' zei hij.

'O nee!' zei ze gegeneerd. 'Je hebt zelf ook wel gehoord dat ik een verschrikkelijke stem heb, ik heb mijn hele leven gerookt.'

'In de kerk krijg je een microfoon,' legde hij uit.

Ze schoof hem de enveloppe toe, maar hij schoof hem terug.

'Lees hem aan me voor,' vroeg hij nog een keer. 'Als je op de begrafenis wilt voorlezen, moet je eerst oefenen. Niemand kan ons hier horen.'

Het angstzweet brak haar uit bij de gedachte alleen al. Ze leek wel een verlegen kind dat hardop moet voorlezen in de klas en dat eigenlijk niet durft.

Toch deed ze de enveloppe open en hield het blad in haar bevende handen.

'Voor het kind.
Als de dag komt
waarop de volwassenen je laten kennismaken met de dood,
krimp dan niet ineen van angst.
Neem hem gewoon rustig bij de hand
en laat hem je door het leven volgen.
En als de dag komt
waarop jullie zelf aan de overkant staan,
laat dan alle angst varen.
Dan is hij gewoon een dierbare vriend
die je meeneemt naar huis.'

Ze had rode wangen toen ze opkeek.

'Mag ik het even zien?' vroeg hij.

Toen ze hem het blad gaf, zag hij de woorden die ze net had gelezen. Ze waren in blauwe inkt en met een sierlijk handschrift geschreven.

‘Heeft je vader dit zelf geschreven?’

‘Denk het wel,’ antwoordde ze.

‘Had je een goede band met hem?’

‘Ja. Maar hij heeft zich opgehangen.’

Ze lachte moedeloos.

‘Of zoals het in het gedicht staat: hij heeft zijn oude vriend bij de hand genomen en is de rivier overgestoken.’

‘Was je vader veel met de dood bezig?’

‘Iedereen is met de dood bezig,’ antwoordde ze droog. ‘We moeten nog zo veel doen voor we doodgaan. We durven zo veel dingen niet te doen omdat we ervan kunnen doodgaan. Je kunt het je hele leven lang proberen, maar je krijgt geen vat op de dood.’

‘Heb je de raad van je vader opgevolgd? Heb je de dood bij de hand genomen?’

‘Nou, wat dacht je! Je ziet toch hoe de zaken er bij mij voor staan. En het lijkt alsof ook Victor zijn raad heeft opgevolgd, of niet? Wat denk jij?’

Hij knikte.

‘Wat nu, Nanna, wat ga je doen nadat je mijn kantoor hebt verlaten?’

‘Ik ga naar mijn zuster,’ zei ze en ze knikte naar de paarse rolkoffer die ze bij de deur geparkeerd had. ‘Maar eerst drink ik een koffie bij de Starbucks. Een dubbele whisky zou me meer smaken, maar Nelly laat me niet binnen als ik naar drank stink. Daar is ze bijzonder streng in. Ik moet ook nog met de dominee gaan praten, en ik zie ertegen op, want ik weet niet wat ik moet zeggen. Ik kan niets positiefs bedenken,’ zei ze bedroefd.

Hij had zo veel medelijden met haar dat het hem zelf ook raakte. Haar kind was dood. En zodra de jongen begraven was, zou ze terug naar Spanje vluchten om zich in de roes onder te dompelen. En haar zoon achternahollen.

Hij trok een la open, haalde er de foto van Victor uit en legde hem voor haar op het bureau.

'O!' zei ze en haar mond viel open. 'Die foto heb ik nog nooit gezien, is het een nieuwe? Wat staat hij er mooi op, al zeg ik het zelf. Vind je ook niet?'

Terwijl ze de foto in haar bevende hand hield, welden de tranen in haar ogen op.

'Zeg maar tegen de dominee dat hij iedereen charmeerde die zijn pad kruiste,' stelde Sejer voor, 'daar is geen woord van gelogen. Dat hij scherpzinnig en avontuurlijk was, en dat zijn nieuwsgierigheid hem misschien wel fataal is geworden.'

'Hij was zoals een kat,' zei ze en ze glimlachte.

Sejer boog voorover en legde zijn hand op de hare.

'Laat je eigen schaamte je liefde niet overschaduwen,' zei hij. 'Als je van hem hield, zeg dat dan tegen de dominee.'

'Komt zijn vriendinnetje ook?'

'Hanna komt samen met haar moeder,' antwoordde hij. 'Wijzelf sturen twee man in burger. Het personeel van De Schemering zal je helpen de kist te dragen. En ik wil dat je het gedicht voor hem voorleest, stel me niet teleur, Nanna!'

Ze kon het bijna niet meer aan, wat de inspecteur allemaal zei, want ze had iets anders verwacht, neerbuigende blikken of bijtende ironie, en in plaats daarvan kreeg ze vriendelijkheid en warmte. Ze stond op en schoof haar stoel op zijn plek. Hij meende te merken dat ze al wat minder beefde, maar het misbruik had zijn klauwen in haar lijf gezet en was niet van plan om los te laten.

'Maar...' begon ze aarzelend. 'Er is ook nog dat meisje. Je bent ook met dat meisje bezig, misschien komt zij wel op de eerste plaats?'

'Dat meisje?'

'Het meisje dat eerst vermoord werd. Nelly heeft me verteld dat ze ook een meisje vermoord hebben, een heel mooi meisje. De dochter van een bekende kunstenaar.'

'Waarom zeg je "ze"? Dat "ze" ook een meisje vermoord hebben?'

'Ik weet het eigenlijk niet. Ik weet natuurlijk niet wat er gebeurd is. Maar zo heel erg veel moordenaars lopen er toch niet rond in deze stad?'

'O,' zei Sejer en hij aarzelde. 'Het kunnen er wel een paar zijn.'

'Maar ik dacht dat jullie haar dood misschien eerst zouden onderzoeken, omdat ze eerder gestorven is. En haar ouders zullen jullie wel de oren van het hoofd zeuren dat jullie haar moordenaar moeten vinden.'

'We proberen onze tijd gelijk te verdelen,' zei hij ernstig.

En toen, op gespeeld strenge toon en met gespeeld norse blik: 'Ik kan niet tolereren dat je me van een voorkeursbehandeling beschuldigt, Nanna. Er zijn twee kinderen vermoord. We zijn er van 's morgens vroeg tot 's avonds laat mee bezig, en vaak nog 's nachts ook.'

'Mijn excuses,' zei ze.

Ze liep naar de deur. Bleef staan en draaide zich weer om.

'Nelly. Mijn zuster. Ze werkt als secretaresse op een advocatenkantoor.'

'Niet slecht,' zei hij.

'Dat vind ik ook,' zei ze. 'Maar hoe is het toch mogelijk dat we zo verschillend zijn! Zij heeft alles goed gedaan, en ik heb alles verkeerd gedaan, ik drink en heb geen werk, en dat terwijl we een tweeling zijn, begrijp jij dat nu?'

'Ach, Nanna,' zei hij vriendelijk. 'Ik zie je nu voor me in je kamer in Spanje, en aan het tafeltje in de schaduw waar je met een drankje in de hand de voorbijgangers observeert. Ik kan dat beeld niet meer bijstellen, dat is de plek waar je thuishoort.'

Toen pakte ze haar paarse rolkoffer beet. '*Every thing under the sun*' stond er op een sticker op de voorkant. Vlak erna vulde een gedreun de gang.

Wat een aanblik, wat een verschijning! Al dat geteisterde roze en paars, de glitter en de glans. Het vleesgeworden cliché van de gevallen vrouw, maar toch zo sterk en eerlijk.

Wat denk je, jongeman? zei hij in gedachten. Heeft mama gelijk? Heb je je verdiende loon gekregen?

Hij ging verder met de dag. Gaf orders en verdeelde de taken. Zelf moest hij het echtpaar Zeeland bezoeken om hun te vertellen dat de kleine Gritt nog vóór ze zestien was een relatie met Carl Hamza had gehad.

Hij wist dat ze de moord in stilte aan het onderzoeken waren, vermoedelijk een team van speurders waarin iedereen zijn specifieke taak had. Ze moesten elke steen omdraaien, met iedereen praten, alle theorieën bespreken, met alle deskundigen overleggen.

Hij hoorde en observeerde alles wat op straat gebeurde, was waakzaam als een prooi.

Op een dag ging hij een koffie kopen bij de Starbucks. Het was belangrijk dat hij zich normaal gedroeg, dat hij zich niet uit de openbaarheid terugtrok, en vanaf zijn plekje bij het raam kon hij goed zien wat er zich allemaal op het grote marktplein afspeelde. Met de nodige moeite hees hij zich op de hoge kruk. Nipte van zijn koffie, die helemaal niet lekker was, maar het concept was tenminste Amerikaans. Vanaf zijn kruk zag hij de duiven over de kinderkopjes trippelen op jacht naar kruimels. Na alles wat er gebeurd was, vond hij het vreemd dat zijn leven niet noemenswaardig was veranderd. Zijn werk bleef hetzelfde, en ook zijn nachten waren nog net als vroeger: hij lag in zijn crypte te fantaseren, verzon droomverhalen over beroemdheid en succes, met zichzelf in de hoofdrol.

En droomde van de liefde.

Wat de toekomst betrof, doorliep hij alle mogelijke scenario's. Dat ze hem natuurlijk uiteindelijk oppakten en opsloten in een cel, samen met gelijkgezinden. Nee, geen gelijkgezinden, hij was niet zoals zij. Zijn misdaad was van een andere soort, een edeler soort. Hij moordde niet om er munt uit te slaan, hij moordde om duidelijk te maken wie hij was, hij liet niet langer met zich sollen, liet zich niet meer negeren of gebruiken.

Een vrouw kwam binnen met een rolkoffer achter zich aan. Liep naar de toog, bestelde een espresso, kwam naar het raam met een papieren beker in haar hand, en kroop even moeizaam als hijzelf op het hoge stoeltje. Haar koffer, een paarse, stond op de vloer geparkeerd. Een blik in zijn richting, toen keek ze weer weg en proefde van haar koffie. Ook zij leek er niet echt van te genieten.

Hij merkte dat haar hand beefde elke keer als ze haar beker oppakte. Ze zag er vermoeid uit, afgeleefd, hij wist bijna zeker dat ze aan een of andere verslaving leed. Nu was de drug uitgewerkt en nam haar lichaam op verschrikkelijke wijze wraak. Hij schatte haar een jaar of veertig, ze droeg bonte kleuren. Ze graaide haastig in haar handtas en haalde er een telefoon uit. Ze scrolde naar beneden, alsof ze oude berichten zat te lezen.

Opeens keek ze zijn kant op. Ze had zwart geschminkte ogen met een bleke iris, en dunne, droge lippen. Ze keek hem één keer aan, en daarna nog een keer. Schudde verward het hoofd. Hij werd er een beetje nerveus van. Hij sloeg zo vlug mogelijk zijn koffie achterover en liet zich van de hoge kruk glijden. Liep naar buiten. De duiven vlogen verschrikt op toen hij over het marktplein liep. Toen draaide hij zich om en keek achterom naar de koffiebar, naar haar gezicht achter het raam. Ze was vast niet helemaal zichzelf, was wellicht nog haar roes aan het uitzweten. Hij bedacht dat de angst haar genadeloos onder de knoet hield. Misschien was ze op haar dealer aan het wachten, misschien hadden ze een afspraak. Hij liep met opgeheven hoofd door de stad en nam onbeschroomd de plek in die hij nodig had. Er slopen al genoeg kromgebogen mensen langs de muren, er schaamden zich al genoeg mensen over van alles en nog wat. Hij keek iedereen aan die hem tegemoetkwam, bestudeerde al hun trekjes. Liep tot bij een Roemeense bedelaarster en gaf haar een paar munten. Hij was een tikje opgewonden, waar kwam dat opwekkende gevoel vandaan, voelde hij zich triomfantelijk omdat ze hem niet zagen? Omdat ze niet wisten wat hij had gedaan, ook al liep hij zo dicht op het trottoir langs hen heen dat ze elkaar bijna aanraakten? Omdat ze op een bank over de verschrikkelijke gebeurtenissen zaten te praten terwijl hij voorbijliep en oogcontact met hen maakte? Zien jullie mij? Zien jullie mijn unieke positie?

Hij hoorde een geluid. Hij besefte dat het er al de hele tijd was geweest, duidelijk waarneembaar door het lawaai van de stad heen, door de ronkende motors en zoemende stemmen heen. De vrouw van de Starbucks liep al de hele tijd een paar stappen achter hem aan. Haar rolkoffer rammelde. Haar aanblik en nabijheid voelden onaangenaam. Hij snapte maar niet wie ze was of wat ze wilde, waarom ze hem op de hielen zat, hij dacht, ben ik iets vergeten? Hij keek een paar keer om en wierp haar een uitdagende blik toe, maar ze liet zich niet afschrikken. Ze bleef verder lopen, had duidelijk besloten hem de hele weg te blijven volgen.

Wat wilde dat hysterische wijf, wat was ze van plan? Hij zette koers naar de bushalte, ze kwam hem achterna donderen. Terwijl hij liep, merkte hij dat de mensen het jachtige tafereel gadesloegen, een man in het zwart die achternagezeten werd door een gek wijf in roze en paars. De bussen kwamen om de twintig minuten, als hij geluk had, kwam hij net op tijd, maar ze volgde hem op de voet. Haar handtas bungelde aan haar schouder, haar schoenen klakten op het asfalt, en er was iets in haar blik, een vastberadenheid die vloekte met de rest van haar wezen.

Toen hij bij de bushalte was gekomen, leunde hij tegen het lichtbord waar de vertrektijden in oranje op verschenen. Ze ging een paar meter verderop staan, en hij begreep dat als zijn bus zou komen en hij zou instappen om een kaartje te kopen, zij hetzelfde zou doen. Ze zou hem de hele weg naar het Kippenhok blijven achtervolgen, wat was er verdomme aan de hand! Hij zocht naar een oplossing in het verkeer. Vlakbij zag hij twee taxi's, met de lichten aan. Besliste snel, draaide zich bruusk om, zette koers in die richting, ging op de achterbank van de eerste auto zitten, ze sjokte hem achterna. Hij knalde het portier dicht en zag dat ze in de taxi achter hem ging zitten. De chauffeur keek hem in de spiegel aan.

'Ik word achtervolgd! Rijden!'

De chauffeur glimlachte minzaam. Hij zette de auto in de eerste versnelling, schoof langzaam uit de standplaats, keek hem nog eens in de spiegel aan, maar deed toen wat hem was opgedragen en reed naar beste vermogen door de straten van het centrum.

Achter hen reed de andere taxi. Hij kon haar niet zien vanaf de achterbank, maar hij wist zeker dat ze de chauffeur gevraagd had om hen te achtervolgen.

Met de nodige moeite boog hij zich naar voren tussen de stoelen.

'De taxi die achter ons rijdt, ken je die?'

De chauffeur knikte.

'Die ken ik, dat is mijn collega.'

'Kun je hem bellen om te zeggen dat hij moet stoppen?'

'Wat?'

'Zijn passagier zit achter me aan! Ze is niet goed bij haar hoofd!'

De chauffeur draaide zich om en keek hem doordringend aan, met schelmse bruine ogen.

'O, heb je het uitgemaakt met je vriendin?'

De vraag ontlokte hem een moedeloze zucht.

'Nee, ze is mijn vriendin niet, maar ze achtervolgt me! Het is zeer onaangenaam, ik moet hier weg zien te komen.'

'Een stalkster?' vroeg de chauffeur. De warme bruine ogen onder de zwarte wenkbrauwen keken hem nog steeds schelms aan.

'Ja!' antwoordde hij. 'Precies, een stalkster. Ze mag in geen geval te weten komen waar ik woon. Je moet je collega bellen en hem vragen te stoppen of een andere weg te nemen. Kun je hem bellen? Bel hem nu, meteen!'

'Dat kan ik doen,' zei de chauffeur, die nu een ernstige toon aansloeg. 'Of zal ik de politie bellen?' stelde hij voor.

'Nee, niet de politie, ben je gek?'

'Nee,' zei hij kortaf. 'Ben niet gek.'

Hij plofte terug achterover in zijn stoel. Draaide zich verschillende keren om en staarde naar de groene Prius die hem achtervolgde.

'Bel dan toch!' riep hij terwijl hij zich weer naar voren wurmde.

De chauffeur pakte zijn telefoon en koos een nummer, waarna een lange uiteenzetting in een vreemde taal weerklonk in de auto.

Hij draaide zich voortdurend om zodat hij de Prius in de gaten kon houden, en tot zijn opluchting zag hij dat die vaart minderde. De auto knipperde naar links, zocht naar een opening, sloeg af en kwam eindelijk tot stilstand.

'Doorrijden!' riep hij tegen de chauffeur, 'doorrijden! Neem de oude weg langs de dierenkliniek, de heuvel op. Ik moet naar huis, ik moet naar de Storebjørns vei nummer 19.'

'Dat is een omweg,' zei de chauffeur. 'Dan wordt het duurder.'

'Weet ik,' antwoordde hij, 'doe gewoon wat ik zeg.'

Hij zakte weer achterover in zijn stoel.

'Dan moet je achteraf niet zeggen dat het te duur is,' zei de chauffeur kordaat.

'Natuurlijk niet,' antwoordde hij moedeloos.

'Jullie zeggen altijd dat het te duur is, dat we opzettelijk omwegen maken.'

'Ik weet hoeveel het kost,' zei hij vermoeid. 'Het is pokkeduur.'

Hij draaide zich opnieuw om. De groene Prius was niet meer te zien.

'Breng me gewoon naar huis,' zei hij, 'ik ga niet moeilijk doen over de prijs.'

Hij sloot zijn ogen, maar deed ze meteen weer open. Wierp voortdurend nerveuze blikken door de achterruit. Zijn hoofd was één grote warboel. Hij ging in zijn geheugen op zoek naar een aanwijzing die kon verklaren wie ze was, maar hij vond helemaal niets. Ze moest hem met iemand anders verwisseld hebben, zulke dingen gebeurden voortdurend. Niet dat hij veel op andere mensen leek, maar zo dacht iedereen.

Haar fanatieke blik vol doodsverachting had hem bang gemaakt, niemand had hem ooit zo aangekeken. Wat zou er gebeurd zijn als hij was blijven staan? Als hij haar op de vrouw af had gevraagd wat ze van hem wilde? Wat gebeurd was, kon hij onmogelijk als toeval afdoen. Misschien was het nog maar het begin, gewoon een voorproefje van alles wat hem nog te wachten stond aan achtervolging en confrontatie. Maar een vrouw met een koffer? Hij begreep echt niet wat dat te betekenen had.

De taxi stopte voor zijn deur. Toen hij uitstapte en betaalde, merkte hij dat hij werd aangegaapt. Edith volgde alles van achter het keukenraam, iets geheimhouden was onmogelijk.

Moeizaam bedwong hij de veertien treden naar het Kippenhok. Wurmde zich uit zijn kleren, trok de gordijnen dicht en ging in de crypte liggen. Probeerde tot rust te komen. Probeerde tegen zichzelf te zeggen, nu zink ik. Nu glijd ik langzaam naar de bodem.

Toen werd hij weer onrustig. Hij dacht aan de taxichauffeurs en wat ze verdienden, veel was het niet. Ze hadden een vrouw, kinderen, schulden en oude ouders in hun thuisland, dus als ze een extra stuiver konden verdienen, zouden ze dat zeker doen. Als dat bizarre vrouwmens in de Prius haar chauffeur betaalde, zou ze die misschien kunnen overtuigen om de chauffeur van de andere taxi te bellen en die uit te horen over het adres in de Storebjørns vei. En dan zou ze opeens met koffer en al voor zijn deur staan. Als het bedrag groot genoeg was, zouden de chauffeurs het misschien onder elkaar verdelen. Hij betrapte zichzelf erop dat hij lag te luisteren of hij een ronkende motor, stemmen of voetstappen hoorde. Onbeweeglijk lag hij in de crypte. Maar zodra zijn hart wat rustiger begon te kloppen, begon hij weer te denken. Misschien was het een ondoordachte zet geweest om op de vlucht te slaan. Misschien was het verstandiger geweest om zich door haar te laten inhalen, de confrontatie aan te gaan en haar te vragen waar ze in godsnaam mee bezig was. Als hij in gevaar kwam, kon hij haar in een oogwenk uitschakelen, ze zou kraken als een rietstengel. Hij draaide zijn gezicht naar de muur in een poging om zichzelf te resetten. Het lukte niet, want nu zaten ze achter hem aan, het was begonnen. Hij bedacht lange monologen die hij op een dag zou houden in het onderzoekende licht van de openbaarheid. Was hij ooit veeleisend geweest? Vonden degenen die hem zouden veroordelen echt dat hij te veel gevraagd had? Iedereen had het over die arme Victor Hafskiold. En ik dan? Heeft er ooit al iemand over mij ingezeten? Over mijn kille, liefdeloze bestaan? Jaar na jaar heb ik me voortgesleept, me altijd koest gehouden, plichtsgetrouw mijn werk gedaan, nooit verzuimd. Nooit over mijn loon geklaagd. Op hoop geleefd, genoegen genomen met pijnlijke fantasieën, het leven als toeschouwer ondergaan.

Maar weldra treed ik voor het voetlicht.

Weldra zullen alle schijnwerpers op mij gericht zijn.

Zo lag hij zichzelf in slaap te mompelen, met lange tirades van ingehouden wrok. De dag dat ze hem zouden komen halen, zou hij hun met een stem vol woede vragen: 'Als je mij was, wat zou jíj dan doen om op te vallen?'

Hij staarde naar het behang met Franse lelies. Overwoog een potje te huilen, maar slaagde er niet in, was slecht getraind, had alles altijd weggeslikt.

Waar is dat bizarre vrouwmens nu? dacht hij, die opgetuigde, manische verschijning, waar is ze naartoe? Misschien zou ze morgen weer op hetzelfde tijdstip op dezelfde stoel in de Starbucks gaan zitten, met haar blik op de deur gericht, wachtend op mij. Nu hij erover nadacht, kende hij nauwelijks iemand van boven de veertig, behalve Edith en zijn baas. Toch voelde hij zich meer op zijn gemak onder de al wat oudere volwassenen. Die hadden het vitten, het pesten en andere laag-bij-de-grondse dingen grotendeels achter zich gelaten en keken hem aan met overdreven vriendelijkheid terwijl ze dachten: hij kan er wellicht niets aan doen. Hij wist niet of hij er iets aan kon doen. Als hij diep sliep, droomde hij soms dat hij over de weilanden liep, licht als een kind. Hij bleef maar over de weilanden lopen, tot hij hijgend wakker werd omdat hij was gestopt met ademen.

Nanna Hafskiold was zo extatisch, zo energiek en overtuigd dat hij dacht dat ze van haar dealer wat speed had gekregen die haar deed zweven. Of dat ze een whisky of vier in de Dickens had gedronken. Hij herinnerde zich haar droge gezicht met de ingevallen wangen, maar nu stelde hij zich haar voor met een blos op haar wangen en een glanzende huid, en haar stem aan de telefoon sloeg voortdurend over.

'Ik was in de Starbucks,' legde ze opgewonden uit. 'Ik zat aan het raam op een van die hoge stoelen koffie te drinken toen ik een kerel naast me opmerkte, slechts een paar meter van me vandaan, en toen ik hem een blik toewierp, donderde ik bijna van mijn stoel!'

'Aha?' reageerde hij geduldig.

'Ik dacht eerst dat ik het allemaal maar gedroomd had, maar ik bleef hem stiekem begluren, want er hing iets om zijn hals wat op een vuile schoenveter leek, en aan de veter hing een ring, als je me nog kunt volgen? Vreemde plek voor een ring, toch? Maar ik begreep al snel dat de ring wellicht te klein voor hem was en dat hij hem daarom om zijn hals droeg. Blijkbaar betekende die ring iets voor hem, maar ik begrijp niet waarom, want die ring…'

Ze moest naar lucht happen. 'Het was papa's ring!'

'Papa's ring?' herhaalde hij vragend.

'De ring die ik van mijn vader heb geërfd. De Spaanse ring die ik aan Victor heb gegeven.'

Ze was zo overtuigd en overtuigend dat hij haar maar al te graag wilde geloven. Toch wikte en woog hij zijn woorden.

'Nanna,' zei hij vriendelijk. 'Weet je zeker dat het dezelfde ring was?'

'Honderd procent zeker,' zeurde ze. 'Niemand anders heeft zo'n ring, hij komt uit een antiekwinkeltje in Spanje en is erg oud.'

'Hoe ver zat hij van jou vandaan?'

'Dat heb ik net gezegd, een meter of twee. Maar het plaatje is behoorlijk groot, je ziet duidelijk de rode en groene kleur.'

'En die man, had je die al eens eerder gezien?'

'Ik heb die man nog nooit van mijn leven gezien. Ik heb hem zitten aanstaren tot hij naar buiten stormde, en daarna heb ik hem achtervolgd. Hij werd behoorlijk nerveus, om het zacht uit te drukken, hij keek meermaals achterom, maar ik bleef hem op de hielen zitten.'

'Je hebt hem achtervolgd?'

'Ja. We zijn de halve stad door gedraafd. Hij probeerde te ontsnappen, weet je, hij liep eerst naar de bushalte, maar toen bedacht hij zich en sprong in een taxi, waarna ik zelf ook in een taxi ben gestapt en de chauffeur heb gevraagd om hem te achtervolgen.'

'Een heuse autoachtervolging dus?' vroeg Sejer vol ongeloof. Hij zag alles voor zijn geestesoog, de magere Nanna met haar zwarte ogen en de rammelende koffer.

'Ja, inderdaad, ik was niet te houden. Eerst reden ze langs

de rivier naar de brouwerij, en mijn taxi reed vlak achter hen. Daarna reden ze verder naar de rotonde bij het Fjordpark, maar toen gebeurde er iets heel vreemds.'

'Wat gebeurde er toen, Nanna?'

'Mijn chauffeur kreeg telefoon. Hij praatte in het Urdu, of Pakistaans of wat het ook was, en na het gesprek ging hij plotseling aan de kant staan. Ik ging echt uit mijn dak, waarom staakte hij opeens de achtervolging? Ze spelen onder één hoedje, dat soort lui.'

'Wat heb je tegen de chauffeur gezegd toen hij aan de kant ging staan?'

'Ik werd kwaad, natuurlijk, en toen begon hij te leuteren, over de chauffeur in de taxi vóór ons die hem had gevraagd een andere weg te nemen omdat de passagier in zijn auto moest worden beschermd, kun je je dat voorstellen? Hij moest worden beschermd! Hij kon opeens ook bijna geen Noors meer, mijn chauffeur, terwijl dat in het begin helemaal geen probleem was, ze doen wat ze willen, dat soort lui, sorry dat ik het zeg.'

Ze had zo snel gepraat dat ze buiten adem was, het bleef secondelang stil.

'Herinner je je nog het licentienummer van een van de taxi's?'

'Nee.'

'Weet je nog van welk bedrijf ze waren? Elvebyen? Norgestaxi?'

'Geen idee.'

Haar energiepeil zakte weer een beetje.

'Maar ik kan die kerel tot in het kleinste detail beschrijven,' zei ze. 'Ik zat naast hem in de Starbucks, ik heb hem de halve stad achternagezeten, en ik herinner me nog welke kleren hij droeg, hoe hij liep en zo.'

Sejer maakte voortdurend aantekeningen. Hij mocht haar niet afschrijven als dronken of hysterisch, ze was sterk, eigenzinnig en overtuigd.

'En je hebt hem nooit eerder gezien?'

'Nooit.'

'Het wordt niet makkelijk om hem te vinden,' zei Sejer, 'zelfs al geef je ons een gedetailleerde persoonsbeschrijving.'

'Nou goed,' zei ze opgewonden. 'Maar áls hij ooit opduikt, is hij niet moeilijk te herkennen, zeg maar.'

'Hoe bedoel je?'

Ze blies het woord door de telefoon.

'Omdat hij gi-gan-tisch is!'

Sejer schoot wakker, met het gelukzalige gevoel van eindelijk het water te zien opborrelen waar hij al zo lang naar aan het boren was.

'Je bedoelt dat hij forsgebouwd is?'

'Forsgebouwd? Tja, als je het absoluut wilt verbloemen, zou je kunnen zeggen dat hij forsgebouwd is. Maar hij is nog jong, zeker niet ouder dan twintig. Draagt een bril met getint glas, zo'n pilotenbril. Heeft dik, donker haar met een lange pony.'

Ze zweeg. Wachtte tot hij initiatief nam, en dat deed hij ook.

'Wat betekent het volgens jou dat hij die ring droeg?'

'Luister,' zei ze, 'ik weet waarover ik praat. Toen Victor gevonden werd, was zijn portemonnee verdwenen, hij was niet alleen vermoord, maar ook beroofd. De moordenaar heeft vast ook de ring gejat, en die daarna om zijn hals gehangen. Dus nu weet je wat het betekent.'

'Nanna,' zei hij streng. 'Dat hij met die ring om zijn hals rondloopt, bewijst nog niets. Het betekent niet dat hij Victor vermoord heeft. Victor kan de ring ergens verloren hebben, misschien heeft de man die je in de Starbucks hebt gezien, die ring gevonden en om zijn hals gehangen. Het is tenslotte een mooie ring.'

Aan de andere kant van de lijn werd verachtelijk gesnoven.

'Dat geloof je zelf niet eens,' zei ze.

En gelijk had ze. Hij geloofde het zelf ook niet. En hij wilde het niet hardop zeggen, maar in gedachten zag hij Victor voor zich, naast hem zweefde de kleine Gritt. Hij zag hen samen als een stel, beiden op hun manier uitgerust met overduidelijke troeven.

Jeugd. Schoonheid.

Maar hij zag ook andere dingen. Nanna met haar paarse rolkoffer in volle vaart door de stad, en de forsgebouwde kerel met de pilotenbril die hijgend voor haar uit rende. Wat een schouwspel moest het geweest zijn.

'Nee,' zei hij hardop, 'ik geloof er zelf ook geen snars van. Maar mijn beste Nanna, wees voortaan een beetje voorzichtig. Breng jezelf niet in gevaar, ren niet achter vreemde mannen aan, want we weten niet waartoe hij allemaal in staat is.'

'Victor zou hetzelfde hebben gedaan,' zei ze vastberaden. 'En nu ik bovendien nuchter ben, ben ik zo hyper dat ik geen seconde stil kan zitten, al die energie moet ik ergens voor gebruiken, anders raak ik over mijn toeren.'

Na een korte pauze ging ze verder.

'Enig idee wie de forsgebouwde kerel kan zijn?'

'Daar kan ik niet op antwoorden, Nanna,' zei hij met tegenzin.

'Aha!' riep ze triomfantelijk. 'Dus je weet wie hij is! Je weet het! Dan moet je hem alleen nog zien te vinden. Dan kun je hem tegen de muur kwakken en vragen waar hij in godsnaam die ring vandaan heeft, want die is van mij! Hoor van je, inspecteur!' zei ze nog. 'Ciao!'

Hij werd wakker en hapte naar adem. Het was vroeg op de avond, en zijn vrije dag zat er bijna op. Na het hele gedoe in de stad was hij even gaan liggen. Nu had hij een stijve nek omdat hij in de verkeerde houding in slaap was gevallen, half liggend en half zittend in de crypte. Er waren beelden opgedoken in zijn droom. Beelden van de taxirit naar huis, de andere auto die hen had achtervolgd. Een groene Prius. Waar hij verschillende keren naar omgekeken had door de achterruit, de chauffeur aan het stuur, waarschijnlijk een Indiër of Pakistani. De lamp op het dak, gedoofd, maar desondanks was het licentienummer zichtbaar. De combinatie van cijfers en letters kwam hem bekend voor, hij had die al eerder gezien, het was niet zomaar een licentienummer, zoals A4 of B52, maar het betekende ook iets. Hij had het een grappig nummer gevonden voor een Prius. Terwijl het eigenlijk de benaming van een oude straaljager was.

F16.

Hij ging rechtop zitten. Zijn nek deed zeer, zijn beenspieren sidderden zoals na een lange mars. Hij bewoog zijn grote hoofd heen en weer in een poging om de spieren los te maken. Alles in hem was verkrampt, zijn vezels en gewrichten, alsof de chemie in zijn lichaam was veranderd na alles wat er gebeurd was. Natuurlijk was de chemie veranderd. Dat bizarre vrouwmens uit de Starbucks had in de F16 gezeten. De auto had vertraagd en was gestopt, was stil blijven staan tot zijn eigen taxi uit het zicht was verdwenen. Daarna had de chauffeur haar vermoedelijk naar huis gebracht. Dacht hij. Dus als hij de groene Prius vond, kon hij ook de hysterische passagier vinden. Nu keerde hij zijn eigen vrees en zijn daaruit volgende fantasie om, namelijk dat de vrouw misschien de chauffeur had betaald om zijn adres te achterhalen. Dat was precies wat hij zou doen. Hij zou de chauffeur een geldsom aanbieden om haar adres te bemachtigen. De chauffeur zou de kans vast niet laten liggen om een paar extra kronen te verdienen. Hij zette zijn voeten op de grond en bleef op de rand van het bed zitten om zich te bezinnen. Het was acht uur 's avonds, en veel slapen zou hij hoe dan ook niet meer doen. Hij pakte zijn spijkerbroek maat XXXL en trok hem aan, pakte zijn trui en een paar oude sportschoenen onder zijn bed vandaan. Greep naar zijn borst, voelde iets tussen zijn vingers.

Er ging een rilling door zijn reusachtige lichaam. Elk

haartje op zijn armen ging overeind staan van schrik. De ring, had ze de ring gezien? In de Starbucks had die aan de buitenkant van zijn T-shirt gehangen. Kende ze die ring, was hij van haar? Had ze hem daarom door de hele stad achtervolgd? Wat zou ze in dat geval doen? Inderdaad, ze zou de politie bellen en hun vertellen wat ze gezien had. Ontzet trok hij het touwtje over zijn hoofd en zocht om zich heen naar een verstopplek. Zijn ogen doorzochten de schaars ingerichte kamer, speurden naar de commode met zeven lades en de boekenkast. De ring weggooien was uitgesloten, hij had hem veroverd, hij behoorde alleen hem toe, en elke keer als hij een zwak moment had, zou hij hem tussen zijn vingers wrijven en zijn kracht terugwinnen. Dat dacht hij tenminste. Hij liep naar de koelkast, deed hem open en zag glazen potten, conservenblikken met beleg en tubes met smeerkaas. Mayonaise, een doos eieren en een pot pindakaas. Hij pakte de pot uit de koelkast en draaide het deksel eraf. Haalde de ring van het touwtje, boorde met zijn vinger een gat in de pindakaas, duwde de ring erin en streek de pindakaas weer glad. Draaide het deksel op de pot en zette de pot terug in de koelkast. Likte zijn vingers af, het smaakte lekker, zout en vet, een combinatie waar hij nooit genoeg van kreeg. Hij liep naar de wastafel, spoelde zijn handen af en keek weer hoe laat het was. Pakte zijn telefoon van zijn nachtkastje en toetste het nummer van de taxicentrale in. Na vijf keer rinkelen nam een vrouwenstem op.

'Ik wil een taxi bestellen voor de Storebjørns vei,' zei hij.

'Nummer 19. Groot wit huis. Ik wil de auto met licentienummer F16.'

Het werd even stil voor ze antwoordde.

'We hebben andere auto's die dichter...'

'Ik wil F16,' herhaalde hij.

'Is er een bijzondere reden waarom...'

'Ja, er is een bijzondere reden!'

'Ik weet niet of hij momenteel beschikbaar is.'

'Ik wacht wel, ik wil die specifieke auto. De klant heeft het recht om zelf een auto te kiezen, ik ken het reglement. Ik wacht buiten voor de deur van huisnummer 19.'

'Waar wil je naartoe?'

'De chauffeur weet waar ik naartoe wil.'

'Dus je kent hem?'

'Eigenlijk niet.'

'En je naam?'

'Holden,' zei hij. 'Markus Holden.'

Hij ging zwaar op het aanrecht leunen. Hoeveel moest hij de chauffeur aanbieden voor de inlichtingen? Duizend kronen? Nee, duizend was niet genoeg, het moest dubbel zoveel zijn. Hij viste zijn telefoon uit zijn broekzak en logde in op zijn bankrekening. Veel geld stond er niet op, maar hij kon er nog wel even mee vooruit. Nadat de chauffeur hem naar het adres van dat bizarre vrouwmens had gebracht, kon hij het geld met zijn telefoon overmaken, zwart geld, buiten de taximeter om. En dan, Markus? vroeg hij zichzelf. Als je voor haar deur staat, aanbelt en ziet dat zij het is, wat ga je dan doen? Wat ga je zeggen? Wat wil je hiermee bereiken?

Het was zo vermoeiend om voortdurend aan de gevolgen te moeten denken, dat werkte alleen maar verlammend, en die tijd was definitief voorbij. Bovendien kreeg hij stress van het wachten, hij kon er maar beter voor zorgen dat er iets gebeurde, om het even wat, als hij maar het gevoel had dat hij in beweging was. Hij ging ervan uit dat het bizarre vrouwmens verrast zou zijn en wellicht snel de deur zou dichtgooien als ze hem in de deuropening zag staan, maar dan zou hij bliksemsnel reageren en zijn voet ertussen duwen. Ze was zo klein en mager dat hij haar in een oogwenk kon platwalsen. Hij liep naar het raam en keek uit over de oprit. Voor de zekerheid maakte hij de haakjes los en opende het raam, zodat hij de taxi zou horen als die kwam aanrijden. Hij keek nog eens in de koelkast. Zette de pot pindakaas wat verder naar achteren, verstopte hem achter twee blikjes cola en bewonderde zijn werk. Dacht aan het fietsstuur dat hij in zee had gegooid. Toen had hij zijn eerste ingeving niet gevolgd en zijn tweede evenmin. Hij ging weer twijfelen.

Niemand zoekt naar juwelen in een koelkast, of zoeken ze daar juist wel? Heeft de politie zo veel ervaring met de schaduwzijde, is ze zo vertrouwd met de vreemde kronkels van de hersenen dat ze ervan uitgaan dat alles mogelijk is? Dat werkelijk elk hoekje van zijn kamer een potentiële verstopplek was? Het fietsstuur hadden ze zonder enige moeite gevonden, ondanks al zijn inspanningen. Hij moest hun voor blijven. Hij panikeerde, greep de pot en draaide het deksel eraf. Pakte een mes uit de la, viste de ring eruit en legde hem op het aanrecht. Zocht koortsachtig naar nieuwe verstopplekken, verwierp elk nieuw idee dat in hem opkwam. In een schoen, onder zijn matras, achter in de oven, in de smoezelige plafondlamp, tussen het stof en de dode vliegen. Hij draaide de kraan boven het aanrecht open en hield de ring onder warm water tot hij weer blonk. Hij stak hem in zijn mond. Liet hem met zijn tong rondgaan. Ik kan hem ook inslikken, dacht hij. Nee, dat zou dom zijn! Hij hield hem onder de tl-lamp boven het aanrecht.

My precious!

Hij luisterde voortdurend of hij een taxi hoorde. IJsbeerde door de kamer, van de crypte naar de deur, van de deur naar de douche, van de douche naar het aanrecht. Met de ring tussen twee vingers en het hart in de keel.

Op het aanrecht lag het vieze touwtje dat ooit wit was geweest. Dat touwtje had ze gezien en was de oorzaak geweest van de achtervolging. Ineens kreeg hij een geniale inval, haastte zich naar de commode met de zeven lades, trok ze een voor een open. In de vierde la vond hij een metalen doosje waarin ooit Deense snoepjes hadden gezeten. Nu zaten er andere dingen in, snuisterijen van zijn grootvader. Een oud horloge van Certina dat niet meer werkte. Wat oude munten, een paar manchetknopen die hij nooit had gebruikt. En een trouwring. Hij hield hem omhoog en las de inscriptie.

'Jouw Katarina. 5/9/67.'

Wat een meevaller! Wat een geluk! Hij trok de ring over het touwtje, legde er een dubbele knoop in en hing hem om zijn hals.

De ring? Bedoel je deze hier? Die is van mijn grootvader, hij is vier jaar geleden overleden. Nee, ik heb nooit een andere ring gehad, ik begrijp niet wat je bedoelt, je moet het verkeerd gezien hebben. Misschien lag het aan het licht in de Starbucks? Ze zou hem verontschuldigend aankijken en zich meteen terugtrekken, en zodra hij weg was, zou ze de politie bellen en vertellen dat ze het verkeerd had gezien. Het was toch niet die ring, sorry, sorry.

Hij kreeg het warm en bloosde van trots. Wie redt zich het best in extreme situaties? dacht hij. Niet degene met het beste lichaam, niet degene die de beste indruk maakt, niet degene met het hoogste IQ. Maar wel de creatieve geest. Iemand als ik, die out of the box denkt.

Hij liep naar de spiegel met de geelgroene lijst, keek naar zichzelf. Met een beetje goede wil kon hij zich voorstellen dat hij op Oscar Wilde leek, met dat brede gezicht en die zware, donkere pony.

Ik heb niet de vleugels van een vogel, heb niet de elegantie van een kat, de beweeglijkheid van een vis of het gif van een schorpioen, maar ik ben verdorie wel slim.

'*Hi, handsome*,' mompelde hij tegen de spiegel.

Toen hoorde hij buiten iets zwaars over het grind glijden. Hij herkende het krakende geluid, liep naar het raam en zag de taxi. Hij stond nog steeds met de andere ring in zijn hand, keek om zich heen op zoek naar een oplossing. De chauffeur toeterde, waardoor hij nog meer stress kreeg. Hij liep naar het toilet, staarde in de pot, die onderin verkleurd was. En toen, uiterst behoedzaam, liet hij Hafskiolds ring in het water vallen. Trok een paar vellen wc-papier af, krulde ze losjes op en liet ze ook in de pot vallen. Deed het deksel naar beneden. Toen verliet hij de kamer en daalde de veertien trappen van de kippenladder af. Sloot zorgvuldig de deur. Liep naar de taxi die op de oprit stond, opende het voorportier en wurmde zich moeizaam in de passagiersstoel. De man aan het stuur was vrijwel zeker een Indiër, al droeg deze, in tegenstelling tot de vorige chauffeur, wel een tulband, maar misschien droegen ze die niet altijd, wist hij veel. De Indiër vond het maar niks dat hij voorin was gaan zitten, maar daar trok hij zich niets van aan. Hij sloeg het portier met een klap dicht. Toen herinnerde hij zich dat het wijf een koffer had voortgetrokken, misschien was ze helemaal niet van hier, misschien was ze gewoon op bezoek, misschien verbleef ze in een hotel. De chauffeur zette de auto in de eerste versnelling.

'Ja, waar moet je naartoe?' vroeg hij terwijl hij hem met zijn bijna zwarte ogen aankeek.

Hij probeerde zich zo in de stoel te wurmen dat ze oog in oog zaten.

'Waar je eerder vandaag naartoe bent gereden,' antwoordde hij terwijl hij oogcontact hield. 'Je bent achter een andere taxi aan gereden. Je had een vrouwelijke passagier met een paarse koffer, die je vroeg om de taxi vóór je te achtervolgen.'

De Indiër keek hem niet-begrijpend aan. Op zijn voorhoofd verscheen een frons.

'Daarna kreeg je een telefoontje van de taxi die vóór je reed, met de vraag om te stoppen,' zei hij. 'Je bent aan de kant blijven wachten terwijl de andere taxi verder reed en verdween. Kun je me volgen?'

'Nee,' antwoordde de Indiër kordaat. 'Ik volg niet.'

'Herinner je je die rit dan niet meer? Het is nog maar een paar uur geleden. Wat heeft je passagier gezegd, heb je haar naar huis gebracht? Waar woont ze? Ik moet dat adres hebben!'

De Indiër zag er nog steeds even verbijsterd uit. Ze waren al op de rijksweg, maar de chauffeur ging op de rem staan, zette de auto in parkeerstand en leunde achterover in zijn stoel.

'Had vandaag geen dagdienst. Mijn broer heeft gereden.'

'Wat vertel je me nou?' blafte hij. 'Jij hebt niet gereden?'

'Nee.'

Hij kreeg het opeens veel te warm. Ging op zoek naar een nieuwe invalshoek. Haalde zijn portemonnee tevoorschijn en woog die in zijn hand alsof het iets groots en zwaars was.

'Bel meteen je broer! En vraag hem waar hij die vrouw naartoe heeft gebracht. Rond de veertig, mager, met een paarse koffer. Bel hem en leg het uit! Vraag hem waar ze naartoe zijn gereden. Zeg dat ik voor de informatie zal betalen, ik zal betalen, en dan kunnen jullie het geld onder elkaar verdelen.'

De Indiër aarzelde nog steeds. Toen er niets gebeurde, herhaalde hij de opdracht met overdreven duidelijke stem: 'Het was in de loop van de dag, hij stond niet ver van de bushalte geparkeerd. Er stapte een vrouw met een koffer in die hem vroeg een andere taxi te volgen. Daarna kreeg hij via zijn telefoon bericht dat hij moest stoppen. Vertel hem dat allemaal, en vraag waar ze naartoe zijn gereden. Zeg dat ik hem zal betalen, vraag het hem nu!'

De chauffeur werd de groeiende wanhoop gewaar. Tergend langzaam pakte hij zijn telefoon uit de middenconsole. Toetste een nummer in, kreeg ogenblikkelijk contact, begon in razende vaart in een vreemde taal te praten. Af en toe knikte hij zwijgzaam, waarna hij opnieuw begon te praten. Zo bleven ze een hele poos bezig. Het was een geagiteerd gesprek, een heftige discussie die veel weg had van een ruzie. Toen nam de chauffeur een pauze, legde de telefoon tegen zijn borst, draaide zich naar hem toe en keek hem aan.

'Hij vraagt hoeveel.'

'Duizend kronen,' flapte hij eruit. 'Ik maak het geld over met mijn telefoon als ik zie dat we bij het juiste adres zijn.'

'Drieduizend,' zei de Indiër met zijn gitzwarte, doordringende blik.

'Drieduizend? Ben je helemaal gek geworden, man? Drieduizend kronen voor een adres! Zo veel heb ik niet eens op mijn rekening,' loog hij. 'Drieduizend kronen! Dat is afpersing.'

'Drieduizend,' herhaalde de chauffeur verbeten. 'Vergeet niet dat we het geld met elkaar moeten delen.'

Hij dacht: nu ben ik blut. Maar het speelt geen rol, ik ben er hoe dan ook geweest.

'Oké, drieduizend dan.'

'Ben je een crimineel?' vroeg de chauffeur plotseling.

'Nee, ik ben geen crimineel,' antwoordde hij kwaad, 'schei uit. Ik ben naar iemand op zoek, dat is alles.'

'Stel dat je die vrouw vindt. Wat doe je dan?'

'Geen idee,' antwoordde hij eerlijk. 'Het gaat je ook niets aan.'

De chauffeur beëindigde het gesprek en legde zijn telefoon weg.

'Hij is naar Fjellberg gereden. Naar de flats daar.'

'Naar de Tempelheuvel? Waar de sikhs een tempel hebben gebouwd?'

'Daar, ja.'

'Heb je een precies adres gekregen?'

De chauffeur zette de auto in Drive en sloeg links af.

'Mag ik niet zeggen. Beroepsgeheim.'

Krijg nou wat!

Hij keek naar de tulband van de Indiër, die een wijnrode kleur had.

'Ben jij er misschien zo een die zweeft in de tempel?'

'Ik kan niet zweven,' antwoordde de Indiër doodernstig.

'Nee, haha, dat begrijp ik. Maar deze auto kan zweven, wist je dat? F16, weet je wel.'

'Volgens mij heb je gedronken,' zei de Indiër met zijn ogen op de weg gericht.

Daarna viel er een lange, ongemakkelijke stilte, waardoor de chauffeur onrustig werd. Alsof ook hij iets te verbergen had, wat wellicht ook het geval was, migranten hadden altijd wel iets op hun kerfstok, dat kon hij nog gebruiken voor wat het waard was, om de Indiër de mond te snoeren mocht er iets gebeuren.

'Jij blijft buiten wachten terwijl ik naar binnen ga,' legde hij de Indiër uit. 'Je krijgt je geld pas als ik haar gevonden heb, het is maar dat je het weet.'

De Indiër ging op de rem staan.

'Het geld bij aankomst,' zei hij. 'Je verlaat de auto niet voor je betaald hebt.'

'Maar ik moet zeker weten dat ze daar woont,' legde hij uit.

'Ik rij naar haar woning, en jij betaalt als we aankomen,' zei de Indiër. 'Drieduizend kronen.'

Toen zwegen ze een hele poos. Tot hij besloot een paar van zijn ideeën over het verval van het taxiwezen te ventileren.

'Vroeger, weet je...' Hij sprak de woorden uit alsof hij zelf stokoud was. 'Vroeger reden alle chauffeurs met een Mercedes. Mijn oudoom was taxichauffeur in de jaren 1980 en reed met een Mercedes 220. Crèmekleurig. De chauffeurs hadden een echt uniform. Overhemd en stropdas.'

De Indiër zei niets. Hij droeg een donkerblauwe trui met een opgestikt embleem op de schouder waarop stond: 'Taxi'. Hij reed de tunnel in, nam de eerste afslag naar rechts, kwam er weer uit bij de rivier, waarna hij verder reed langs de promenade.

'Heb je de geografische test voor taxichauffeurs afgelegd?' vroeg hij onbeschaamd.

'Nee,' antwoordde de chauffeur.

'Waarom niet, als ik vragen mag?'

'Ik werk in het ziekenhuis,' legde hij uit. 'In de wasserij. Mijn broer is de taxichauffeur.'

'Dus je hebt geen licentienummer?' flapte hij eruit. 'Je hebt geen chauffeurskaart?'

'Mijn broer is de taxichauffeur,' herhaalde de Indiër rustig. 'Hij is ziek vandaag. Ik val voor hem in.'

'Maar je kunt toch niet zomaar zonder vergunning rijden,' zei hij met een diepe frons op zijn voorhoofd.

'Ik woon hier al lang. Ken alle wegen.'

'Dat heeft er toch helemaal niets mee te maken,' zei hij opgewonden. 'Ik kan hier aangifte voor doen, besef je dat wel? Je broer zal zijn licentienummer verliezen. Het licentienummer is persoonlijk, het mag niet worden overgedragen.'

De chauffeur ging opnieuw op de rem staan. Stopte bij het stadspark en staarde hem woedend aan.

'Wat bezielt je eigenlijk?'

'Doorrijden!' riep hij. 'Doe wat ik zeg, anders geef ik jou en je broer aan.'

'Ik heb misschien geen licentienummer,' zei de chauffeur. 'Maar jij hebt geen manieren. Als jij mij aangeeft, geef ik jou ook aan.'

'Sorry. Sorry!'

Hij stak zijn handen in de lucht en gaf zich over, waarna de stilte terugkeerde.

'Rij maar gewoon! Sorry.'

De Indiër reed verder.

Zelf zat hij te piekeren. Hij bereidde een paar woorden voor die hij zou zeggen als dat gekke vrouwmens de deur zou opendoen. Als ze over de ring zou beginnen, had hij zijn antwoord klaar.

'De ring? Bedoel je deze hier? Die heb ik van mijn grootvader.'

Ze staken de brug over, reden de heuvel op en kwamen in een dichtbebouwd gebied met uitzicht over de fjord en de haventoegang. Onderaan lagen de villa's, bovenaan de drie flatgebouwen en de Indische tempel. Elke flat had negen verdiepingen. Hij praatte niet meer met de Indiër, hij concentreerde zich op wat er te gebeuren stond en doorliep een paar mogelijke scenario's in zijn hoofd.

'Welk flatgebouw?' vroeg hij toen ze boven waren.

'Het middelste,' antwoordde de chauffeur en hij wees.

De auto gleed over het grote plateau. Ze passeerden een speeltuin met een paar joelende kinderen, een parkeerplaats en een buurtwinkeltje. Toen stopte de chauffeur.

'Hier,' zei hij terwijl hij naar de ingang knikte. 'Mijn broer zegt dat het hier was.'

Hij keek naar de voordeur en realiseerde zich dat die wellicht op slot was.

'Het geld,' zei de Indiër vastberaden.

'Achteraf,' zei hij. 'Moet eerst de deurbellen bekijken.'

'Het geld!' herhaalde de chauffeur. Zijn stem sloeg bijna over. 'Mijn broer zegt dat ze door die deur naar binnen is gegaan.'

Hij werd onrustig, want de zenuwen hadden hem te pakken gekregen, en wat eerst een goed idee had geleken, was nu een idioot plan aan het worden. Hij haalde zijn telefoon uit zijn broekzak, vroeg het nummer van de chauffeur en maakte drieduizend kronen over.

'Dat is dan geregeld.'

'Drieduizend voor het adres,' zei de chauffeur. 'En driehonderdvijfenzeventig kronen voor de rit.'

'Waar heb je het over? Drieduizend voor alles!' protesteerde hij.

'Nee!'

Hij kon niet helder denken. Zijn bankrekening zou helemaal leeggeplunderd zijn, en hij zou geen geld meer hebben om eten te kopen tot hij zijn loon kreeg. Toch deed hij wat de Indiër zei, want hij had het gevoel dat hij aan de rand van de afgrond stond, en als hij deze avond het ravijn in zou tuimelen, had hij het geld hoe dan ook nergens meer voor nodig. Hij opende het portier, zette een voet op de grond, draaide zich om naar de chauffeur.

'Dat ding daar op je hoofd, die tulband, betekent die niet dat je de mensen moet helpen?'

'Dat heb ik net gedaan,' antwoordde de Indiër kregelig.

'Wacht hier gewoon,' zei hij, 'ik moet ook nog terug naar huis.'

De chauffeur zat verstijfd in zijn stoel met de handen op het stuur.

Zelf liep hij naar de ingang, vond het paneel met de deurbellen en liep alle namen door. Veel buitenlandse namen, Phillips, Kumar, Sharif. En toen, op de zesde verdieping, zag hij iets wat zijn hart sneller deed slaan. En het paste zo perfect, dat een wrak met zwart opgemaakte ogen en gebleekt haar de moeder was van een crimineel uit een jeugdinstelling.

'Nelly Hafskiold.'

Hij draaide zich om naar de chauffeur met zijn duim in de lucht. Trok aan de deur, die natuurlijk op slot zat. Drukte op een willekeurige naam, en daarna op een andere.

'Hallo?'

'Kun je me binnenlaten? Ik moet naar Hafskiold op de zesde verdieping, kun je me binnenlaten?'

De deur zoemde. Hij ging binnen, stapte de lift in aan zijn rechterkant en drukte op het cijfer zes. Gleed langzaam omhoog, mompelde een paar replieken voor zich uit, het ging te snel, vond hij, en bovendien was de ene wand een spiegel, waarin hij die kolos van een man zag staan met een touwtje om zijn hals en met ogen vol wanhoop.

Wat moet ik doen, wat moet ik zeggen?

Hij opteerde uiteindelijk voor een vriendelijke, defensieve variant.

Hoi! Ik kom gewoon even langs om te horen waarover het ging. Je hebt me vandaag in de stad achtervolgd. Kan ik je ergens mee helpen?

Hij kuchte. Stapte uit de lift. Bleef staan en keek links en rechts de gang in, die twee deuren had. Hij koos de deur aan zijn linkerzijde, waar hij het koperen naambordje zag. *'N. Hafskiold.'* Hij haalde diep adem, liep rustig naar de deur en drukte met zijn vinger op de deurbel. Er was een hoog en duidelijk hoorbaar gezoem te horen in het appartement. En toen, stilte. Kort daarna waren stappen naar de deur te horen, wellicht schoenen met hoge hakken. Het rammelende geluid van een kettinkje, een klik van het slot.

Daar stond ze. Of toch niet? Ze keken elkaar aan, op zoek naar herkenning. Dit was absoluut zeker de vrouw van de Starbucks, en toch was het niet zij, maar iemand die als twee druppels water op haar leek. Deze was echter knap en verzorgd gekleed, in een rok en een trui, en rode schoenen met gespen. Hij was in de war. Hij kon het toch niet zo verkeerd hebben gezien? Zo had de vrouw in de Starbucks er niet uitgezien, die had er afgeleefd en onverzorgd uitgezien. Maar nu stond ze voor hem alsof ze een Amerikaanse make-over had gekregen. Haar tanden waren wit geworden, en haar haar was donker en glanzend. Hij wilde iets zeggen, maar ze was hem voor, ze keek hem recht in de ogen, keek naar het touwtje om zijn hals en naar de ring, en toen zag hij iets wat op angst leek, alsof ze zich plotseling iets herinnerde. Ze wilde de deur dichttrekken, maar hij sprong naar voren en duwde zijn sportschoen ertussen, hoorde haar roepen in het appartement.

'Nanna! Bel de politie! Bel 112! Hij staat voor de deur!'

Toen besefte hij dat ze haar zuster was. Hij stak zijn hand op om haar gerust te stellen, wilde haar uitleggen dat hij alles kon uitleggen, de ring en zo, en waarom hij in paniek was weggevlucht. Hij probeerde de deuropening groter te maken door met zijn hele gewicht tegen de deur te duwen.

'Ik kan het uitleggen,' stotterde hij, 'je hoeft niemand te bellen!'

Haar rode schoenen hadden een spitse punt. Ze tilde haar voet op en trapte hem zo hard tegen het scheenbeen dat de tranen hem in de ogen sprongen en hij zijn voet in een reflex terugtrok. Haastig trok ze de deur dicht, waarna hij binnen in het appartement op- en neergaande stemmen hoorde, een langgerekt gekakel.

Fuck, nu bellen ze de politie! Hij ging tegen de deur aan staan en begon te roepen.

'Wilde gewoon horen wat het probleem is! Ik kan het allemaal uitleggen!'

Maar het werd muisstil in het appartement, en hij stelde zich voor dat ze in een hoekje koortsachtig tegen elkaar stonden te fluisteren. Had ze die ring dan niet gezien? De ring van zijn grootvader, zonder plaatje? Plotseling voelde hij een ongecontroleerde behoefte om alles te bekennen. Hij wilde door de gesloten deur schreeuwen dat Victor een rotzak was, een zielige verschijning zonder moraal, een valse, vernietigende kracht, een smeerlap die een pak slaag verdiende. Het is toch niet mijn schuld dat hij zo teer was, hij was niet sterker dan een Chinees eetstokje. Hij draaide zich met een ruk om en liep terug naar de lift, stapte erin, drukte op het cijfer één, hijgde zwaar en piepend, had een bloedsmaak in zijn mond. Liep naar de uitgang, opende de deur en stormde naar buiten.

De taxi was weg.

De Indiër was ervandoor, was de hele bochtige weg van het plateau naar beneden gereden tot in het centrum. Hij had hem in de steek gelaten, had in geen geval de plichten van de sikhcultuur nageleefd, de tulband op zijn hoofd was slechts versiering, bij dat volkje was niets wat het leek, en wat moesten ze überhaupt met een tempel als ze seculier waren, dat was dus alleen om op te vallen en financiële steun te krijgen, de smeerlappen! Hij wist niet welke kant hij uit moest. Als hij een andere taxi belde, zou het veel te lang duren voor ze boven waren, en bovendien was de politie gealarmeerd en zouden er binnen de twee minuten manschappen op de been worden gebracht om de zoektocht aan te vangen, talloze mannen in meerdere auto's, en met oproepen aan alle patrouilles op de weg. Langs de weg lopen was dus geen optie, ze waren vast al onderweg, de heuvel aan het op scheuren, dus ging hij een willekeurige kant uit, stak de grote parkeerplaats over en liep in de richting van het speelplein. Strompelde verder met zijn logge, zware lichaam, waggelde van links naar rechts en zwaaide hevig met zijn armen, die zo zwaar waren als stokken. Een groepje kinderen was er aan het spelen, ze groeven in het zand, zaten op een wip, klommen in een net van groene touwen. Ineens zagen ze hem komen aanstampen. Ze zagen aan zijn gezicht dat er iets niet pluis was, zelfs kleine kinderen zien zulke dingen, dacht hij, ze hoeven maar een blik te werpen op de volwassene en weten al of hij goede bedoelingen heeft of niet, en die had hij in geen geval. Ze stopten met spelen. Bleven angstig naar hem staan kijken. Een van de kleinsten begon te huilen, liep naar de groten toe, iedereen kroop dicht bij elkaar tot ze een grote groep vormden.

'Wat staan jullie daar te staren! Verdomde rotkinderen!'

Toen renden ze alle kanten op, waarna hij opzettelijk het speelplein op stampte, door de zandbak draafde en koers zette naar het klimtoestel en het groene net, waar een kleine uk halverwege naar boven was geklommen. Hij maakte zich groter dan hij was, spreidde zijn armen en benen open, stak zijn onderkaak naar voren en ontblootte zijn tanden, perste een geluid uit zijn keel dat deed denken aan een grommende hond. Met hun korte beentjes en hun ronde luierkontjes renden ze naar de flats, en de jongen die vastzat in het net, klom het laatste stukje naar boven.

'Nou?' schreeuwde hij naar de jongen in het net. 'Heb je het in je broek gedaan? Ja, hè, je hebt het in je broek gedaan!'

Hij liep verder in de richting van een bosje een eind verderop, wist niet waar hij terecht zou komen als hij die kant uit ging, misschien in een andere woonwijk, hij was niet bekend op de Tempelheuvel. Maar hij zag het citroengele huis, dat trouwens helemaal niet op een tempel leek, maar eerder op een ouderwets vergaderzaaltje dat mensen konden huren om de grote momenten van het leven te vieren, voor zij die iets te vieren hadden.

Hij moest hier weg. De twee wijven hadden de politie gebeld en het circus in gang gezet. De zoekactie zou hier starten, voor de flat van de zusters Hafskiold, van hieruit zouden de mensen zich in waaiervorm verspreiden, en het bosje zou een van de eerste plekken zijn waar ze zouden zoeken. Toch liep hij ernaartoe, en hij voelde zich heel zichtbaar. Maar dit was toch wat hij had gewild? Hij stopte de gedachtestroom en voerde het tempo op. Maar snel ging het nog steeds niet, hij hijgde en zweette zich drijfnat, zijn knieën deden zeer. Zodra hij in het bosje was, ging hij op zoek naar een open plek, maar hoe dieper hij kwam, hoe dichter de bomen bij elkaar groeiden. Toch liep hij verder, want als hij liep, voelde hij dat hij iets deed, dat hij niet zomaar opgaf zodra hij op weerstand stuitte. Het gemengde bos ging naderhand over in een ondoordringbaar, zwart sparrenbos, maar het camoufleerde hem goed, hij droeg zwarte kleren, zoals het hoort voor een man die in een crypte slaapt. Hij liep verder, had geen idee waarheen hij op weg was, wist alleen dat hij door een bos liep, wat hij niet gewend was, behalve dan om te gaan zwemmen op Dakota Beach. Hij moest even uitrusten. Zijn tong hing op zijn schoenen, hij moest ergens kunnen zitten, op een boomstronk of wat dan ook, maar hij vond niets. Dus sjokte hij verder, zonder richting, voelde ineens een steek in zijn zij, wat hem herinnerde aan zijn kindertijd, toen hij werd gedwongen om zich in te spannen tijdens de gymles. Niemand te zien, niets te horen, behalve het piepen van zijn longen terwijl hij zich tussen de takken en het struikgewas door wurmde. Ze komen vast met honden, dacht hij, herdershonden, wellicht meer dan één. Maar eerst zouden ze een auto naar het Kippenhok sturen en uitvoerig met Edith praten. Edith zou hun de sleutel geven, dacht hij, en dan zouden ze boven in zijn kamer een paar kledingstukken zoeken die naar hem roken, een T-shirt of iets anders, en die onder de snuit van de herdershond duwen, die meteen in zoekmodus zou gaan, met bloedige intensiteit en speeksel uit zijn bek.

Hij hield stil en luisterde. Zijn lijf bonsde en hij voelde overal steken. Zo meteen zou hij honden horen blaffen en mannen horen schreeuwen. De heidestruikjes ritselden onder zijn voeten, er heerste brandgevaar in het bos na de droge zomer. Het terrein werd steiler, hij liep een heuvel op, daarvandaan zou hij het landschap kunnen overzien, want hij was het spoor bijster, waarschijnlijk liep hij in rondjes, dat doet iedereen, want iedereen zet een grotere stap met zijn rechtervoet. Hij liep voorovergebogen, maar hief van tijd tot tijd zijn hoofd om zich te oriënteren. Toen hij eindelijk verderop een ontwortelde boom zag liggen, liep hij erheen. Hij moest een paar minuten gaan zitten om op adem te komen. Het rook naar bos en dennennaalden, de bodem wiegde zachtjes op en neer onder zijn voeten en hij had dorst als een paard, o, wat had hij een dorst! In de boeken vond een eenzame wandelaar in het bos altijd een fris beekje en dan dronk hij ervan uit zijn handen, gezeten op de knieën naast het kabbelende water, maar hij vond geen beek. Wat voelde hij zich zwaar en moe. Een potje huilen zou hem goeddoen, hier kon toch niemand hem zien, en waardigheid had hij hoe dan ook nooit gehad. Hij plofte neer op de dikke sparrenstam, die als een bed doorzakte onder zijn gewicht. Als ik terugga naar de beschaafde wereld en me aangeef, dan krijg ik alles wat ik nodig heb, dacht hij. Eten, water, rust. Een colaatje met rinkelende ijsblokjes, wat een opluchting zou dat zijn. Hij hief zijn donkere hoofd en keek om zich heen, probeerde de richting te vinden van waaruit hij gekomen was. Maar hij was helemaal in de war, twijfelde aan alles, wanneer vond hij nu eindelijk een pad! De mensen zijn altijd door de bossen getrokken, hun voeten hebben paden gemaakt, paden die naar water leiden, naar grotere verkeersaders en andere mensen, maar hij zag geen pad.

Een vogel vloog vlakbij op en liet hem schrikken, verdween toen fladderend en schreeuwend tussen de stammen. Hij zocht met zijn hand tussen de heidestruikjes en vond een dennenappel, begon de kleine schubben eraf te trekken, tot hij iets overhield wat op een bruin klokhuis leek.

Toen huilde hij zachtjes. Zat voorovergebogen en met neerhangende armen te janken. Staarde met bedroefde ogen tussen de boomstammen. Kom dan toch, verdomme, ik zit hier! Hij herhaalde de woorden hardop: 'Zoek me dan, verdomme, ik zit hier te wachten, hebben jullie stront in jullie oren?'

Zijn geroep veroorzaakte geritsel tussen de takken en het heidekruid, van kleine beestjes die geschrokken wegstoven. Kon hij maar ergens zacht mos vinden, een plekje waar hij kon gaan liggen, maar overal waren heidestruikjes en dennennaalden die door zijn kleren zouden prikken. Het was donkerder geworden, merkte hij, een vroeg avondlicht. De nacht was in aantocht. In zijn hoofd hoorde hij stemmen en gelach van mensen die samen in een kamer zaten: *'Kun je dat geloven? Die idioot was verdwaald! Hij zat te jengelen als een klein kind toen we hem eindelijk vonden, en het eerste wat hij vroeg was een colaatje.'* Toen schaterlachten ze allemaal, met de idioot van het Kippenhok.

Hij droogde opnieuw een paar tranen. Het houdt vast nooit op, dacht hij, ik zou me net zo goed kunnen ophangen aan de dichtste boom, als ik een touw had en als er überhaupt een tak was die mijn gewicht kon dragen. Hij keek op naar de boomkruinen. Ze hadden hem omsingeld als een groep oude, verstandigere individuen. In dit landschap was hij een indringer. Het leek alsof hij in een trechter zat en langzaam naar beneden gleed, naar de smalle opening onderaan. Straks zou hij naar buiten stromen en als vies water in de aarde verdwijnen. Hij staarde in de verte. Zag ineens iets boven in de bomen, iets donkers en compacts. Hij kwam moeizaam overeind en liep erheen. Hij was niet getraind om op onverhard terrein te lopen, voelde zich veiliger op een vlakke ondergrond, nu moest hij goed uitkijken waar hij zijn voet zette, alsof hij op een rand balanceerde, hij werd er vreselijk moe van. Na een paar minuten zag hij dat het een boomhut was, hoog tussen drie bomen in elkaar getimmerd. Een scheef bouwwerk van gebruikte materialen dat op een kist leek, vergrijsd door weer en wind, maar een leuk verstopplekje voor kinderen. Je kon niet naar boven klimmen, er was geen touw of ladder, maar toch kwam hij dichterbij om te kijken. De boomhut was een teken dat er huizen in de buurt waren. Toen zag hij eindelijk een pad, een smalle gleuf in de bodem. Hij waadde verder door het heidekruid terwijl hij zich probeerde te oriënteren, en na een poos splitste het pad zich op. De zon gaat onder in het westen, dacht hij, naar het westen betekent landinwaarts. Dan loop ik naar het oosten, want dan kom ik bij de fjord. En als ik de fjord vind, vind ik ook de weg terug naar mijn crypte. Hij volgde het pad naar het oosten, het was droog en smal. Hij liep onverstoorbaar en waggelend verder, en begon opnieuw te zweten, maar de temperatuur was nu wel aangenaam, het was avond geworden. Ze staan me vast thuis op te wachten, bedacht hij, in de Storebjørns vei. Ze hebben een agent voor mijn deur geposteerd, en ook Edith staat aan het raam te wachten op de sensatie.

'Ik heb altijd al geweten dat er iets was met die jongen,' zou ze zeggen. 'Er is iets met zijn ogen, ze zijn altijd zo ontwijkend, begrijpen jullie wat ik bedoel?'

Ineens kromp hij ineen van de schrik en hield stil. Bleef staan met zijn hand op zijn hart. Een plotseling, klappend geluid deed hem verstijven van angst. Een helikopter. Hadden ze werkelijk de politiehelikopter ingezet? Kon dat? Hij keek omhoog naar de avondlucht, maar de boomkruinen belemmerden het zicht. Het geluid kwam dichterbij, nu waren ze vlak boven hem. Hier beneden op de grond, in die dichte begroeiing, zouden ze hem waarschijnlijk niet zien, dacht hij, maar toch bleef hij staan. Misschien hadden ze warmtesensoren, dan was hij een dikke oranje vlek op de bodem van het bos.

'Klap, klap, klap,' zei de helikopter. Hij kreeg het gevoel dat hij in Vietnam was, midden in de film van Coppola, met de rotorbladen die waarschuwden voor het nakende onheil. Maar het geluid werd weer zwakker, dat begreep hij niet. De machine dreef langzaam weg, misschien hadden ze hem gezien en lichtten ze nu het bureau in over de vondst. Hij liep verder. Hoopte dat het pad bij de fjord uitkwam. Het begon steeds meer te schemeren, en hij voelde zich beschut. Als de

mensen de lichten aandeden in de huizen, zou hij makkelijker de weg vinden.

Het pad was breder geworden, dat was een goed teken. Een eind verderop zag hij mat, geel licht, kort daarna zag hij meer lichtjes. Hij kwam bij een weg, hoorde geruis in de verte, van razende auto's. Nu werd hij voortgestuwd door een motor waarvan hij niet wist dat hij die had, hij stond in een versnelling waarin hij nog nooit had gestaan. Was die er misschien altijd geweest? Waar had hij die niet allemaal voor kunnen gebruiken, wie had hij niet kunnen worden als hij weet had gehad van al die kracht, die enorme energie. Hij voelde het overal, in zijn armen en zijn benen, zijn lichaam werkte met een ongeziene capaciteit, zijn longen openden zich volledig en zogen grote hoeveelheden zuurstof naar binnen, wie had hij niet kunnen zijn?

En toen, toen hij eindelijk boven op een heuvel kwam, werd hij beloond met een prachtig uitzicht. De lichtjes van de stad. Hij dacht: ik wil terug naar de mensen. Zelfs als ze me veroordelen, wil ik nog liever onder de veroordeelden zijn dan alleen. De duisternis van het bos lag achter hem, zijn tranen bleven achter in het heidekruid, zo veilig als in een kluis. Ook de kleine jongen die hij ooit was geweest, bleef achter, in zijn eentje zittend op de dikke sparrenstam, de kleine jongen die er nooit in was geslaagd om tot bij een boomhut te klimmen, die altijd op de grond had staan kijken naar de anderen. Zijn moeders gezicht dook op in zijn herinnering, die keer dat ze hem in de deuropening met grote ogen stond aan te kijken.

'Ik begrijp niet hoe je zo zwaar geworden bent. Zwaarlijvigheid zit niet in onze familie.'

Hij haalde zijn telefoon tevoorschijn en logde in op internetbankieren. Nog 319 kronen op zijn rekening, nog acht dagen tot zijn loon werd uitbetaald. Maar wat maakte hem dat nu uit, zoiets triviaals als geld, nu ging het om zijn toekomst en de rest van zijn leven, zijn reputatie en hoe hij zou worden herinnerd, de afdruk die hij met zijn grote voeten had achtergelaten in de aarde. Want nu hád hij een afdruk achtergelaten. Veel kilo's waren niet genoeg om op te vallen, er moest worden gehandeld, en hij had gehandeld.

Hij liep in de richting van de stad, passeerde het industriegebied, de flatgebouwen en de winkels, stak de stadsbrug over en stapte in een bus. Wurmde zich door het smalle gangpad, zocht steun bij de rugleuningen van de stoelen en ging helemaal achterin zitten, meed de blik van de anderen. Staarde naar buiten door het raam, naar iedereen die door de straten liep, met z'n tweeën of in kleine groepjes. Hier en daar liepen ook mensen alleen, maar die hadden wel een doel, dacht hij, ze straalden een vastberadenheid uit die aantoonde dat ze op weg waren naar een vriend, een belangrijke bestemming, of iets anders waar ze naar uitkeken. Niemand liep zomaar wat rond te dolen. Dolen was de dood. Dolen was alles onthullend, met mensen die doolden was iets ernstig mis.

In de bus voelde hij zich veilig, ingekapseld in de gigantische romp en de dreunende, warme ruimte. Hij liet zijn zware hoofd tegen het raam rusten, de trillingen van de bus gingen door zijn lichaam als zwakke, elektrische stroom, zijn hele lijf dreunde, zijn merg, zijn botten, het kroop in zijn gehoorgangen als piepkleine mieren. Een paar jongens stapten uit, een paar meisjes stapten in, gingen zitten waar nog plaats was nadat ze eerst een blik in zijn richting hadden geworpen.

Welke blik heb ik zelf? dacht hij bij zichzelf. Wat vinden ze, wat denken ze, welke richting gaat hun fantasie uit, op welke manier word ik opgeslagen in het bewustzijn van de mensen? Word ik wel opgeslagen?

'Zag vandaag een kerel in de bus, hij zag eruit alsof hij achtervolgd werd. Echt paranoïde, die kerel.'

'Zag vandaag een kerel in de bus. Aanzienlijk overgewicht. Zal vast niet lang leven.'

'Zag vandaag een kerel in de bus. Heb nog nooit zo'n blik gezien.'

Ze naderden de Storebjørns vei. Hij tuurde in de schemering om te zien of er auto's stonden, maar zag er geen. Dat was vreemd. Hij stond op vlak voordat de bus stopte, hompelde met kleine pasjes naar voren tot bij de deur en klampte zich vast aan de lus. Stapte aarzelend uit en keek in het rond, liep naar het huis. Er scheen een warm licht op de benedenverdieping bij Edith, maar in het Kippenhok was het stikdonker. Hij zag geen schaduwen door het raam, hoorde geen stemmen. Hoe kon dat nou? Hadden die wijven dan toch niet de politie gebeld? Waren het gewoon loze dreigementen geweest? Had de vrouw in de deuropening plotseling beseft dat de ring die hij aan een touwtje om zijn hals droeg niet dat rood-groene plaatje had? 'Hé, maar wacht eens even,' had ze tegen haar zus gezegd, 'dat was niet die ring, dat heb je verkeerd gezien. Zeg maar tegen de politie dat je je vergist hebt!' Terwijl hij naar zijn eigen voordeur aan de achterkant van het huis liep, drong tot hem door dat er achter het huis plaats was voor één of zelfs twee auto's, als ze zich verdekt hadden willen opstellen. Hij zette zo groot mogelijke passen, keek haastig achterom, tastte in zijn zak naar de sleutel, omklemde hem stevig. De deur was niet opengebroken of verzegeld. Hij stak de sleutel in het slot en draaide hem voorzichtig om, maar het geluid was zo scherp als het schot van een pistool. Hij bleef een poos staan luisteren om te horen of het geluid misschien beweging had veroorzaakt in het grote huis, maar alles bleef stil als het graf. Hij deed de deur dicht en op slot, liep langzaam de trap op, voet voor voet, met zijn hand op de leuning. Hield zijn adem in toen hij de deur van zijn kamer opendeed. Alles was nog precies zoals toen hij was weggegaan. De spiegel, de crypte, de boekenkast met levenswijsheid en de commode met zeven lades. Hij sloop naar het toilet, deed het deksel open en keek in de pot. Het papier was doordrenkt met water, maar onaangeroerd. Hij liep terug en ging op de rand van het bed zitten. Hij was doodmoe in zijn hoofd en in zijn lichaam, zijn rug en zijn knieën, van al dat ronddwalen in het bos. Al met al was het teleurstellend dat ze hem niet hadden gevonden. Dat hij op geen enkele manier iets in beweging had gezet of een grote politiepatrouille had gemobiliseerd. Geen bericht op sociale media, geen mededeling via de ether.

'We hebben hem!'

Hij wurmde zich uit zijn bezwete kleren. Rukte het gordijn kordaat opzij, plofte neer op het matras. Bleef een paar minuten roerloos liggen. Draaide zijn gezicht naar de muur, was toch enigszins verbaasd over het gebrek aan daadkracht van de politie. Zijn eenzaamheid werd nog voelbaarder toen hij besefte dat hij onder de radar was gebleven, ondanks het feit dat hij een beer van een vent was.

Mijn grafkamer, dacht hij, mijn uitgeputte lichaam, mijn geteisterde hoofd, mijn gekwetste hart. Wanneer komen ze eindelijk? Er moet iemand komen! Toen sloeg de deur beneden dicht, en hij hoorde stemmen.

Hij schaamde zich diep, want hij had geen kleren aan, niets wat zijn lichaam kon verbergen, alleen de ring van zijn grootvader aan een touwtje. En Sejer keek naar de ring, dat wist hij zeker, en hij dacht: hier praat ik me wel uit.

Hij zette zijn voeten op de grond. Zijn spijkerbroek lag op een hoopje op de grond, hij bukte zich om hem te pakken. Probeerde alles er te laten uitzien alsof het geen enkele moeite kostte, alsof een spijkerbroek maat XXXL aantrekken een eitje was, maar dat was het natuurlijk niet, er was veel stof die goed moest zitten. Hij wrong zich in allerlei bochten, zwoegde en zweette, gluurde naar de twee mannen. Hun lichamen hadden duidelijke vormen, hun schouders staken uit, net als hun ellebogen, heupen en kin. Eindelijk had hij zijn spijkerbroek aan. Hij nam het T-shirt met het Engelse opschrift erop en trok het over zijn hoofd, tastte onder de halsopening naar de ring, zodat die goed zichtbaar zou zijn. Trok zijn sportschoenen aan, liep naar de deur en pakte zijn jas van een haak.

Hij deed wat van hem werd gevraagd. Liep de trap af terwijl hij zich vasthield aan de leuning. Waar had de auto gestaan toen hij van de bus naar zijn huis was gelopen? Waarschijnlijk aan de achterkant van het huis, een grote BMW. Edith stond door het keukenraam te gluren, hij zag de beweging achter het gordijn. Haar lichaam maakte zenuwachtige bewegingen naar voren en naar achteren, ze deed denken aan een papegaai die op en neer wipt op een stokje. Hij zocht naar een houding waarachter hij zich kon verstoppen, onverschilligheid of arrogantie, of iets anders wat hem waardigheid zou geven, een soort volwassen rust. Hij wilde niet janken. Was helemaal niet bang, hier had hij lang op gewacht. Had het in gedachten voor zich gezien, had alle vragen met zo'n scherpe tong beantwoord dat hij vast en zeker de geschiedenis in zou gaan.

I'll have my day in court.

De jongste van de twee zat aan het stuur, een kerel met krulhaar, mocht je echt met zo'n weelderige haarbos bij de politie werken, hadden ze geen reglement? De auto verliet de Storebjørns vei en reed de rijksweg op naar het centrum. Hij merkte dat hij in een auto zat waarvoor ander verkeer uit de weg ging, niemand reed hen voorbij en de auto's achter hen bleven op een afstand. Zo is het altijd bij hen, dacht hij, anderen moeten wijken.

‘Alles goed, Markus?’ vroeg Sejer.

‘Wat is dat voor een domme vraag,’ antwoordde hij.

Daarna zeiden ze niets meer. Via de radio kwamen een paar meldingen binnen die hij niet begreep, beknopte codes. Wat dachten de twee mannen voorin?

We hebben hem, breng alle eenheden op de hoogte. *Mission completed.*

Ze waren bij de rivier gekomen, het oppervlak was rimpelig door draaikolken. Ineens vroeg hij zich iets af wat hij zich nog nooit had afgevraagd. Waar kwamen die draaikolken vandaan? Had het iets met de bodemstructuur of met temperatuurverschillen in het water te maken? Dat moest hij onderzoeken als hij eens tijd had. En o, wat zou hij nu veel tijd hebben. Hij zag het politiebureau aan de overkant van de rivier, in bijna alle kamers scheen licht. Wat zou de inspecteur zeggen? Hoe zou het verhoor verlopen? Wat zouden zijn eerste woorden zijn, misschien werd het een confronterende start, een genadeschot.

‘We weten wat je hebt gedaan en we kunnen het bewijzen.’

Of hij was van het milde type.

‘Goed, Markus, hier zitten we dan. Heb je zin om ons iets te vertellen?’

Of de gestreste, ongeduldige variant.

‘Ik laat je niet mijn tijd verspillen.’

Maar het werd niets van dit alles.

Toen ze allebei in de verhoorkamer zaten, werd hij bejegend met een vriendelijke glimlach.

‘Cool T-shirt,’ zei Sejer. ‘Leuke bril.’

Hij zei niets.

‘Mag ik je Markus noemen?’

‘Je mag me Holden noemen.’

‘Je houdt het graag formeel?’

‘Holden is ook een voornaam. In Amerika.’

‘Dat is waar. Heb je ooit in Amerika gewoond?’

‘Nee.’

‘Goed. Holden.’

Sejer keek naar zijn papieren.

‘Ik heb Victor Hafskiold nooit ontmoet. Kende jij hem?’

Hij dacht snel na voor hij antwoordde. Altijd eerst nadenken, want elke vraag kon een val zijn, en het antwoord moest scherp, verstandig of cryptisch zijn, als het enigszins mogelijk was.

‘Hij behoorde niet tot mijn milieu,’ zei hij hardop.

‘En wat is jouw milieu?’

O nee! Al meteen vernederd! Hij had geen milieu, hij was meestal alleen, overgelaten aan zichzelf en zijn duistere gedachten. Een doler.

‘Mijn milieu is in ieder geval niet crimineel,’ zei hij snel.

‘Waarom zeg je dat?’

‘Het is gewoon zo. Ik ga niet met criminelen om.’

‘En Victor wel dan? Je zei dat je hem niet kende.’

‘In de krant stond dat hij een crimineel was.’

‘Dat klopt,’ gaf Sejer toe. ‘Wat had je bij Nelly Hafskiold te zoeken?’

Hij probeerde zich te herinneren wat hij had gedacht.

Keek neer op zijn eigen handen die op tafel lagen.

'Niets. Ik belde aan omdat ik op zoek was naar iemand anders.'

'Naar wie dan?'

'Naar een vrouw die me de hele stad door heeft achtervolgd.'

'Wat dacht je toen je de naam op haar deur zag staan? Herkende je die?'

'Ja, die herkende ik. Er zijn er niet veel die Hafskiold heten. Maar ik dacht niets bijzonders. Ik belde aan en de deur ging open, en toen zag ik dat het niet die vrouw van de Starbucks was en besefte ik dat ik me vergist had, dus toen ging ik gewoon weer weg.'

'Nadat je je voet tussen de deur had gestoken.'

'Heeft ze dat gezegd? Angstig type.'

'Je hebt je dreigend gedragen.'

'Dan is ze nog nooit bedreigd geweest.'

'Waarom zou iemand je achtervolgen, Holden?'

'Tja, dat vroeg ik me ook af. Daarom ging ik naar haar op zoek. Ik word daar nerveus van. Iemand die je door de hele stad achtervolgt. Je hoort de stappen, de ademhaling, en ook nog een belachelijke trolley, als een motor op een te hoog toerental.'

'Hoe ben je aan haar adres gekomen?'

'Ik ben slim.'

'Je hebt hemel en aarde bewogen?'

'Ik ben misschien een forse kerel, maar hemel en aarde kan ik niet bewegen. Ik heb mijn fantasie gebruikt. Jij bent rechercheur, jij moet toch weten hoe simpel dat is.'

'Wat heb je daarna gedaan? Nadat de zuster van Nanna Hafskiold de deur had dichtgegooid?'

'Aha, dus ze heet Nanna. Niets, ik heb niets gedaan. Ik ben rechtstreeks naar huis gegaan.'

'Dat kan niet kloppen, Holden. Vijfentwintig minuten nadat je bij Hafskiold wegging, zijn we op jouw adres geweest. We zijn ook in je kamer geweest. We hebben de sleutel van je huiseigenares gekregen.'

'Zijn jullie in mijn kamer geweest?'

'Ja.'

'Hadden jullie daar toestemming voor?'

'We hadden een huiszoekingsbevel, ja.'

'Ik wil dat papier zien.'

'Dat krijg je nog wel te zien.'

'Ik wil het nu zien. Niet over een uur.'

Sejer bladerde door de stapel papieren. Vond het bevelschrift, legde het voor hem op tafel. Hij doorliep het snel.

'Nou goed, dan duurde het gewoon wat langer,' zei hij. 'Ik heb een omweg genomen.'

'Oké, Holden, ik begrijp het. Wat heb je met de ring gedaan?'

O! Diep in zijn binnenste ontstond er gejuich. Het begon als een warme bron helemaal beneden en steeg naar zijn hoofd als fonteinen van opluchting. Ze hadden de ring niet gevonden. Ze hadden het deksel niet geopend en het natte papier niet gezien, hun technici waren niet bekwaam genoeg, hadden niet genoeg fantasie om de dwaalsporen van de hersenen en de creativiteit van de slimmerik te doorzien. Waarschijnlijk hadden ze in de spoelbak gezocht. Misschien hadden ze het deksel opgetild en het papier gezien en daarna het deksel weer dichtgedaan.

Hij trok aan het touwtje met de trouwring van zijn grootvader.

'Die hangt hier.'

'De ring van Victor,' zei Sejer. 'Met het rood-groene plaatje.'

Hij zette een verbaasd gezicht.

'Nu kan ik het niet helemaal volgen.'

'Die je om je hals had hangen, Holden. Die Nanna Hafskiold heeft gezien toen je in de Starbucks zat. Die zij van haar vader heeft geërfd en aan Victor heeft doorgegeven.'

'Heb nooit een andere ring om mijn hals gedragen dan deze hier.'

Hij wierp de inspecteur een arrogante blik toe.

'Sieraden zijn voor aanstellers,' voegde hij eraan toe.

'En dat identiteitsplaatje dan? Dat droeg je toch om je hals?'

'Dat was een identiteitsplaatje, geen sieraad.'

'Maar die zijn voorbehouden aan soldaten in de oorlog, toch?'

'Probeer je me te vernederen? Denk maar niet dat dat zal lukken. Dat hebben er al velen voor jou geprobeerd, maar het glijdt gewoon van me af.'

'Ik word gedreven door nieuwsgierigheid,' zei Sejer, 'niet door minachting.'

'Daar denk ik het mijne van.'

Hij ging breeduit zitten, leunde naar voren, zette zijn ellebogen op tafel en nam ongeveer driekwart van het tafelblad in.

'Je zit hier al jarenlang in deze ruimte, met al die mensen, vroeg of laat komt je arrogantie naar buiten, en je minachting en kleingeestigheid en alles, je bent ook maar een mens, het zit gewoon in je.'

'Dat klopt,' moest Sejer bekennen. 'Elk mens heeft een gemeen kantje. Een hoekje waar we al het verachtelijke en egoïstische in verstoppen. Maar ik ben professioneel, Holden, ik val niet voor zulke verlokkingen. Ben je ooit op de kade geweest waar Victor Hafskiold werd gevonden?'

'Weet niet waar Victor Hafskiold werd gevonden.'

'Op de verste kade, die tegenover de oude havenschuur ligt. Links van de plek waar de schepen worden gelost.'

'Misschien ooit eens, lang geleden, toen ik nog jonger was. We zaten daar soms op het bankje te kijken naar de schepen.'

'We?'

'Een paar vrienden van vroeger.'

'Die bank staat daar pas sinds vorig jaar.'

'O, dan herinner ik het me verkeerd, dan waren het vast een paar lege bakken. In elk geval zaten we daar met onze rug naar de stad toe te dromen over de grote wereld.'

'Wat hoopte je daar te vinden, in die grote wereld?'

'Alles wat ik niet had.'

'En wat had je?'

'Niets.'

Zijn mondhoek trilde. Nee! schreeuwde het in hem, ik mag me niet overgeven, we hebben nog maar een paar minuten gepraat, ik wil niet zo zielig zijn, niet zo behoeftig en sentimenteel.

'Ik wilde de wijde wereld in trekken,' zei hij resoluut. 'Maar ik was slim genoeg om te beseffen dat ik daar niets anders zou vinden dan wat ik thuis had. De mensen worden allemaal door hetzelfde gedreven, om het even onder welke zon ze leven.'

'Wat drijft de mensen volgens jou?'

'Gulzigheid en egoïsme. Dat is toch duidelijk.'

'Maar jij bent een uitzondering?'

Hij wierp de inspecteur een bittere blik toe.

'Denk je dat ik gulzig ben omdat ik een forse kerel ben?'

'Het is vast complexer dan dat. Maar als ik het goed begrijp, voel jij je anders dan de anderen, daar kun je eenzaam van worden.'

'Jij weet niets over wie ik ben, hoe ik me voel of hoe ik denk, of welke mening ik over bepaalde dingen heb.'

'Dat is juist, Holden, daarom vraag ik het ook. Mag ik je trouwens iets aanbieden? Heb je honger of zo?'

'Daar heb je het al. Zie ik eruit alsof ik honger heb?'

'Ik vraag het gewoon. Als je hier blijft zitten met een lage bloedsuikerspiegel, wordt het nog lastig voor je. Honderd meter verderop in de straat is een Aziatisch restaurant dat aan huis levert. Helemaal niet slecht.'

'Loempia's,' zei hij snel. 'Acht stuks. *Spicy*.'

Hij verbrandde zijn vingers toen hij het eten uit de verpakking haalde. De loempia's waren zo groot als braadworsten, opgevuld met gehakt, uien en exotische kruiden. Hij at zoals altijd, werkte het eten in een ononderbroken stroom naar binnen, zijn mond ging alweer open nog voor hij had geslikt. Hij dronk er cola bij, twee flesjes, droogde zijn mond af met een servet, had tijdens het eten niet één keer opgekeken naar de inspecteur. Was razend op zichzelf omdat hij had toegegeven aan de verleiding.

'Je werkt in een snackbar,' zei Sejer. 'En moet de hele dag en avond toekijken hoe de mensen eten, hamburgers, kip, friet, gesmolten kaas. Waaraan denk je als je roept dat de hamburger klaar is? Wat denk je als ze daar zitten te kauwen?'

'Wat ik denk? Dat de wereld niet te begrijpen valt.'

Hij strekte zijn armen uit alsof hij de hele wereldbol met al zijn merkwaardigheden wilde omhelzen.

'Ze eten tot het er via hun oren weer uit komt, en als het op is komen ze naar de bar en bestellen een bananensplit. Of een milkshake. Of een stuk taart. En als ze hun mond afvegen zijn ze verdomme nog altijd even mager. De volgende dag zijn ze er weer en eten ze hetzelfde, en ze blijven verdomme even mager. Ik bak burgers en leg er een hele hoop cheddar op, stiekem hopend dat ze vroeg of laat allemaal gaan uitzetten. Soms wou ik dat ik magische krachten had. Dat ik ervoor kon zorgen dat ze met één vingerknip allemaal dik werden. Dat ik iets in de dressing kon doen wat hun stofwisseling kapotmaakte en waardoor elke kruimel hen deed uitzetten.'

'Holdens magische medicijn?'

'Zoiets, ja. Soms kan ik heel kinderachtig zijn.'

'Dat overkomt me ook wel eens,' zei Sejer instemmend. 'Victor Hafskiold was heel mager, werd je daardoor geprovoceerd?'

'Ik heb Victor Hafskiold nooit ontmoet.'

Hun blikken kruisten elkaar.

'Maar in mijn ogen zijn magere mensen watjes,' ging hij verder. 'Ik breng ze onder in de categorie van zwakke mensen. Jullie brengen mij ook onder in een categorie waarvan jullie vinden dat ik daar thuishoor.'

'Het lijdt geen twijfel dat jij sterker bent dan Victor. En hoe zit het met mij, ben ik ook zwak? Ik ben toch behoorlijk mager.'

'Maar jij bent twee meter lang, en dat was Victor niet.'

'O nee?'

De bliksem sloeg in in het hoofd van Markus Holden. Wat had hij net gezegd? Het was als bedorven eten uit zijn mond gespat.

'Niet dat ik weet hoe groot hij was,' voegde hij er hulpeloos aan toe, 'maar ik heb foto's van hem in de kranten gezien en hij zag er niet al te groot uit.'

Sejer liet hem vernederd zitten. Liet de klok zo lang tikken tot de dreigende toon van de stilte inzette.

'Ik begrijp wat je bedoelt,' zei hij troostend. 'Victor was nog maar een kind. Zijn polsen dun als wilgentakken, zoals de poeet zegt. Maar de kracht schuilt niet altijd in het fysieke, dat weet je vast ook wel. Victor had andere talenten, nietwaar?'

'Sommigen hebben het allebei,' zei Holden.

Hij friemelde aan de verpakking waarin de loempia's hadden gezeten, plukte met zijn dikke, vettige vingers aan het witte bakje van piepschuim. Duwde het weer weg en legde zijn handen op tafel.

'Wat wil je nu eigenlijk van me?'

'Ik wil erachter komen wat dit is,' zei Sejer en hij haalde iets tevoorschijn uit de la.

Hij legde het identiteitsplaatje op tafel.

'Waar ben je dit kwijtgeraakt?'

'Dat heb ik al gezegd.'

'Klopt, dat heb je al gezegd, maar ik vraag het je nog een keer.'

'Waarom?'

'Is dat niet duidelijk? Om te zien of je hetzelfde antwoordt als de vorige keer.'

'Nou goed. Ik heb het verloren in Dickens, denk ik. Die pub tegenover de bioscoop.'

'Maar waarom heb je over de tijd gelogen, Holden? Je zat er een heel jaar naast.'

'Mijn geheugen laat me gewoon in de steek.'

'Ik dacht het niet. Je probeert afstand te nemen van de moord op Victor Hafskiold.'

'Ik neem geen afstand, want ik ben nooit in de buurt geweest. Waarom zou ik een criminele tiener vermoorden?'

'Geen idee,' zei Sejer eerlijk.

'Ha!' riep Holden uit. 'Je hebt niet eens een motief gevonden. Waarom zit ik hier dan?'

'Dat ik geen motief zie, betekent niet dat jij er geen had. Sommigen wíllen het gewoon niet vertellen, anderen kúnnen geen antwoord vinden op de vraag waarom het gebeurd is. Wat is jouw uitleg?'

'Dat klinkt vreemd, vind ik.'

'Eigenlijk niet. Maar luister goed, want dit is belangrijk. Het motief kan doorgaan voor een verzachtende omstandigheid, en dus een lagere strafmaat opleveren. Maar er kan ook een verzwarende omstandigheid rond het misdrijf hangen, wat leidt tot een hogere strafmaat. Dus hoe zit het met jouw motief, Holden, waar zou je het plaatsen?'

'Heb geen motief.'

'Soms moorden mensen ook zonder motief.'

'Nu ga je te ver, vind ik. Dit is geen fictie, maar de werkelijkheid. En de werkelijkheid is meestal logisch, of niet soms?'

'Er hebben er al velen voor jou op deze stoel gezeten die niet in staat waren een verklaring te geven. Ze kunnen gebeurtenissen niet verantwoorden. Zoeken vertwijfeld in hun herinneringen naar een reden. "Ik weet het niet, verdomme," zeggen ze, "het gebeurde gewoon." Is dat bij jou ook zo?'

'In geen geval!'

'Dus je had een motief?'

Geen antwoord.

'Er werd me verteld dat Victor een schrandere jongen was,' zei Sejer. 'Slim, listig en manipulatief. Een echt ettertje, zeg maar.'

Holden keek de andere kant op. Hij probeerde zo stil mogelijk op de stoel te zitten, want elke plotselinge beweging bracht het vet in beweging en beklemtoonde zijn handicap.

'Iemand die de mensen op de tenen trapte,' ging Sejer verder. 'Trapte hij de verkeerde persoon op de tenen, dan kan het hem het leven hebben gekost, begrijp je waar ik naartoe wil?'

'Zelfs een kind zou begrijpen waar je naartoe wilt.'

'Prima!' zei Sejer. 'Ik maak er altijd een erezaak van om duidelijk te zijn.'

'Jij hebt een groot probleem,' zei Holden. 'Besef je dat?'

'We komen er wel achter,' zei Sejer. 'Het wordt al warm,' voegde hij eraan toe, 'voel je dat?'

'Ben je altijd zo overtuigd?'

'Niet altijd. Maar hier loopt een duidelijke lijn, van de moord op de kade naar jou. Heb je de ring van zijn vinger getrokken?'

'Heb alleen deze ring hier, van mijn grootvader.'

Hij trok weer aan het touwtje, het goud blonk.

'Jouw Katarina,' voegde hij eraan toe.

'Had je een goede band met je grootvader?'

'Helemaal niet.'

'Waarom draag je dan zijn ring om je hals?'

'Nou eh.' Hij aarzelde. Voelde een zweetparel op zijn voorhoofd.

'Gewoon, zomaar.'

'Het is een afleidingsmanoeuvre,' zei Sejer. 'Weg van de andere ring.'

'Er is geen andere ring.'

'Nanna Hafskiold heeft hem gezien, hij hing om je hals.'

'Dat moet je bewijzen, en ik denk niet dat je dat kunt.'

'Ik hoef de hoeveelheid bewijsmateriaal niet te beoordelen,' zei Sejer. 'Dat doet de rechtbank.'

'Het zijn hoe dan ook slechts aanwijzingen.'

'Meerdere aanwijzingen,' zei Sejer. 'Je liegt, je verspreekt je en je bent inconsequent. Misschien lieg je om iets anders te verbergen? Iets ergers?'

'Is er dan iets ergers dan moord?'

'Misschien wel. Ben je snel beledigd, Holden?'

'Mijn hele leven is één grote belediging. Als ik iedereen zou vermoorden die mij ooit heeft gekwetst, zou er in de hele stad niemand meer overblijven.'

'Da's een goeie. Die schrijf ik op,' zei Sejer grijnzend.

Geen antwoord. Alleen stilte, geladen stilte. De mannen hoorden elkaars ademhaling.

Sejer probeerde Holdens blik achter de getinte brillenglazen te vangen.

'De moordenaar heeft al zijn tanden uitgeslagen,' zei hij. 'Ze vermengden zich met het vele bloed in zijn mond en kwamen in zijn longen terecht, waar ze werden gevonden door onze forensisch patholoog, die ze er een voor een heeft uit gehaald. Dat zegt ons iets over de dader.'

'En wat dan wel?' vroeg Holden.

'Dat we te maken hebben met een buitengewone misdadiger. Een bijzonder agressieve en meedogenloze persoon, iemand die aandacht wilde.'

'Aandacht wilde?'

Holden glimlachte.

'Zolang hij niet wordt gepakt, krijgt hij niet veel aandacht, toch?'

'Helemaal mee eens,' zei Sejer. 'Wat voor zin heeft het als niemand zijn versie hoort?'

Het viel Ellef op dat zijn vader ouder was geworden, hij had grijze haren gekregen en ingevallen wangen. Het was stil tussen hen, ze waren uit hun rol gevallen van vader en zoon.

'Heb je niet eens een pizzawiel?'

'Nee.'

'En bestek? Je hebt toch wel bestek?'

Carl knikte naar de keukenla.

'Eet jij pizza met mes en vork?'

Ellef nam bestek, gooide de la opzettelijk hard dicht, ging weer zitten en plukte kleine stukjes ananas van zijn pizza, legde die netjes op een rijtje op de rand van zijn bord.

'Dus je lust geen ananas?' mompelde Carl.

Ze aten in stilte. Maar de geluiden verrieden hen, staal tegen porselein, gekauw en geslik. Carl was moe. Al die teergevoeligheid waar hij al die jaren mee had moeten leven en rekening mee had moeten houden. Dat die twee zo kwetsbaar waren, dat er altijd een traan in Dagny's oog glinsterde en er altijd een zweem van bitterheid om Ellefs mond hing. Dat geen van beiden erin slaagde om hun leven in eigen handen te nemen, zoals hij zelf met het grootste gemak zijn leven in eigen handen had genomen. Hij had hen toch niet tegengehouden? Of wel?

'Toen ik jouw leeftijd had, en geloof het of niet, maar ooit was ik ook zo oud als jij, toen voelde ik me een goede jongen,' zei Carl. 'Iemand die iets wilde, die iets kon, die zich goed gedroeg. Toen stichtte ik een gezin, en nu voel ik me een schurk.'

Ellef liet het bestek op tafel vallen.

'O, wat zijn we wreed geweest! Wat moet het zwaar voor je geweest zijn.'

'Praat niet zo alsof ik iets vreselijks heb gedaan,' zei Carl. 'Jongen ontmoet meisje. En dan gebeuren er dingen.'

'Jij bent geen jongen.'

Carl keek over de tafel naar zijn zoon. Het bleke gezicht, de stramme mond.

'Waarom ben je altijd zo humeurig, Ellemann?'

'Weet ik niet.'

'Nou, zoek het dan uit!'

Het tengere lichaam dook in elkaar onder de blik van de vader.

'Heb jij dat meisje vermoord?'

'Nee,' antwoordde Carl. 'Jij?'

'Natuurlijk niet!'

Ze keken elkaar aan over de tafel, lang.

Ellef stond op, de stoel schoot achteruit. Hij herinnerde zich ineens dat hij in het huis van zijn vader was en bracht daarom zijn bord en glas naar het aanrecht.

'Mag ik leren autorijden met je auto?' vroeg hij.

'Leren autorijden?'

'Ik zal sneller mijn rijbewijs halen als ik op voorhand al wat oefen.'

Carl keek hem aarzelend aan.

'Wie heeft je op dat idee gebracht? Je moet eerst les nemen.'

'Alle anderen uit mijn klas zijn al begonnen met rijden,' zei Ellef koppig. 'Het is ook goedkoper als ik oefen.'

Carl legde zijn hand demonstratief op zijn voorhoofd. Al die eisen van degenen die hij onderhield, er kwam geen einde aan.

'Nou goed,' zei hij hardop. 'Wie weet brengt alles wat we hebben doorgemaakt nog iets op. Ik heb vandaag getelefoneerd met *VG* en wat over de twee moordzaken gepraat.'

'Waarom heb je dat gedaan?'

'Omdat ik de redacteur van de cultuurbijlage ken. Dus toen vermeldde ik terloops dat ik ooit foto's heb gemaakt van Gritt toen ze nog klein was, terwijl ze zit te slapen op een wit paard op een draaimolen. Dat het misschien de beste foto is die ik ooit heb gemaakt, en dat het wel eens een iconische foto zou kunnen worden als het verhaal uitkomt.'

'Verhaal?'

'Dat zij het vermoorde meisje van het Svartlandbos is.'

'Maar dat verhaal komt toch niet vanzelf uit?'

'Nee,' zei Carl. 'Daarom heb ik *VG* gebeld. Hij komt langs om de foto te bekijken en dan maakt hij er een kleine reportage over. En hop, de prijs schiet de hoogte in.'

Hij grijnsde.

'En haar ouders dan,' wierp Ellef tegen. 'Hebben zij daar niets over te zeggen?'

'Nee,' zei Carl vastbesloten. 'Ik heb de rechten.'

'De foto van hun dode dochter kan toch niet in een vreemde woonkamer bij vreemde mensen hangen?'

Carl verhief zijn stem.

'Maar je wilt wel een rijbewijs! Weet je wat dat kost? Want je gaat er natuurlijk van uit dat ik dat zal betalen, of niet soms, wie anders? Je hebt geen idee hoe het is om als kunstenaar te leven. Soms heb ik maandenlang geen inkomen. En dat tekenpapier van Windsor, dat kost een fortuin.'

'Weet je wat?' zei Ellef. 'Laat maar. Ik ga naar huis.'

Hij keek achterom naar zijn vader.

'Ik kan er zelf ook voor zorgen dat het een en ander uitkomt, al zal het dan wel een stuk minder lucratief zijn. De foto aan haar ouders geven als zoenoffer, misschien stemt dat hen wat milder.'

'Zijn we bijna klaar? Je kunt me hier niet eeuwig houden,' zei Holden. 'Ik heb toch ook mijn rechten?'

'Je hoeft maar met je vingers te knippen en je advocaat staat hier al,' zei Sejer.

'Ik heb verdomme niets misdaan,' zei Holden, 'ik heb alleen mijn portemonnee verloren, is dat nu ook al een misdrijf?'

Sejer trok zijn wenkbrauwen op.

'Heb je je portemonnee verloren?'

'Heb ik dat niet gezegd?'

'Nee, dat heb je niet gezegd. Je hebt verteld over het identiteitsplaatje, dat je dat verloren had omdat het slotje stuk was.'

'Juist ja,' zei Holden moedeloos, hij gooide zijn hoofd opzij. 'Dan is het er verkeerd uit gekomen.'

'Wat zat er in je portemonnee?'

'Al mijn kaarten, natuurlijk, en een beetje cash.'

'Hoeveel cash?'

'Denk je dat ik dat nog weet, na al die tijd?'

'Je herinnert het je vast nog.'

'Het waren gewoon wat munten, niet genoeg om iemand voor te vermoorden, als je dat soms denkt. Ik was in de stad, bij Dickens.'

'Hoe ben je dan thuisgekomen, bijvoorbeeld?'

'Met de laatste bus.'

'Maar je had toch geen geld?'

'Ik heb een buskaart.'

'En die buskaart zat niet in je portemonnee?'

'Die zat in mijn broekzak, geloof ik.'

'Wanneer heb je ontdekt dat je portemonnee weg was?'

'Thuis in mijn kamer. Toen ik ging slapen.'

'Dan weet je toch niet zeker of je hem bij Dickens hebt verloren? Je kunt hem evengoed op weg naar de bus hebben verloren, of in de bus zelf, of op weg van de bus naar je kamer? Heb je een biertje gedronken bij Dickens? Heb je met je kaart betaald? In dat geval kunnen we nagaan of je daar echt bent geweest.'

'Ik heb contant betaald,' zei Holden snel. Hij werd bleek.

'Maar je kwam tot het besluit dat je je portemonnee bij Dickens hebt verloren...'

Holden knikte.

'Ben je de volgende dag teruggegaan om ernaar te vragen?'

Er gebeurde iets met Markus Holden. Hij was al zijn energie kwijt, alsof iemand een naald in hem had geprikt en hem helemaal had leeggezogen, alles stroomde uit hem, de weerstand, het zelfvertrouwen, de hoop, en hij werd stil en bleek van bezorgdheid, omdat het eindelijk tot hem doordrong hoe moeilijk dit spel was, een reeks gebeurtenissen construeren die nooit hebben plaatsgevonden. Elke stap, elke beweging en elke gedachte verzinnen, de complexe kunst van het liegen die bepaalde mensen uitstekend beheersten, zoals Victor Hafskiold, maar waarin hij zelf niet geoefend was. En hij kwam tot het verschrikkelijke inzicht dat een kleine leugen hem in een net van onwaarheden verwikkelde die makkelijk te doorzien waren. Hij had nooit een voet bij Dickens binnen gezet. Al dat lawaai daarbinnen en al die mensen, de muziek en het gelach, het joeg hem de stuipen op het lijf.

'Nee,' zei hij vermoeid. 'Ik ben niet teruggegaan om ernaar te vragen, omdat ik geen zin had. Ik dacht dat ik hem hoe dan ook niet terug zou krijgen, en bovendien was het slechts een handvol munten.'

'Dus bij Dickens zit het vol gespuis?' vroeg Sejer.

'Als mensen cashgeld vinden, stoppen ze het gewoon in hun zak,' zei hij. 'We hadden het daarnet toch nog over hebzucht?'

'Maar je zei dat het slechts een handvol munten was.'

Holden perste zijn lippen op elkaar.

'Misschien verdacht je Victor ervan hem te hebben gestolen? Toen je thuiskwam in je kamer in de Storebjørns vei legde je de link en ben je naar hem op zoek gegaan. Misschien heb je hem in de val gelokt. Je hebt met hem afgesproken op de verste kade, ver weg van alles en iedereen, waar hij kwetsbaar was.'

'Dat dacht ik niet, nee!' zei Holden kwaad. 'Hij was daar met een meisje.'

'Hoe weet je dat?'

'Het stond in de krant.'

'Er heeft nooit in de krant gestaan dat hij daar met een meisje was,' zei Sejer. 'Jij bent daar geweest. Jij hebt hen gezien. Juist?'

'Ik heb daar geen mens gezien.'

'Dus je bent er wel geweest?'

Het grote lichaam zakte in elkaar in de stoel. Zijn voeten werden loodzwaar, alsof ze vastgenageld waren aan de grond, hij zag een paar oude tekeningen voor zich van de Donald Duck-blaadjes, van de Zware Jongens met een ketting en een bal aan hun enkels.

Als hij had gekund, was hij nog dieper gezonken, door de vloer en het fundament tot diep beneden in de aarde, tot hij in de magmakamer lag te smelten. Hoe dan ook zou hij ten onder gaan, er was alleen zo veel pijn, zo veel angst en vertwijfeling op weg daarheen. Er kwamen geluiden uit hem, zacht gekreun, maar hij deed geen moeite om zich in te houden.

Hij keek weer op.

'Denk je echt dat ik iemand zou vermoorden voor een portemonnee?'

'Mensen moorden voor minder dan dat,' zei Sejer.

'Ik niet.'

'Dat denk ik ook niet, Holden. Ik denk dat Hafskiold iets anders van je heeft gestolen, iets wat veel meer waard was, en ik denk ook niet dat hij dat bij Dickens heeft gedaan, waar is het gebeurd?'

'Pardon?'

Holden sloeg met zijn vuist op tafel.

'Nu wil ik verdomme eerst bewijzen zien, anders eis ik een advocaat!'

'Valt er dan toch iets te verdedigen?'

Sejer nam een blad papier van de stapel, wierp er een korte blik op en schoof het over de tafel naar hem toe.

'Zie je wat dit is?'

'Wat is dat voor een domme vraag?'

'Juist,' zei Sejer. 'Dit is een schedel, met alle botten van het gezicht. Mooi, nietwaar? Als hij intact is tenminste.'

Hij nam een nieuw blad papier. Legde ook dat voor Holden op tafel en wees met een pen.

'Dit is de schedel van Victor Hafskiold. Schematisch voorgesteld. De forensisch patholoog heeft alle verbrijzelingen en fracturen aangeduid die tijdens de sectie zijn ontdekt.'

Hij wees met de pen terwijl hij alles opsomde.

'Het voorhoofd, de schedel, de slaap, de neus, de onderkaak, de bovenkaak en de kaakbeenderen. Alle aanduidingen in het rood betekenen een fractuur of een verbrijzeling,' zei Sejer, 'en zoals je ziet, zijn er per gebied meerdere verbrijzelingen. Victors hoofd was nog slechts een massa. Wat heb je gebruikt om mee te slaan?'

Holden had het gevoel dat hij over een rand uitgleed. Het was beangstigend om geen vaste grond meer onder de voeten te hebben, maar tegelijkertijd voelde het ook goed om zich over te geven aan de inspecteur en hem te geven waar hij om vroeg, het geheim dat hij met zich mee had gedragen en dat zo zwaar was geworden, het was tijd om voor het voetlicht te treden, dat wilde hij zelf ook.

'Nou,' zei hij, terwijl hij ging verzitten. 'Ik liep heus niet met een bijl door de stad te paraderen.'

'Nee, dat dacht ik ook niet, maar ik denk wel dat je geslagen hebt. En dat je dat een tijdlang hebt volgehouden. Dat je het wapen in zee hebt gegooid in de hoop dat we het nooit zouden vinden. Maar we hébben het gevonden.'

Holden antwoordde niet. Nu was hij weer dwars, wilde het de inspecteur niet te gemakkelijk maken.

'Je hebt bewijzen nodig,' zei hij glimlachend.

Langzaam stak Sejer zijn hand in zijn borstzakje, terwijl hij Holden voortdurend in de gaten hield. Zijn hand kwam weer tevoorschijn en was gebald. Toen ging zijn vuist langzaam open en kwam de ring met het rood-groene plaatje tevoorschijn.

Holden verbleekte.

Nu hing hij zelf aan een touw, met het diepe onder hem en de vijand boven hem.

'Wat wil je daarmee? Mooie ring, trouwens. Betekent die iets?'

'Broederschap, misschien?' zei Sejer. 'Of wat denk je? Heb jij ooit deel uitgemaakt van een broederschap?'

'Niet van een broederschap dat zich met zulke aanstellerij bezighoudt, met ringen en zo. Dit is vast zo'n vrijmetselaarsbullshit.'

'Deze hebben we anders in jouw toiletpot gevonden,' zei Sejer. 'Heb je die van Victors vinger getrokken toen hij eindelijk stillag?'

Toen viel hij voor de tweede keer, maar deze keer was er geen bodem onder hem, en hij besefte dat hij de rest van zijn leven zou blijven vallen, en de toespraak die hij van plan was te houden als ze hem kwamen halen, was nergens te vinden, hij vond geen scherpzinnige opmerking, geen cryptische boodschap. Toch kwamen er woorden uit zijn mond, idiote woorden als van een kind dat koekjes had gestolen en op heterdaad werd betrapt, iets wat hem als kind wel vaker was overkomen.

'Ik heb hem in een greppel gevonden,' zei hij hardop.

Sejer knikte.

'Laten we er maar van uitgaan dat wat je zegt waar is. Er is veel waardevols te vinden in de greppels, daar heb je absoluut gelijk in. Maar hoe verklaar je dat dit in jouw toilet lag?'

'Ik moet hem hebben laten vallen, iedereen laat voortdurend van alles in het toilet vallen.'

'En we kunnen ook niet alles verklaren, een mens doet soms gekke dingen. Dat zou jij toch moeten weten.'

Hij draaide nerveus met zijn dikke vingers. Het was alsof ze daar op tafel zo hard lagen te roepen dat iedereen in het gebouw het kon horen: ja, inderdaad, wij hebben Victor Hafskiold vermoord, en we hebben zo hard en zo lang geslagen als we konden, tot hij eindelijk dood was.

'Dit plaatje hier, dat Victor in zijn borstzakje had zitten, dat symboliseert jouw identiteit, nietwaar? Je naam en nummer in zilver gegrift. Ik kan me voorstellen dat je gedreven werd door intense gevoelens. Victor heeft jouw identiteitsplaatje afgepakt, en jij hebt zijn ring afgepakt. "H" van Hafskiold en "H" van Holden. Maar dat zijn allemaal maar symbolen, hij heeft meer van je afgepakt dan dat. Wat precies?'

'Dat zou toch niemand begrijpen.'

'Nu onderschat je de mensen weer.'

'Dat is mijn zaak,' mompelde hij.

'Jouw motief om Victor Hafskiold dood te slaan is je eigen zaak?'

Holden keek neer op zijn bananentrossen van handen en voelde dat hij ze haatte. De handen van de inspecteur waren lang en smal, zoals de handen van een concertpianist, dus trok hij zijn eigen handen terug en verstopte ze in zijn schoot, die fucking handen!

'Ik had een goede reden,' zei hij eindelijk.

'Dan kun je die vast wel met mij delen?'

'Jij zult het geen goede reden vinden, dus heeft het ook geen zin dat ik het uitleg.'

'Dus het is een geheim? En zal altijd een geheim blijven?'

'Het zal altijd een geheim blijven.'

'Waar hadden jij en Victor het dan over?'

'Dat zijn jouw zaken niet.'

'Toch wel,' zei Sejer, terwijl hij speelde met het zilveren plaatje. Hij ontdekte plotseling een detail dat nu pas zijn aandacht trok.

'"Markus D. Holden." Waarvoor staat de "D."?' Hij wees naar het plaatje.

'David.'

'Jij heet Markus David?'

'Ja.'

Sejer haalde zijn aantekenboekje uit de la, bladerde erin en nam het door.

'Gebruik je soms David in plaats van Markus?'

'Anderen doen dat soms.'

'Sta je graag buiten de kleuterschool kinderen bang te maken?'

Toen barstte Markus Holden in lachen uit. Een lange, hinnikende lach, die van diep vanbinnen kwam en de kamer in bulderde. En de lach maakte hem op een nieuwe manier sympathiek, een glimp van een persoonlijkheid die diep in hem zat, waar de mensen gewoonlijk geen toegang toe hadden omdat hij zo forsgebouwd was, en omdát hij zo forsgebouwd was, trokken ze hun ogen meteen weer terug en bleef hij een onopgemerkte ziel.

'Kleine kinderen hebben niets nodig,' zei hij. 'Eén verdachte blik en ze vliegen alle richtingen uit. De kleinsten beginnen te huilen en meteen komen de juffen van alle kanten aan galopperen, witheet van woede.'

'Zoals in de Småtten Kleuterschool in het Svartlandbos?'

'Zoals in om het even welke kleuterschool.'

Man tegen man, oog in oog. Een spel van splinterige details. Een plotselinge aanval kon leiden tot de overwinning, maar ook tot verlies, en daarom bedacht de inspecteur een onbeduidende vraag, een detail gewoon, iets wat er niets mee te maken had, misschien was Holden te moe om stand te houden in de verdediging.

'Toen Victor werd gevonden op de kade, had hij een turquoise T-shirt aan. En er werd ook een jongen met een turquoise T-shirt gezien in het Svartlandbos op de dag dat Gritt Zeeland werd vermoord. Volg je me?'

Holden wist niet goed meer wat er al was gezegd en wat hij zelf had geantwoord op alle vragen. Of hij beter kon zwijgen om zichzelf te redden, of beter een impuls kon volgen.

'Je bedoelt dat maandagmeisje?' zei hij, en hij keek naar Sejer.

'Maandagmeisje?'

Het woord galmde in de kamer. Sejer wierp een blik op het oog van de camera, of de collega's in de belendende kamer het ook hadden gehoord.

'Wat zei je daar? Het maandagmeisje?'

Nu bleef Holden een hele poos stil. Sejer dacht ineens aan haar slipje, hoeveel mensen waren op de hoogte van dat detail, dat konden er niet veel zijn. En hij dacht aan de tekening, waarop het slipje naar beneden getrokken was en het borduursel verstopt zat in de plooien.

'Wat is er met het maandagmeisje?' herhaalde hij.

Holden kwam weer tot zichzelf.

'Weet ik niet precies. Ik heb het in de bar gehoord, denk ik, dat iemand haar het maandagmeisje noemde.'

'Iemand?'

'Ik stond met mijn rug naar de bar,' zei Holden. 'Burgers om te draaien op de bakplaat. Heb niet gezien wie er aan het praten was.'

Sejer dacht aan Ellef. Ellef kon het borduursel hebben gezien, ook al was het niet zichtbaar op de tekening. Had Ellef behalve via zijn buitengewone tekenvaardigheden nog op een andere manier met de zaak te maken? Carl Hamza kon het borduursel hebben gezien, want zij hadden een relatie gehad. En haar moeder, die haar kleren waste, kende het lichtblauwe slipje, misschien had ze er voor elke weekdag eentje.

'Krister had ook namen voor de gasten,' zei Holden. 'Hij noemde haar het kippetje. Hij zei: "Dat kippetje heeft een nachtje in de marinade nodig, zodat ze wat malser wordt. Dan grillen we haar op een heet vuur."'

'O, werkelijk?'

'En haar vriendin, die donkere met haar vlechten, die noemde hij de zigeunerin.'

Hij keek naar de inspecteur.

'Je hebt vast al gehoord dat Krister Karlson een paar jaar geleden een jeugdclub uitbaatte. Toen was er een voorval met een meisje. In elk geval moest de club de deuren sluiten. Hij kreeg geen subsidie meer van de gemeente.'

'Een voorval met een meisje?'

'Ze was minderjarig.'

'Waar heb je al die informatie vandaan?'

'Iedereen weet dat gewoon. Iedereen.'

'En iedereen was dol op Gritt,' zei Sejer. 'Geldt dat ook voor Holden?'

'Absoluut niet.'

'Waarom was je niet dol op haar, ze was toch zo lief?'

'Ik was niet dol op haar!'

Sejer trok zich weer terug. Rustig nu, we gaan de goede kant op, maar hij probeert tijd te rekken, hij wil niet dat ik dit cadeau krijg, hij wil zo veel mogelijk aandacht krijgen, en hij heeft aandacht nodig. Er moet een verband zijn, het tijdstip en de leeftijd liggen dicht bij elkaar, en de geografische afstand is klein. We hebben geen twee moordenaars zo dicht op elkaar, en we hebben geen twee slachtoffers met zo veel gemeenschappelijke trekken.

Net op dat ogenblik tilde Holden zijn hand op en streek met een nonchalante, elegante beweging zijn donkere pony opzij. Iets in die beweging, iets gevoeligs en gemaakt dramatisch, haast vrouwelijks, bracht Sejer op een nieuwe gedachte. Hij herinnerde zich de afschuwelijke aanblik op de kade, het tengere lichaam, aan flarden gepikt door de meeuwen, en de havenarbeider Olaf Lien die heen en weer liep op de achtergrond. Zijn woorden, die spontaan uit hem waren gestroomd, toen hij had verteld over het fietsstuur en de liefde, en wat hij niet allemaal had gezien op de zeven zeeën.

'Was je verliefd op Victor? Hij was een knappe jongen.'

Alles in het grote gezicht voor hem, de glans in zijn ogen en de blos die ineens op zijn wangen verscheen, vertelde hem dat hij raak had geschoten.

'Wel heb je ooit!' riep Holden uit.

'Het is een doodgewone vraag,' zei Sejer. 'Iedereen was verliefd op Gritt, alleen jij niet, want jij valt op jongens. Of niet soms?'

'Gritt was niet mijn type, meer valt er niet over te zeggen!'

'Maar je bent wel vaker op die bospaden te vinden, zijn we het daarover eens, Holden?'

'Nee, daar zijn we het niet over eens. Zie ik eruit als iemand die graag in het bos gaat wandelen?'

'Waar was je de dag dat Gritt werd vermoord?'

'Ik heb geen idee wanneer Gritt werd vermoord.'

Holden tuitte zijn lippen.

'Ik weet waar je op uit bent. Je probeert me ook te linken aan de moord op Gritt, maar je kunt niet altijd winnen.'

'O jawel, dat kan ik wel,' zei Sejer rustig. 'Ik kan wel winnen. Waar was je de dag dat Gritt werd vermoord?'

'Ik weet niet wanneer ze werd vermoord.'

'Op welke dag werd je portemonnee gestolen?'

'Dat herinner ik me niet.'

'Maar ongeveer dan?'

'Midden juli, misschien.'

'Gritt werd midden juli vermoord. En ik weet dat je toen ongeveer in de buurt bent geweest.'

'Dat klopt niet.'

'Maar je had een date met Victor, ongeveer rond die tijd.'

'Dat is niet waar! Waar haal je dat vandaan? Mag je eigenlijk wel liegen tegen een arrestant?'

'Geef me je hand,' zei Sejer, met plotselinge vriendelijkheid.

'Waarom?'

'Omdat ik het je vraag. Geef me je hand.'

Holden begreep het verzoek niet. Wat het te betekenen had, of het riskant kon zijn voor hem, het voelde zo intiem, zo anders, want nog nooit had iemand om zijn hand gevraagd, om welke reden dan ook. Maar hij legde zijn grote, zachte hand op tafel, de rechterhand, kort en breed en met dikke vingers. Sejer legde zijn hand erbovenop, en daar bleef hij rustig liggen.

'Kwam je van de kleuterschool? Of van de Svartlandkerk? Of misschien van het voetbalveld? Was je kwaad om iets? Waar heb je Victor ontmoet? Op het strand misschien, op Dakota Beach? Ging je er zwemmen?'

Holden voelde de warmte van zijn hand, en op een merkwaardige manier bracht het hem tot rust, alsof hij weer klein was, alsof hij werd vastgehouden door iets groters en sterkers dan hijzelf. Zoiets had hij nog nooit gevoeld, hij wilde niet dat de inspecteur hem losliet.

'Zie ik eruit als een *beach boy*?' zei hij nors.

'Ik denk niet dat je er op een specifieke manier moet uitzien om te gaan zwemmen,' zei Sejer.

Hij hield nog steeds zijn hand op zijn plaats, verhoogde de druk, maakte het Holden moeilijk om zich terug te trekken.

'Wanneer ben je voor het laatst op Dakota Beach geweest?'

'Dat is al lang geleden, dat moet ergens in mijn tienerjaren geweest zijn.'

‘Waarom heet dat strand trouwens Dakota Beach, weet jij dat?’

Holden moest even nadenken.

‘Tja, hoe zat dat ook alweer? Het had iets te maken met John Lennon. De dag dat Lennon werd neergeschoten was er een groepje mensen naar het strand afgezakt om er te roken en te praten over het grote verlies of zoiets. Ze wilden John Lennon huldigen door het strand naar hem te noemen, en van toen af aan zei iedereen gewoon Dakota Beach.’

‘Maar waarom Dakota? Hij woonde toch in New York?’

‘Hij woonde in het Dakota-gebouw,’ zei Holden. ‘Hij werd neergeschoten op weg naar binnen.’

‘Hoe weet je dat? Je was nog niet eens geboren.’

‘Dat heeft Edith me verteld.’

‘Heb je Victor Hafskiold op Dakota Beach ontmoet?’

‘Ik ben daar al jaren niet meer geweest. Hoor je niet wat ik zeg!’

‘Misschien heeft hij nog iets anders van je gestolen. Werd je op de een of andere manier vernederd?’

‘Ik word al mijn hele leven lang vernederd.’

Toen haalde hij adem en vatte moed, en hij deed er nog een schepje bovenop, want het speelde geen rol meer of hij de waarheid sprak of niet, hij moest het zeggen om erachter te komen hoe het voelde om precies die woorden uit te spreken, woorden die anderen constant uitspraken, als de grootste vanzelfsprekendheid.

‘We hebben een korte relatie gehad.’

Sejer knikte ernstig.

‘Jij en Victor hebben een korte relatie gehad?’

‘Ja.’

‘En toen heeft hij je bedrogen?’

Holden knikte.

‘Eerst heeft hij je hart gestolen en daarna je waardevolle spullen.’

‘Absoluut alles wat er te stelen viel,’ zei Holden.

‘Ga verder.’

‘Meer heb ik niet te zeggen. Gebruik je fantasie.’

‘Waaraan dacht je toen je hem te lijf ging op de kade?’

‘Ik dacht niet.’

‘Werd er iets gezegd?’

‘Het waren meer geluiden.’

‘Kwamen er achteraf bepaalde gedachten in je op, toen je besefte dat hij dood was?’

‘Niet dat ik me herinner. Er gierde zo veel adrenaline door mijn lijf, ik zweefde als een luchtschip boven de stad.’

Hij had nog zo veel willen zeggen. De details over wat er was gebeurd, zijn eigen versie van de feiten, stap voor stap, de vlammende verdedigingstoespraak die hij had willen houden, met krachtige stem. Hij had gedacht dat de bekentenis een plechtig moment zou zijn, in lijn met de ernst die aan een moord kleefde. Hij had zelfs gedacht dat er ruimte zou zijn voor humor, want hij dacht dat de inspecteur dat wel zou toestaan, gewoon iets kleins, natuurlijk, maar toch. Maar de bekentenis was gewoon langzaam uit hem gesijpeld, als een lekkage. Kon hij überhaupt rekenschap afleggen voor het moordzuchtige gevoel dat hij had gehad toen hij Dakota Beach verliet, volledig kaal geplukt? Onder zijn voeten had alles op en neer en heen en weer gewiegd, het hele landschap was opgelost. Kon hij de zaak presenteren op een manier die zijn daad rechtvaardigde, dat zijn lichaam een op hol geslagen machine was geweest, dat hij de controle erover had verloren, over zijn hersenen en zijn wil, dat hij als een zitzak was opengescheurd en dat de inhoud naar buiten was gestroomd als miljarden kleine piepschuimbolletjes?

'Ik wilde eigenlijk...'

Hij stak zijn vrije hand omhoog.

'Wat wilde je eigenlijk?'

'Ik wilde eigenlijk een speech houden.'

Sejer trok zijn hand niet terug. Liet hem veilig op Holdens hand liggen, nu wilde geen van beiden loslaten, dit contact wilden ze allebei, het was iets wat ze zich later zouden herinneren, wat van betekenis zou zijn, iets meer dan gruweldaden, schuld en afschuw.

'Geloof je in toeval, Markus?' vroeg hij voorzichtig.

Holden ontwaakte uit zijn toestand van berusting.

'Hangt ervan af wat je onder toeval verstaat.'

Sejer gaf hem gelijk.

'Ik denk aan John Lennon. Hij werd neergeschoten en vermoord in 1980, geloof ik.'

'In december, ja,' zei Holden. ''s Avonds. Voor het Dakotagebouw.'

'De man die de moord beging, heette Chapman, klopt dat?'

'Mark David Chapman,' zei Holden.

'En jij heet Markus David, dat is dezelfde naam.'

'Dat heb ik inderdaad al eens bedacht, ja.'

'En de roman die Chapman verschillende keren had gelezen, die zag ik staan in je boekenkast. *The Catcher in the Rye.*'

'Die heb ik verslonden,' zei Holden.

'Ik ook,' zei Sejer, 'en het verhaal gaat over Holden. Holden Caulfield. Noem je jezelf daarom soms Holden?'

'Misschien.'

'Holden Caulfields portemonnee wordt gestolen op zijn hotelkamer,' zei Sejer. 'Door een pooier.'

'Hij liep in een val. Hij werd misleid.'

'En als ik het me goed herinner leek Chapman zelfs een beetje op jou. Hij had dezelfde bril als jij. Je zou haast denken dat ons hele leven georkestreerd is, dat we allemaal gewoon een rol hebben gekregen, van iemand die graag spelletjes speelt.'

'Welkom in mijn wereld,' zei Holden lusteloos. 'Denk je dat ik deze rol vrijwillig heb gekozen? Dit lichaam? Deze afloop?'

'Afloop? Je bent twintig jaar.'

'Maar het eindigt zo. We zijn aan het einde van het verhaal, en jij bent een oude man. De wereld verdwijnt.'

Sejer dacht verder na over alle toevalligheden.

'Waar waren John en Yoko geweest toen ze die avond in december thuiskwamen en John vijf kogels in de rug kreeg? Herinner je je dat?'

'Volgens mij hadden ze aan zijn laatste album gewerkt. *Double Fantasy.*'

Sejer liet zijn hand los.

'Markus,' zei hij.

'Je moet me Holden noemen,' zei Holden.

'Markus,' herhaalde Sejer. 'Er klopt iets niet aan je verklaring. Wanneer ben je voor het laatst op Dakota Beach geweest?'

'Nu antwoord ik voor de derde en laatste keer. Het is een paar jaar geleden, ik was nog een tiener.'

'Je had een date met Victor, en hij maakte het uit. Hij stal je portemonnee, en dat was de druppel die de emmer deed overlopen, juist?'

'Zo zou je het kunnen zeggen, ja.'

'Maar weet je zeker dat hij hem gestolen heeft?'

'Honderd procent zeker.'

Sejer keek weer in de la, naar de spullen en papieren die netjes geordend lagen.

Hij nam er iets uit en legde het op tafel.

'Je portemonnee, met twee creditcards en een sleutel.'

Holden zocht vertwijfeld naar woorden. Zijn hoofd functioneerde niet zoals het hoorde, hij moest iets over het hoofd hebben gezien, ze waren hem de hele tijd voor geweest.

'Waar hebben jullie die gevonden?'

Sejer gaf geen antwoord.

'Tja, dan heeft hij gewoon het cashgeld eruit gehaald en de rest weggegooid.'

'Je zei toch dat het gewoon maar wat munten waren?'

Sejer haalde er een paar bankbiljetten uit.

'Veertienhonderdzeventig kronen,' zei hij.

Holden pakte de portemonnee, kon niet geloven dat hij daar lag, nog helemaal intact, afgezien van een paar donkere vochtvlekken op het bruine leer.

'Maar waar komt die vandaan?'

'Ik heb twee van mijn agenten naar het Svartlandbos gestuurd,' legde Sejer uit. 'Ik heb hun gevraagd om er alle paden af te lopen en de tijd op te meten van de verschillende afstanden. Ze zijn overal geweest. Op het voetbalveld, bij de kleuterschool en bij het kapelletje. En ook op Dakota Beach. Daar hebben ze je portemonnee gevonden in een spleet tussen twee rotsen.'

'Dat kan niet waar zijn,' zei Holden met een dun stemmetje.

Hij wriemelde met zijn dikke handen, trok aan al zijn vingers.

'Dat kan niet,' herhaalde hij vertwijfeld, 'zeg zulke dingen niet. Hij zat in de zak van mijn cargoshort, hij heeft hem gestolen terwijl ik aan het zwemmen was!'

'Die versie heb je lang geloofd, en je hebt op basis daarvan gehandeld, maar ze klopt niet, Markus, hij is uit je zak gevallen.'

Gritt lag al lang in haar graf, maar het beeld van haar op de plaats delict stond op Sejers netvlies gebrand. Hij kreeg het niet weg, slaagde er niet in het te vervangen door iets anders. Ze lag in de kuil, weerbarstig, met haar ogen en mond vol vliegeneitjes, en daar zou ze blijven liggen tot er technische bewijzen opdoken die de schuldige konden aanwijzen. Zeventig dagen en zeventig nachten lang had ze hem in zijn gedachten achtervolgd. Het knaagde aan hem, maar hij kon het niet over zijn hart verkrijgen om haar opzij te schuiven, of haar te vergeten, zelfs niet voor even.

'Draag me weg!' leek ze te zeggen. *'Laat me rusten.'*

Met een half opgeloste zaak zou hij hoe dan ook de slaap niet kunnen vatten, dus bleef hij gewoon nog wat in zijn eentje op kantoor zitten. Met zijn hoofd in zijn handen, zonder besef van tijd, wachtend op een onderbreking of iets anders wat hem kon doen opstaan van zijn stoel en naar huis kon laten gaan, naar zijn zieke hond.

Op dat moment kwam Skarre binnen om te vertellen dat Holden in voorlopige hechtenis was genomen en dat hij in woede was uitgebarsten toen ze hem volledig hadden uitgekleed.

'Toen hij op zijn hurken moest zitten en moest hoesten, is hij ontploft. Maar zoals je weet is dat de standaardprocedure.'

'Eigenlijk is het vooral vernederend,' vond Sejer.

Skarre keek de inspecteur aan met een mysterieuze blik.

'We hebben ook wat kleren voor hem gevonden. Gelukkig zijn joggingbroeken elastisch. De dokter heeft hem onderzocht, en voorlopig is zijn grote lichaam in orde. Maar zijn hart heeft het lastig. Jij ziet er anders ook niet bepaald blij uit,' voegde hij eraan toe.

'Is er dan iets om blij om te zijn?'

Skarre deed alsof hij hem niet hoorde en ging met onverdroten ijver door met zijn mondelinge verslag.

'We hebben zijn zakken leeggemaakt en een paar munten gevonden, maar ook sleutels, suikervrije pastilles, oude bustickets en een pakje tissues. En vier dropjes in een wikkel. Zeg, luister je wel?'

'Nee,' zei Sejer, 'mijn gedachten zijn ergens anders.'

Hij ging al net zo onverdroten door als zijn jongere collega.

'We hebben een aantal omstandigheden onderzocht in Gritts dossier. De personen die mogelijk in haar buurt of in de buurt van de plaats delict zijn gekomen, zoals Charlotte, die jaloers kan zijn geweest en bovendien sterk is, of Krister Karlson, die een voorkeur had voor jonge meisjes en ervan droomde om haar op een heet vuurtje te grillen. Ellef is erbij gaan zitten om haar lijk te tekenen, Carl had een verhouding met haar, en Victor werd de dag waarop ze werd vermoord gezien, rennend door hetzelfde gebied. Maar dat is allemaal niets waard, aangezien we hen niet kunnen linken aan de plaats delict. En de enige die naderhand zijn toevlucht blijkt te nemen tot extreem geweld en ook op Dakota Beach was, had geen reden om haar aan te vallen, aangezien hij op jongens valt.'

Skarre glimlachte geduldig en Sejer keek zijn collega met de wilde krullen onderzoekend aan. Hij merkte dat ze haast ongemerkt van kleur waren veranderd, van diep blond naar ietwat zilverachtig. Een paar lijnen bij zijn mond ontdekte hij ook, en een trekje dat getuigde van jarenlange ervaring. Hij graaide snel iets uit zijn broekzak en legde het op het bureau van de inspecteur. Het was een gripzakje met een lippenbalsem erin.

'Die hebben we in zijn jaszak gevonden,' zei Skarre onbevangen.

Sejer staarde naar het kleine kokertje.

'Toch zeker niet in Holdens jas? Is dat wat je zegt?'

'In Holdens jas,' zei Skarre. 'Precies dezelfde als die in de bewaarruimte ligt. Die jij, met al je geduld, op de plaats delict hebt gevonden.'

'Maar heb je het onderzocht op vingerafdrukken?'

'Ja, hoor. We kunnen hem linken aan de plaats delict. We hebben hem,' zei Skarre. 'We hebben een match. Ben je nu blij?'

Zeeland waagde zich naar boven, naar de kamer onder de koepel. Langzaam en aarzelend liep hij stapje voor stapje de trap op, terwijl hij in zijn binnenste op zoek ging naar vreugde, een drang om iets te zeggen of iets uit te drukken, om het even wat.

Alles heeft betekenis, dacht hij, dat zeggen ze als er iets heel ergs is gebeurd. Nee, zoek niet naar een betekenis, dit is een vloek. Marion en ik zijn vervloekt. We zijn dansend en spelend door het leven gegaan, we hebben de dagen als vanzelfsprekend beschouwd. Hoe willen de mensen dat wij ons nu gedragen? Kunnen we nog leven als vroeger? Nee, dat kunnen we niet, we moeten rouwen, maar niet te lang, want de mensen houden het niet uit om in alle eeuwigheid naar onze pijn te staren. Op een gegeven ogenblik zullen ze van ons verlangen dat we weer onszelf worden, maar we worden nooit meer onszelf, God mag weten wat we zullen worden.

Hij deed de deur van zijn dochters kamer open. Keek naar binnen en zag het dekbed met lichtblauw overtrek dat opgerold op het lege bed lag. Marion had het niet willen aanraken, want alles in de kamer was heilig en broos, een vlies van normaliteit dat niet mocht breken. Omdat het bed nog onaangeroerd was, beeldde hij zich in dat ze gewoon even weg was en elke minuut de trap op kon komen lopen, langs hem heen zou glippen om in haar kamer verder te rommelen.

Hij zette een paar stappen achteruit. Positioneerde zich zo dat hij alleen de hoek van haar bed zag en een stukje van het slordige dekbed. Als hij zich goed concentreerde kon hij zich voorstellen dat ze daar nog altijd lag, net buiten zijn gezichtsveld. Hij haalde de grote, zware schildersezel, trok die achter zich aan over de vloer, en terwijl de houten poten over de planken schuurden hield hij zijn blik voortdurend op de hoek van het bed gericht. Nadat hij zowel de schildersezel als zichzelf nog wat had bijgesteld, vond hij eindelijk het exacte punt waar hij kon staan om te werken en tegelijkertijd kon doen alsof Gritt ineengedoken op het bed lag. In haar diepste slaap. Hij pakte de weckpot met de penselen en zette een canvas op de schildersezel. Plukte aan zijn baard, koos een penseel, bleef ermee in zijn hand staan. Het witte doek schreeuwde, vond hij, het verblindde hem, bracht hem van zijn stuk, en heel even was hij als verlamd. Toen kwam er iets uit zijn binnenste naar boven wat leek op razernij, of was het schuld, voelde verdriet zo aan, als een chaotische mengeling van alles? Hij greep een tube kobaltblauw, ook al had hij kobaltblauw altijd aanstellerig gevonden, een geaffecteerde, vluchtige en weinig coöperatieve kleur. Hij nam het palet in zijn linkerhand, hield het stevig vast, want hij trilde over zijn hele lichaam van nervositeit. Een blik op de hoek van het bed en een blik op het doek.

Met het fijne penseel van marterhaar tekende hij een subtiele schaduw in de rechterbovenhoek. Toen zette hij een paar stappen achteruit om het van een afstand te bekijken.

Je kon duidelijk zien dat het op een vleugel leek.

Nu denk ik net zoals Marion, besefte hij, het eenvoudige en banale leken plotseling de juiste uitdrukkingsvorm. Hij begon eraan in alle ernst en schilderde uren achterelkaar. Werkte goed en geconcentreerd. Voor het eerst in lange tijd was de pijn gereduceerd tot een zwakke polsslag, want nu had hij haar, nu hield hij haar vast. Hij hoorde de deur beneden open- en weer dichtgaan. Marion kwam de trap op lopen. Toen ze zag dat hij eindelijk aan het werk was, legde ze alles wat ze in haar handen had opzij en kwam ze dichterbij om te kijken.

'Blauw,' zei ze gewoon.

'Ja, moet kunnen,' zei hij.

'Opeens sta je hier met het hele palet vol,' zei ze.

'Ja, moet kunnen,' antwoordde hij voor de tweede keer.

'Kom even naar beneden,' zei ze. 'De inspecteur heeft gebeld. Hij heeft vast iets te vertellen.'

'Hebben ze hem?'

'Weet ik niet.'

Ze zag er gekweld uit. Bang voor wat er aan het licht zou komen, de details, seconde voor seconde.

Zeeland spoelde zijn penseel uit in de white spirit en trok zijn lange jas uit.

'Ik wed dat ze hem opgepakt hebben,' zei hij hardop.

Ze liepen de trap af, Marion eerst, Jan achter haar. Ze gingen aan de keukentafel zitten wachten. Daar stond hij dan, buiten voor de stenen iglo, netjes gekleed in een grijs pak en wit overhemd, alsof de boodschap van het overlijden nog een keer moest worden afgeleverd.

'We hebben hem,' zei Sejer. 'Hij heeft bekend.'

De twee knikten. Ze hadden dit moment in gedachten voor zich gezien, hadden ernaar uitgekeken, hadden gedacht dat het een opluchting zou zijn, maar ze voelden alleen verwarring. Het kwaad had een menselijke vorm gekregen, het was een hij, een man of een jongen. Die al een tijdlang had geleefd, die had gelachen en gehuild en op aarde tussen de mensen had rondgelopen zonder dat iemand wist wie hij was, dat hij dat in zich had.

'Wat voerde hij aan ter verdediging?' vroeg Jan Zeeland.

'Hij probeerde zich niet te verdedigen,' zei Sejer. 'Hij heeft zich gewoon met een paar woorden verantwoord, maar wil ons geen details geven.'

'Maar dat moet hij toch! Of is het er zo een die zegt dat het gewoon gebeurde?'

Sejer woog zijn woorden op een goudschaaltje. Hij moest

voldoende vertellen zodat ze zich een beeld konden vormen, maar niet zo veel dat ze ontredderd zouden zijn. Holden niet verontschuldigen en Gritt niet zwartmaken.

'Zoals jullie weten, was ze bij Carl Hamza geweest,' zei hij. 'Daar is ze drie dagen gebleven. Na hun laatste ontmoeting gaf hij haar te kennen dat het voorbij moest zijn. Dat ze een jongen van haar eigen leeftijd moest zoeken. Hij bracht haar naar de parkeerplaats bij het Svartlandbos, waar ze razend uit de auto stapte. Ze voelde zich bedrogen. Ging ervandoor met haar telefoon in de hand, met gezwinde pas, net als de dader. Hij kwam van de andere kant, van Dakota Beach. Ook hij was razend en voelde zich bedrogen, na een ontmoeting op het strand. Ze zijn onvermijdelijk op elkaar gebotst.'

'En toen?'

'Onze man,' begon hij aarzelend. 'Onze man was in een explosief humeur, en Gritt was uitzinnig. Ze viel tegen hem uit, waardoor hij in een oogwenk in vuur en vlam stond.'

'Viel tegen hem uit?'

Marion keek hem niet-begrijpend aan.

'Hij heeft verklaard dat ze iets kwetsends heeft gezegd.'

'Iets kwetsends?'

'Iets wat hem diep heeft geraakt. Hij heeft ook verklaard dat ze hem een gemene blik heeft toegeworpen. Ze ging van het pad af om hem door te laten, maar hij liet haar niet gaan.'

'Maar niemand vermoordt toch een meisje vanwege een gemene blik?' zei Marion verbijsterd.

'Hij voelde zich al diep vernederd.'

Marion was opgestaan. Plantte haar handen op tafel, leunde naar voren en keek hem recht in de ogen.

'Gritt vernedert geen mensen! Zo is ze niet!'

Zeeland keek de andere kant op, alsof hij beter wist.

'Hij heeft het zo opgevat,' zei Sejer.

'Het spijt me.'

Haar stem trilde.

'Geloof je dit zelf?'

'Ik heb dit al eerder meegemaakt, ja,' zei Sejer voorzichtig.

Hij schaamde zich haast in naam van de mensheid.

'En waarom was hij dan al vernederd, als ik mag vragen?' zei Marion.

Sejer keek naar de opgeschuurde tafel, de barsten en de patronen in het hout.

'Daar wilde hij niet veel over zeggen. Het hele verhaal, over wat er op Dakota Beach is gebeurd, zullen jullie wellicht nooit te horen krijgen. We moeten afwachten wat hij in de rechtbank zal verklaren. Of hij in staat is te vertellen wat er is gebeurd, of hij het überhaupt onder woorden kan brengen, of dat het gewoon allemaal gevoelens waren die door zijn lichaam raasden.'

'En die andere jongen dan, die op de kade werd vermoord?'

'Ja,' zei Sejer en hij knikte.

'Wat bedoel je met "ja"?' vroeg Zeeland.

'Hij heeft bekend dat hij ze allebei heeft vermoord.'

Hij liet hen in stilte zitten. Hij had geen zin om hen te verlaten, ze zagen er zielig uit, zoals ze daar aan tafel zaten. In die stilte stelde hij zich voor wat er van Victor en Gritt zou zijn geworden. Als Gritt nog had geleefd, had ze later misschien teruggekeken op de tijd met Carl Hamza en gelachen om haar eigen gekke streken. Verliefd worden op een man van middelbare leeftijd, met een beginnend buikje en inhammen, gewoon omdat ze aandacht nodig had, en geborgenheid op een warme schoot.

En Victor was misschien opgevangen door een verstandige en bekwame maatschappelijk werker, iemand die hem op het rechte pad had kunnen brengen, die ook een leven als dat van Victor achter de rug had, en misschien had Victor dan zelf ook met probleemjongeren gewerkt en was hij iemand geworden die iets zou betekenen, degene die het verschil maakte. Als hij nog had geleefd.

Hij gaf de ouders een hand. Hij wist dat hij belangrijk was, dat ze hem zagen als een verbinding tussen leven en dood, ze zouden zich aan hem vastklampen als hij dat toeliet, want ze dachten dat hij een boodschap kon overbrengen van het dodenrijk naar het stenen huis, een paar woorden van Gritt, dat ze van hen had gehouden, want daar waren ze niet meer zo zeker van.

Hij reed terug naar huis naar de zieke hond. Sjokte de keuken in en zag hem liggen naast de etensbak. Een deel van het eten was opgegeten en een deel was overgegeven, een vage, grijsbruine massa. De drinkbak was onaangeroerd, tenzij Helena hem weer had bijgevuld.

Hij belde de dierenkliniek.

'Hij heeft overgegeven, hij krijgt niets binnen.'

'Hoe oud is je hond?'

‘Tien jaar en twee maanden,’ antwoordde hij.

Hij verwenste meteen zichzelf. Waarom moest hij in godsnaam die twee maanden vermelden? Alsof de weg hier eindigde.

‘Kom morgenochtend om acht uur hiernaartoe, en breng een urinestaal van hem mee, dan kunnen we verder kijken.’

De volgende ochtend droeg hij Frank in alle vroegte de lift in. Gelukkig ontmoette hij niemand, want hij had geen zin om iets uit te leggen, een praatje te maken of te glimlachen. Hij liep naar buiten naar de kleine gele vlek in het gras. Daar bleef de hond beduusd staan, alsof hij niet begreep wat zijn baasje van hem wilde. Maar hij tilde zijn rechterachterpoot op, en Sejer stak snel een witte porseleinen schotel naar voren. Pas toen ze binnen in de verlichte keuken waren, keek hij naar de inhoud. Het was zo rood als bloed. Hij haalde een glazen pot met deksel uit de kast, spoelde die grondig uit en goot de bloedige urine erin. Hij schroefde het deksel erop en trok er een plastic zakje over. Droeg Frank mee naar de woonkamer en ging in de stoel bij het raam zitten met de hond op zijn schoot.

Zijn telefoon rinkelde, hij antwoordde zonder op het display te kijken.

‘*Buenos días, señor! Hola!*’

‘Ben jij dat, Nanna?’

‘Heb je dan zo veel Spaanse vriendinnen dat je dat moet vragen?’

‘Jij bent de enige, Nanna. Op mijn erewoord.’

Ze had een paar drankjes op, hoorde hij, en dat was haar gegund. Haar stem klonk energiek, en hij zag het zongebruinde gezicht met alle rimpels voor zich, en het haar met de onbestemde kleur, van honing of mosterd.

'Ik wilde je gewoon bedanken,' zei ze. 'Jullie hebben hem gepakt!'

'Wíj,' verbeterde hij, 'wij hebben hem gepakt. Jij en ik.'

'Ik vertrek nu. Ik ben op de luchthaven van Oslo-Gardermoen. Veertien nuchtere dagen zijn meer dan genoeg.'

'Dan wens ik je een goede reis,' zei hij. 'Komt iemand je ophalen?'

'Nee.'

Er viel een pauze, en in de pauze hoorde hij iets klokken in haar keel, whisky of Tom Collins of iets anders wat haar goed deed.

'Wat zei hij trouwens, over wat er is gebeurd?' vroeg ze.

'Hij wilde er niet veel over zeggen. Maar ik denk wel dat ik het je mag vertellen, Nanna, en je moet weten dat ik hem niet probeer te verontschuldigen. Hij is een ongelukkige ziel. En hij was verliefd.'

'Dacht ik het niet. Ik zie Victor al voor me, met die glinstering in zijn ogen.'

'Je hebt indruk gemaakt op de mensen tijdens de begrafenis,' zei hij. 'Je zou haast denken dat je nooit iets anders hebt gedaan dan teksten voordragen.'

'Dank je,' zei ze verlegen. 'Dat moet dan de eerste keer zijn in mijn leven dat ik op iemand indruk gemaakt heb.'

'Daar geloof ik niks van.'

Opnieuw stilte. Rammelende ijsblokjes.

'Als je me nu eens kon zien, inspecteur,' zei ze vrolijk. 'Nu lijk ik op Nelly.'

'Je leek toch al op Nelly?'

'Vroeger wel,' zei ze. 'Maar Nelly heeft me gedwongen om naar de kapper te gaan, en nu heb ik kort, donker haar. En ze heeft me ook kleren van haar meegegeven. Mijn vriend zal me niet herkennen, hij zal me straal voorbijlopen.'

'Ik durf te wedden dat je er goed uitziet, Nanna. Ik zal je nooit vergeten.'

'Ach, vergeet me maar liever,' zei ze.

Hij protesteerde mild.

'Ik zal in elk geval nooit het ogenblik vergeten waarop je belde om te zeggen dat je Victors ring om de hals van een vreemde had zien hangen. Je was als een leeuwin op de savanne, Nanna, met alle klauwen uit.'

Toen lachte ze met haar hese stem, en hij hoorde dat zijn woorden haar goeddeden, dat ze er zeker voor zouden zorgen dat ze nog een drankje bestelde, omdat ze het had verdiend.

'*Adios*, Nanna,' zei hij. 'Leef zo goed als je kunt.'

Hij parkeerde op straat met twee wielen op het trottoir. Deed het achterportier open en tilde Frank uit de auto. Liep het trapje met vier treden op, Frank stribbelde tegen. Hij herinnerde zich deze plek, de geuren, de mensen en wat ze hem allemaal aandeden. Er zat niets anders op dan hem te dwingen, aan de riem te trekken en hem te laten zien wie de baas was. Hij meldde zich bij de receptie.

'Frank Robert,' zei hij. 'Tien jaar. Voor een onderzoek.'

Ze moesten even wachten. De dierenarts, die Ragnhild heette, verscheen in de deuropening, jong, knap en glimlachend. Hij trok aan de riem, maar Frank ging uit protest plat op de grond liggen, met gespreide poten, waardoor ze allebei moesten lachen.

In de helverlichte kamer met een stalen tafel en kasten met glazen deuren kroop de hond onder een stoel om zich te verstoppen.

Ze lachten opnieuw. Die bange hond, die kleine, dikke sharpei. Die rimpelige rare snuiter. Het was alsof de hond voelde wat er zou gebeuren. De ernst, de afloop, hoe zou dit aflopen? Ragnhild was gespecialiseerd in interne geneeskunde. Haar hand was verbazingwekkend klein, ook al was ze volwassen. Hij haalde het potje uit zijn zak, hij had het zakje dichtgeknoopt, en ze zag de bloedige urine.

'We gaan dit grondig aanpakken,' zei ze. 'We zullen alles onderzoeken wat er moet worden onderzocht bij een tien jaar oude hond.'

'Dank je,' zei hij beleefd.

'Het kan wel een paar uur duren,' zei ze, 'misschien ook langer. We bellen je zodra we meer weten. We moeten een paar tests doen.'

Hij keek weer neer op Frank, aarzelde, maar sjokte dan toch gehoorzaam naar buiten en reed terug naar huis. Zat in zijn stoel te wachten. Kon niet rustig blijven en stond weer op, ijsbeerde in de kamers.

Dacht aan Nanna Hafskiold. Dacht aan Marion en Jan.

Ging weer zitten en dommelde weg. Hij moest in slaap gevallen zijn, want hij schrok wakker van zijn telefoon. Tot zijn verbijstering zag hij dat er drie uur waren verstreken. De dierenarts zei dat hij moest komen. De toestand was ernstig. Frank had lymfeklieren zo groot als kippeneieren, er was nauwelijks nog doorgang in zijn luchtpijp en ze hadden hem moeten intuberen.

'Lymfekanker,' legde ze uit. 'Een agressieve vorm.'

'Dus er valt niet veel meer aan te doen?'

Hij hoorde een zucht.

'Nee, niet veel meer,' zei ze. 'Ik kan hem cortisone geven, dan krijgt hij er misschien nog een paar weken bij. Maar dat worden geen goede weken, noch voor hem, noch voor u. Kunnen we hem niet beter gewoon laten inslapen?'

Hij hield de telefoon dicht tegen zijn oor terwijl hij het halletje in liep. Trok zijn windjack aan en stak zijn voeten in zijn schoenen. Een halfuur later was hij bij de kliniek, parkeerde met twee wielen op het trottoir en liep naar de receptie.

Ragnhild stond hem op te wachten in haar lange groene jas. Hij volgde haar naar binnen, zag Frank op de bank liggen met een buisje in zijn keel en overal slangetjes. Zijn borst ging op en neer.

'Er zit nog leven in,' zei hij hulpeloos.

'Het spijt me heel erg,' zei ze, 'maar het is al te ver gevorderd.'

'Ik had eerder moeten komen,' zei hij.

'Het had geen verschil gemaakt.'

'Dat zeg je tegen iedereen.'

'Ik zeg de waarheid.'

Ze staarde hem aan als een kind. Ze wilde dat hij iets zei, want hij was aan zet, en bovendien was hij een volwassen man, een bedachtzame kerel, en aanzienlijk groter dan zijzelf.

'Ik wil niet dat hij lijdt,' zei Sejer vastbesloten. 'Zelf wil ik ook niet lijden,' voegde hij er radeloos aan toe.

Ze knikte begripvol. Wilde hem nog iets vertellen, en hij zag dat het haar zwaar viel. Ze legde hem uit dat de ziekte zijn aders kapot had gemaakt en dat ze bijgevolg geen intraveneuze injectie meer kon geven.

'Wat betekent dat?' vroeg hij.

'Dat ik de naald rechtstreeks in zijn hartspier moet prikken.'

Hij knikte stom. Wilde haar zeggen dat hij ook dat begreep. Dat hij niet zou instorten, want ze stond zelf vast op het punt om in huilen uit te barsten. Ze trok het buisje voorzichtig uit de muil van Frank. Pakte een ampul uit een kast en zoog de inhoud op. Rolde hem voorzichtig op zijn zij. Tastte met één hand naar het hart, zette de stethoscoop op haar oren. Sejer pakte een van zijn poten en hield hem in zijn hand, hij was zwaar en zacht. De voetkussentjes waren warm en droog. Hij staarde naar de borst van de hond, zag dat hij nog ademde. Het was gewoon een onmogelijke opgave om hem te doden terwijl zijn hart nog klopte. De werkzame stof gleed langzaam naar binnen. Ragnhild hield de borst van de hond in de gaten, luisterde met de stethoscoop.

Frank ademde nog altijd. Zijn borst ging op hetzelfde regelmatige ritme op en neer. Nu zei ze niets meer. Ze zoog nog een dosis op en prikte ook die in de hartspier. Maar het hart bleef kloppen.

Hij wilde haar helpen. Hij wilde troostende woorden zeggen, want ze had troost nodig. Ze pakte ampul nummer drie.

'Hij heeft een goed hart,' zei ze zacht.

'Dat heb ik altijd geweten,' zei hij.

Ze diende de derde injectie toe. De werkzame stof, helder als water, gleed langzaam in het hart van de hond. Sejer hield de poot krampachtig vast. Hij staarde, zoals wanneer je staart naar iets wat je niet kunt geloven. Ze zette opnieuw de stethoscoop op en luisterde lang. Sejer zag geen beweging meer.

'Is het nu voorbij?' vroeg hij.

'Ja, het is voorbij.'

Ze nam een zachte deken en legde die over de hond. Alleen de rimpelige kop was nog zichtbaar, met de kleine oortjes en de zwarte snuit.

Hij streelde de hond. Het was allemaal zo snel gegaan. Sommige delen van hem, zijn gedachten en wil, hadden al afscheid genomen, waren al op weg naar huis. Naar de avond en de nacht, en naar de volgende dag zonder hond, en de rest van zijn leven zonder hond. Hij friemelde wat met de deken, legde hem zo netjes mogelijk om het vermoeide lichaam. Ragnhild huilde, zag hij, en dat raakte hem diep, want waarschijnlijk had ze tijdens haar studie geleerd dat ze haar gevoelens niet mocht laten zien, maar dat ze sterk moest zijn als het ergste was voorgevallen.

'Sommige mensen verliezen hun kinderen,' zei hij zacht.

Hij wist niet waarom hij dat zei. Waarschijnlijk wilde hij het in perspectief plaatsen, er zichzelf aan herinneren dat er groter verdriet bestond.

'Ja, dat is zo,' zei ze en ze pakte zijn hand. 'Ga nu maar naar huis, je hoeft niet langs de receptie te lopen. We sturen de factuur op.'

Ze opende een la en haalde er een folder uit.

'Dit geven we meestal mee aan de mensen... mocht het je interesseren. Dit zijn alle behandelingen die Frank hier in de loop van zijn leven in onze kliniek heeft gekregen. Inentingen, antibiotica, getrokken tanden, enzovoort. En wat we vandaag hebben gedaan.'

Hij stopte de folder in zijn binnenzak. Knikte beleefd en liep de kamer uit, langs andere wachtenden, de glimlachende mensen en de levende honden, liep de vier treden af en stapte naar zijn auto. Bleef staan en deed het achterportier open. Besefte dat hij geen hond meer had. Keek vluchtig achterom en reed naar huis.

Hij ijsbeerde rusteloos door de kamers. Bleef lang in zijn stoel bij het raam zitten. Bekeek foto's van Frank die hij op zijn computer had opgeslagen, het waren er meer dan hij had gedacht. In de ijskast vond hij wat eten dat hij opwarmde in de magnetron, en hij at het alleen op aan de keukentafel zoals hij al die jaren had gedaan. Zonder hunkerende hond die zat te wachten op de restjes. Het was overal stil, in de kamers en in zijn hoofd. Hij spoelde de borden af onder de kraan en liep terug de woonkamer in, zette de televisie aan. De beelden betekenden niets, zelfs niet die over Victor en Gritt en de voortreffelijke inzet van de politie, want hij voelde zich niet voortreffelijk. Nu en dan dommelde hij in, werd weer wakker, herinnerde zich alles, en dommelde weer in, en zo kwam hij langzaam de dag door. Af en toe wierp hij een snelle blik op de hondenmand onder het raam.

Het werd donker in de woonkamer.

Hij deed de plafonnière aan. De klok tikt gewoon verder, dacht hij, straks komt de nacht. En na de nacht keert het licht terug. De zon zal weer opgaan, niet voor Victor en Gritt en niet voor Frank, maar wel voor de levenden. Hij schrok toen zijn telefoon rinkelde. Op het display zag hij het nummer van Marion Zeeland, en hoewel hij hun had gezegd dat ze hem altijd mochten bellen als er iets was, nam hij met intense tegenzin op.

'Hoi, Marion. Kan ik iets voor je doen?'

Hij hoorde dat ze huilde. Zette zich schrap, wachtte geduldig tot ze haar stem terugvond.

'Ik ben vergeten je te bedanken,' zei ze.

'Waarvoor dan?'

'Omdat je de zaak hebt opgelost. Omdat je ons bent komen vertellen wat er was gebeurd, zodat wij weer verder kunnen met ons leven en onszelf kunnen troosten met de gedachte dat de schuldige gepakt is. Maar het enige wat we deden was klagen, alsof het jouw schuld is dat wij zijn motief niet aanvaarden. Alsof er überhaupt een motief bestaat dat aanvaardbaar is. Dat was egoïstisch van ons.'

'Ach,' begon hij, 'je hoeft je echt niet te excuseren.'

Haar stem was sterker toen ze verderging: 'Ik wilde gewoon zeggen dat het erg veel voor ons betekent dat jij kalm en sterk bent als Jan en ik verdriet hebben.'

Kalm en sterk. Hij keek naar de lege hondenmand en het rubberen varkentje dat op zijn zij lag, zoals ook Frank op zijn zij had gelegen. En hij schaamde zich omdat hij verdriet had om een dode hond, terwijl anderen verdriet hadden om hun vermoorde kinderen.

'Jij ook bedankt, Marion,' zei hij.

Toen was de stilte er weer. Hij was niet erg moe, maar kon ook niet wakker blijven. Hij wilde daarheen waar geen plaats was voor gedachten, naar de diepe, droomloze slaap. Het kon hem niet schelen dat het nog te vroeg was. Hij liep de kamer door, liep langs een spiegel waar hij nooit in keek, maar dat deed hij nu wel, hij stopte en keek naar zichzelf. Wie was dat, in die spiegel, die naar hem terugkeek?

De inspecteur, *der Kommissar*, *The Chief Inspector*, *The Very True Detective* Konrad Sejer.

Of gewoon een ouder wordende man zonder hond.

'Is het nu voorbij?' vroeg hij in de spiegel.

'Ja, het is voorbij.'

Heel even voelde alles onwerkelijk aan. Hij was in de war. Had het gevoel dat hij niet helemaal zichzelf was, dat hij misschien zelfs helemaal niemand was, dat zijn hele leven georkestreerd was, dat iemand van buitenaf zijn bewegingen stuurde, dat elke stap, elke gebeurtenis en elke gedachte door iemand anders waren bepaald. Dat iemand het zo had geregeld dat de kleine Gritt zijn pad had gekruist, en dat Victor zijn verantwoordelijkheid was geworden. En dat zijn hond hem was ontnomen omdat iemand anders vond dat het zo hoorde, iemand die er altijd was geweest, die zijn hand optilde en hem liet dansen, die hem de woorden in de mond legde.

Eén korte seconde had hij dit huiveringwekkende inzicht.

Niet mijn hoofd dat denkt, niet mijn mond die praat.

Zo moet het zijn, dacht hij, wanneer iemand in wilde razernij een ander doodslaat en vervolgens geen rekenschap kan afleggen voor zijn daden. Hij keek achterom over zijn schouder om te zien of er iemand stond, maar het enige wat hij zag was het donkere halletje, waar een oude jas als een stille toeschouwer aan de kapstok hing.

Diep vanbinnen riep hij de naam van zijn hond, een pijnlijk, langgerekt gejammer. Fraaaaaaaank!

Hij keek nog een laatste keer naar de lege hondenmand. Zocht met zijn hand naar de lichtschakelaar aan de muur. En met één klik verduisterde hij de kamer.

LEES MEER VAN

Sylvi en Miele checken in bij een hotel met hun zoontje Elias van vijftien maanden. In eerste instantie lijkt alles koek en ei: het echtpaar ziet er gelukkig uit en de kleine Elias wordt meteen door het voltallige personeel op handen gedragen. Maar dan gebeurt er iets afschuwelijks: Elias valt van het balkon van hun hotelkamer op de zesde verdieping en is op slag dood.

Konrad Sejer krijgt de zaak toegewezen. Het huwelijk van Sylvi en Miele blijkt niet zo gelukkig als werd gedacht en de geheimen die de twee proberen te verbergen, drijven hen steeds verder uit elkaar, tot ze lijnrecht tegenover elkaar staan. Hun verdriet en wanhoop maken de zaak er niet makkelijker op, en hoewel beiden verdacht worden, moet de politie hen laten gaan vanwege gebrek aan bewijs. De dood van het jongetje wordt afgedaan als een ongeluk, maar Konrad Sejer kan de zaak niet van zich af zetten. Hij vermoedt dat er veel meer aan de hand is dan bij het onderzoek boven tafel is gekomen.

Verkrijgbaar als
e-book
& papieren boek

KARIN FOSSUM

DE VERDUISTERING

FRAGMENT

‘Ik werd abrupt wakker en snakte naar adem. Ken je dat gevoel? De hele nacht lig je op de zeebodem, tot je opeens door een grote golf aan land wordt gespoeld. Ik hoorde het verkeer in de straat beneden, ook de stad was wakker, en voor heel wat mensen in het hotel was de nieuwe dag al begonnen. Aan het plafond boven het bed zag ik de kroonluchter met glinsterende kristallen hangen. Omdat het vannacht zo warm was, en de ramen op de zesde verdieping niet opengingen, stond de deur naar het balkon open. We hadden vergeten de gordijnen dicht te trekken, waardoor een fel licht naar binnen viel. Ik sloot mijn ogen om alles in duisternis te hullen. Tastte met één hand het laken af. Voelde iets warms en zachts. Een naakt voetje.

Elias sliep heel diep, maar bewoog toen ik zijn voetje beetpakte. Ik hield het voorzichtig vast, voelde aan zijn teentjes. Elias was mijn houvast, hij had me nodig, hij was mijn brandstof. Hij leefde in mijn hart en vloeide door mijn aderen. Ook mijn man lag nog diep te slapen in het grote hotelbed, ik hoorde zijn adem, en Elias sliep tussen ons in. Hij droeg alleen een luier, verder niets. Ik hoopte dat hij lang zou slapen, want ik voelde me niet lekker. Ik had water nodig, maar daarvoor moest ik naar de badkamer, en als ik opstond, zou hij wakker worden. Ik ging op mijn zij liggen zonder zijn voetje los te laten, voelde hoe de warmte van de zon tussen de daken van de huizen opsteeg. Ik had geen zin in zon. Ik wilde zware wolken, mist en regen en wind. De buitenwereld moest overeenstemmen met mijn binnenwereld, storm buiten in de wereld, storm binnen in mijn hoofd. Maar vandaag was dat niet zo.

Nu slapen we voor het laatst in hetzelfde bed, dacht ik, want we zijn geen gezin meer. Toen werd Elias toch wakker, ik hoorde hem brabbelen. Hij kroop rond op het bed met de snelheid en energie van een stuk speelgoed op batterijen. Ik deed alsof ik sliep, maar hij liet zich niet bedotten, hij behandelde me als zijn persoonlijke eigendom, trok en sleurde aan me zoals kinderen dat doen, krabde en kneep, mepte en sloeg. Toen hij geen respons kreeg, begon hij te roepen en gooide hij zich op zijn vader, waarna hij op dezelfde manier aan hem begon te trekken en te sleuren. Hij wilde opstaan, de kamer ontdekken, die vol spannende dingen stond. Een broekpers, een paraplubak, een minibar met snoep en drank, dikke gordijnen met franjes en kwasten, en mooie meubelen met kromme poten waar hij op kon klimmen. Ik hoorde de geluiden van het hotel. Het gebonk van de lift, stemmen van de kamermeisjes op de gang. In de verte rinkelde een telefoon, en uit de kamer naast ons klonk vrolijke muziek. Maar mijn hoofd was zwaar, en mijn hart was zwaar, dus verstopte ik me onder het dekbed om verder te slapen.

Toen werd mijn man wakker.

"Ik zorg wel voor Elias," zei hij. "Slaap jij maar verder."

Opgelucht draaide ik me op mijn zij. Nog even lekker blijven liggen, dacht ik bij mezelf. We vinden wel een oplossing. De matras veerde mee toen hij zijn voeten op de grond zette, Elias brabbelde vrolijk verder. Ik probeerde terug te denken aan de tijd voor ik hem kreeg. Wat voor leven was dat nou als iets zo allesomvattends ontbrak? Een leven zonder dat verlengstuk dat Elias was, mijn houvast, mijn vlees en bloed. Hij was in mij gegroeid en had zich maandenlang aan mij gevoed, zijn hart had samen met het mijne geslagen. Als ik hem verloor, was dat een amputatie. Dan moest ik de rest van mijn leven verder met pijn die nooit zou verzachten, met handen die in het luchtledige tastten. Me voortslepen op stompjes. Terwijl de bijdrage van zijn vader zich beperkte tot één enkele cel. Een microscopisch kleine zwemmer, zo klein dat hij niet eens met het blote oog kan worden waargenomen. Mannen hebben het vaak over hun zwemmers, noemen ze trots "hun jongens", alsof het om een leger elitesoldaten gaat, klaar om de wereld te veroveren. Wanneer hij na de geboorte de navelstreng mag doorknippen, denkt hij dat de verbinding tussen moeder en kind is verbroken. Dat hij evenveel recht heeft op het kind als zijn vrouw. Dat zijn vrouw weer even beschikbaar voor hem is als vroeger.

Dat dacht ik toen ik in bed lag, terwijl hij zachtjes en rustig met Elias praatte. Omdat mijn hoofd zo zwaar was, kon ik de woorden niet van elkaar onderscheiden, maar dat hoefde ook niet. Ik was blij dat hij opstond en zijn verantwoordelijkheid nam.

Hun stemmen ebden weg, en ik begreep dat ze in de badkamer waren. Ik hoorde dat het toilet werd doorgespoeld. Elias kirde van plezier. Toen dommelde ik opnieuw in, maar niet voor lang, hun stemmen waren weer dichterbij gekomen, daarna bleef het een hele poos stil. Opeens drong het tot me door dat ze al een tijdje niets meer hadden gezegd. Elias was een kind dat onophoudelijk brabbelde, en als hij niet aan het brabbelen was, maakte hij andere geluidjes, dan lachte hij, of hij gilde van plezier of ontevredenheid. Ik deed mijn ogen open en staarde naar de kroonluchter, naar de glinsterende kristallen. Ik zag dat ze trilden, ze rinkelden zachtjes onder het plafond, alsof iets schichtig door de kamer schoot, een waarschuwing of een windstoot, die door de open balkondeur was binnengekomen. Verder was er alleen stilte en het gedruis van het verkeer op straat. Een auto die claxonneerde en iets groters wat bromde, misschien een bus. Langzamerhand bedacht ik dat ze de gang in waren gelopen. Misschien hadden ze wel de lift zes verdiepingen naar beneden genomen om te gaan ontbijten. Dan zouden ze nog wel even wegblijven en kon ik nog lekker lang tussen de witte lakens blijven liggen. Ik lichtte mijn hoofd van mijn kussen om te zien of ik gelijk had. Toen zag ik hen, ze stonden buiten op het balkon. Zo duidelijk in het zonlicht. Mijn man, groot, sterk en breedgeschouderd, Elias klein en mollig in zijn witte luier. Mijn man had Elias opgetild en hem op de rand gezet.

Vandaar konden ze over de hele stad uitkijken. De daken van de huizen, en de fjord links beneden, met de containerschepen en de kranen en de graansilo. Hij hield Elias stevig vast om zijn middel. Zijn knuisten zijn onvoorstelbaar groot, en zelfs al stonden ze een paar meter van me vandaan, toch zag ik duidelijk dat Elias enthousiast was. Hij wees en zwaaide met zijn kleine handjes en slaakte opgewonden kreetjes. Ver onder hen lag de stad. Het was roekeloos om een klein kind op de rand van het balkon te zetten, met zijn blote voetjes die ik zo-even nog had vastgehouden bungelend aan de buitenkant, daarom waarschuwde ik mijn man dat hij voorzichtig moest zijn.

"Pas toch op!" riep ik. "Hij is zo wild!"

Hij hoorde me en draaide zich naar me om. Langzaam en mechanisch, alsof een vreemde kracht zijn bewegingen stuurde. Hij hield Elias nog altijd stevig vast, zijn handen waren als een stalen beugel, onwrikbaar. Toch zag ik dat er iets met hem aan de hand was. Er zat een eigenaardige waas in zijn heldergroene ogen. Hij staarde me aan alsof hij door een portaal van de ene wereld naar de andere keek en ik een vreemde was met wie hij niets te maken had. Hij draaide zich op dezelfde mechanische manier weer om. Toen duwde hij Elias van de rand.'

Fragment uit de verklaring van de moeder,
4 augustus, eerste verhoor.